Hazel Gaynor und Heather Webb
Miss Kelly und der Zauber von Monaco

Buch

Sommer 1955. Filmstars und Paparazzi strömen zum glamourösen Filmfest nach Cannes, doch der größte Star von allen, Grace Kelly, will nichts mehr, als dem Blitzlicht zu entkommen. Auf der Flucht vor dem hartnäckigen britischen Fotografen James Henderson stolpert sie in die Boutique der Parfümeurin Sophie Duval, die sie im Hinterzimmer versteckt – der Beginn einer tiefen Freundschaft zwischen den beiden Frauen.

Noch ein Jahr später kann James Henderson seine kurze Begegnung mit Sophie Duval nicht vergessen. Obwohl er Schuldgefühle hat, weil er seine Tochter allein lässt, nimmt er den Auftrag an, über die Hochzeit des Jahrhunderts zu berichten, und begleitet Grace Kellys Hochzeitsgesellschaft nach Monaco. Dort müssen James und Sophie – wie auch Prinzessin Grace – entscheiden, was sie bereit sind, für die Liebe zu opfern …

Autorinnen

Hazel Gaynor stammt aus Yorkshire, England und lebt heute mit ihrem Mann, ihren zwei Kindern und einer Katze in Irland. 2015 wurde sie vom *Library Journal* als eine der zehn besten neuen Autorinnen ausgewählt. Bei Blanvalet ist von ihr bereits »Das Mädchen aus dem Savoy« erschienen sowie »Noch bevor das Jahr zu Ende ist«, ihr erster Roman in Zusammenarbeit mit Heather Webb.

Heather Webb ist erfolgreiche Autorin mehrerer historischer Romane und arbeitet außerdem freiberuflich als Lektorin. Sie lebt mit ihrer Familie und einem temperamentvollen Kaninchen in Neuengland, USA.

Von Hazel Gaynor und Heather Webb bereits erschienen

Das Mädchen aus dem Savoy · Noch bevor das Jahr zu Ende ist

Hazel Gaynor und Heather Webb

MISS KELLY UND DER ZAUBER VON MONACO

Roman

Deutsch von Claudia Geng

blanvalet

Die Originalausgabe erschien 2019 unter dem Titel
»Meet Me in Monaco« bei William Morrow an imprint of
HarperCollins Publishers, New York.

MIX
Papier aus verantwortungsvollen Quellen
FSC® C014496

Verlagsgruppe Random House FSC® N001967

1. Auflage

Redaktion: Ulrike Nikel
Umschlaggestaltung: © Johannes Wiebel | punchdesign,
unter Verwendung von Motiven von Shutterstock.com
(Alex Staroseltsev; MarinaD_37; Kraphix; Bukhavets Mikhail)
und Richard Jenkins Photography
DN · Herstellung: sam
Satz: Vornehm Mediengestaltung GmbH, München
Druck und Bindung: GGP Media GmbH, Pößneck
Printed in Germany
ISBN 978-3-7341-0859-4

www.blanvalet.de

Für Grace

Die Vorstellung, mein Leben sei ein Märchen,
ist selbst ein Märchen.

FÜRSTIN GRACIA PATRICIA VON MONACO

TEIL EINS

DIE KOPFNOTE

Der erste Eindruck von einem Parfüm sind die Duftnoten, die von der Nase wahrgenommen werden und am schnellsten verfliegen.

Sie kann es in Cannes!

Grace Kelly besucht zum ersten Mal die Filmfestspiele

Angeline West berichtet für den *Herald*

Mai 1955

Noch im März dieses Jahres war Grace Kelly von ihrem Filmstudio Metro-Goldwyn-Mayer mit einer umstrittenen Sperre belegt worden, nachdem sie sich geweigert hatte, die weibliche Hauptrolle in dem Western *Mein Wille ist Gesetz* zu übernehmen. Doch ihr überraschender Oscargewinn als beste Hauptdarstellerin für *Ein Mädchen vom Lande* ließ sie in der Gunst der Filmverantwortlichen wieder steigen, und so ist Grace Kelly als Repräsentantin der amerikanischen Delegation bei den achten Internationalen Filmfestspielen von Cannes die unbestrittene Königin von Hollywood.

Als sie in Cannes aus dem Pariser Nachtzug stieg, wurde Miss Kelly, die ein dezent-klassisches Kostüm trug, dazu ihre typischen weißen Handschuhe und ihre Lieblingstasche von Hermès, von einer Schar internationaler Fotografen und Bewunderer empfangen. Zwar wirkte sie von der langen Reise etwas müde, aber sie lächelte routiniert in die Kameras und gab geduldig Autogramme in der warmen Maisonne.

Im Hinblick auf ihr volles Programm mit zahlreichen offiziellen Terminen bemerkte Miss Kelly, sie hoffe dennoch darauf, ein bisschen von der hinreißenden Côte d'Azur zu sehen, wenn sie schon einmal in der Gegend sei.

Hinreißend ist auch die richtige Bezeichnung für Miss Kelly selbst. Hollywoods hellster Stern hat bereits jetzt ganz Cannes, einschließlich meiner Wenigkeit, in seinen Bann gezogen.

Kapitel 1

Sophie

Jeder Duft berge ein Geheimnis, habe seine eigene Geschichte. Das war die erste Lektion, die mein Vater mich lehrte.

»Parfümeur zu sein heißt, ein Detektiv zu sein, Sophie«, hatte er gesagt, während er sich mit einer Pipette hoch konzentriert über das Mischgefäß beugte, dabei das ätherische Öl in das Lösungsmittel träufelte, rührte und schnupperte, wieder träufelte, rührte und schnupperte, bis er zufrieden war. Erst dann tauchte er einen schmalen Papierstreifen, eine Mouillette, in die Mischung und gab ihn mir. »Was siehst du?«

Natürlich war seine Frage nicht wörtlich gemeint, sondern zielte darauf ab, was der Duft in mir auslöste. Also nahm ich einen tiefen Atemzug und fühlte mich im Nu an einen anderen Ort versetzt. Der Hauch von Jasmin, der mir in die Nase stieg, erinnerte an unbekümmerte Tage in der Sonne. Holzrauch beschwor das Bild eines kräftigen Eintopfs an einem kühlen Herbstabend herauf. Der Geruch trockener Erde rief mir unseren Familienbesitz in Grasse ins Bewusstsein: ein rustikales, ländliches Haus aus Naturstein, umgeben von Sonnenblumen- und Lavendelfeldern, dessen Fenster meist weit offen standen, um die Räume mit frischer Luft zu füllen und den Staub zu vertreiben, der von dem ausgedörrten Boden aufstieg und den ich beinahe auf meiner Zunge zu schmecken meinte.

Jäh brachen die Erinnerungen an schöne Zeiten ab, als mir ein Stück Papier mit verschmierter Tinte in den Sinn kam: das Telegramm, das die Nachricht vom Tod meines Vaters enthielt.

Papa war nicht für den Krieg geschaffen gewesen. Halb Wissenschaftler, halb Künstler, war er ein Mann mit einem sanften Naturell, der nichts mehr liebte als die duftenden Felder der Provence und die reichhaltigen Essenzen, die er aus ihren Blüten gewann. Als er sich dem Widerstand gegen Hitler-Deutschland anschloss, war ich ein junges Mädchen, das erste Ansätze machte, zur Frau zu reifen, und der Lavendel färbte gerade die Hänge violett und blau. Damals sah ich ihn zum letzten Mal, eine Silhouette vor dem sonnenüberfluteten Horizont. Es war der Tag, an dem Mama die Geschäftsführung unseres Familienbetriebs übernahm, und zugleich der Tag, an dem ich zum ersten Mal begriff, dass das Leben nicht immer nach Wunsch verlief.

Die Nachricht von seinem Tod erreichte uns wenige Monate später, im folgenden Frühjahr, zusammen mit seinen Papieren und persönlichen Dingen, die nach Dreck, Blut und Angst rochen. Dieser Geruch eines Lebens, das so grausam endete, hatte sich wie alle Gerüche in mein Gedächtnis eingebrannt, und genau dort bewahrte ich ihn seitdem auf. Als eine Erinnerung – als eine unbeantwortete Frage, was geworden wäre, hätte er den Krieg überlebt.

Seufzend stöpselte ich einen kleinen Glaskolben zu und steckte ihn zurück in das Gestell auf meinem Schreibtisch. Da bald Ladenschluss war, stand ich auf und dehnte meine Glieder, rollte meinen Kopf von einer Seite auf die andere, um die schmerzhafte Verspannung in meinem Nacken zu lösen, ein regelmäßiges Ergebnis meines Experimentierens mit neuen Duftkombinationen, das mich zu einer gebeugten Haltung zwang. Außerdem oblag mir mittlerweile die Leitung unserer Manufaktur in Grasse, wo drei Parfümeure Duftstoffe für Waschmittel entwickelten, während ich Eau de Toilettes und Parfüms entwarf. Besonders die Komposition von edlen Luxusdüften war meine Spezialität. Unwillkürlich stieß ich einen weiteren Seufzer aus und wünschte mir, in Grasse zu sein.

War ich leider nicht, denn während der Hauptsaison musste ich mich um unsere kleine Boutique an der Hafenpromenade von Cannes kümmern. Als junges Mädchen hatte mein Vater mich bereits darauf vorbereitet und darauf bestanden, dass ich ihn im Sommer dorthin begleitete. Er wollte, dass ich eines Tages das Gesicht der Marke Duval sein würde, und lehrte mich, wie wichtig es war, den direkten Kontakt zu unseren Kunden zu pflegen.

Obwohl er aus bäuerlichen Verhältnissen stammte, hatte er keinerlei Probleme im Umgang mit der reichen und eleganten Klientel, die Jahr für Jahr an die Côte d'Azur kam. Im Gegenteil: Er liebte es regelrecht, mit ihnen zu parlieren und eine gepflegte Unterhaltung zu führen. Ich dagegen fühlte mich in unserer Manufaktur im Hinterland zwischen Hunderten Glasgefäßen bedeutend wohler, desgleichen auf meinen Streifzügen durch die Felder unter dem weiten südfranzösischen Himmel, wo ich nach Inspirationen für neue Düfte suchte.

Doch das gehörte der Vergangenheit an, das Mädchen von damals, das sich frei und ungezwungen bewegte, gab es nicht mehr. Es hatte sich in eine selbstbewusste und zielstrebige Firmenchefin verwandelt, die sich nach außen gut zu präsentieren wusste. Es hatte sein müssen, wenngleich es mir nicht leichtgefallen war, aber ich wurde von der Vorstellung angetrieben, dass ich Papa, der so große Hoffnungen in mich gesetzt hatte, nicht enttäuschen durfte. Das hätte ich nicht ertragen.

Die letzten beiden Wochen hatte ich ununterbrochen in Cannes verbracht, experimentierte tagsüber im Hinterzimmer der Boutique, wenn meine Anwesenheit im Verkaufsraum nicht erforderlich war, und schlief nachts in meinem Appartement in der Altstadt. Bis Ende August würde ich an der Küste bleiben und nur hin und wieder nach Grasse fahren, um dort nach dem Rechten zu sehen. Hauptsächlich aber, um nach meiner Mutter zu sehen. Bei dem Gedanken an sie machten sich wie üblich Beklemmung und Verbitterung in mir breit, und ich hoffte inständig, dass sie dieses Mal anders wäre, dass ich sie glücklich und ausgeglichen vorfände, statt zusammengesunken über einer halb leeren Flasche Cognac sitzend. Darauf allerdings hoffte ich inzwischen seit Jahren vergeblich.

»Natalie, könntest du bitte die Vitrinen kontrollieren?«, rief ich meiner Mitarbeiterin zu, während ich die Tür, die den Verkaufsbereich vom Büro trennte, hinter mir abschloss. »Es ist fast Feierabend.«

Meine Füße schmerzten in den neuen eleganten, leider unbequemen Schuhen, und mein Kopf schmerzte von dem Versuch, einen neuen Duft zu zaubern, ohne dass bislang etwas Gescheites dabei herausgekommen war.

»Wir haben heute guten Umsatz gemacht«, verkündete Natalie erfreut und schob eine dunkle, von feinen Silberfäden durchzogene Haarsträhne hinter ihr Ohr. »Dem Himmel sei Dank für betuchte Filmstars. Ich kann immer noch nicht glauben, dass Bernard Blier vorhin wirklich hier war! Er hat gleich drei Düfte für seine Begleiterin gekauft, eine richtige Schönheit.«

Ich lächelte über ihre Begeisterung. Natalie Buzay war selbst eine Schönheit, dazu eine kultivierte und warmherzige Frau. All das, was meiner Mutter fehlte. Überdies war sie mit ganzem Herzen und vollem Einsatz bei der Arbeit, und das nicht zuletzt deshalb, weil sie die Assistentin meines Vaters gewesen war, der ihr mehr oder weniger dauerhaft die kleine Parfümerie anvertraut hatte.

Sie war eine ausgezeichnete Verkäuferin und liebte ihre Tätigkeit, nicht zuletzt weil sie auf diese Weise die eine oder andere Berühmtheit sowie die Reichen und Schönen zu sehen bekam, die sich in Cannes tummelten und bei uns vorbeischauten. Mich dagegen beeindruckten Ruhm und Reichtum nicht. Zwar sah ich mir mit Madame Clouet, meiner Nachbarin in Grasse, gerne alte Hollywoodfilme an, doch meine Helden waren jene Genies, die für Guerlain, Molinard und Fragonard die sensationellsten Düfte kreierten.

»Schade, dass du gerade in der Mittagspause warst«, fuhr Natalie fort, während sie die gläsernen Regalreihen durchsah, Flakons einen Zentimeter nach links oder rechts rückte und unsichtbaren Staub wegwischte. »Du scheinst die Kunden mit den wirklich großen Namen grundsätzlich zu verpassen.«

»Ja, wirklich schade«, murmelte ich und öffnete die Kasse, nahm die Geldscheine heraus und steckte sie in einen Bankbeutel.

Es war eine lange Woche gewesen, und ich freute mich darauf, es mir zu Hause mit einem Glas Wein und einem Buch auf dem Balkon gemütlich zu machen. Verstohlen warf ich einen Blick auf meine Armbanduhr und runzelte die Stirn: noch eine knappe Viertelstunde bis zum Geschäftsschluss um sechs Uhr.

Wie aufs Stichwort öffnete sich in diesem Moment die Ladentür, und eine stürmische Böe fegte so heftig vom Meer herein, dass sich mein wadenlanger Tellerrock bauschte und meine langen dunklen Locken ins Gesicht geweht wurden. Ich fluchte innerlich, weil der Wind wieder einmal meine Frisur ruinierte.

Eine große, schlanke Frau in einer weißen Bluse und einer rosa Caprihose schloss eilig die Tür hinter sich. Ihr Gesicht war größtenteils verdeckt von einer riesigen Sonnenbrille und einem Kopftuch.

»Ganz schön stürmisch hier! Erinnert mich ein bisschen an Kalifornien«, sagte sie und kam näher.

Sie wirkte sehr elegant und sprach mit einem weichen amerikanischen Akzent. Sicher eine Touristin, dachte ich in meiner Naivität. Ganz anders Natalie, die auf reiche Kundschaft tippte.

»Guten Abend, Madame«, wandte sie sich sofort zuvorkommend der Dame zu und wechselte mühelos in die englische Sprache, was bei uns selbstverständlich war. »Kann ich Ihnen helfen? Wir haben ein wundervolles, ganz neues Parfüm in unserem Sortiment. Es heißt *Printemps,* Frühling, und ist bei Amerikanern sehr beliebt.«

»Danke, ich möchte mich wenn möglich lediglich kurz umschauen.«

Die Frau, die keine Kundin im eigentlichen Sinn zu sein schien, nahm einen Zerstäuber aus dem Regal, drehte ihn in der Hand und stellte ihn wieder zurück, ohne den Duft zu testen. Mit dem nächsten Flakon verfuhr sie genauso, drehte sich zwischendurch immer wieder sichtlich besorgt zur Tür um.

Seltsam. Ich beobachtete sie von meinem Platz hinter dem Verkaufstisch. Irgendwie wirkte sie, als wäre sie vor jemandem auf der Flucht. Ein Grund, sie näher in Augenschein zu nehmen. Ihre Aufmachung war tadellos. An ihrem Arm hing eine Hermès-Tasche. Unter ihrem Kopftuch lugten ein paar feine blonde Haarsträhnen hervor. Warum sie nervös und ein wenig atemlos wirkte, verstand ich nicht.

»Madame, kann ich Ihnen vielleicht behilflich sein?«, fragte ich und ging auf sie zu.

Erschrocken zuckte sie zusammen, drehte sich um und machte mit einem vagen Lächeln einen Schritt auf mich zu. Sogleich wurde ich eingehüllt von einer Wolke aus Vanille und

Flieder, einem süßlichen Parfüm mit einem schweren blumigen Bouquet, das nicht richtig zu ihr passte.

»Ja, Sie können mir tatsächlich helfen«, sagte sie und nahm ihre Sonnenbrille ab. »Wenn Sie so freundlich sein wollen.«

Die Antwort blieb mir im Hals stecken. Augen in der Farbe des Mittelmeers blickten mich an. Ich sah einen samtenen Teint, eine zierliche Nase, perfekt geformte Lippen und Wangenknochen, und plötzlich dämmerte mir, dass ich dieses vollkommene, makellose Gesicht kannte. Ich hatte es auf Dutzenden Titelseiten und auf der Leinwand gesehen, denn Madame Clouet war ein Fan dieser Schauspielerin.

»Grace Kelly«, hauchte ich überwältigt.

Natalie, die sie bis zu diesem Moment ebenfalls nicht erkannt hatte, hielt abrupt mit Saubermachen inne, ihren Staubwedel in die Luft gereckt.

»Ja«, antwortete Miss Kelly mit einem leichten Lächeln, ohne dass sie ihre Nervosität verlor. »Ich bin Grace.« Sie streckte ihre weiß behandschuhte Rechte zur Begrüßung aus. »Hallo.«

Unfähig, ein Wort über meine Lippen zu bringen, ergriff ich vorsichtig ihre Hand. Die einzige Hollywooddiva, über die ich etwas wusste, die schönste und berühmteste Frau der Welt, stand leibhaftig vor mir. In meiner Boutique. Und begrüßte mich auf typisch amerikanische Weise, ganz locker und zwanglos eben.

»Sie wollten mir helfen?«, hakte sie mit schmelzender Stimme nach.

Ich stieß ein Räuspern aus. »Ja natürlich. Wie kann ich … Was kann ich für Sie tun, Mademoiselle Kelly?«

»Bitte, nennen Sie mich Grace.«

Wenngleich ihre ungezwungene, erfrischend unprätentiöse Art mich nach wie vor irritierte und mein Puls raste, brachte ich ein Lächeln zustande.

»Sicher. Was kann ich für Sie tun, Grace?«

Sie beugte sich nah zu mir vor, als wollte sie ein Geheimnis offenbaren. »Ich werde von einem Fotografen verfolgt, einem furchtbar hartnäckigen Burschen. Eigentlich glaubte ich ihn abgehängt zu haben, aber dann tauchte er auf der Promenade unvermittelt wieder auf. Also ging ich hinter einer Palme in Deckung und lief schließlich rasch weiter ... Nun ja, so bin ich hier gelandet. Klingt fast wie eine Szene aus einem Film, nicht wahr?« Erheiterung und Verdruss wechselten sich auf ihren Zügen ab. »Ich glaube, er hat meine Spur verloren, trotzdem wäre es besser, ich könnte einen Hinterausgang benutzen, für alle Fälle. Diese Paparazzi sind schrecklich aufdringlich, wobei die englischen am schlimmsten sind.«

Ich nickte. »Ja, es gibt einen anderen Ausgang, allerdings liegt er ebenfalls direkt an der Straße«, erklärte ich und fügte hinzu, als ich ihre Enttäuschung bemerkte: »Vielleicht möchten Sie ein paar Minuten in meinem Büro warten, bis die Luft wieder rein ist. Würde Ihnen das helfen?«

»O ja. Haben Sie vielen Dank.« Sie berührte leicht meine Hand. »Ich bin Ihnen wirklich sehr verbunden. Im Grunde wollte ich einfach einen Bummel durch die entzückende Altstadt machen und über die berühmte Croisette schlendern, ein bisschen frische Seeluft schnuppern und für ein, zwei Stunden dem Trubel der Filmfestspiele entkommen. Ich schätze, es war albern von mir, auf etwas derart Utopisches zu hoffen.«

In ihrer Stimme schwang eine leichte Melancholie mit, eine kindliche Verletzlichkeit, die ich von einer Frau in ihrer Position nicht erwartet hätte.

»Haben Sie vielleicht Interesse, ein paar Düfte auszuprobieren, Mademoiselle Kelly?«, meldete sich Natalie auf ihre übliche charmante Art aus dem Hintergrund und glitt an unsere Seite.

Ich bedachte sie mit einem warnenden Blick. Selbst wenn es

unverbindlich klang, wusste ich, worauf Natalie aus war. Sie wollte ihren Freundinnen erzählen, dass sie Grace Kelly beraten hatte, bloß war dies nicht der richtige Moment für ein Verkaufsgespräch.

»Vielleicht ein anderes Mal, Natalie«, ging ich dazwischen. »Bitte, Grace, folgen Sie mir.«

Hektisch suchte ich unter den vielen Schlüsseln, die an einem Ring hingen, nach dem für mein Büro. Erneut registrierte ich die Schwere des Parfüms, das die Diva aufgelegt hatte. Vanille war ein tröstender Duft, weil man ihn mit Heimat und Kindheit assoziierte. Gleichzeitig jedoch verdeckte er eine tiefe Unsicherheit. Jedenfalls nach der Überzeugung meines Vaters, der gerne zu sagen pflegte, dass Menschen, die intensive Düfte bevorzugten und nach außen hin vielleicht eine starke Persönlichkeit ausstrahlten, sich innerlich nach Anerkennung sehnten.

Parfümeur zu sein bedeutet, zugleich ein Psychologe zu sein, lautete die zweite Lektion, die Papa mich gelehrt hatte. Keiner von uns sei frei von verborgenen Selbstzweifeln, und viele Menschen wollten mehr darstellen, als sie waren. Und dieses Mehr zu entschlüsseln und in einen Duft zu verwandeln, das betrachtete er als Aufgabe der Parfümeure.

Unbestritten war Papa außerordentlich gut darin gewesen, verborgenen Geheimnissen auf die Spur zu kommen, dennoch fragte ich mich in diesem Moment, ob er sich in Vanille nicht getäuscht habe. Zumindest was diesen Fall hier betraf. Ich bezweifelte nämlich, dass die stolze und berühmte Grace Kelly womöglich an irgendwelchen Selbstzweifeln litt.

»Sophie, warum überlässt du das nicht mir?«, mischte sich Natalie ein. »Ich werde dafür sorgen, dass Miss Kelly es sich auf der Chaiselongue in deinem Büro gemütlich macht. Dann kannst du in Ruhe den Laden schließen und kommst pünktlich nach Hause.«

Zu gern hätte ich mehr Zeit mit der göttlichen Miss Kelly verbracht, aber ich konnte Natalie schlecht widersprechen, ohne lächerlich zu wirken.

Grace hielt mir ihre Hand entgegen. »Merci, Sophie, richtig?«

»Sophie Duval.«

Sie lächelte. »Aha, Duval. Sind Sie die Besitzerin der Boutique?« Als ich nickte, fügte sie hinzu: »Also nochmals vielen Dank, Sophie. Ich werde Ihre Freundlichkeit nicht vergessen.«

»Vielleicht geben Sie uns eines Tages mal wieder die Ehre, unter günstigeren Umständen wohlgemerkt.«

»Sehr gerne«, erwiderte sie, und ihre blauen Augen funkelten.

Kaum hatte Natalie unsere überraschende Besucherin ins Büro geführt, öffnete sich die Ladentür erneut, und ein großer Mann spähte herein. Unbeweglich stand er auf der Türschwelle, halb drinnen und halb draußen. Er trug einen altmodischen Filzhut und eine abgewetzte Lederjacke, was eindeutig nicht schick genug für Cannes war. Um den Hals hatte er eine Kamera hängen, folglich schien das der Fotograf zu sein, der den Hollywoodstar verfolgte. Allein deshalb war der Mann mir auf Anhieb unsympathisch.

»Tut mir leid, Monsieur, wir schließen gerade.« Ich gab mir keine Mühe, freundlich zu klingen. »Geöffnet wird wieder morgen Früh um neun.«

Daraufhin fragte er mich in gebrochenem Französisch, ob Grace Kelly hier gewesen sei. Seine Aussprache war grauenvoll, seine total dilettantische Wortwahl mehr als komisch.

Missbilligend schürzte ich die Lippen. Ein englischer Paparazzo. Die schlimmsten ihrer Sorte. Das hatte Miss Kelly selbst gesagt.

In belehrendem Ton antwortete ich ihm auf Englisch. »Monsieur, es ist nicht meine Art, Fremden Auskunft zu geben, wer bei uns etwas gekauft hat und wer nicht. Das ist schädlich fürs Geschäft, und ehrlich gesagt, geht es Sie nichts an.«

Statt sich zurückzuziehen, kam der Fotograf ganz herein, musterte mich mit seinen goldbraunen Augen und stieß ein Lachen aus.

»Nun, das nenne ich mal eine typische Französin!«

Ich spürte, dass mir die Hitze ins Gesicht stieg. Wie ertrug die arme Grace nur so schreckliche Leute, die sie die ganze Zeit belästigten?

»Sie brauchen mir nicht zu sagen, ob sie etwas gekauft hat oder nicht.« Der Typ ließ nicht locker, nahm sich beiläufig zwei Visitenkarten vom Ladentisch und warf einen kurzen Blick darauf, bevor er sie einsteckte. »Ich möchte einzig und allein wissen, ob sie hier gewesen ist oder nicht.«

Ungläubig zog ich meine Augenbrauen hoch, vermochte es nicht zu fassen, wie penetrant der Kerl versuchte, Informationen aus mir herauszulocken, als wäre ich die Privatsekretärin der Filmschauspielerin.

»Übrigens, ich heiße Henderson«, sagte er und streckte seine Hand zur Begrüßung aus. »James Henderson. Jim für meine Freunde.«

Als er meine Miene sah, wurde ihm klar, dass ich ihm weder die Hand schütteln noch irgendwelche Informationen preisgeben würde. Deshalb wählte er eine andere Tour, nahm seufzend seinen Hut ab und fuhr sich mit der Hand durch seine Haare, sodass diese in alle Richtungen abstanden. Ich biss auf meine Unterlippe, um mir ein Lachen zu verkneifen.

»Die Sache ist die, Miss, ich hatte einen richtig miesen Tag, und wenn ich meinem Chef kein anständiges Bild von Grace Kelly oder einem anderen prominenten Gesicht liefere, bin ich vermutlich meinen Job los, und meine Katze wird schrecklich enttäuscht von mir sein, weil ich mir ihr Lieblingsfutter nicht mehr leisten kann. Nicht dass das Ihre Sorge sein müsste, doch so ist es nun mal.« Er faltete seine Hände und sah mich flehend an. »Ich bitte Sie, helfen Sie einem armen Engländer.«

Irgendwie war ich gerührt, verbarg das allerdings, indem ich geschäftig Seidenpapier und Geschenkbandrollen unter der Theke zu ordnen begann.

»Leider kann ich Ihnen nicht weiterhelfen, Monsieur«, sagte ich und reckte das Kinn. »Wenn Sie für Ihren Job nicht taugen, bezweifle ich, dass eine kleine Parfümerie Sie retten kann.«

Ein breites Grinsen überzog sein Gesicht. »Völlig richtig. Ich bin ein Idiot und sollte mich lieber schleichen.« Er setzte seinen Hut auf, tippte zum Abschied an die Krempe und wandte sich zum Ausgang. »Bevor ich gehe, darf ich Sie fragen, was für ein Parfüm Sie benutzen? Es riecht wirklich verführerisch.«

Ich sah ihn tadelnd an. »Sie sind wirklich schrecklich unhöf…«

Ein Blitzlicht flammte auf. Geblendet riss ich meine Hand hoch, um meine Augen zu schützen.

»Hey, was soll das?«

Er zuckte mit den Achseln. »Wenn ich schon Grace Kelly nicht fotografieren kann, dann wenigstens eine erboste Französin.«

Mit diesen Worten verließ er den Laden und zog lachend die Tür hinter sich zu.

Eine erboste Französin? Wie konnte er es wagen! Ich stapfte zur Tür und drehte das Schild schroff auf *Fermé,* während er sich draußen eine Zigarette anzündete und davonschlenderte. Zurückgeblieben war ein vertrauter Geruch nach Leder und Tabak. Trotz meines Unmuts weckte das Aroma Erinnerungen an glückliche Zeiten.

Oder, besser gesagt, an die dritte Lektion, die Papa mich gelehrt hatte. *Parfümeur zu sein bedeutet, ein Bewahrer von Erin-*

nerungen zu sein, Sophie. Jeder Geruch wird dich an etwas oder an jemanden erinnern.

Erst als ich zum Büro ging, um Miss Kelly zu versichern, dass die Luft rein sei, wurde mir bewusst, an wen James Henderson und sein Duft mich erinnerten.

An meinen Vater.

Kapitel 2

James

Vor dem Palais des Festivals et des Congrès an der Croisette drängelten sich ganze Heerscharen von Fotografen, als ich eintraf. Ich war spät dran wie immer. Zu meinem Glück war Grace Kelly ebenfalls unpünktlich. Nachdem ich die erste Chance verpasst hatte, sie vor meine Kamera zu bekommen, durfte ich mir einen weiteren Fehlschlag nicht leisten und abermals die unbestrittene Königin von Hollywood verpassen. Vorausgesetzt, die Person, die ich gestern bis in die Parfümerie verfolgt hatte, war tatsächlich Grace Kelly gewesen, wovon diese Miss Duval felsenfest überzeugt zu sein schien.

Widerwillig musste ich der jungen Französin Anerkennung für ihre Hartnäckigkeit zollen, mit der sie einen Hollywoodstar im Hinterzimmer ihrer engen Boutique versteckt hatte. Wenigstens konnte sie nun vor ihren Freunden und Bekannten mit einer tollen Geschichte angeben. Unwillkürlich fragte ich mich, ob ich, der lästige Fotograf, darin überhaupt vorkommen würde.

Sophie Duval, Parfümeurin. Cannes und Grasse, stand auf ihrer Visitenkarte, die ich eingesteckt hatte und jetzt hervorzog. Hochnäsige, schöne Sophie Duval. Aufreizend französisch. Und nicht aus meinem Kopf zu verdrängen, zumal an der Karte verführerisch ihr Parfüm haftete. Egal. Es war Zeit, mich wieder in den Trubel des Festivals und die Menge der Besucher und

Neugierigen zu stürzen. In der Wärme der Nachmittagssonne eigentlich keine unangenehme Aufgabe, vor allem nicht nachdem es den ganzen Morgen geregnet hatte.

Mir mit den Ellenbogen einen Weg durch das Gedränge bahnend, hielt ich nach Teddy Ausschau. Er hatte versprochen, mir einen Platz in der ersten Reihe freizuhalten, wie er das immer tat. Auf ihn war Verlass. Ich mochte vielleicht zu spät dran sein, weil ich verschlafen hatte – Teddy mit seiner absoluten Korrektheit und Pünktlichkeit sorgte unerschütterlich dafür, dass ich trotzdem an vorderster Front stand. Das A und O für einen Fotografen bei einem glamourösen, weltweit beachteten Event wie diesem, das die Chance für außergewöhnliche Aufnahmen bot.

Und um dabei zum Zug zu kommen, nutzte jeder von uns seine Beziehungen und Möglichkeiten weidlich aus. Für das beste Bild waren wir praktisch zu allem bereit. Bestechung. Falsche Versprechen. Insidertipps und Ersatzfilme, die man sich hier erbettelte und dort lieh. So lief das in unserer Branche, und wenn eine berühmte Hollywooddiva in der Stadt war, stieg der Einsatz noch höher und sank unsere Moral noch tiefer.

Ich hob meine Kamera über den Kopf und machte auf gut Glück ein paar Testaufnahmen von dem Menschenauflauf, durch den ich mich gerade nach vorn kämpfte. Meine Augen konzentrierten sich auf den Kontrast zwischen den dunklen Anzügen der Pressemeute und dem strahlend blauen Himmel. Farben und Landschaften waren das, was mich wirklich interessierte, Prominente hingegen weniger. Tatsache war, dass ich viel lieber die Klippen und Buchten der Riviera und die schwindelerregenden Serpentinenstraßen fotografieren würde als platinblonde Schönheiten. Leider traute man Landschaftsporträts ausschließlich künstlerisch ausgebildeten Fotografen zu, von einem einfachen Pressefotografen, einem gewöhnlichen

Lohnarbeiter, der Rechnungen zu bezahlen hatte und dem sein Chefredakteur im Nacken saß, wollte das niemand sehen. Der wurde auf eine Ebene gestellt mit Sensationsreportern, die auch kein großes Ansehen genossen. Und das wollte ich eines Tages hinter mir lassen, doch noch zwangen mich ständige finanzielle Engpässe, diesen Job zu machen.

»He, pass auf, Henderson!« »Geh mir aus dem Weg, Langer.« »Wie wäre es mit ein bisschen Rücksicht«, klang es mir von allen Seiten entgegen.

Sollten sie getrost meckern und schimpfen, die werten Kollegen, das kratzte mich nicht. Alles, was mich interessierte, war, ein Bild zu schießen, das meinen Chef glücklich machen und mir den nächsten Gehaltsscheck sichern würde. Immerhin hatte ich eine eindeutige Warnung bekommen, und Sanders war nicht der Typ, der seine Drohungen nicht wahr machte.

Ein Geniestreich in Cannes oder Rausschmiss, das war der Deal.

Nach wie vor inmitten des Pulks steckend, der sich zum Festspielgelände schob, umgaben mich Lärm und Hektik. Blitzlichter wurden getestet und Filme eingelegt. Alte Bekannte begrüßten sich mit einem kräftigen Schulterklopfen. Es roch nach Tabak, billigem Rasierwasser und Brillantine, und von Gauloises-Zigaretten, die lässig zwischen den Lippen klemmten, stiegen Rauchfahnen in die Luft.

Die vertrauten Gerüche einer Männerhorde katapultierten mich zurück in das Truppenquartier in Southampton, wo wir darauf gewartet hatten, den Ärmelkanal in Richtung Frankreich zu überqueren und an den Stränden der Normandie zu landen, um den Nazis endgültig den Garaus zu machen.

Eine Erinnerung, die ich wie immer ganz schnell verdrängte.

Schließlich entdeckte ich Teddy. »Mahlzeit«, sagte ich, als ich mich endlich zu ihm durchgezwängt hatte, ein Trommelfeuer von Beschwerden wie eine Schleppe hinter mir herziehend.

»Grundgütiger, Jim, du siehst verdammt übel aus. Was ist mit dir passiert?«

Achselzuckend schnappte ich mir Teddys Kamera und nutzte die Rückseite des Blitzlichts als Spiegel. Na ja, toll sah ich nicht aus. Meine untere Gesichtshälfte war mit Bartstoppeln übersät, meine Augen umgaben dunkle Ringe. Ein zerknitterter Hemdkragen und eine Lederjacke, die bessere Tage gesehen hatte, taten das ihre. Mein Aussehen war rundum grauenvoll.

»Das Leben ist mir passiert«, erwiderte ich sarkastisch und gab Teddy seine Kamera zurück. »Du siehst selbst ebenfalls nicht gerade taufrisch aus, wenn ich das hinzufügen darf.«

»Das liegt an diesem verdammten Husten, der mich die ganze Nacht wach hält.«

»Du solltest mal zum Arzt gehen. Oder das Rauchen aufgeben.«

Er zog es vor, nicht darauf zu antworten.

»Wo hast du so lange gesteckt?«, murmelte er, zündete sich, meinen Rat ignorierend, eine Zigarette an und stellte die Verschlusszeit seiner Kamera ein. »Das Objekt deiner Begierde wird jeden Moment eintreffen.«

»Wo ich war? Ich habe mit Emily telefoniert. Sie hat heute Geburtstag und musste mir unbedingt von ihrem neuen Chemiebaukasten erzählen. Ich konnte nicht einfach auflegen.«

Teddy antwortete mit einem freundlichen Klaps auf meine Schulter, und das war alles, was es dazu zu sagen gab. Stattdessen wechselten wir die Objektive und überprüften Brennweite, Belichtung und Schärfe, folgten der üblichen Routine, die ohne großes Nachdenken verrichtet werden konnte.

Zum Glück, denn ich war noch ein bisschen verkatert von zu viel billigem Vin rouge gestern Abend. Dabei mochte ich

Rotwein nicht einmal, aber die Welt hatte am Ende der Flasche gleich besser ausgesehen. Auf den Brummschädel hätte ich zwar verzichten können, doch ich hatte keine Zeit, mir darüber Gedanken zu machen, weil in diesem Moment eine elegante bleigraue amerikanische Limousine heranrollte und vor dem Eingang hielt.

»Es geht los, Jungs! Sie ist da!«, rief jemand hinter mir.

In der Tat war sie es. Die Wagentüren schwangen auf, die Jagd war eröffnet. Blitzlichter feuerten los wie ein Kugelhagel. Plopp! Plopp! Plopp! Um mich herum wurden Rufe laut.

»Miss Kelly! Miss Kelly! Grace! Hier! Hier drüben! Winken Sie bitte in die Kamera! Gefällt Ihnen Frankreich?«

Wie abgerichtete Hunde reagierten wir auf den Wahnsinn des Augenblicks. Wir schrien, unsere Kameras klickten, Blitzlichter blendeten die Augen, und das alles wegen der vagen Möglichkeit, dass sie sich vielleicht, nur vielleicht, in unsere Richtung drehte und uns ein gutes Bild lieferte.

Neben Marilyn Monroe war Grace Kelly der Hollywoodstar, auf den es alle abgesehen hatten. Jeder von uns träumte davon, wie es wäre, wenn sein Bild auf der Titelseite der *New York Times* oder der *Washington Post* erscheinen würde. Jeder von uns hatte schon seine Dankesrede für den Pulitzerpreis im Kopf. Ein einziges perfektes Bild unter den Hunderten, die wir machten, ein Volltreffer auf Film gebannt, und unser Ruf, unsere Karriere und Zukunft wären gerettet. Dieser lächerlich einfache Grund brachte uns dazu, wieder und wieder auszuschwärmen, selbst wenn unser Chefredakteur mit zornrotem Kopf unsere jüngsten Anstrengungen in den Papierkorb gefeuert und gedroht hatte, dass dies unsere letzte Chance sei, sonst seien wir erledigt.

Obwohl der Reiz der Jagd sich mit der Zeit abnutzte, konnte ich, genau wie die anderen, nicht einfach davon lassen. Wie ein Jäger, der sich an seine Beute heranpirschte, geriet ich stets in höchste Alarmbereitschaft: Der Blick hoch konzentriert, die Ohren gespitzt, die Kamera fest im Griff, als wäre sie an meinen Händen angeschraubt, visierte ich jetzt mein Ziel an, den Finger fest auf dem Auslöser.

Bloß dass ich nicht abdrückte, sondern zur Salzsäule erstarrte.

Als Grace Kelly aus der Luxuslimousine stieg, tat ich nichts weiter, als sie anzugaffen. Die Art, wie sie sich schwebend bewegte, wie ein Lächeln ihr Gesicht erhellte und wie sie ihren Kopf zum Sonnenlicht neigte, all das hatte Stil. Sie war der Inbegriff von Weiblichkeit, wunderbar fotogen, und ich war vollkommen fasziniert von ihr. Wollte sie studieren – sie in den Fokus nehmen, sie ausleuchten, ihr näherkommen. Und in diesem Augenblick, als ich ein paar Sekunden abgelenkt war von ihrer Erscheinung, bekamen alle anderen ihr Bild. Außer mir. Bis ich meine Sinne wieder richtig beisammenhatte und auf den Auslöser drückte, hatte Miss Kelly sich längst umgedreht, um hineinzugehen, und damit war es vorbei.

Unwiderruflich.

Teddy pfiff durch die Zähne. »Sie ist echt eine Wucht, oder? Hast du sie gut getroffen?«

Ich hängte mir meine Kamera über die Schulter, strich mit beiden Händen durch meine Haare und zündete mir eine Zigarette an.

»Ja, leider bloß von hinten.«

Mein Freund lachte, während er neben mir seine Ausrüstung zusammenpackte.

»Was? Wie kann das sein? Sie hat direkt zu uns hinübergeschaut!«

Ich nahm einen tiefen Zug von meiner Zigarette und blies den Rauch in den Himmel.

»Die Kamera hat wieder mal verrücktgespielt.«

Natürlich glaubte Teddy mir nicht und verdrehte die Augen. Er hatte in letzter Zeit zu oft von mir gehört, dass meine Kamera schuld sei. Ich legte den Kopf nach hinten, um meinen Nacken und die Schultern zu entspannen, und kniff meine Augen gegen das grelle Sonnenlicht zusammen.

»An diesen blauen Himmel könnte ich mich gewöhnen«, wechselte ich das Thema. »Verglichen damit wirkt England verdammt trostlos.«

»England *ist* verdammt trostlos.« Teddy musterte mich eindringlich. »Ist alles in Ordnung, Jim? Du wirkst selbst ein bisschen trostlos, wenn ich ehrlich bin. Trostloser als sonst, meine ich.«

Ich seufzte. »Es ist hauptsächlich wegen Emily. Ich fühle mich schlecht, weil ich ihren Geburtstag verpasse. Wieder einmal. Immerhin ist es eine große Sache, wenn man zehn wird.«

»Ich würde mir ihretwegen nicht zu viele Gedanken machen. Mädchen brauchen vor allem ihre Mutter. Schließlich dreht sich alles um hübsche Kleider und Partys. Bestimmt bist du besser dran, wenn du sie einfach machen lässt.«

Nein, dem konnte und wollte ich nicht zustimmen. Emily war nicht wie die anderen Mädchen in ihrem Alter. Sie las lieber Geschichten über Wissenschaftler und Forscher, als Tee aus feinen Porzellantässchen zu trinken und Prinzessin zu spielen. Deshalb brauchte sie ihren Vater.

Und was tat ich? Ich leistete ganze Arbeit, um mich als völlig unfähig in dieser Rolle zu erweisen.

»Und dann ist da noch ein kleines Problem mit meinem Job«, fügte ich hinzu. »Sanders wird einen Tobsuchtsanfall kriegen, wenn ich mit nichts als ein paar verwackelten Bildern von Miss Kellys Kehrseite auftauche.« Ich warf meine Zigarette auf den Boden und schob meine Hände in die Hosentaschen. »Du hast nicht zufällig Lust auf einen Drink?«

Teddy zögerte, war hin- und hergerissen zwischen seiner Loyalität mir gegenüber und der Hingabe für seinen Job.

»Sorry, Kumpel. Ich muss erst die Bilder wegschicken, danach kann ich mich dir zum Essen anschließen. Allerdings solltest du vorsichtig mit dem Wein sein, du wirst mir allmählich zu französisch!« Er legte seine Hand auf meine Schulter. »Mach dir keine Vorwürfe wegen Emily. Kinder verzeihen viel schneller als Erwachsene und geben dir die Chance, Versäumnisse wiedergutzumachen.«

Ich war froh über seine beruhigenden Worte. Teddy Walsh war wie ein Bruder für mich – immer mit einem guten Rat zur Stelle, immer konzentriert auf das Positive. Wir hatten beide im Krieg Dinge gesehen, die niemand jemals sehen sollte, geschweige denn junge Männer, die zum ersten Mal von zu Hause fort waren. Teddys Optimismus und Hoffnung hatten uns über manches hinweggeholfen. Und das war noch heute so. Er lebte ganz im Hier und Jetzt und ließ sich von jedem Tag überraschen, eine Einstellung, um die ich ihn beneidete. In seiner Anwesenheit kam es mir vor, als würde ich durch ein hochwertiges Objektiv schauen, die Dinge klarer und schärfer sehen. Selbst Marjorie, meine Exfrau, räumte ein, dass er einen guten Einfluss auf mich hatte – dabei befasste sie sich nicht oft mit dem Guten im Menschen.

Natürlich hatte Teddy mal wieder recht. Emily würde mir verzeihen. Also sollte ich mir keine unnützen Gedanken machen, zumal es selbst in London nicht unproblematisch war, etwas mit ihr zu unternehmen. Dafür sorgte Marjorie. Warum also diese Schuldgefühle? War dieses Leben auf der Jagd nach Neuigkeiten und Stars rund um die Welt vielleicht eine Flucht vor dem Gefühl, ein schlechter Vater zu sein? Oder hatte ich einfach Angst davor, mich zu bemühen, ein guter Vater zu werden?

Noch vor wenigen Tagen war ich in meiner Wohnung in Clapham aufgewacht und hatte mich gefragt, ob im Kühlschrank etwas zum Frühstücken war, während ich dem Regen lauschte, der gegen die Fensterscheiben prasselte. Heute Morgen hingegen hatte ich in einem Strandhotel in Cannes die Augen geöffnet, die Sonne über dem Meer glitzern sehen und ein Omelett und Croissants gegessen. Welch ein Kontrast. Mein Beruf als Pressefotograf brachte mich an einige ungewöhnliche Orte, was ich jedoch wenig würdigte. Für mich war wichtiger, dass er mich von den Schatten der Vergangenheit ablenkte, von den Schrecken des Krieges. Und nebenbei führte er mich fort von dem spektakulären Chaos, das ich in meiner Ehe angerichtet hatte. Es war schließlich einfacher, den Fokus auf etwas oder jemand anders zu richten als auf sich selbst.

Dabei übersah ich bisweilen, dass mein Beruf mich auch von dem Einzigen entfernte, das mir wirklich wichtig war: von meiner Tochter.

Nachdem die Presseschar sich aufgelöst hatte, bummelte ich über die Croisette, die berühmte Promenade von Cannes, kaufte zunächst in einem Tabakladen eine Postkarte für Emily ein und ging anschließend zu meinem Hôtel Barrière Le Majestic, um dort auf der Terrasse unter freiem Himmel mein Abendessen einzunehmen. Vorher schrieb ich bei einem Café Crème die Karte an meine Tochter, die begierig darauf war, Ansichtskarten aus aller Welt zu bekommen. Das war ihr fast wichtiger als meine wöchentlichen Anrufe, und sie bewahrte die bunten Grüße unter ihrem Bett in einer Schatztruhe auf, die mit einem zitronengelben Band verschlossen war.

Lange Zeit saß ich da und beobachtete die Leute, lauschte dem unverständlichen französischen Gebrabbel um mich herum und fragte mich, warum hier jeder so viel glücklicher und entspannter und verliebter wirkte als die Menschen in London. Hier berührte, küsste und streichelte man sich, ohne dass es jemanden kümmerte. Vielleicht lag es am schönen Wetter, am Meer und am billigen Wein. Oder an diesem undefinierbaren französischen Je-ne-sais-quoi. Was immer es war, es ließ meine englische Miesepetrigkeit umso deutlicher hervortreten. So sehr, dass ich mich fragte, ob ein Mensch sich veränderte, wenn er an einem Ort wie diesem lebte, und ob das Leben an der Côte d'Azur ebenfalls auf mich abfärben würde.

Während ich überlegte, inwieweit es mir guttäte, mir mehr Savoir-vivre, dieses Wort für Lebensart kannte ich immerhin, von den Franzosen abzuschauen, versuchte ich gleichzeitig, nicht daran zu denken, wie übel der Anschiss von Sanders ausfallen würde, wenn ich ihm nicht wenigstens ein perfektes Bild von Grace Kelly verpasste.

Ein vertrautes Gesicht riss mich aus meinen fruchtlosen Grübeleien. Sophie Duval. Sie stand vor dem Eingang zur kleinen Galerie mit Luxusboutiquen neben der Hoteleinfahrt und kämpfte mit dem Wind, der ihren knielangen Rock hochwehte. Ihr Unmut amüsierte mich, und ich beschloss, zu ihr hinüberzugehen und mich für mein ziemlich grobes Benehmen in ihrem Laden zu entschuldigen. Vielleicht könnte ich ihr ja einen leichten Duft für Emily als Wiedergutmachung abkaufen, schoss es mir spontan durch den Kopf.

Ich legte die passende Summe Francs auf den Tisch, griff nach meiner Kamera und erhob mich so hastig, dass ich den Stuhl umstieß. Das Scheppern weckte Miss Duvals Aufmerksamkeit, und mein Vorsatz, sie zu überraschen, verwandelte sich in Schall und Rauch. Kaum hatte sie mich entdeckt, wandte sie sich abrupt ab und marschierte zügig davon. An Verfolgungsjagden gewöhnt, schlängelte ich mich zwischen den voll besetzten Tischen auf der Terrasse so schnell durch, wie meine langen

Gliedmaßen es erlaubten, aber es war zu spät. Als ich endlich die Straße erreichte, war Miss Duval bereits in einer schmalen Seitengasse verschwunden.

Nicht mit mir, dachte ich. So leicht würde ich nicht aufgeben. Ich spurtete los und folgte dem verlockenden Duft ihres Parfüms durch die verwinkelte Altstadt von Cannes, die so ganz anders war als die mondäne Promenade.

Kapitel 3

Sophie

Die letzten Sonnenstrahlen tauchten den Horizont in ein rotes Licht und warfen eine glitzernde Bahn aus Gold auf das Wasser, ihr Abschiedsgeschenk, bevor die Dunkelheit hereinbrach. Ich hätte mich gerne irgendwohin gesetzt, um das Schauspiel zu beobachten, nur war ich ohnehin spät dran für das Dîner im Chez Benoît. Deshalb trippelte ich so schnell weiter, wie meine Bleistiftabsätze es erlaubten. Lucien hasste es nämlich, warten zu müssen, selbst wenn es von mir keine Absicht war. Ich vergaß einfach gelegentlich die Zeit, wenn ich zu sehr in meine Arbeit vertieft gewesen und in einer Welt der Düfte, Erinnerungen und Träume versunken war.

Heute hatte ich sogar einen besonderen Grund für meine Verspätung, denn beim Experimentieren war ich auf etwas Außergewöhnliches gestoßen, auf eine wahre Verführung der Sinne: Ambra, angereichert mit Moschusöl, als Fixativ für die Basisnote, Trockenkirsche und Veilchen für die Kopfnote, Akazie und Eichenmoos für die Herznote. Die sorgfältig ausbalancierte Zusammensetzung aller Bestandteile hatte ich in einem Notizbuch festgehalten, in dem sämtliche Formeln für die Duval-Düfte dokumentiert waren. Ursprünglich hatte es meinem Vater gehört, der es liebevoll sein Journal des Fleurs, sein Blumenjournal, genannt hatte, und dieser Name war geblieben.

Jeder Parfümeur wusste, dass er seine Formeln wie ein kostbares Geheimnis hüten musste. Wissenschaft und Magie, Kunst und Schönheit, all das befand sich in den kleinen Glaskolben, die eines Tages durch einen edlen Flakon ersetzt würden. Meine neue Komposition benötigte zwar noch etwas Feinarbeit, doch ich stand dicht, ganz dicht vor einem Durchbruch.

Lächelnd betrat ich das Restaurant.

»Bonsoir, Madame.« Der Empfangschef nickte mir zu und hielt mir die Eingangstür auf. »Monsieur Marceau erwartet Sie an Ihrem üblichen Tisch.«

»Merci, Jacques. Ich komme zu spät«, erklärte ich und ließ meine Jacke von meinen Schultern gleiten, damit er sie mir abnahm.

»Madame, eine so schöne Frau wie Sie kann niemals zu spät kommen.«

Ich lachte über seine charmante Bemerkung und ging zwischen den runden Tischen durch, die mit flackernden Kerzen und steifem weißem Leinen gedeckt waren. Dezente Klaviermusik mischte sich mit Gelächter und wehte durch den Raum. Köstliche Düfte aus der Küche umfingen mich: Es roch nach saftigem Schmorbraten, wildem Knoblauch und nach frischem Fisch. Luciens Lieblingsrestaurant in Cannes war rasch zu *unserem* Lieblingsrestaurant geworden, trotz der sündhaften Preise, was indes für den Sohn eines millionenschweren Bauunternehmers keine Rolle spielte. Mir hingegen mit einem ganz anderen Hintergrund bereitete Luciens sorglose Spendierfreudigkeit durchaus manchmal Unbehagen.

Er stand höflich auf, als ich mich dem Tisch näherte, schaute allerdings demonstrativ auf seine Armbanduhr.

»Würdest du nicht so blendend aussehen, wäre ich jetzt böse auf dich.« Nach dem üblichen Ritual des Austauschs von Wangenküssen zog er den Stuhl für mich vom Tisch zurück und stellte mich zur Rede. »Was hat dich so lange aufgehalten?«

»Tut mir leid, dass ich wieder mal zu spät bin«, entschuldigte ich mich und strich meinen geblümten Rock glatt. »Ich komme gerade aus Grasse«, fuhr ich fort und konnte es nicht erwarten, ihm von meinen Fortschritten zu berichten, aber seine vorwurfsvolle Miene hinderte mich daran.

»Ich warte seit fast einer Stunde«, beschwerte er sich erneut, trank seinen Martini aus und winkte den Kellner heran. »Wir sind bereit für die Vorspeise, dazu nehmen wir eine Flasche Pommery.«

»Très bien.«

Der Kellner verbeugte sich ehrerbietig und eilte davon. Das Personal war Luciens teuren Geschmack und seine anspruchsvolle Art gewohnt.

»Noch etwas länger, und ich hätte in Erwägung gezogen, den Tisch zu wechseln«, sagte er mit einem Hauch von Ironie in der Stimme. »Die Florents sitzen vorn am Fenster.«

Ich griff nach seiner Hand und drückte sie. »Verzeih, ich werde es wiedergutmachen.«

»Diese Antwort gefällt mir«, sagte er augenzwinkernd, und wie auf Kommando breitete sich ein Lächeln auf seinem Gesicht aus.

Der Sommelier, der am Tisch erschien, verhinderte eine Vertiefung des unersprießlichen Gesprächs. Er entkorkte die Champagnerflasche und goss einen Schuss von der schäumenden Flüssigkeit in ein Kristallglas. Auf meinem Stuhl zurückgelehnt, beobachtete ich, wie Lucien den Pommery kostete und zustimmend nickte. Offenbar handelte es sich um einen erstklassigen Jahrgang, denn Lucien hatte einen unfehlbaren Geschmack und gab sich mit nicht weniger als Perfektem zufrieden.

»Ich habe eine Entdeckung gemacht.«

Sobald der Sommelier den Champagner in den silbernen Eiskübel auf dem Servierwagen gestellt und sich entfernt hatte, war ich nicht länger fähig, meine Begeisterung für mich zu behalten, die wie die Bläschen in meinem Glas erneut in mir hochstieg.

»Soso, wenn das der Grund für deine Verspätung war, lass hören.«

»Ich stehe kurz vor der Vollendung eines neuen Parfüms, von dem ich glaube, dass es ein richtig großer Wurf wird. Womöglich der Geniestreich, auf den ich gewartet habe«, setzte ich hinzu und hob ihm mein Glas entgegen.

Lucien stieß mit mir an. »Das ist wunderbar. Glückwunsch.«

»Danke. Obwohl es so viele Jahre her ist, wünschte ich, Papa würde das noch erleben.« Ein Kloß in meiner Kehle zwang mich, hart zu schlucken. »Wenn ich einfach mit ihm darüber sprechen könnte, das wäre wunderbar. Er würde es besser verstehen als jeder andere.«

»Ich weiß, Chérie«, versicherte Lucien und führte meine Hand an seine Lippen. »Ich weiß.«

Mit einem Mal überkam mich das Bedürfnis, ihm mehr darüber zu erzählen, ihm meine Ideen und Pläne zu erläutern, doch er pflegte meine leidenschaftlichen Ausführungen lediglich bis zu einem gewissen Punkt zu tolerieren, dann war Schluss. Er war durch und durch Geschäftsmann, handelte häufig mit eiskalter Berechnung und fand, ich würde mich zu oft von meinen Emotionen leiten lassen statt von meinem gesunden Menschenverstand.

Dennoch war es gerade unsere Verschiedenheit, die ihn ursprünglich an mir gereizt hatte, und dasselbe galt für mich. Mit Einschränkungen. Als er neulich angedeutet hatte, dass er unsere Beziehung in nicht allzu ferner Zukunft formell besiegeln wolle, war das einerseits ein Grund zur Freude gewesen, andererseits gefiel es mir ganz und gar nicht, dass Lucien davon ausging, ich würde dann vollauf damit beschäftigt sein, mich um seine Besitztümer – das Haus in Cannes, die Yacht, die Wohnung in Paris – zu kümmern und die Gastgeberin für seine wohlhabende Klientel zu spielen. Mit anderen Worten: Er erwartete von mir, dass ich mich aus dem Parfümgeschäft mehr und mehr zurückzog, damit einer Ehe nach seinen Vorstellungen und einer Familiengründung nichts im Wege stand. Ich hatte nicht widersprochen und mir erst mal keine Gedanken gemacht, weil ich darauf hoffte, dass er seine Meinung mit der Zeit änderte. Schließlich war ihm bewusst, wie viel unser Unternehmen mir bedeutete. Lucien gab öfter unbedachte Kommentare von sich, die er später bereute und revidierte, und das verlieh mir die Zuversicht, dass ich mich im Ernstfall auf seine Liebe und Unterstützung verlassen konnte.

»Habe ich dir gesagt, dass ich heute Abend noch auf einer Party vorbeischauen muss? Wenn du magst, kannst du gerne mitkommen«, beendete er das Gespräch über meine Arbeit und kam wieder auf sich selbst zu sprechen. »Durch das Filmfestival kann ich mich vor Einladungen kaum retten. Unter anderem ist Grace Kelly in der Stadt, mit ihrem Liebhaber oder mit einem ihrer Filmpartner. Bei ihren vielen Verehrern ist es schwer durchzublicken.«

»Ach ja?« Aus irgendeinem Grund verschwieg ich ihm, dass sie in unserer Boutique gewesen war. »Ich wusste nicht, dass sie in festen Händen ist.«

Er beugte sich vor und senkte verschwörerisch seine Stimme. »Ist sie nicht, nicht offiziell. Aber irgendwas läuft da mit Jean-Pierre Aumont. Die beiden sind in allen Zeitungen abgebildet. Wie praktisch, dass sie zur selben Zeit hier sind. Dem Hörensagen nach ist er der einzige Grund, warum sie sich überhaupt bereit erklärt hat, nach Cannes zu kommen. Außerdem kursiert das Gerücht, dass sie mit diesem Cassini, dem Modeschöpfer, verlobt sei.« Grinsend lehnte er sich auf seinem Stuhl zurück. »Sie macht ihre Sache gut, sage ich dir. Schönheit sollte man immer zum eigenen Vorteil nutzen.«

Lucien hatte Spaß an den ganzen Klatsch- und Skandalgeschichten, die während der Filmfestspiele im Umlauf waren. Darüber hinaus genoss er es – für meinen Geschmack fast im Übermaß –, wenn sich im Hafen die Yachten drängten und bekannte Gesichter die Bars und Hotels in Cannes und den Nachbarorten entlang der Côte d'Azur bevölkerten. Und es war ihm unendlich wichtig, daran teilzuhaben. Tatsächlich schaffte er es, all die richtigen Einladungen zu bekommen und all die richtigen Leute zu treffen. Lucien Marceau konnte mit seinem Charme jeden um den Finger wickeln, zumal er mit seinem pechschwarzen Haar, seiner kühnen Adlernase und seiner Luxusgarderobe einen imposanten Eindruck machte und sich aus der Masse der Normalsterblichen deutlich heraushob.

Selbst mir, der diese Art der Selbstdarstellung eher fremd war, blieb nicht verborgen, dass ihm bewundernde Blicke folgten, wenn er im gestreiften Lacoste-Polohemd und mit stilvoll geknotetem Seidentuch um den Hals durch einen vollen Raum schlenderte. Was noch mehr galt, wenn er einen eleganten Smoking trug. Ich gönnte es ihm, dass er immer und überall im Mittelpunkt stand, zog es jedoch vor, mich davon fernzuhalten und lieber mit ein oder zwei Freundinnen still in einer Ecke zu sitzen, wo wir ungestört reden konnten. Und insgeheim wünschte ich mir manchmal, er würde etwas mehr Interesse an den Dingen zeigen, die mich interessierten und glücklich machten.

»Ich bin heute zu müde, um nach dem Essen noch weiterzuziehen«, sagte ich. »Geh lieber ohne mich zu der Party.«

Er ließ sein ansteckendes Lächeln aufblitzen und küsste erneut meine Hand. »Na gut, aber morgen Abend gilt: pas d'excuse, keine Entschuldigung.«

Mir blieb eine Antwort erspart, weil der Kellner just in diesem Moment mit einer Austernplatte erschien, über die Lucien sich sogleich mit Begeisterung hermachte und das mit Zitronensaft beträufelte Muschelfleisch genießerisch aus der Schale schlürfte. Wir aßen schweigend, bis die Spargelcremesuppe serviert wurde. Erst dann ergriff er wieder das Wort.

»Woran denkst du?«, fragte er, als er meine geistige Abwesenheit bemerkte, und riss ein Stück von dem Baguette ab. »Du siehst aus, als würdest du gerade einen Plan ausbrüten, der dich in die Lage versetzt, die Weltherrschaft zu übernehmen.«

»Nicht ganz«, erwiderte ich lachend.

Meine Gedanken waren um die Begegnung mit Grace Kelly gekreist und dann zu diesem aufdringlichen Fotografen abgeschweift, diesem James Henderson. Rasch verdrängte ich ihn aus meinem Kopf und startete einen neuen Anlauf, Lucien von meiner sensationellen Entdeckung zu erzählen.

»Ich glaube, dieser neue Duft hat das Zeug, etwas ganz Besonderes zu werden. Vielleicht lässt sich daraus eine eigene Linie entwickeln, die ich mir immer gewünscht habe. Ich müsste mit unserer Bank sprechen …«

Lucien drückte meine Hand. »Mon amour, du weißt, dass du dir das nicht leisten kannst. Der Kredit, den ich dir vor über einem Jahr gegeben habe, ist längst aufgebraucht. Ich weiß, wie viel Freude deine Arbeit dir bereitet – trotzdem musst du dir klarmachen, dass dieses Vorhaben eindeutig deine finanziellen Möglichkeiten übersteigt. Überleg mal, wie lange es dauern würde, zu den Marktführern aufzuschließen. Du würdest mit den berühmtesten Namen in Paris konkurrieren. Und denk daran, das deine Produkte regional gebunden sind. Sie stehen für die Provence und die Côte d'Azur, weshalb sie sich allein hier unten im Süden gut verkaufen lassen.« Er tunkte ein Stück Brot in die Suppe. »Und vergiss nicht, dass da zudem noch das Problem mit deiner Mutter ist.«

Mama. Ich seufzte. Bestimmt würde sie von meiner Idee nichts halten. Sie scherte sich nämlich keinen Deut um die Firma. Für sie waren allein ihr Cognac und ihre immer häufiger werdenden Ausflüge an den Spieltisch wichtig. Ihre Sucht hatte unser Leben bestimmt, solange ich zurückdenken konnte. Trotz Papas ständigen Versuchen, sie davon abzubringen. Manchmal war er so laut geworden, dass man den Eindruck hatte, die Wände würden wackeln. Mit Glück riss sie sich daraufhin für eine Weile zusammen, doch es hatte nie lange angehalten. Und genauso musste ich es erleben.

Hatten diese Probleme mich vielleicht sogar daran gehindert, einen kreativen Durchbruch zu erzielen, der lange auf sich hatte warten lassen und erst jetzt endlich zum Greifen nahe schien? Wenngleich Luciens Einwände, dass ich den etablierten Namen nicht so ohne Weiteres Konkurrenz machen konnte, zweifellos berechtigt waren, wurde ich das Gefühl nicht los, auf dem richtigen Weg zu sein. Einem Weg, der mir nicht allein Anerkennung, sondern auch finanziellen Erfolg bescheren und mich aller Sorgen entheben würde. Dann nämlich würde ich die Manufaktur trotz der doppelten Sucht meiner Mutter, die Unsummen verschlang, weiterhin über Wasser halten können.

»Eine Premiumlinie wäre wahrscheinlich der Durchbruch, Lucien. Nach so einem Duft habe ich immer gesucht. Ich werde mit Mama reden und …«

»Lass uns heute Abend nicht übers Geschäft sprechen, Chérie«, unterbrach er mich. »Du wirst dich bloß wieder aufregen. Der finanzielle Druck, deine Mutter, dieses ständige Was-wäre-wenn.« Lucien füllte unsere Champagnergläser nach und scheuchte den Sommelier mit einer herablassenden Geste fort.

»Das würde uns lediglich den Abend verderben.« Er warf einen Blick auf seine Rolex. »Das bisschen, was davon noch übrig ist.«

Meine Euphorie verflog, und meine Träume wurden vom Gewicht der harten Realität erdrückt.

»Ja, du hast recht«, gab ich deprimiert zurück. »Sprechen wir nicht mehr davon.«

Als er meine Enttäuschung sah, nahm er meine Hand. »Wir werden das Gespräch ein anderes Mal fortsetzen, versprochen. Ich möchte alles über den neuen Duft erfahren. Später. Sortier in der Zwischenzeit deine Gedanken und schreib sie auf, damit du eine Strategie entwerfen kannst. Wie klingt das?«

Ich nickte, wenngleich ich nicht unbedingt seiner Meinung war. Plötzlich hatte ich keinen Appetit mehr und legte das Besteck zur Seite.

Kapitel 4

James

Hollywoodstars waren schwer zu fassen, der Sonnenuntergang in Cannes dagegen ließ sich unmöglich verfehlen. Es war meine liebste Zeit des Tages, wenn am Horizont alles langsam in einem rotgoldenen Schein versank, der mal blass, mal spektakulär war, und die Stadt sich zugleich in ein Lichtermeer zu verwandeln begann. Fasziniert suchte ich nach interessanten Silhouetten, Schatten und Winkeln, konzentrierte mich vor allem auf das Wasser, das wie Seide glänzte.

Und ich konnte endlich meiner geheimen Passion, dem Fotografieren von Landschaften, frönen. Anders als bei der Jagd nach Stars und Sternchen wurde mir hier die Zeit gewährt, die ich für eine perfekte Bildkomposition brauchte, und von gelegentlichen Wetterkapriolen abgesehen, erlebte ich keine bösen Überraschungen. Zwar behauptete Teddy gerne, ich besäße ein gutes Gespür für Gesichter, und riet mir deshalb, mich auf Porträtaufnahmen von Menschen zu verlegen, aber ich war mir nicht sicher, ob ich ihm das glauben sollte. Landschaften waren für mich die sicherere Bank. Sie verstand ich, wohingegen ich Menschen meistens falsch einschätzte.

Während ich über die Croisette schlenderte, kam es mir vor, als würde die ganze Stadt aufatmen. Alles entspannte sich in der frischen Abendbrise, selbst die Palmen raschelten mit ihren

Blättern wie Hulamädchen mit ihren Baströcken. Als ich an der Boutique Duval vorbeikam, nahm ich eine der Visitenkarten, an denen noch leichter Parfümgeruch haftete, aus meiner Jacke und hielt sie mir unter die Nase. Der Duft war sinnlich und feminin zugleich. Durch und durch französisch. Irgendwie wollte diese Sophie mir nicht aus dem Kopf. Das ging so weit, dass ich die Begegnung mit ihr nicht für Zufall, sondern für Schicksal hielt.

Unentwegt musste ich an den Ausdruck in ihren Augen denken, als ich sie in ihrem Geschäft fotografiert hatte. Verwirrt. Gekränkt. Verletzlich. Manche Menschen verfügten über eine ausdrucksstarke Mimik, wie sie jede Kamera liebte und die sie gerne herausstellte, und Miss Duval hatte ein solches Gesicht. Eines, das für die Kamera wie geschaffen war. Allein aus diesem Grund konnte ich es kaum erwarten, nach London zurückzukehren und den Schnappschuss zu entwickeln.

In der Zwischenzeit allerdings gab es weitaus wichtigere Dinge, über die ich mir Gedanken machen musste. Mir blieb noch ein letzter Tag in Cannes. Und den musste ich unbedingt nutzen, um eine Hollywoodikone vor die Linse zu bekommen, oder ich würde meinen Job verlieren. Es ging um alles oder nichts. Eine andere Chance hatte ich nicht mehr, und ein berufliches Aus würde nicht ohne Auswirkungen auf meine private Situation bleiben. Vor allem würde ich meiner Tochter endgültig nichts mehr bieten können.

Zurück im Hotel, wählte ich die Nummer von Teddys Zimmer. Er hatte sich gestern nicht mehr gemeldet, um sich mir wie versprochen zum Abendessen anzuschließen – dabei sah es ihm überhaupt nicht ähnlich, eine Mahlzeit zu verpassen. Es klingelte mehrere Male, bevor er abhob.

»Hallo.« Seine Stimme klang verschlafen und leicht undeutlich. Dann fing er an, so heftig zu husten, dass ich unwillkürlich den Hörer ein Stück von meinem Ohr weghalten musste.

»Teddy? Hier ist Jim. Bist du betrunken?«

»Nein, ich bin krank. Komm rüber. Ich möchte mit dir reden.«

Während ich zu seinem Zimmer ging, überlegte ich, was er mir wohl anvertrauen wollte. Bestimmt nichts Gutes. An so was glaubte ich seit Langem nicht mehr. Zwar hatte mein alter Herr früher immer gescherzt, ich hätte mehr Glück als Verstand, doch die Zeiten, als ich immer auf der Gewinnerseite war, gehörten der Vergangenheit an. Und in meinem Pessimismus glaubte ich nicht daran, dass sich das noch einmal ändern würde.

Falsch gedacht, wie ich bald feststellen sollte.

»Ich bin morgen zu einem exklusiven Pressetermin eingeladen«, erklärte Teddy mir, während ich ihm ein Glas Wasser eingoss und die Vorhänge zuzog. »Ein Bekannter von einem Bekannten, Filmredakteur von *Paris Match,* war mir einen Gefallen schuldig. Pierre Galante, so heißt der Mann, hat offenbar für morgen ein Treffen zwischen Grace Kelly und Fürst Rainier im Palast von Monaco arrangiert. Dabei war seine Ehefrau ihm eine große Hilfe. Es handelt sich nämlich um Olivia de Havilland, einen der erfolgreichsten Filmstars aus Hollywoods großer Zeit. Rein zufällig reisten sie mit demselben Zug von Paris nach Cannes wie Miss Kelly und machten ihr die Begegnung mit dem Fürsten schmackhaft. Der Märchenprinz und die Hollywoodprinzessin. Erwartungsgemäß hat ihr Studio die Zustimmung gegeben, angeblich hatte man dort selbst die Hände im Spiel. Ich sehe die Schlagzeile bereits vor mir.«

Gleichmütig ließ ich mich auf das Fußende von Teddys Bett plumpsen. »Fürst wer? Nie von ihm gehört.«

»Miss Kelly anscheinend auch nicht. Es heißt, sie würde den Termin am liebsten absagen und den Tag mit diesem Aumont verbringen, der ihr scheinbar überallhin folgt, doch MGM hat sie in die Pflicht genommen. Eine Handvoll Presseleute wurde eingeladen, das Treffen zu begleiten. Um Werbung für die amerikanisch-französischen Beziehungen zu machen und so.«

»Und da du flachliegst, soll ich dich im Palast vertreten?«

»Genau.«

Ein breites Grinsen überzog mein Gesicht. Ich beugte mich zu meinem Freund hinüber und drückte ihm einen Kuss auf die Stirn.

»Teufel noch mal, ich liebe dich, Teddy Walsh! Nun wird Sanders keinen Vorwand mehr haben, mich zu feuern.«

»Vermassele es nicht, Jim. Die ganze Sache ist ein bisschen heikel – du weißt ja, wie populär Kelly im Augenblick ist. Egal wie, es könnte auf jeden Fall fette Schlagzeilen geben.«

»Großes Pfadfinderehrenwort«, versprach ich. »Ich hole mir das perfekte Bild.«

Er verdrehte die Augen und winkte mich matt fort, weil ein weiterer Hustenanfall ihn übermannte und er keuchend nach Luft rang.

»Bist du sicher, dass du allein zurechtkommst?«, fragte ich, war besorgt, ihn so kraftlos zu sehen. »Du wirst hoffentlich nicht sterben oder so? Sonst sollte ich besser das Zimmermädchen vorwarnen«, fügte ich scherzhaft hinzu.

Teddy versuchte zu lächeln. »Ich habe nicht vor zu sterben. Zumindest diese Nacht überlebe ich. Und nun verzieh dich endlich, bevor du es schaffst, dass ich mich noch elender fühle.«

Am nächsten Morgen holte mich ein Kontaktmann von *Paris Match* ab, ein kleinwüchsiger Kerl mit dicken Fingern und beschränkten Englischkenntnissen. Schweigend kämpften wir uns mit knirschendem Getriebe in seinem Peugeot 203 die steilen Serpentinen nach Monaco hoch und hatten Mühe, der amerikanischen Limousine zu folgen, die die Filmgesellschaft für ihren Superstar angemietet hatte, der von Pierre Galante und Olivia de Havilland begleitet wurde.

»Hier in der Gegend sind Hollywoodstars genauso häufig wie Champagnerkorken«, sagte ich, ohne eine Antwort zu erhalten.

Es war mir recht, solange er seine Augen fest auf die Straße heftete. Ich schob meinen Sitz zurück, um meine langen Beine möglichst weit ausstrecken zu können, kurbelte das Fenster herunter und betrachtete die hinreißende Aussicht. Weit unten am Fuß der Klippen leuchtete das Meer in einem sagenhaften Blau – dass es unwahrscheinlich steil in die Tiefe ging, versuchte ich auszublenden. Der Geruch von Salz und Orangenblüten wehte herein und mischte sich mit dem Tabakgeruch meiner Zigarette. Genauso stellte ich mir Urlaub vor, dachte ich und entspannte mich zusehends. Vielleicht würde ja alles noch gut werden dank Teddy und seines Keuchhustens sowie dank Grace Kelly und eines Fürsten.

Am Ziel angekommen, erklärte uns ein Angestellter des Hofes unter wortreichen Entschuldigungen, dass Seine Durchlaucht sich ein wenig verspäten werde, und bot uns zur Entschädigung eine Führung durch den Palast an.

Miss Kelly wirkte zwar leicht irritiert und schaute immer wieder demonstrativ auf ihre Armbanduhr, was sie aber nicht daran hinderte, den Fotografen und Reportern mit routinierter Höflichkeit die Hand zu schütteln, einem nach dem anderen.

»James Henderson von der britischen Presse«, stellte ich mich vor, als sie vor mir stehen blieb. »Jim für meine Freunde.«

Sie lächelte mich freundlich an. »Hallo, James«, sagte sie und wandte sich dem Nächsten in der Reihe zu, der fürchterlich schwitzte.

Zum Glück für den Filmstar wischte er seine Hand an seinem Jackenaufschlag ab, bevor er sie vorstreckte. Außerdem hatte Miss Kelly, wohl wissend, was sie bei derartigen Anlässen erwartete, ihre weißen Handschuhe vorsorglich nicht ausgezogen.

»Gentlemen, man hat mir gesagt, dass der Fürst etwas später kommt«, verkündete sie, nachdem sie jeden von uns persönlich begrüßt hatte. »Und dann will er sicher seinen großen Auftritt. Vielleicht können wir die Zeit bis dahin nutzen und ein paar Aufnahmen ohne ihn machen.«

Mit vollendeter Professionalität, Leichtigkeit und Charme winkte sie uns, ihr mit dem Mann vom Pressebüro zu folgen, der uns durch den Palast führen würde. Eigentlich hatte ich erwartet, dass sie sich unnahbar geben werde, geprägt von der gnadenlosen Hollywoodmaschinerie, doch Grace Kelly hatte nichts Unnahbares, wirkte fast belustigt und ähnlich ratlos wie wir alle, dass es sie nach Monaco in einen mittelalterlichen Palast verschlagen hatte. Ihr weicher amerikanischer Akzent und ihre eher schlichte Aufmachung hatten wenig gemein mit den glamourösen Diven in Pelzen und mit Diamanten behängt, die wir sonst zu sehen bekamen. Ihr schwarzes Kleid mit Rosenmuster erinnerte mich eher an die Wohnzimmertapete meiner Mutter, wenngleich es sich ganz sicher um eine Haute-Couture-Kreation handelte.

Betont gleichmütig schloss ich mich ihr und den anderen Fotografen auf dem Rundgang an, denn Teddy hatte mir eingeschärft, keine Aufmerksamkeit auf mich zu lenken und eine gelangweilte Miene aufzusetzen. Ich tat mein Bestes, aber es war nicht leicht in einem derart pompösen Ambiente und in der Gegenwart einer derart umwerfenden Frau.

Falls es dem Hollywoodliebling widerstrebte, an diesem Ort zu sein, ließ sie es sich keine Minute lang anmerken. Ebenso bereitwillig wie anmutig posierte sie für uns, und ihr Lächeln erhellte selbst den düstersten Raum im ältesten Teil des Palastes. Wir fotografierten sie auf Teufel komm raus, egal ob sie Marmorbüsten, antike Waffen oder Ahnenporträts der Familie Grimaldi betrachtete. Sobald wir sie knipsten, schaltete sie in jeder Pose ihren Charme an. Ich war beeindruckt von ihrer Fähigkeit, angesichts dieser Vielzahl unbelebter Objekte vollkommen fasziniert zu wirken, eben mehr als nur ein bisschen beeindruckt. Und mir kam der Gedanke, sie könnte am Ende die perfekte Frau für den Fürsten sein, der im günstigsten Fall als nicht gerade mitteilsam galt und hinter vorgehaltener Hand als so unterhaltsam wie eine Marmorstatue bezeichnet wurde.

Nach mehreren gestellten Aufnahmen in der Bibliothek gelang mir ein zauberhafter Schnappschuss von Miss Kelly in einem offenen Bogengang mit Deckenfresken, in den die Sonne hereinfiel. Ich drückte genau in dem Moment auf den Auslöser, als sie stehen blieb, ihre Hände auf die Steinbalustrade legte und wie die Hausherrin hinunter in den Innenhof schaute.

Eins musste ich ihr lassen: Sie war wirklich eine gute Schauspielerin.

Schließlich wurde uns das Eintreffen des Fürsten verkündet, und man führte uns in eine Art Salon, wo Rainier etwas linkisch neben dem Kamin wartete. Auf mich wirkte er weder besonders nobel noch besonders attraktiv. Vielmehr sah er in seinem dunkelblauen Zweireiher ziemlich gewöhnlich aus, und im Stillen fragte ich mich, ob Miss Kelly wohl dasselbe dachte.

Als die beiden, begleitet vom Klicken und Surren unserer Kameras, einander offiziell und sehr förmlich vorgestellt wurden, streifte sie ihren rechten Handschuh ab und machte einen kleinen Hofknicks. Rainier, entsetzlich steif, beugte seinen Oberkörper leicht vor, um ihr die Hand zu schütteln. Der Ärmste war sichtlich gehemmt und schien unfähig, einen weiteren Schritt auf sie zuzugehen. Er nahm nicht einmal seine Sonnenbrille ab, was für einen Fototermin höchst seltsam und Miss Kelly gegenüber im Grunde höchst unhöflich war, doch sie zuckte mit keiner Wimper und verhielt sich so, als würde sie sich jeden Tag mit Fürsten in Palästen treffen.

»An seiner Stelle würde ich ihr viel dichter auf die Pelle rücken«, murmelte jemand hinter mir, was mich zuerst zum Lachen, dann zum Husten brachte.

Alle starrten mich an, weil ich einen schicksalhaften Moment entweiht hatte. Obwohl ich meine Reaktion weniger dramatisch fand, stieß ich hastig eine Entschuldigung hervor und senkte den Kopf, tat plötzlich sehr beschäftigt mit den Hebeln und Einstellrädern meiner Kamera.

Kurz darauf verließen wir alle auf Geheiß von Pierre Galante, der sich offenbar für den Ablauf des Programms verantwortlich fühlte, den Salon und folgten ihm in den Garten, wo das Paar, das noch keins war, sich leicht verkrampft vor einer blühenden Hecke für uns in Pose stellte. Interessiert beobachtete ich, wie Miss Kelly zunehmend die Atmosphäre zu lockern begann, indem sie ungezwungen auf den Fürsten einredete und ihm damit mehr und mehr die Befangenheit nahm. Was sich, für uns alle erkennbar, darin äußerte, dass er ihr seinen Privatzoo zeigte, der ihm sehr am Herzen zu liegen schien.

»Das arme Mädchen. Sie scheint sich zu Tode zu langweilen«, lästerte ich.

»Sie wollte ursprünglich gar nicht herkommen«, raunte der Kollege neben mir und zwinkerte mir zu. »Angeblich hat sie sogar versucht, den Termin in letzter Minute abzusagen. Wahrscheinlich wäre sie viel lieber mit einer anderen Person an einem anderen Ort.«

Möglich, auf mich jedenfalls traf das zu. Ich wünschte mir nichts so sehr, wie bei Emily zu sein, ihr von Monaco zu erzählen und mir ihre neugierigen Fragen anzuhören. »Ist der Mann wirklich ein Prinz, Daddy?«, würde sie sicher wissen wollen. »Sollte er dann nicht eine Krone tragen?«

Seufzend folgte ich den anderen zu einer geschwungenen Außentreppe aus weißem Marmor, wo wir uns für die letzten Aufnahmen bereit machten, bevor Miss Kelly und der Fürst gemeinsam die Stufen hinunterschritten, angeregt plaudernd und in deutlich gelösterer Stimmung als zuvor.

Als wir schließlich unsere Ausrüstung zusammenpackten und der Hollywoodstar sich zum Gehen wandte, wurde die schöne Grace von einem Reporter gefragt, ob ihr das Treffen mit dem Fürsten gefallen habe.

Sie zögerte einen Moment, antwortete dann mit ihrem routinierten, strahlenden Lächeln: »Er ist ein sehr charmanter Mann.«

Diplomatie vom Feinsten.

Während alle sich voneinander verabschiedeten, sah ich, dass Galante die Taschen seines Jacketts abklopfte, eine nicht angezündete Zigarette zwischen den Fingern.

»Hier«, rief ich und warf ihm ein Päckchen Streichhölzer zu, so wie ich es einmal in einem Film gesehen hatte.

»Merci«, erwiderte er, steckte seine Gauloise an, bevor er die Schachtel zurückwarf.

Ich hatte sie noch in der Hand, als Miss Kelly sich mir von der Seite näherte.

»Verzeihung, dass ich Sie anspreche – kennen wir uns nicht? Ich habe das Gefühl, wir sind uns schon einmal begegnet.«

Mist. Eigentlich hatte ich gehofft, sie würde mich nicht als den lästigen Fotografen ausmachen, der Jagd auf sie gemacht hatte.

»Ich glaube nicht«, antwortete ich und ließ mein charmantestes Lächeln aufblitzen.

Sie runzelte leicht die Stirn. »Vielleicht habe ich Sie mit jemandem verwechselt. Dann bitte ich um Entschuldigung.«

»Keine Ursache. Sie würden nicht glauben, wie oft man mich für Cary Grant hält.«

Mein Befreiungsschlag brachte sie zum Lachen. »Darf ich Sie trotzdem fragen, was das für ein angenehmer Duft ist, der Sie umgibt?«

Kurz zögerte ich, bis ich bemerkte, dass ich mit den Streichhölzern die parfümierten Visitenkarten aus meiner Jackentasche genommen hatte.

»Ach, Sie meinen das hier«, sagte ich leichthin und reichte ihr eine. »Ich habe sie aus einer kleinen Parfümerie in Cannes, direkt an der Hafenpromenade.«

Hollywoods Darling hielt die Karte unter ihre Nase, schloss ihre Augen und schnupperte.

»Ja. Ich kenne das Geschäft«, erklärte sie schließlich lächelnd. »Dürfte ich die Karte behalten, damit ich die Adresse nicht vergesse?«

»Sicher. Ich habe noch eine.«

»Vielen Dank, sehr freundlich von Ihnen, Mr. …«

»Henderson. James Henderson. Meine Freunde nennen mich …«

»Jim, richtig? Nun, nochmals vielen Dank, Jim.«

Ich sah ihr nach, wie sie zu ihren Leuten zurückschwebte und graziös in die Limousine stieg. Staub wirbelte von den Reifen auf, als das Luxusgefährt davonfuhr und sie zurück nach Cannes brachte, wo extravagante Empfänge und französische Verehrer sie erwarteten. Der Job in Monaco war getan.

Eine rundum faszinierende Frau, fand ich, die zudem voller Überraschungen steckte. Ja, sie war von Kopf bis Fuß ein Hollywoodstar und gleichzeitig ganz normal. Freundlich, liebenswürdig und humorvoll, so kam sie mir vor. Ich hoffte sehr, dass sie

Sophie Duval auf dieselbe Weise begegnete, falls sie tatsächlich ihre Boutique besuchte. Immerhin war sie ihr zu Dank verpflichtet, weil sie sie in ihrem Hinterzimmer vor mir versteckt hatte.

In Hochstimmung ließ ich mich von dem kleinen Franzosen und seinem Peugeot zurück nach Cannes kutschieren. Nach dem anfänglichen Rückschlag hatte ich jetzt allen Grund, euphorisch zu sein. Ich war mit dem Auftrag zu den Filmfestspielen geschickt worden, nicht mehr und nicht weniger als ein einziges anständiges Foto von Grace Kelly abzuliefern, mit dem meine Zeitung die Sensationsgier des britischen Publikums stillen konnte. Nach diesem Nachmittag würde ich Cannes sogar mit Filmmaterial verlassen, das außer mir nur eine Handvoll anderer Fotografen vorzuweisen vermochte. Dafür müsste Sanders mir eigentlich die Füße küssen. Na ja, ich würde auch mit einem fetten Scheck zufrieden sein.

Beflügelt von meinem Glück in letzter Minute, beschloss ich, einen Abstecher in die Parfümerie zu machen und mich Miss Duval von einer besseren Seite zu zeigen als bei unserer ersten Begegnung. Vielleicht gelang mir das ja, indem ich ihr erzählte, dass ich Grace Kelly ihre Visitenkarte gegeben hatte.

Zurück im Hotel, machte ich mich kurz frisch, zog das Hemd an, das am wenigsten zerknittert war, krönte das Ganze mit meinem Lieblingshut und machte mich auf den Weg. Noch wusste ich nicht genau, was ich sagen würde und ob ich mich dafür entschuldigen musste, sie ohne ihre Zustimmung fotografiert zu haben. Zwar war es nicht gerade meine Art, Abbitte zu leisten, aber mit Sicherheit wäre es taktisch klug. Sonst hielt sie mich noch für einen dieser schmierigen Paparazzi. Einen englischen dazu, die allerschlimmste Sorte also ihrer Meinung nach. Egal. Ich wollte sie unbedingt vor meiner Rückkehr nach London wiedersehen.

Ein paar Schritte vor dem Ziel überprüfte ich im Schaufenster einer Bäckerei schnell mein Spiegelbild, rückte meine Krawatte zurecht und nahm meinen Hut ab, um die Haare glatt zu streichen. Doch als ich bei dem kleinen Laden ankam, war er bereits für heute geschlossen, wie das Schild an der Tür verriet.

Ernüchtert schob ich meine Hände in die Hosentaschen und kehrte in mein Hotel zurück. Was Sophie Duval betraf, schien das Glück definitiv nicht auf meiner Seite zu sein.

Königin von Hollywood trifft Fürsten von Monaco

Grace Kelly auf Überraschungsbesuch im Fürstenpalast

Angeline West berichtet für den *Herald*

Mai 1955

Obwohl Grace Kelly zum ersten Mal die Filmfestspiele in Cannes besucht, weiß sie ihren Aufenthalt an der französischen Riviera publicityträchtig zu nutzen. So schüttelte sie gestern im Palast von Monaco die Hand Seiner Durchlaucht Fürst Rainier III. anlässlich eines Treffens, das von der Zeitschrift *Paris Match* und den MGM-Studios arrangiert worden war. Zuverlässige Quellen berichten allerdings, das exklusive Tête-à-Tête sei eine recht kurze und kaum erwähnenswerte Angelegenheit gewesen.

Miss Kelly brach bald wieder auf, um rechtzeitig in Cannes zurück zu sein, wo sie am frühen Abend auf einem Empfang der Amerikaner erwartet wurde.

Ihre Reaktion auf die Begegnung mit dem als öffentlichkeitsscheu geltenden Fürsten lautete: »Er ist ein sehr charmanter Mann.«

Ein wahrer Märchenprinz.

Überhaupt sorgt Miss Kelly bei ihrem ersten Besuch der Filmfestspiele für viel Wirbel. Es heißt, dass sie nach ihrem Aufenthalt in Cannes und vor ihrer Rückkehr nach Amerika eine Woche in Paris verbringen werde. Anschließend werden dann bald die Dreharbeiten zu ihrem neuen Film

Der Schwan beginnen, übrigens eine Liebesgeschichte zwischen einer Prinzessin und einem Prinzen, in dem sie an der Seite von Alec Guinness die weibliche Hauptrolle spielen wird.

Kapitel 5

Sophie

Nach einer dampfenden Portion Moules frites und einem Glas Rosé spazierte ich gemütlich zurück zum Laden und genoss die Sonne und den leichten Wind, der vom Meer wehte – das perfekte Wetter, um die Mittagspause im Freien zu verbringen und trübe Gedanken zu verdrängen.

Mama hatte am Vormittag mehrmals aus Grasse angerufen, war aber von Natalie abgewimmelt worden. Mit ihr zu sprechen oder gar über ein Problem zu diskutieren empfand ich zunehmend als Belastung, die ich mir lieber ersparte. Gleichzeitig packten mich regelmäßig Gewissensbisse, und ich warf mir vor, dass ich mich nicht ausreichend um meine Mutter kümmerte. Schließlich wusste ich genau, dass sie jemanden brauchte, der sie unterhielt, der für sie die Kleidung herauslegte, der hinter ihr aufräumte. Bloß war es mir häufig einfach zu viel.

»Ich bin wieder da!«, rief ich, als ich in die Boutique zurückkehrte. »Du hättest mitkommen sollen, Natalie. Das Wetter ist einfach herrlich. Ich habe mir einen Lunch auf der Terrasse des Maxime gegönnt.«

Meine Mitarbeiterin warf mir einen warnenden Blick zu und deutete auf die halb offene Tür zum Büro. »Du hast Besuch von Madame Duval.«

Schlagartig sank meine Stimmung auf den Nullpunkt. Ihre Anrufe zu ignorieren hatte also mal wieder nicht funktioniert.

Sichtlich angeschlagen hing meine Mutter in meinem Schreibtischsessel. Ungepflegt und ungekämmt, den Lippenstift, der die Farbe von Kaugummi hatte, verschmiert, die Kleidung fleckig und zerknittert, bot sie einen grauenvollen Anblick. Im Grunde war sie immer ein schwieriger Charakter gewesen: nachlässig, was ihr Äußeres betraf, dazu unbeherrscht und ewig unzufrieden mit ihrem Leben, was seit dem Tod meines Vaters noch schlimmer geworden war. Zwar liebte ich sie auf eine gewisse Art – immerhin war sie meine Mutter –, doch ich hatte nicht viel für sie als Mensch übrig und verstand nicht, wie sich Papa, diese sanfte Seele, je in sie verlieben konnte. Mir jedenfalls verursachte selbst der alltägliche Umgang mit ihr Magenschmerzen.

»Warum hast du mich nicht zurückgerufen?«, fragte sie beleidigt zwischen zwei Wangenküssen. »Dabei habe ich dir ausrichten lassen, dass es dringend ist.«

So wenig anziehend ihr Äußeres war, verströmte ihre Haut dennoch einen Hauch von Sonne und Jasmin, der mich an Grasse erinnerte und an meine Kindheit, als ich in einem weißen Baumwollkleid und mit einem Strohhut glücklich zwischen den Blumenfeldern umhergestreift war.

Wenigstens hatte Mama eins unserer Parfüms aufgesprüht, dabei leider eine für sie nicht passende Wahl getroffen. Als wollte sie als eine andere Person erscheinen. Aber wer sie gerne sein wollte, schien sie nicht zu wissen, oder sie vergaß es immer wieder in ihrem Dauerrausch. Und genauso wenig vermochte ich trotz meiner guten Menschenkenntnis das wahre Ich meiner Mutter zu entschlüsseln.

»Nun?« Aggressiv verschränkte sie ihre Arme.

»Was gibt es denn so Dringendes, dass du dich eigens herbemühst?«, fragte ich sie seufzend – bei ihr war alles dringend.

»Michael Lever hat sich noch einmal gemeldet. Er ist bereit, sein Angebot zu verdoppeln.«

Ihre Worte versetzten mir einen Schlag. Unsere siebzig Hektar Land in Grasse, unsere Blumenfelder, hatten das Interesse einiger Investoren geweckt, die ich alle unerbittlich abgewiesen hatte. Natürlich böte Levers Angebot uns die Chance, schuldenfrei zu leben, sofern ich meine Mutter vom Spielcasino in Monte Carlo fernzuhalten vermochte.

Nur wo sollten unser Jasmin, unsere Nelken und Tuberosen dann wachsen? Die Vorstellung, dass unsere leuchtenden Lavendelfelder von Maschinen platt gewalzt wurden, versetzte mir einen Stich ins Herz und hinderte mich daran, ernstlich über das Angebot nachzudenken. Schließlich wäre das überdies das Ende unserer Manufaktur, da man ohne Blumen kein Parfüm herstellen konnte. Das viele Geld interessierte mich nicht, wenn es bedeutete, dass alles zerstört wurde, was ich liebte und wofür ich seit Jahren wie vor mir mein Vater und mein Großvater gearbeitet hatte.

»Non, auf keinen Fall«, sagte ich entschieden. »Es spielt keine Rolle, wie hoch das Angebot ist, meine Antwort ist und bleibt Nein.«

Die Augen meiner Mutter wurden schmal. »Ich bin es leid, dabei zuzusehen, wie du dich ständig im Kreis drehst und mehr schlecht als recht über die Runden kommst. Mit unseren Einnahmen lassen sich kaum unsere Ausgaben decken.«

Ich biss die Zähne zusammen, um den Kommentar zurückzuhalten, der mir auf der Zunge lag. Eine Alternative wäre es, wenn sie damit aufhören würde, unser Geld auf ihren nächtlichen Zech- und Spieltouren zu verschleudern, und die zweite bestünde darin, dass sie zur Abwechslung mal in der Manufaktur mitarbeitete. Zum Beispiel indem sie den Versand unserer Produkte überwachte oder weitere Waschmittelhersteller als

Kunden gewann. Aber die liebe Mama lag lieber auf ihrer Chaiselongue, einen Drink in der Hand, und kommandierte laut ein imaginäres Dienstmädchen herum, das wir uns in der Realität nicht leisten konnten.

»Ich stehe kurz vor einem Durchbruch bei einem neuen Duft, Mama. Es handelt sich um eine fast perfekte Kombination aus …«

»Du bist genau wie dein Vater«, unterbrach sie mich mit einer abfälligen Geste. »Nichts als verrückte Ideen und Versprechungen im Kopf, die für nichts gut sind, außer dass sie uns immer mehr Geld kosten.«

Zornesröte stieg mir in die Wangen. Mein Vater war voller Inspirationen gewesen und hatte fest an unsere Zukunft geglaubt, genau wie ich. Wir waren Träumer, zugegeben, doch wir bauten keine Luftschlösser, sondern schufteten hart und mit großer Hingabe für unsere Ziele – Dinge, die Mama nicht nachzuvollziehen vermochte oder wollte. Früher hatte sie sich zumindest für Bücher und ihren Garten begeistert, inzwischen war diese Leidenschaft durch ihre Trinkerei verkümmert, hatte sich eingerollt wie die Blätter der Sonnenblumen, die auf unserem Boden wuchsen.

Und du bist voller Hass, hätte ich am liebsten erwidert. Stattdessen presste ich meine Lippen fest aufeinander, um nicht die Selbstbeherrschung zu verlieren und meiner Mutter wegen ihres unerträglichen, dummen Egoismus eine Szene zu machen. Trotzdem schaffte sie es viel zu oft irgendwie, meine schlechten Eigenschaften anzusprechen und zum Vorschein zu bringen.

Das Klingeln der Ladenglocke riss mich aus meinen Grübeleien, und als ich aufschaute, steckte Natalie den Kopf ins Büro.

»Ich schließe lediglich die Tür, damit ihr ungestört seid«, sagte sie, war wie immer die personifizierte Diskretion.

Prompt hefteten sich Mamas Augen hasserfüllt auf die elegante, gepflegte und perfekt frisierte Gestalt in ihrem geblümten Kleid, als wäre sie ein rotes Tuch für sie. Sie hatte Natalie, die schon meinem Vater als Assistentin zur Seite gestanden hatte, nie leiden können, und ihre Abneigung war mit den Jahren zunehmend größer geworden. Hatte sie womöglich gehofft, sie würde nach Papas Tod aus unserem Leben verschwinden?

Natalie schien das nicht anzufechten. Ungeachtet des brüskierenden Benehmens meiner Mutter schenkte sie ihr ein souveränes Lächeln und zog sich mit einem huldvollen Nicken zurück.

»Ich brauche noch mehr Zeit, Mama«, kam ich aufs Thema zurück und bemühte mich, sachlich und bestimmt zu klingen, um keinen Zweifel an meiner Entschlossenheit aufkommen zu lassen. »Ich werde dir beweisen, dass es funktioniert, dass wir also nicht verkaufen müssen. Nicht so dicht vor dem Ziel.«

Sie redete sich weiter in Rage. »Unsinn, du verschwendest deine Zeit. Dabei solltest du besser als ich wissen, dass der Markt im Schrumpfen begriffen ist. Mehr und mehr Düfte werden synthetisch hergestellt. So viele, dass es sich bald nicht mehr lohnen wird, unsere Blumenfelder abzuernten. Die Blüten werden irgendwann einfach verrotten, weil niemand den Preis zu zahlen bereit ist, den sie wert sind.«

Eine bedrückende Vision, die viele teilten und die unsere Angestellten fürchteten. Ich verabscheute dieses Thema, wollte die Gefahr nicht sehen, dass unser traditionelles Handwerk langsam ausstarb und mit ihm all die Schönheit, die es in die Welt brachte. Jedes Mal, wenn jemand in der Firma, egal ob im Labor, im Versand oder im Verkauf, darauf zu sprechen kam, machte ich sofort dicht. Es verdarb mir die Freude an der Arbeit und zerstörte ein kleines Stück meiner Seele.

Unmöglich, mir eine Welt vorzustellen, die ausschließlich aus Chemie und Plastik und industrieller Fertigung bestand.

Alles künstlich. Interessierte sich tatsächlich niemand mehr für das wahre Wesen von Natur und Schönheit und für ein lebenswertes Leben? Ich mochte mir nicht vorstellen, was Papa von dieser neuen Welt halten würde. In gewisser Weise war ich froh, dass er das nicht mehr erleben musste.

Ich rieb meine Schläfen. »Mama …«

Sie hob ihre Hand, um mich zum Schweigen zu bringen. »Du hast bis zum Jahresende Zeit, um diesen neuen Duft fertigzustellen, und bis zum Frühjahr, um ihn auf den Markt zu bringen. Gelingt das nicht, und der Umsatz zieht bis zum nächsten Sommer nicht deutlich an, werde ich mein Mitbestimmungsrecht einfordern. Lucien ist übrigens ganz meiner Meinung, dass wir uns spätestens dann mit Monsieur Lever zusammensetzen sollten.«

Damit sprach sie einen wunden Punkt an. Nach dem Tod meines Vaters hatte die Leitung der Manufaktur interimistisch bei ihr gelegen, bis ich alt genug war, offiziell die Geschäftsführung zu übernehmen. Was nicht bedeutete, dass sämtliche Besitzrechte an mich übergegangen wären, die teilte ich nach wie vor mit meiner Mutter, und das spielte sie gerne aus, wenn sie nicht gerade komplett hinüber war. Ein Problem, dem ich energisch entgegentreten musste.

»Nächsten Sommer werde ich Michael Lever sagen, wo er sich seine britischen Pfund hinstecken kann«, erwiderte ich mit einem boshaften Lächeln.

Wie ich mit Lucien verfahren würde, der sie offensichtlich in eigenem Interesse zu instrumentalisieren versuchte, was mich zutiefst empörte, stand auf einem anderen Blatt. Im Augenblick würde ich ihm am liebsten die Augen auskratzen.

Erleichtert seufzte ich auf, als ich meine Mutter endlich zur Tür hinauskomplimentiert hatte. Bis zum Ladenschluss blieb mir gerade noch Zeit, ein paar Kleinigkeiten zu erledigen. Heute würde ich nicht länger bleiben und nicht an meinem Schreibtisch experimentieren, bis meine Schläfen zu schmerzen begannen und der Rosmarin anfing, wie Kies zu riechen. Meine Nase brauchte eine Pause.

Ich brauchte eine Pause.

Das Läuten des Telefons unterbrach meine Gedanken. Rasch wischte ich meine Hände an einem Tuch ab, griff nach dem Hörer und klemmte ihn zwischen Ohr und Schulter.

»Parfümerie Duval, bonsoir.«

»Bonsoir, kann ich bitte Miss Sophie Duval sprechen?«, vernahm ich einen weichen amerikanischen Akzent.

Mein Herz machte einen Satz, ich kannte diese Stimme. »Am Apparat. Wie kann ich Ihnen helfen?«

»Miss Duval, hier ist Grace Kelly. Wir haben uns neulich kennengelernt, als ich bei Ihnen Zuflucht suchte. Ich hoffe, Sie erinnern sich noch.«

Wie könnte ich mich nicht an sie erinnern? Eine Begegnung mit der derzeit vielleicht berühmtesten Frau der Welt vergaß man nicht so schnell.

»Ja, Miss Kelly, natürlich. Umso mehr freue ich mich, von Ihnen zu hören.«

»Ich habe gerade Ihre Visitenkarte in der Hand, die ganz wundervoll duftet.« Sie lachte etwas verlegen. »Wie sollte es anders sein bei einer Parfümeurin.«

Eine Visitenkarte? Krampfhaft dachte ich nach, wann und ob ich ihr eine gegeben hatte. Es fiel mir nicht ein …

»Tut mir leid«, fuhr sie fort und räusperte sich. »Ich weiß nicht, warum ich gerade nervös bin. In dieser Stadt komme ich mir manchmal wie eine dumme Amerikanerin vor. Die Französinnen sind alle so elegant, ganz selbstverständlich, ohne dass es gewollt aussieht.«

»Danke für das Kompliment«, stammelte ich, einmal mehr beeindruckt von der schlichten Aufrichtigkeit dieser sympathischen Frau.

»Ich rufe an, weil meine Schwester Lizanne demnächst heiratet und ich ihr gerne ein besonderes Geschenk aus Frankreich mitbringen würde«, erklärte sie. »Dabei dachte ich an einen Ihrer Düfte. Haben Sie vielleicht einen Vorschlag?«

Wie nicht anders zu erwarten, platzte ich beinahe vor Stolz, was sie hoffentlich nicht bemerkte.

»Ich finde bestimmt etwas, das Ihrer Schwester gefallen wird«, erwiderte ich geschäftsmäßig, »allerdings müsste ich zuerst ein bisschen über sie erfahren.«

Eine Weile herrschte Schweigen, als würde die Anruferin überlegen.

»Nun, Lizanne ist sehr sportlich. Liebevoll und stark. Dabei ein bisschen wild. Sie ist unser Nesthäkchen und hat immer ihren Willen bekommen.«

»Können Sie mir ein paar ihrer Vorlieben nennen? Ihren liebsten Urlaubsort, ihr liebstes Kleidungsstück oder ihre liebste Erinnerung? Diese sind ebenso wie Träume und Wünsche eng mit Düften verwoben. Sie helfen mir, das Wesen einer Person zu erfassen, die ich nicht persönlich kenne, und das Parfüm darauf abzustimmen.«

»Ich verstehe. Nun, Lizanne stand ebenfalls schon mal auf der Bühne. Sie ist hübsch und selbstbewusst. Witzig. Und sie liebt es, sich in ihrem alten Wollpullover und mit dicken Socken unter einer Decke zu verkriechen und ein Buch zu lesen. Niemals verstellt sie sich, nicht für eine Minute. Alle Geschwister haben sich gewünscht, so zu sein wie sie.« Nach kurzem Zögern schob sie leise hinterher: »Ihr fliegen sämtliche Herzen zu.«

Irgendwie kam es mir vor, als ob aus ihren Worten eine Spur von Geschwisterrivalität klang.

»Ich habe genau das Richtige für Sie«, versicherte ich nach reiflichem Überlegen. »Wann darf ich mit Ihrem Besuch rechnen?«

»Nun ja, das ist nicht so einfach«, sagte sie nach kurzem Zögern. »Würde es Ihnen etwas ausmachen, mir einen Boten ins Carlton zu schicken? Zwar bleibe ich noch ein paar Tage in Cannes, bin aber dermaßen mit Terminen eingedeckt, dass ich kaum die Zeit finden werde, bei Ihnen noch einmal vorbeizuschauen.«

Plötzlich kam ich mir töricht vor, überhaupt daran zu denken, Miss Kelly werde wie eine normale Kundin in meinen Laden spazieren. Schließlich war sie ein Superstar, eine Leinwandgöttin.

»Ich werde das Parfüm persönlich vorbeibringen«, bot ich an.

»Wirklich?« Sie klang erfreut. »Das wäre wundervoll. Vielleicht treffen wir uns am Montagabend um sieben im Foyer? Würde Ihnen das passen?«

»Das wäre perfekt«, versicherte ich heiser und mit kaum unterdrückter Aufregung in der Stimme, weil ich es einfach nicht fassen konnte, dass ich die berühmte Grace Kelly wiedersehen würde und dass sie zudem ein Duval-Parfüm nach Amerika mitnehmen wollte.

»Großartig. Ich freue mich darauf.«

»Wenn Sie erlauben, Grace, eine letzte Frage«, brachte ich vor. »Würden Sie mir verraten, wer Ihnen meine Visitenkarte gegeben hat?«

»Sie werden es nicht glauben, es war der schreckliche Fotograf, der mich in Ihren Laden getrieben hat. Er heißt James Henderson. Ich bin ihm heute bei einem Termin im Palast von Monaco begegnet und habe ihn sofort erkannt, all seinen Versuchen zum Trotz, sich dumm zu stellen und so zu tun, als hätten wir uns nie gesehen. Übrigens scheint er ganz nett zu sein. Und er trug Ihre Visitenkarte bei sich, die einen betörenden Duft verströmte. Letztlich wurde ich dadurch auf die Idee gebracht, Sie anzurufen. Voilà, wie die Franzosen sagen würden.«

Ich umklammerte den Telefonhörer ein wenig fester. »Dann hat er sich also doch noch als nützlich erwiesen.«

Sie lachte. »Ja, durchaus.«

»Haben Sie vielen Dank, Grace. Ich werde am Montag da sein mit dem perfekten Duft für Ihre Schwester.«

In Hochstimmung legte ich auf, hüpfte beschwingt zu den Vitrinen und ging die Auswahl an Düften durch. Lizanne Kelly mochte vielleicht ungestüm sein, ein Wirbelwind eben, nur war ihr wahrscheinlich nicht bewusst, dass sie bisweilen gerne weich und feminin sein wollte, verbunden sogar mit einem Hauch Exotik. Ich strich mit der Hand über mehrere Flakons und hielt bei *Nuit Douce* inne. Das war der richtige Duft, entschied ich und packte ihn in einen eleganten schwarzen Geschenkkarton mit einer silbernen Satinschleife.

Später, als ich den Laden abschloss und auf die Promenade hinaustrat, dachte ich an James Henderson und fragte mich, warum er so freundlich gewesen war, Grace ungeachtet meines rüden Verhaltens ihm gegenüber meine Karte zu geben. Worte meines Vaters fielen mir ein.

Parfümeur zu sein bedeutet, an Magie zu glauben, Sophie. Wir müssen lernen, unserem Instinkt zu vertrauen und zu akzeptieren, dass es nicht für alles eine logische Erklärung gibt, und die Dinge einfach so nehmen, wie sie sind.

Lächelnd zog ich mein Tuch in der kühlen Abendluft eng um meine Schultern und strebte nach Hause, begleitet vom feuerroten Schein der am Horizont untergehenden Sonne.

Kapitel 6

James

Es heißt, wer London satthat, habe das Leben satt. Insofern war ich erleichtert, dass ich seinem großartigen alten Charme wieder verfiel, sobald ich aus dem Flugzeug stieg. Das trübe Nieselwetter und die steife Förmlichkeit, mit der sich Freunde und Verwandte begrüßten, hatten etwas Beruhigendes. Auch wenn ich in Cannes die unbeschwerte Atmosphäre unter freiem Himmel sehr genossen hatte, war die Rückkehr in das verlässliche London so, als würde man seine alte, längst aus der Mode gekommene Lieblingsstrickjacke überstreifen, die man aus reiner Bequemlichkeit trug. Das Erste, wonach man griff, wenn man am Ende des Tages seine Geschäftskleidung ablegte.

Ja, in London war es kalt. Ja, der Himmel hier war grauer als ein afrikanischer Elefant, aber es war mein Zuhause. Und zudem der einzige Ort auf der Welt, wo ich mein dickköpfiges, neugieriges, lustiges kleines Mädchen regelmäßig sehen konnte.

Bloß dass das nicht so einfach war – nicht so, wie es zwischen Vater und Tochter normal war. Zuerst musste ich ein undurchsichtiges Absprachelabyrinth mit ihrer Mutter durchlaufen, was nicht weniger kompliziert war, als mit einem sprechenden Terminkalender zu verhandeln.

»Heute nicht, James. Wir haben bereits andere Pläne.« »Sonntag? Emily geht in die Sonntagsschule. Das solltest du langsam wissen.« »Bedaure, Samstage sind generell ungünstig.«

Unsere Gespräche folgten einem ausgetretenen Pfad. Gleich beim Wählen der Nummer wusste ich, dass mein Wunsch, Emily am Nachmittag zu sehen, abgeschmettert würde.

»Du kannst nicht einfach so aus heiterem Himmel auftauchen und von uns erwarten, dass wir alles über den Haufen werfen, damit du Zeit mit deiner Tochter verbringen kannst«, beschied Marjorie mich mit der Strenge einer Gouvernante. »Zumal du es bist, der ständig nach Lust und Laune verschwindet.«

»Genau das, Marge, ist mein Job. Weder die schlagzeilenträchtigen Ereignisse noch meine Auftraggeber richten sich nach Emilys Tagesablauf und nach deinen Planungen.«

»Und genau das ist der Grund, warum du ein unmöglicher Ehemann warst und immer ein unzuverlässiger Vater sein wirst. Emily braucht Zuverlässigkeit und Stabilität, James, und nicht eine weitere Ich-wünschte-du-wärst-hier-Postkarte von Gott weiß woher. Ehrlich, du machst mich rasend.«

Marjorie Loftus, wie sie sich seit unserer Scheidung wieder nannte, war die Tochter eines Anwalts, weshalb jedes Gespräch mit ihr zu einem Kreuzverhör ausartete. Sie hatte den Satz: »Ehrlich, du machst mich rasend«, so oft zu mir gesagt, dass ich davon ausging, ihn dereinst auf ihrem Grabstein stehen zu sehen.

Unsere Ehe war ein einziger Missgriff gewesen, eine Fehlentscheidung in der Katerstimmung nach dem Krieg, die nicht allein mir unterlaufen war. Unbesonnene Liebesaffären waren damals nicht gerade selten, genauso wenig wie daraus entstandene Schwangerschaften. Natürlich wollte ich mich wie ein Ehrenmann benehmen und hielt um Marjories Hand an, dabei wussten wir beide, dass unser gemeinsames Leben nicht von Dauer sein würde. Insofern empfand ich es beinahe als Erleichterung, dass sie mich für einen anderen Kerl verließ. Für Horace oder Harvey, wie immer er hieß.

Nach einem ziemlich knappen und ziemlich kühlen Gespräch einigten wir uns am Ende darauf, dass ich Emily am kommenden Mittwoch nach der Schule sehen durfte. Mein Mitbringsel und ich würden uns noch ein wenig gedulden müssen.

Der Montagmorgen begrüßte mich mit einem blauen Himmel und Vogelgezwitscher, als würde London sich über meine törichte Vorliebe für die graue flauschige Decke lustig machen, die meistens die Stadt umhüllte und unter der ich mich geborgen fühlte. Dennoch nahm ich das Bilderbuchwetter als gutes Omen und machte mich beschwingt auf den Weg in die Redaktion meiner Zeitung.

Mein Chef pflegte immer früh im Büro zu sein und wartete sicher schon darauf, sein Urteil zu den Bildern zu verkünden, die ich nach meiner Rückkehr in den Briefkasten der Zeitung geworfen hatte. Mein Chef war ein Mann, der kein Blatt vor den Mund nahm, und da die Aufnahmen nicht ganz dem entsprachen, was er mir als Vorgabe nach Cannes mitgegeben hatte, war eine gewisse Skepsis angebracht. Meiner prächtigen Laune ebenso zum Trotz wie dem strahlenden Sonnenschein, der London wie ein glitzerndes Revuegirl in flatternden Röckchen voller Pailletten und Federn aussehen ließ.

An meiner U-Bahn-Station angekommen, stellte ich mich rechts auf die lange Rolltreppe nach unten und ließ versonnen meine Gedanken nach Cannes zurückschweifen, während ein graues Heer von Angestellten an mir vorbeihastete, wild entschlossen, ein oder zwei Minuten früher zur Arbeit zu kommen. Mit einem Mal bedauerte ich, nicht genug von der Côte d'Azur gesehen zu haben, von ihrer Leichtigkeit und Lebensfreude, von ihrem Savoir-vivre und von Mademoiselle Duval.

Wie jemand, der im Kino saß und erleben musste, dass mitten in der Vorführung der Film riss, fühlte ich mich um die Fortsetzung der Geschichte betrogen. Zu gern würde ich wissen, wie es weiterging und wie es vor allem endete.

Ich zwängte mich in die volle Bahn Richtung Tottenham-Court-Road, wich dem Blick einer hübschen Brünetten aus und war froh, als sie am Bahnhof Waterloo mit ihrem hinkenden Mann ausstieg. Der Rest bis zu der Station, wo ich in die Central Line umsteigen musste, verging damit, dass ich zwei Pall Mall rauchte, anderen Leuten über die Schulter sah und in ihren Zeitungen las. Mein Weg zur Arbeit gehörte zu den wenigen vorhersehbaren Dingen in meinem Leben. Ich mochte die kleinen Eigenheiten dieser Routine, fand es angenehm, abzuschalten und wie im Schlaf mein Ziel zu finden, ohne Karten und Stadtpläne zurate ziehen zu müssen wie im Ausland.

Schließlich spuckte der Untergrund mich aus wie einen geblendeten Maulwurf, und von einer gewaltigen Welle aus Anzügen und Bowlerhüten wurde ich in die Fleet Street gespült, das Zeitungsviertel. Hier erst stellte sich ein flaues Gefühl ein.

Die Redaktionsräume wirkten jedes Mal kleiner auf mich, wenn ich von einem Auslandseinsatz zurückkehrte, und das Leben meiner Kollegen im Büro kam mir geschrumpft vor, während meines sich unter dem Einfluss der südfranzösischen Lebensart und durch das Kennenlernen von Gauloises-Zigaretten, Schoßhunden, Filmstars und Fürsten sowie erzürnten Parfümeurinnen erweitert hatte. Wie konnten die anderen es ertragen, tagein, tagaus hier zu sitzen? Wo war ihr Sinn für Abenteuer geblieben? Für manche schien es Abwechslung genug, ihr Sandwich statt mit der üblichen Fleischpastete mit Ei zu belegen.

Eine Lebenshaltung, die mir völlig fremd war.

Einer der Ersten, die ich traf, war Teddy. Kein Wunder, da

sein Schreibtisch neben meinem stand. Obwohl vieles von meinem umsichtigen Freund und Kollegen auf mich abgefärbt hatte, unterschied uns nach wie vor eins: Ich tat alles, um den Krieg zu vergessen, er hingegen zog es vor, darüber zu reden, und besaß darüber hinaus ein todsicheres Gespür, wirkungsvoll an meinem Gewissen zu kratzen.

»Der Umstand, dass wir heil und an einem Stück nach Hause zurückgekehrt sind«, pflegte er immer zu sagen, »sollte uns eine Lehre sein, das Leben in vollen Zügen zu genießen, statt es einfach zu erdulden und, Gott bewahre, im Stillen zu hassen.«

»Morgen, Teddy.« Ich hängte meine Jacke über die Rückenlehne meines Stuhls und setzte mich, um meinen Terminkalender zu checken, der betrüblicherweise völlig leer war.

»Wie ist der Boss heute drauf?«, fragte ich und beugte mich zur Seite, um einen Blick zum Chefbüro zu werfen, wo George »Bulldogge« Sanders herumtigerte.

»Schlecht«, antwortete Teddy leise, und wie aufs Stichwort tauchte Sanders auf.

»Henderson!«, brüllte er über die Reihe von Schreibtischen hinweg.

Bevor ich mich zu ihm bequemte, musterte ich kurz Teddy, der immer noch elend aussah mit den hohlen Wangen und den von tiefen Schatten umgebenen Augen.

»Bist du sicher, dass du hier sein solltest?«, flüsterte ich ihm zu. »Du siehst echt beschissen aus, und das meine ich nicht boshaft.«

»Henderson, sofort!«

Sanders' Gesicht hatte sich inzwischen dramatisch gerötet, und seine Lautstärke hatte den höchsten Pegel erreicht.

Begleitet von Teddys guten Wünschen, schlenderte ich so lässig wie möglich in sein Büro.

»Morgen, Boss.«

»Was zum Teufel ist in dich gefahren?«, fuhr er mich an, während ich vor seinem riesigen Teakholzschreibtisch Platz nahm.

Mein Problem mit dem Chefredakteur bestand darin, dass man nie sicher sein konnte, ob seine Fragen eine Antwort erforderten oder ob man besser den Mund hielt und ihn weiterreden ließ. Dieses Mal tippte ich richtig: Es war Letzteres.

»Zuerst verpasst du unter unerklärlichen Umständen ein titeltaugliches Bild von Kellys Ankunft auf dem Festival«, zeterte er weiter, »und dann bringst du mir diesen Schrott hier?«

Wutentbrannt schob er die Abzüge von Grace Kelly und Fürst Rainier zu mir herüber, auf die ich so stolz gewesen war, weil sie neben den gestellten Szenen ein paar ehrliche, ungezwungene Momente eingefangen hatten: Grace beim Richten ihrer Frisur, Rainier beim Richten seiner Krawatte. Sanders schien das leider anders zu sehen. Völlig anders.

»Von wem stammt diese idiotische Idee?«, spie er mir entgegen wie eine giftige Schlange.

»Die hatte ein Filmredakteur, der für *Paris Match* arbeitet und das Treffen der beiden organisiert hat.« Ich zwang mich zur Ruhe in der Hoffnung, dadurch die Situation entschärfen zu können. »Ein waschechter Franzose namens Pierre Galante.«

Ich sprach den Namen mit übertrieben französischem Akzent aus, ein Versuch, witzig zu sein, der leider nach hinten losging. Sanders starrte mich finster an, war eindeutig nicht zu Scherzen aufgelegt.

»Er ist seit Kurzem mit Olivia de Havilland verheiratet. Die Schauspie…«

»Ich weiß, wer sie ist«, unterbrach er mich sichtlich ungehalten.

»Klar. Jedenfalls haben Galante und de Havilland offenbar das Treffen zwischen der Diva und dem Fürsten eingefädelt. Galante suchte für die alljährlich zum Filmfestival erscheinende Sonderausgabe von *Paris Match* eine Titelstory, die über Frankreichs Grenzen hinaus Aufsehen erregen würde. Genauer gesagt, in Amerika. Er nutzte einfach die günstige Gelegenheit.«

Sanders trank seinen Kaffee aus und wischte sich mit dem Handrücken über den Mund.

»Wer zum Teufel ist das überhaupt, dieser Raymond? Ich wusste gar nicht, dass es in Frankreich so was wie einen Fürsten gibt. Ist schließlich eine Republik.«

»Rainier heißt er«, verbesserte ich ihn und bediente mich der Aussprache, die ich in Monaco gehört hatte. *Rä-nieh.* »Er ist der Regent von Monaco, einem kleinem Zwergstaat, ähnlich wie der Vatikan. Das Geschlecht der Grimaldis ist uralt und hält sich seit Jahrhunderten auf seinem Felsen hoch über dem Meer.« Ich nahm einen der Abzüge in die Hand. »Der Fürst benahm sich anfangs schrecklich hölzern. Laut dem Kerl, der mich nach Monaco mitgenommen hat, war es seine erste Begegnung mit einer Amerikanerin. Ich glaube, er hatte nicht die leiseste Ahnung, was er mit ihr reden sollte.«

Mein Boss hörte mir nur halb zu. Gereizt blätterte er die Abzüge durch, verteilte sie auf dem Schreibtisch.

»Warum trägt Kelly den Vorhang ihrer Großmutter? Sie sieht fürchterlich aus. Und dazu ihre Frisur, eine Katastrophe. Da lässt nicht Hollywood grüßen, sondern ein Kaff in der Provinz«, regte er sich auf.

Ich steckte mir eine Zigarette zwischen die Lippen und bot Sanders ebenfalls eine an, als Friedenspfeife sozusagen. Er lehnte ab. Spätestens in diesem Augenblick ahnte ich, dass unser Gespräch nicht gut ausgehen würde. Trotzdem versuchte ich weiter, meinen Kopf aus der Schlinge zu ziehen.

»Na ja, es wurde herumerzählt, dass es am Vormittag einen Stromausfall in Miss Kellys Hotel gab, sodass ihre Haare nicht geföhnt und das Kleid, das sie ursprünglich anziehen wollte, nicht aufgebügelt werden konnte. Oder so ähnlich. Angeblich überlegte sie sogar, das Treffen mit dem Fürsten deshalb kurzfristig abzusagen, und musste mühsam überredet werden, es nicht zu tun.«

Ungeduldig wedelte Sanders mit der Hand, sichtlich gelangweilt von dem modischem Dilemma. »Du weißt ja verdammt genau über sie Bescheid«, stellte er missmutig fest.

»Ich halte eben meine Ohren offen.«

Er lachte spöttisch und erhob sich, wobei sein Stuhl über den Boden kratzte – ein Geräusch, das mir durch Mark und Bein ging.

»Als Fotograf solltest du lieber deine Augen offen halten. Dafür wirst du nämlich bezahlt, für nichts anderes.« Seufzend strich er mit den Händen durch seine Haare. »Und wie hat Kelly reagiert? War sie von diesem Fürsten beeindruckt?«

»Schwer zu sagen, Boss, dem Vernehmen nach war er ihr eher gleichgültig. Wenigstens haben das alle in der Stadt behauptet. Angeblich hat sie was mit einem französischen Schauspielkollegen am Laufen. Aumont oder so.«

»Und von den beiden hast du natürlich keine Aufnahmen gemacht, richtig?«

»Nein«, räumte ich ein und setzte eine zerknirschte Miene auf, die jedoch die beabsichtigte Wirkung verfehlte.

Sanders beugte sich zu mir vor und stützte sich mit beiden Händen auf seinem Schreibtisch ab. Abgestandener Schweißgeruch schlug mir entgegen – sein Hemd hätte längst in die Wäsche gehört.

»Herrgott noch mal, Jim. Ich wollte rote Teppiche und Diamanten, Klatschgeschichten und Hollywoodglamour, nicht diesen Quatsch über einen steifen, verklemmten Fürsten, von dem nie jemand gehört hat und der auf keine Menschenseele Eindruck macht. Und um dem Ganzen die Krone aufzusetzen, sehen die beiden aus wie zwei Geiseln, die man kurz an die frische Luft gelassen hat.« Mit einer schroffen Bewegung schaufelte er die Abzüge in meine Richtung. »Tut mir leid, Jim. Du bist kein schlechter Kerl und bestimmt kein schlechter Fotograf, bloß weiß ich ehrlich gesagt nicht, was in letzter Zeit mit dir los ist. Was immer es sein mag, es hilft mir jedenfalls nicht, mehr Zeitungen zu verkaufen und unseren Umsatz zu steigern.« Mit einem neuerlichen Seufzer ließ er sich zurück auf seinen Stuhl plumpsen und sagte, wovor ich mich gefürchtet hatte. »Ich werde dich am Ende der Woche ausbezahlen.«

»Dann war's das also?«, hakte ich nach und nahm einen langen Zug von meiner Zigarette.

»Das war's«, bestätigte er und scheuchte mich aus dem Zimmer wie eine lästige Fliege, als das Telefon zu klingeln begann.

Dumm gelaufen. Selbst Grace Kelly würde mich dieses Mal nicht zu retten vermögen. Bedrückt schlich ich zu meinem Schreibtisch und sank auf meinen Stuhl.

Teddy lehnte sich zurück, steckte seinen Bleistift hinters Ohr und beäugte mich aufmerksam. »Und?«

»Ich bin erledigt«, murmelte ich und fuhr mit der Handkante über meine Kehle, als würde ich sie aufschlitzen wollen.

»Ernsthaft?« Er warf einen Blick zu Sanders' Büro hinüber. »Was hat er gesagt?«

»Dass ihn meine Bilder von Kelly und dem Fürsten an eine Geiselnahme erinnern.«

Man sah Teddy an, dass er am liebsten laut gelacht hätte, aber er war diplomatisch genug, um sich das für später im Pub aufzuheben.

»Tut mir leid, Kumpel«, sagte er.

»Mir auch. Zehn volle Jahre und auf einen Schlag alles zu Ende. Einfach so.«

»Sieh es mal positiv. Vielleicht ist für dich wirklich die Zeit für eine Veränderung gekommen, damit du dich mehr aufs Künstlerische verlegen kannst, auf Landschaftsporträts beispielsweise, von denen du immer so schwärmst. Dann wäre der Rausschmiss gewissermaßen ein Anstoß gewesen, diese Chance zu ergreifen, und Sanders hätte dir einen Gefallen getan.«

Teddys Versuch, mich aufzumuntern, in allen Ehren. Nur hatte ich in all den Jahren, die ich Sanders kannte, nie erlebt, dass er jemandem einen Gefallen getan hätte außer sich selbst.

Im Büro war es ungewöhnlich still, als ich meine wenigen Sachen einpackte: ein Foto von Teddy und mir in Uniform, ein Foto von Emily als Baby, eine zerfledderte Ausgabe von *Moby Dick,* die ich vor zwei Jahren angefangen und nicht einmal bis zur Hälfte geschafft hatte, eine alte Blitzbirne von meiner ersten Profikamera. Es war nicht gerade viel, was sich in zehn Jahren bei der Zeitung angesammelt hatte.

Egal, vorbei war vorbei. Ich ging ohne Sentimentalität. Ohne Reue. Dass ich allerdings meine Brieftasche vergaß und zurückkehren musste, das störte meinen stolzen Abgang ein wenig.

»Es war eben ein Au revoir, kein Lebewohl«, scherzte ich bemüht launig.

Die Sekretärinnen lächelten daraufhin dünn, ohne von ihren Schreibmaschinen aufzublicken. Für sie war ich bereits Vergangenheit, noch bevor die Tür hinter mir ins Schloss gefallen war.

Eigentlich hätte ich mir nach diesem Debakel Pflastersteine in die Taschen stecken und spornstreichs in die Themse waten müssen, doch weit gefehlt. Es überraschte mich selbst, wie ruhig und gelassen ich in meine denkbar ungewisse Zukunft ging.

An einem Kiosk blieb ich stehen, um mir eine Zeitung zu kaufen. Als ich in meiner Jacke nach Kleingeld kramte, fanden meine Finger Sophies Visitenkarte. Duval stand in schwarzer

Schnörkelschrift auf der Vorderseite, nach wie vor roch sie schwach nach Parfüm, was mich davon abhielt, sie in den nächsten Abfallkorb zu werfen.

Erinnerungen an den Ausdruck in Sophies Augen stiegen in mir auf. Ich hatte nicht London satt oder das Leben, sondern war es leid, allein zu sein. Das erkannte ich in dieser Sekunde. Und noch etwas anderes fiel mir unvermittelt ein, verfestigte sich in mir zur Gewissheit: Ich hatte immer noch ein Bild von Miss Duval, das darauf wartete, entwickelt zu werden.

Kapitel 7

Sophie

Am Montagnachmittag wanderte ich nervös vor dem Spiegel auf und ab, nachdem ich die letzten drei Tage praktisch an nichts anderes gedacht hatte als an meine Verabredung mit Grace Kelly und daran, was ich sagen und was ich anziehen sollte. Als der Abend anbrach, machte ich mich zu Fuß auf den Weg ins Carlton, zwang mich, Ruhe zu bewahren und gelassen zu wirken und auf meine Parfümwahl ebenso zu vertrauen wie auf mich selbst.

Kurz darauf betrat ich die imposante Empfangshalle, in der glänzender Marmor, weißer Stuck und kostbare Hölzer miteinander wetteiferten, und ließ die hohen Säulen, Rundbogen, Kristallleuchter und duftenden Blumengestecke auf mich wirken. Meine Augen überflogen die Gesichter der Gäste, die sich im Foyer aufhielten, Grace war nicht darunter. Ich beschloss, neben der Rezeption auf sie zu warten, wurde aber schon ungeduldig, als sie nach zehn Minuten noch nicht erschienen war. Hatte sie mich etwa vergessen? Großzügig räumte ich ihr weitere zwanzig Minuten ein – schließlich war sie ein großer Filmstar mit einer Menge Verpflichtungen. Wenn sie dann nach wie vor nicht aufgetaucht war, würde ich das Päckchen am Empfang abgeben.

Mein Blick wanderte durch das Foyer und blieb am Eingang

zum Restaurant hängen. Sollten wir uns womöglich dort treffen, und ich hatte sie falsch verstanden? Gerade wollte ich der Sache auf den Grund gehen und nahm allen Mut zusammen, um mich an den Oberkellner zu wenden, der furchterregend vornehm an seinem Pult stand, als plötzlich Grace hinter dem Mann zu sehen war. Also hatte sie mich tatsächlich im Restaurant erwartet. Sogleich winkte sie mich heran.

»Mir kam soeben der Gedanke, dass man Sie womöglich nicht hereinlässt, weil ich es versäumt habe, Ihren Namen auf die Gästeliste setzen zu lassen. Ein Glück, dass Sie noch hier sind.« Sie streckte ihre Hand aus, die in einem schwarzseidenen, bis über den Ellbogen reichenden Opernhandschuh steckte. »Ich freue mich sehr, dass Sie gekommen sind.«

Sie sah umwerfend aus in ihrem schwarzen Abendkleid, die blonden Haare in Kinnhöhe zu einer Außenrolle geföhnt. Ich war froh, dass ich eins meiner besten Kleider für diesen Anlass gewählt hatte, auch wenn es natürlich Welten von ihrem entfernt war. Wer, fragte ich mich, konnte es in Sachen Eleganz überhaupt mit Grace Kelly aufnehmen?

»Die Freude ist ganz auf meiner Seite, Grace«, hauchte ich überwältigt.

Ihr Blick fiel auf das Päckchen in meiner Hand. »Ist das für mich?«

»Ja, es ist das Parfüm für Ihre Schwester. Ich hoffe, den richtigen Duft gewählt zu haben.«

»Es wird ihr bestimmt gefallen. Allein die Verpackung ist wunderschön.« Sie nahm die Schachtel entgegen und strich mit den Fingerspitzen über die silberne Satinschleife. »Lizanne wird begeistert sein. Was die Bezahlung anbelangt, schicke ich Ihnen morgen einen Kurier, wenn das für Sie in Ordnung ist.«

»Selbstverständlich.«

Das strahlende Lächeln, das Grace mir schenkte, ließ mein

Herz höher schlagen und verursachte mir Schmetterlinge im Bauch. Zugleich verspürte ich einen gewissen Druck. Was, wenn ihrer Schwester der Duft nicht gefiel? Bei Licht betrachtet, war es vermessen, ein Parfüm für eine völlig Fremde auszuwählen. Wer wusste denn, wie es im Herzen eines Menschen wirklich aussah? Das aber war der Schlüssel, um den perfekten Duft zu finden, um das geheime Ich zutage zu fördern. Rasch verdrängte ich meine Bedenken und schalt mich dafür, dass ich an meinem Instinkt zweifelte.

»Sagen Sie, Sophie, mögen Sie uns auf einen Drink Gesellschaft leisten?«, fragte Grace. »Ich würde mich sehr gerne erkenntlich dafür zeigen, dass Sie mich neulich versteckt haben. Und für das hier«, fügte sie hinzu und deutete auf das Päckchen.

»Oh, sehr freundlich von Ihnen, ich bin mir bloß nicht sicher …«

Sie lächelte mir aufmunternd zu. »Keine Ausreden bitte, leisten Sie mir ein wenig Gesellschaft.« Sie beugte sich zu mir vor und senkte ihre Stimme. »Ehrlich gesagt, langweilen mich diese ganzen Männergespräche. Allein deshalb könnte ich eine Frau an meiner Seite gut brauchen, mit der ich vernünftig plaudern kann.«

Ich zögerte. Mich unter Hollywoodstars zu mischen lag weit außerhalb meiner Komfortzone. Dennoch vermochte ich dem bittenden Blick ihrer blauen Augen nicht zu widerstehen. »Nun, in diesem Fall nehme ich Ihre Einladung gerne an. Es ist mir eine Ehre. Haben Sie vielen Dank!«

»Das geht in Ordnung, Charles«, sagte Grace zu dem steifen Oberkellner und schenkte ihm einen schmelzenden Blick, als wollte sie ihn auftauen. »Sie gehört zu mir.«

Ich folgte Grace und bemühte mich, nicht zu auffällig auf ihr Kleid zu starren, dessen Rock beim Gehen hin und her wogte, sondern konzentrierte mich auf die Panoramafenster, die einen großartigen Ausblick auf die Bucht und auf einen spektakulären Sonnenuntergang boten.

Als wir uns dem Tisch näherten, den Grace ansteuerte, kamen mir erneut Bedenken. Dort saßen vier Herren, die teuer aussehende Sommeranzüge trugen und teuer aussehende Cocktails tranken. Angeblich war die Hotelbar berühmt für ihre ausgefallenen Drinks. Plötzlich fühlte ich mich fehl am Platz, als Fremdkörper in diesem luxuriösen Rahmen, und blieb erst mal unbeholfen stehen.

»Kommen Sie her und setzen Sie sich endlich.« Grace deutete auf den freien Sessel an ihrer Seite. »Alle mal herhören, das hier ist Sophie Duval«, stellte sie mich vor. »Ich habe euch von ihr erzählt, sie ist die Frau, die mich vor diesem aufdringlichen Fotografen versteckt hat. Sie besitzt eine reizende kleine Parfümerie an der Hafenpromenade, und ihre Duftkreationen sind einfach himmlisch. Gerade hat sie mir höchstpersönlich ein Parfüm für mein kleines Schwesterchen vorbeigebracht. Ich finde, dafür sollte ich mich angemessen bei ihr bedanken, am besten mit Champagner, oder was schlagt ihr vor?«

Einer der Herren winkte einen Kellner heran. »Champagner bitte und ein zusätzliches Glas für die junge Dame!«

Schweigend beobachtete ich die gesellige Runde. Miss Kelly war wie verwandelt. Keine Spur mehr von der nervösen und fast ein wenig scheuen Frau, die ich in meinem Laden erlebt hatte. Hier, umgeben von ihresgleichen, gab sie sich extrovertiert und selbstbewusst, hatte eine komplette Verwandlung vollzogen.

Nachdem der Champagner eingeschenkt war, raunte sie mir verschwörerisch zu: »Lizanne würde mich umbringen, wenn sie wüsste, dass ich sie in der Öffentlichkeit als mein kleines Schwesterchen bezeichnet habe, noch dazu vor einem Studioboss und vor Hitch.«

»Hitch? Wie Alfred Hitchcock?«, hakte ich ehrfürchtig nach.

»Genau der.«

Verstohlen musterte ich die Gesichter der vier Männer am Tisch. Und da war er mit seiner langen Nase und der Halbglatze, rund und fröhlich, die Wangen gerötet vom Alkohol und vom Lachen. Ich glaubte zu träumen. Da saß ich wirklich und wahrhaftig mit Hollywoods Elite in einem Nobelrestaurant und schlürfte Champagner vom Feinsten. Am liebsten hätte ich mich gekniffen, um zu testen, ob ich das alles nicht im Schlaf erlebte.

Grace stellte die Schachtel auf den Tisch. »Haben Sie etwas dagegen, wenn ich den Duft zuerst ausprobiere? Das werden wir Lizanne natürlich nicht verraten«, sagte sie und blinzelte mir vergnügt zu.

»Von mir aus gern«, erwiderte ich. »Das Parfüm heißt *Nuit douce,* weil es die süße Liebkosung einer warmen mediterranen Nacht heraufbeschwört. Jede einzelne Zutat stammt von den Blumenfeldern in Grasse, wo sich unsere Manufaktur befindet. Es ist eins meiner Lieblingsparfüms.«

Ich spürte, dass meine Nervosität schwand und ich immer lockerer wurde, während ich von den verschiedenen Blumensorten erzählte, die wir züchteten, und von ihrer Verarbeitung. Das war meine Welt, eine Welt, in der ich mich frei und selbstbewusst bewegte.

Grace öffnete die Schachtel, entnahm ihr den Flakon und zog den kleinen Glasstöpsel heraus. Ein erwartungsvolles Lächeln umspielte ihre Lippen, während sie den Duft einsog. Anschließend nahm sie eine weitere Probe, die sie mit geschlossenen Augen einatmete.

»Es ist perfekt«, flüsterte sie. »Etwas Geheimnisvolles wohnt ihm inne. Ich rieche das Meer, fühle mich auf eine Yacht versetzt, in einen Hafen am Mittelmeer, über mir leuchten die Sterne, und in der Luft liegt der Duft von Rosen.« Sie schlug ihre Augen wieder auf. »Sophie, Sie besitzen eine große Gabe.«

Ihr Lob machte mich ganz benommen. »Das ist sehr nett von Ihnen. Wissen Sie, ich bin zwischen Blumen und Parfüms aufgewachsen, und es war mein Vater, der mir das alles beigebracht hat.«

»Hier, ihr müsst unbedingt alle einmal riechen!«, forderte Grace ihre Begleiter auf und reichte den Flakon herum. »Wenn ihr euren Frauen und Freundinnen nicht etwas von Duval kauft, solange ihr in Cannes seid, muss ich ernsthaft an eurem Verstand zweifeln.«

Alle lachten, aber jeder, der daran schnupperte, lobte meine Kreation und mich in den höchsten Tönen. Ich musste an Papa denken und daran, wie stolz er wäre, hätte er diesen Erfolg miterlebt. Und bestimmt hätte er sich gefreut, Grace kennenzulernen, die schließlich alles verkörperte, was er an einem Menschen bewundert hatte: Eleganz und Liebenswürdigkeit, Charme, Witz und Temperament.

»Ich sehe überall leere Gläser. Wie wäre es mit einer weiteren Flasche Champagner?«, fragte der attraktive Mann, der mir als Jean-Pierre vorgestellt worden war und seine Augen nicht von Grace lassen konnte, und winkte den Kellner heran.

»Was für eine wunderbare Idee, Darling«, sagte Grace. »Sophie, warum bleiben Sie nicht und speisen mit uns? Es besteht kein Grund, gleich wieder davonzueilen, außer Sie haben für den Abend andere Pläne.«

Ich schüttelte den Kopf. Nein, die hatte ich nicht. Grundsätzlich ging ich abends selten aus, es sei denn, Lucien bestand darauf, dass ich ihn zu einer angesagten Party oder einem festlichen Bankett begleitete. Es fühlte sich gut an, zur Abwechslung einmal eigene Pläne zu haben, und dankend nahm ich an.

»Das wäre wundervoll.«

Während der Kellner mir ein weiteres Glas Dom Pérignon eingoss, schlug mein Herz vor Freude schneller, und ich musste mich beherrschen, um nicht loszukichern. So viel wie heute trank ich so gut wie nie, doch ich genoss es richtiggehend, mal über die Stränge zu schlagen. Und bereits jetzt wusste ich, dass ich diesen Abend niemals vergessen würde. Mein ganzes Leben lang nicht.

Als der Flakon bei Alfred Hitchcock angekommen war, wölbten sich seine Augenbrauen überrascht nach oben.

»Das solltest du beim nächsten Film am Set tragen, Gracie. Du wirst es brauchen, um diesen Prinzen zu verführen. Als kleines Aphrodisiakum, damit er in Fahrt kommt.«

»Hitch spricht von dem Film, den ich im Herbst drehen werde, und nicht etwa von dem Fürsten«, erklärte Grace, die meine Verwirrung bemerkte. »*Der Schwan* lautet sein Titel, und die Story dreht sich darum, dass ich mich in einen Prinzen verliebe. Da der gute Hitch bei diesem Streifen nicht Regie führt, lässt er keine Gelegenheit aus, spöttische Kommentare anzubringen. Wirklich schade. Hitch ist mit Abstand mein Lieblingsregisseur.« Sie lächelte ihm zu. »Mach dir keine Gedanken, mein Lieber. Ich werde in dem Zeug baden, um das Feuer des Prinzen glaubwürdig zu entfachen.«

Alle lachten.

»Nun, es gibt noch reichlich davon, falls Sie mehr benötigen«, ging ich auf ihren Scherz ein.

Der Champagner, die nette Gesellschaft, das Lob für meine Arbeit hatten mir die Zunge gelöst. Außerdem war ich hin und weg, dass Grace mich wie eine Freundin behandelte. Sie gab mir auf eine natürliche Art das Gefühl, in diesem Kreis willkommen zu sein.

Das heitere Geplauder brach erst ab, als das Essen serviert wurde. Wir ließen uns eine Bouillabaisse, Krabbenbeignets und den Fang des Tages nach Art der Provence schmecken. Zum krönenden Abschluss gab es mein Lieblingsdessert, Clafoutis mit Birnen und Haselnüssen. Als die sechste Champagnerflasche entkorkt und eingegossen wurde, war ich so beduselt, dass ich das Gefühl hatte, davonfliegen zu können. Alles, was mich vorher beschäftigt hatte, ob ich etwa mit meiner Kleidung in diesen Rahmen, zu diesen Leuten passte, war kein Thema mehr. Niemand vermittelte mir das Gefühl, nicht dazuzugehören. Trotzdem entschloss ich mich irgendwann zum Gehen nach dem Motto, dass man aufhören sollte, wenn es am schönsten war, was in meinem Fall insbesondere für den Champagner galt.

»Grace, es war ein zauberhafter Abend«, sagte ich zum Abschied und umklammerte ihre Hand. »Danke für die Einladung.«

»Ich hoffe sehr, dass wir in Kontakt bleiben«, meinte sie lächelnd. »Zweifellos werde ich noch viel mehr von Ihren Düften haben wollen.«

Nicht zum ersten Mal an diesem Abend machte mein Herz einen Freudensprung. »Es wäre mir eine große Ehre.«

»Wissen Sie was, ich gebe Ihnen meine Studioadresse.« Sie kramte in ihrer Handtasche nach einem Zettel und einem Stift und notierte hastig die Anschrift der MGM-Studios in Los Angeles.

Gerade wollte ich mich entfernen, als ich an einem Tisch vor den Panoramafenstern eine vertraute Gestalt im Smoking entdeckte. Lucien.

Er hatte mir zwar gesagt, dass er heute Abend zum Essen verabredet sei, aber nicht erwähnt, wo und mit wem. Stirnrunzelnd beobachtete ich, wie die platinblonde Schönheit neben ihm ihre Hand auf seinen Arm legte. Die Geste versetzte mir einen Stich und erfüllte mich mit Verbitterung. Sollte ich zu Lucien hinübergehen? Nein, am Ende sah das aus, als würde ich beabsichtigen, ihm eine Szene zu machen, und dann stellte sich das Ganze möglicherweise als völlig harmlos heraus. Besser war es, ungesehen zu verschwinden.

Ich hatte die Rechnung ohne Hitch gemacht, der just in diesem Augenblick in ein dröhnendes Gelächter ausbrach, mit dem er die Aufmerksamkeit sämtlicher Gäste erregte. Auch die von Lucien, der sich umwandte und mit tadelndem Blick zu dem Tisch mit den lauten Amerikanern hinüberstarrte. Auf diese Weise geriet ich in seinen Fokus.

Seine Augen weiteten sich für einen Moment, bevor er zu seiner betont lässigen Miene zurückfand, die ihm eine Aura der Unnahbarkeit verlieh. Ich kannte diesen für ihn typischen Ausdruck, den er immer dann aufsetzte, wenn er besonders smart und souverän und ebenso befehlsgewohnt wirken wollte wie die ganz Großen aus Industrie und Wirtschaft. Mit Schrecken sah ich, dass er zu mir herüberkam.

»Sophie?« Er zögerte kurz und ließ seinen Blick über die Runde am Tisch schweifen. »Bonsoir allerseits.«

Mein Alkoholpegel erlaubte mir eine ungewohnte Lockerheit, irritierte dafür den Mann, der mich eigentlich am besten kennen sollte, umso mehr.

»Alle mal herhören, darf ich vorstellen: Das ist Lucien Marceau«, sagte ich leicht verwaschen.

Lucien griff nach meiner Hand, bevor er sich an Grace und ihre vier Begleiter wandte.

»Wie ich sehe, hatten Sie einen vergnüglichen Abend, allerdings denke ich, dass es für die junge Dame Zeit wird, sie nach Hause zu bringen, nachdem sie ihren Spaß hatte, offenbar einen größeren als ich.«

Während der ganze Tisch lachte, entging mir trotz meines umnebelten Hirns der Sarkasmus in seiner Stimme nicht. Egal, zum ersten Mal seit einer Ewigkeit hatte ich wieder richtig Spaß gehabt und war mir selbst in diesem erlauchten Kreis kein einziges Mal minderbemittelt oder minderwertig vorgekommen. Bis zu diesem Moment. Die Euphorie, die ich den ganzen Abend gespürt hatte, verpuffte. Lucien hatte es mal wieder geschafft, mich wie ein kleines Dummchen hinzustellen, das von nichts eine Ahnung hatte.

»Sophie war eine sehr charmante, kluge und unterhaltsame Gesprächspartnerin«, verteidigte Grace mich. »Ich bin davon überzeugt, dass unsere Runde ohne sie nur noch halb so vergnüglich sein wird.«

Obwohl Lucien sich ein bemühtes Lächeln abrang, entging mir nicht, dass die Zurechtweisung ihn zutiefst kränkte und ein schwerer Schlag für sein Ego gewesen war. Zeit, sich davonzumachen, bevor er noch peinlicher wurde.

»Ich wünsche allen eine angenehme Nacht«, verabschiedete ich mich, schlagartig nüchtern geworden durch Luciens Auftritt. »Es war ein wunderbarer Abend. Nochmals vielen Dank«, sagte ich und tauschte Wangenküsse mit Grace.

»Was hast du getan?«, zischte Lucien auf dem Weg nach draußen. »Betrinkst dich vor halb Hollywood! Versuchst du etwa, den Namen Duval zum Gespött zu machen?«

»Ich habe lediglich deinen Rat befolgt«, widersprach ich süffisant und entzog ihm meinen Arm. »Wer hat mir denn gesagt, dass ich mich amüsieren und meine Arbeit mal vergessen soll? Allerdings hast du damit vermutlich gemeint, dass ich mich so amüsiere, wie du es für passend hältst. Nun, vielleicht sind deine anstrengenden Partys einfach nicht besonders amüsant.«

Ungläubig starrte er mich eine Weile an, war gleichermaßen empört wie verblüfft über meinen Ton. Dann ging er zum Angriff über.

»Du musst erst einmal deinen Rausch ausschlafen, so viel ist sicher. Wirklich, Sophie, so habe ich dich noch nie erlebt. Ich weiß nicht, was in dich gefahren ist.«

Ich ließ mich von ihm bis vors Hotel begleiten, dann schickte ich ihn weg.

»Du solltest zu deiner Begleiterin zurückgehen«, erinnerte ich ihn unverkennbar boshaft. »Es wäre ziemlich unhöflich, sie auf der Rechnung sitzen zu lassen.«

»Darum geht es also? Sei nicht albern. Barbara ist die Frau eines Geschäftsfreundes. Er hat mich gebeten, ihr die Stadt zu zeigen und sie zum Essen auszuführen. Ich kann dich gerne mit ihr bekannt machen, wenn du möchtest.« Seine Miene wurde weicher. »Du bist wunderschön, wenn du eifersüchtig bist. Du weißt, wie sehr ich dich liebe.«

Seine Hand näherte sich meinem Gesicht, doch ich wich zurück, war unverändert gekränkt über die Art, wie er mich vor Grace und ihren Begleitern bloßgestellt hatte. Zugleich ließ mich die Art, wie diese Barbara ihre Hand auf seinen Arm gelegt hatte, auf stur schalten. Und so entfernte ich mich mit einem knappen Gruß, während er mir konsterniert mit seinen Blicken folgte.

Auf dem Weg zu meinem Appartement genoss ich die Ruhe in den verwinkelten Gassen der Altstadt mit ihren historischen Gebäuden, die mir besser gefielen als die schicken Neubauten, die Lucien und sein Vater überall hochzogen. Und natürlich dachte ich noch einmal über die Gespräche mit Grace nach.

Ihre Reaktion auf *Nuit douce* hätte nicht besser ausfallen können, und das beflügelte mich, zusätzlich inspiriert von dem unendlichen Sternenzelt über mir und dem Rauschen des Meeres, über künftige Kreationen nachzudenken. Als ich die Tür zu meinem Appartement aufschloss, keimten in meinem Kopf bereits erste vage Ideen für einen neuen Duft.

Liebesromanze an der Französischen Riviera

Grace Kelly mit glanzvollem Auftritt auf Premierenempfang

Angeline West berichtet für den *Herald*

Mai 1955

Der Liebling von Cannes, Grace Kelly, sonnt sich in der Aufmerksamkeit der Weltpresse, obwohl sie nur Augen für einen einzigen Mann hat: Jean-Pierre Aumont. Der französische Hollywoodschauspieler begleitete die Oscargewinnerin gestern Abend zu einer Filmpremiere und hielt bereitwillig ihre Pelzstola, derweil sie mit anderen Gästen plauderte. In ihrem schulterfreien roten Satinkleid, zu dem sie eine doppelreihige Perlenkette und weiße Handschuhe trug, versprühte Miss Kelly einen unglaublichen Glamour.

Ungeachtet der Gerüchte, die Hollywoodschönheit sei mit dem amerikanischen Modeschöpfer Oleg Cassini verlobt, der ihr Tag für Tag ein Dutzend rote Rosen geschickt haben soll, bis sie einwilligte, mit ihm auszugehen, und der für sich in Anspruch nimmt, den Grace-Kelly-Stil erfunden zu haben, scheint Miss Kelly unter dem Sternenhimmel der Côte d'Azur mehr dem Charme Aumonts verfallen zu sein. Es heißt, die beiden würden im Anschluss an die Filmfestspiele einen gemeinsamen Urlaub in Paris planen. Selbst Fürst Rainier III., der zu den begehrtesten Junggesellen weltweit zählt, ist es offenbar nicht gelungen, Miss Kellys Aufmerksamkeit von ihrem Hollywoodfreund abzulenken.

Kapitel 8

James

London war im Frühjahr ein schöner Ort zum Leben, selbst ohne die Sicherheit eines regelmäßigen Einkommens. Um dennoch meine Rechnungen bezahlen zu können, hatte ich ein paar alte Kontakte abtelefoniert in der Hoffnung, dass jemand ein bisschen Arbeit für mich hatte und mir über die Runden half. Ich erhielt die üblichen Antworten.

»Tut mir schrecklich leid, alter Junge.« »Was für eine Pechsträhne.« »Ich bin mir sicher, dass sich bald etwas ergeben wird.«

Tatsache war, dass ich bis auf Weiteres keine Arbeit hatte und kein Glück. Dafür hatte ich wunderbar viel Zeit, einen erst halb verschossenen Film und einen blauen Himmel, der mich nach draußen lockte.

Mittlerweile hatte ich praktisch damit abgeschlossen, prominente Gesichter zu jagen, gab mich meinem kreativen Drang hin und suchte Londons grüne Oasen auf. Ich schlenderte durch den Hydepark und den Regent's Park, fotografierte die austreibenden Knospen an den Bäumen, die Spiegelungen der Wolken in künstlich angelegten Seen, die Umrisse von Denkmälern vor dem blauen Himmel. Über meiner Fixierung auf Sensationsfotos hatte ich ganz vergessen, wie es sich anfühlte, innezuhalten und die Schönheit in den alltäglichen Dingen zu bewundern. Es brauchte keine Haute Couture und keine Armee von Maskenbildnern – Mutter Natur wusste auch so, wie man eine große Show abzog.

Ähnlich den jungen Trieben an den Bäumen, ähnlich den zarten Frühlingsblumen, die aus dem Boden sprossen, erfasste mich ein Gefühl der Erneuerung, mehr noch, spürte ich eine Bestimmung. Vielleicht hatte Sanders mir unbewusst wirklich einen Gefallen getan, vielleicht würde ich endlich damit aufhören, von einem Auftrag zum nächsten zu hasten, und mir stattdessen Gedanken darüber machen, was ich eigentlich aus meinem Leben machen wollte. Mit fünfunddreißig war es an der Zeit. Sonst raste das Leben irgendwann unwiederbringlich an mir vorbei, und ich lief ernsthaft Gefahr, auf der Strecke zu bleiben.

Erst einmal aber freute ich mich auf das Wiedersehen mit Emily, das für den heutigen Montag angesetzt war. Da es am Morgen regnete, musste ich meine Streifzüge unterbrechen und vertrieb mir die Zeit bis zum Schulschluss damit, in meiner provisorischen Dunkelkammer, die ich im Bad eingerichtet hatte, herumzuwerkeln und meinen jüngsten Film zu entwickeln. Ich brannte darauf zu sehen, ob ich wirklich so gut war, wie ich es mir gerne einredete.

Als Erstes musste ich das kleine Fenster mit einer dicken Decke verhängen und Zeitungspapier in die Ritzen zwischen Tür und Rahmen stopfen. Natürlich war es nicht perfekt, und natürlich hoffte ich, eines Tages ein eigenes Atelier zu haben, zumal ich keine Frau mehr hatte, die sich wie Marjorie an »übel riechenden Chemikalien« störte und wie sie nicht begriff, dass man mit »solchem Zeugs« seine kostbare Zeit vertrödelte. Meine Ex sah generell keinen Sinn in der Fotografie, verstand meine Aufnahmen nicht als Kunst, sondern als amateurhafte Geschmacksverirrung. Ich hingegen träumte von einem Loft, in dem ich sämtliche Wände mit meinen Bildern tapezierte, oder von einem Bauernhaus auf dem Land. Für eine Villa in den

Hügeln über Monaco würde mir vermutlich lebenslang das nötige Kleingeld fehlen.

Seufzend verabschiedete ich mich von meinen unrealistischen Tagträumen, bereitete drei Schalen mit Chemikalien vor: Entwickler, Stoppbad und Fixierer, und machte mich in der Dunkelheit an die Arbeit, ließ den Film von Schale zu Schale wandern, alles nach Gefühl und Instinkt, bis ich wusste, dass er fertig war und ich ihn über der Badewanne zum Trocknen aufhängen konnte.

Die Alchemie der Fotografie faszinierte mich. Im trüben Dunkel zu beobachten, wie ein Motiv langsam zum Vorschein kam, hatte etwas Magisches. In früher Kindheit hatte das angefangen, wenn ich neben meinem Vater stand und gebannt die Prozedur des Entwickelns verfolgte. Obwohl mein alter Herr und ich nie wirklich einen Draht zueinanderfanden wie andere Väter und Söhne, verband uns die Liebe zur Fotografie. Ansonsten lebten wir eher wie Fremde nebeneinanderher.

Ich konzentrierte mich wieder auf meine Arbeit und schnitt das Negativ von Sophie aus dem Kontaktabzug, um es auf Papier zu belichten, das anschließend eine Minute in den Entwickler, ein paar Sekunden in das Stoppbad und zwei Minuten in den Fixierer kam. Mit jeder Stufe trat Sophie klarer hervor, bis die Konturen voll entwickelt waren, und was ich dann sah, verschlug mir den Atem.

Die Aufnahme war wirklich ziemlich gut.

Außergewöhnlich gut.

Grandios, genau genommen.

Das Licht war perfekt, die Schwarz-Weiß-Kontraste verliehen dem Foto, das ich einem zufälligen, sogar unerwünschten Schnappschuss verdankte, einen dramatischen Effekt. Der Impuls, sie zu fotografieren, hatte sich als goldrichtig erwiesen. Sophie war schön, wenngleich nicht im klassischen Sinn. Minutenlang musterte ich ihr Porträt. Sie war nicht schön, weil sie perfekt war, sondern gerade weil sie nicht perfekt war. Zudem war außer dem Zorn auf den Fotografen in diesen dunklen Augen noch so viel mehr zu lesen: Verwirrung. Kränkung. Zweifel. Leidenschaft. Ihr Gesicht war eine Collage von Emotionen und Texturen, von Licht und Schatten.

Vielleicht behielt Teddy am Ende ja recht, und ich hatte tatsächlich ein Talent für Porträtaufnahmen. Je länger ich das Bild betrachtete, umso stärker wurde mein Wunsch, diese Frau näher kennenzulernen, sie zu fotografieren. Bloß wie? Ich war ihr ein einziges Mal begegnet, und das nicht gerade unter den günstigsten Umständen. Deshalb beschloss ich, ihr einen Abzug zu schicken, um mich für meine Unhöflichkeit zu entschuldigen. Was konnte im schlimmsten Fall passieren, außer dass sie das Foto wütend in den Papierkorb schleuderte und ich sie irgendwann vergessen würde?

Ich machte mehrere Kopien von dem Bild, vergrößerte eine davon, notierte auf der Rückseite das Datum, schrieb einen kurzen Begleitbrief, dem ich erwartungsvoll meine Adresse und Telefonnummer hinzufügte, und machte mich auf den Weg zur Post, bevor ich es mir womöglich anders überlegte.

Vom Postamt aus nahm ich die U-Bahn nach Parsons Green und kam ein paar Minuten zu spät zu dem Treffen mit meiner Tochter. In der Hand hielt ich eine üppige Bonbonschachtel, die ich aus Frankreich mitgebracht hatte und die mit einem quietschgelben Geschenkband, Emilys Lieblingsfarbe, verziert war. Ich hoffte sehr, sie auf diese Weise damit zu versöhnen, dass ich ihren Geburtstag verpasst hatte.

Sie saß auf der Mauer, die das Schulgelände umgab, und sprang mir sofort entgegen, kaum dass sie mich um die Ecke hatte kommen sehen.

»Daddy! Daddy! Du bist wieder da!«, jubelte sie.

Dass die Bonbonschachtel zu Boden fiel und die gelbe Schleife nass wurde, kümmerte keinen von uns. Ich war die einzige Überraschung, die Emily sich jemals gewünscht hatte, das einzige Geschenk, das wirklich zählte.

Kapitel 9

Sophie

Der Abend mit Grace und ihren Freunden hatte ein Feuer in mir entfacht, das selbst zwei Wochen später noch brannte. Jeden wachen Moment verbrachte ich damit, Ideen für eine neue Duftlinie auszuprobieren, die von Hollywood, von Grace Kelly und ihrem Glamour inspiriert war. Überdies wollte ich nicht nur einen, sondern drei neue Düfte auf den Markt bringen: einen für jeden Tag, einen für abends und für den dritten musste ich mir noch was überlegen. Die Krönung sollte jedenfalls das Luxusparfüm werden, das künftige Aushängeschild von Duval, ein Duft, der alle anderen in den Schatten stellte. Das einzige Problem war die Realisierung. Ich hatte nicht die leiseste Ahnung, wie ich das alles finanzieren sollte, denn bei unseren Schulden würde es schwierig sein, frisches Geld aufzutreiben.

Weil ich das vorerst nicht an mich heranlassen wollte, verschanzte ich mich hinter meinem Schreibtisch, wo ich einigermaßen sicher war vor Lucien und meiner Mutter, die nichts unversucht ließen, meine Zweifel zu verstärken oder neue zu säen.

Ich brauchte Ruhe, um zu arbeiten, und Raum, um zu atmen, allein dann vermochte ich mich auf die Entwicklung der Düfte zu konzentrieren und den Gedanken an die Produktionskosten zu verdrängen. Was ich brauchte, waren Inspirationen, und die fand ich, wenn ich an die geheimnisvolle Schönheit Grace' dachte, an ihr Selbstvertrauen und ihren unaufdringlichen Charme. Sie war für mich wie der Sonnenschein, der mich aus meiner Lethargie riss, wie eine Sternschnuppe, die mir Mut machte, oder wie das Spiel des Lichts auf dem Meer, das trotz aller Stürme des Lebens ein Gefühl von Dauer und Ewigkeit vermittelte.

Wie so häufig in diesen Tagen nahm ich aus der Schreibtischschublade das Journal des Fleurs heraus, diesen Schatz sorgfältig dokumentierter Formeln, die mit Papas Notizen begannen. Die Kanten des Einbands fransten allmählich aus, und bald würden sich die ersten Seiten lösen. Das Journal hatte mir immer Glück gebracht, und ich konnte mir nicht vorstellen, bei der Arbeit darauf zu verzichten.

Noch wertvoller als die Formeln selbst waren die vielen Seiten mit Papas Skizzen, seinen hastig notierten Vermerken und dreifach unterstrichenen Erfolgsmeldungen. Dazu gehörte etwa die Mischung aus Eisenkraut, Vanille und Ingwer, die er für *Délice* verwendet hatte, sein erstes Parfüm für jüngere Frauen. Da war die Formel für *Ravissant* aus Veilchen, Eichenmoos und Zimt, einen Duft, den er für Natalie entworfen hatte und der sich schnell zu einem Verkaufsschlager entwickelte.

Zärtlich strich ich über die Seiten, als würde ich Papas Hand streicheln, und realisierte zum ersten Mal richtig, dass nicht mehr viel Platz war für neue Eintragungen. Die Erkenntnis, dass das Journal des Fleurs bald ausgedient hatte, schmerzte, doch ich tröstete mich damit, dass der Band einen Ehrenplatz in meinem Bücherregal bekommen würde. Oder in einer Vitrine im Verkaufsraum. Die meisten Formeln hatte ich inzwischen übertragen und in Ordnern abgelegt, sodass sie jederzeit griffbereit waren.

Um nicht zu weit in die Vergangenheit abzudriften, wandte ich mich wieder der Gegenwart zu und notierte ein paar Stichworte zu dem Duft, an dem ich gerade tüftelte und von dem ich mir eine goldene Zukunft versprach.

Vielleicht war es sinnvoll, die prätentiöse Variante erst mal zurückzustellen und mich auf ein Parfüm für jeden Tag zu konzentrieren, das sich leicht und beschwingt präsentierte und auf den Ingredienzien Limone und Jasmin basierte, überlegte ich. Ich würde es *Lumière d'Étoile* nennen, Sternenlicht, weil es seiner Trägerin das Gefühl verleihen sollte, etwas Besonderes zu sein. Ja, das war es! Ich konnte es kaum erwarten, nach Grasse zu fahren und in meinem Labor an diesem Duft zu arbeiten.

Sobald es produktionsreif war, würde ich eine Probe davon an die MGM-Studios schicken, als Geschenk für Grace. Wenn ihr der Duft gefiel, würde sie ihn vielleicht in ihrem Bekanntenkreis weiterempfehlen. Vor lauter Euphorie schwirrte mir der Kopf, und mehr und mehr verfestigte sich in mir die Vorstellung, dass die Begegnung mit Grace Kelly sich als der Glücksfall erweisen würde, den ich gebraucht hatte.

Es klopfte kurz an der Bürotür, und Natalie legte mir einen großen Umschlag auf den Schreibtisch.

»Post aus London.«

Ich erschrak und fürchtete schon, dass es sich wieder um ein lästiges Schreiben von Michael Levers Anwalt handelte, der uns wegen des Verkaufs drängte. Entsprechend erleichtert war ich, als ich feststellte, dass dem nicht so war. Zumindest vorübergehend, denn ich erschrak erneut, als ich einen glänzenden Bogen aus dem Umschlag zog, der sich als Foto entpuppte, auf dessen Rückseite von Hand geschrieben stand: *Sophie Duval, Cannes, Mai 1955.*

Mein Porträt. Verwirrt starrte ich es an. Den Mund hatte ich leicht geöffnet, als wäre ich im Begriff, etwas zu sagen. Die schwarzen Locken fielen mir bis über die Schultern, nur eine verirrte Strähne hing mir in die Stirn. Meine Haut schimmerte, meine Lippen wirkten voll und sinnlich. Hinter mir funkelten Reihen von Parfümflakons, als würden sie Lichtstrahlen aussenden. Und das alles ungeachtet der Tatsache, dass es sich um ein Schwarz-Weiß-Foto handelte. Die Wirkung meiner Augen, die den Fokus der Aufnahme bildeten, wurde dadurch sogar noch verstärkt. Wie dunkle Teiche der Wut und der Neugier blickten sie mir entgegen. Dies hier war eine Version von mir, die ich selbst bislang nicht gekannt, von deren Existenz ich nichts geahnt hatte.

»Lass mich mal sehen«, sagte Natalie und spähte mir über die Schulter. »Meine Güte, Sophie, das ist ein großartiges Porträt. Wer hat es gemacht?«

»Dieser englische Fotograf. Erinnerst du dich an den langen Kerl mit Hut, der Grace Kelly bis in unseren Laden verfolgt hat?«

Unwillkürlich musste ich an den Geruch von Leder und Tabak denken, der in der Luft gehangen hatte, nachdem er verschwunden war, an die lässige Art, mit der er sich eine Zigarette angezündet hatte, an sein aufreizend sinnliches Lächeln.

»O ja. Ein ziemlich attraktiver Mann auf eine sehr englische Art.«

Ich ignorierte ihre Bemerkung. »Bevor er verschwand, hat er urplötzlich seine Kamera auf mich gerichtet, eigentlich ein sehr unhöflicher Akt, so ganz ohne zu fragen.«

»Nun, er ist definitiv begabt, und die Aufnahme ist wirklich umwerfend gut. Sensationell gut. Hat er einen Brief beigelegt?«

Als ich den großen Umschlag umdrehte und schüttelte, fiel ein gefaltetes Blatt Papier heraus und landete zusammen mit einer weiteren, kleineren Fotografie auf meinem Schreibtisch. Ungeduldig entfaltete ich es.

Liebe Mademoiselle Duval,
wie es scheint, ist Grace Kelly nicht die einzige Frau, die sehr fotogen ist. Eigentlich finde ich Ihr Porträt sogar besser als die gesamte Serie, die ich von Miss Kelly gemacht habe. Ich dachte mir, Sie möchten vielleicht einen Abzug davon haben. Falls nicht, werfen Sie ihn einfach weg. Ich werde lediglich ein bisschen gekränkt sein.
Zusätzlich habe ich Ihnen ein Foto von Miss Kelly beigelegt. Es passiert schließlich nicht alle Tage, dass man die Gelegenheit hat, einen waschechten Hollywoodstar in seinem Hinterzimmer zu verstecken, nicht wahr? Ich wusste natürlich, dass sie da war, wollte Sie aber nicht bedrängen. Jedenfalls hoffe ich, Sie finden Gefallen an dem Bildchen Ihrer unerwarteten Besucherin, übrigens ganz im Gegensatz zu meinem Chef, der nichts übrighatte für die Fotoserie aus dem Palast und mir den Stuhl vor die Tür gesetzt hat.
Abschließend noch eine Bitte. Würden Sie mir ein Eau de Toilette für eine besondere junge Dame empfehlen? Leicht und dezent, nicht zu erwachsen. Ich kann Oma-Duftwässerchen nicht ausstehen, diesen penetranten blumigen Gestank, von dem man fünf Tage lang Kopfschmerzen hat.
Meine Adresse habe ich angefügt. Sie brauchen mir nicht zu antworten, auch wenn kein Grund besteht, es nicht zu tun.
James Henderson (Jim)

Ich musste schmunzeln über seinen launigen Ton und nahm das zweite Foto zur Hand. Es zeigte Grace mit Fürst Rainier und ähnelte denen, die *Paris Match* gebracht hatte, doch James Henderson hatte noch mehr eingefangen, nämlich einen intimen Moment. In den Augen von Grace lag ein besonderer Ausdruck – einer, den ich von mir selbst kannte, wenn ich spontan der Anziehung eines Mannes erlegen war. Zuletzt Lucien, an den ich allerdings derzeit nicht denken mochte.

»Und? Wirst du ihm antworten, diesem Jim?«, beendete Natalie meine Grübeleien.

»Sei nicht albern, Natalie. Dieser Jim oder James ist nichts als ein Opportunist, ganz sicher nicht«, beschied ich sie, zerknüllte den Brief und warf ihn entschlossen in den Papierkorb.

Meine ausgeglichene Mitarbeiterin schüttelte missbilligend den Kopf. »Ich hoffe, du wirst wenigstens dieses großartige Porträt nicht wegwerfen.«

Zum Glück enthob mich das Klingeln der Ladenglocke einer Antwort, da Natalie auf der Stelle pflichtbewusst nach vorn eilte, um sich um die Kundschaft zu kümmern. Das gab mir Gelegenheit, ohne Gesichtsverlust noch einmal eingehend das Porträt zu betrachten und den Brief aus dem Papierkorb zu fischen.

Meine Adresse habe ich unten angefügt. Sie brauchen mir nicht zu antworten, auch wenn kein Grund besteht, es nicht tun.

Die Zeilen sprangen mir in die Augen und zwangen mich zum Überlegen. Sollte ich, oder sollte ich nicht? Ich spürte, wie ein Lächeln mein Gesicht überzog, und fasste einen Entschluss.

Kapitel 10

James

Im Gegensatz zu Sanders war ich mit meinen Aufnahmen von Grace Kelly und Fürst Rainier recht zufrieden. Zugegeben, es waren nicht die üblichen Glamourbilder vom roten Teppich in Cannes, doch gerade deshalb gefielen sie mir umso besser. Sie waren anders. Frisch. Ehrlich, was die meisten Bilder von Filmstars nicht waren.

Jeder kannte Grace Kelly in Diamanten und Pelzen, gestylt für die große Bühne, aber wer nahm je die junge Frau hinter der Fassade wahr? Ihre Anflüge von Schüchternheit, ja sogar von Unsicherheit, was lediglich durch die Kunst der Masken- und Kostümbildner verdeckt wurde? Niemand schien sie sehen zu wollen. Mich hingegen reizte diese natürliche Verwundbarkeit, je länger ich die Fotos studierte. Außerdem strahlte die Art, wie sie und Rainier gemeinsam durch den Garten schlenderten, plauderten und lachten, vielleicht ein wenig flirteten, etwas Besonderes aus. Es war mir wirklich gelungen, ein paar gelöste Momente zwischen den beiden einzufangen: das unbeabsichtigte Streifen einer Hand, die offenkundige Freude in ihrer Körpersprache, die lässige Art, wie sie auseinandergingen, als wäre es kein Abschied für immer, sondern ein definitives Au revoir. Bis zum Wiedersehen.

Ich mochte diese Einstellung, da sie in gewisser Weise meine

Haltung zu Frankreich widerspiegelte. Obwohl ich zurück in meinem heiß geliebten London war, ließ mir Cannes keine Ruhe, war wie ein loser Faden, der mich magisch an die Côte d'Azur zog.

Die Ankunft einer Postkarte aus Frankreich verstärkte diesen Sog noch. Ich hatte es gespürt, kaum dass ich das Klappern des Briefkastens vernommen hatte, das mir etwas zuzuflüstern schien. Meine Erwartungen wurden nicht enttäuscht, die Karte kam aus Grasse.

Lieber Mr. Henderson,
vielen Dank für die beiden Abzüge. Wie es scheint, stecken Sie und Grace Kelly voller Überraschungen. Zugleich möchte ich mich dafür bedanken, dass Sie ihr meine Visitenkarte gegeben haben. Sie interessiert sich mittlerweile sehr für unsere Düfte, was mich naturgemäß außerordentlich freut.
Ich fürchte, ich war an jenem Tag, als Sie unser Geschäft betraten, nicht besonders freundlich zu Ihnen. Sollten Sie wieder einmal in Cannes sein, schauen Sie gerne bei uns vorbei, damit ich Ihnen persönlich danken kann. Was meine Empfehlung für ein Parfüm betrifft: Je mehr ich über die Vorlieben Ihrer Frau/Freundin erfahre, umso besser kann ich Ihnen helfen.
Sophie Duval

»Frau/Freundin?« Ich stieß einen verärgerten Seufzer aus, weil ich Hornochse nicht erwähnt hatte, für wen genau der Duft bestimmt war. Da konnte sie ja keine anderen Schlüsse ziehen.

Instinktiv hielt ich die Postkarte unter meine Nase. Genau wie die Visitenkarte duftete sie dezent nach ihrem Parfüm. Ich schloss meine Augen und fühlte mich sofort in die kleine Boutique zurückversetzt, zu den Glasvitrinen und Spiegeln, zu den Reihen von Flakons im *Alice-im-Wunderland*-Stil. Und zu Sophie mit ihren dunkelbraunen Augen, in denen sich so viele verschiedene Emotionen widerspiegelten, Freude und Leid, Hoffnung und Verzweiflung.

»Winston, sie hat mir geantwortet«, sagte ich zu dem Kater, den Marjorie mir höchst bereitwillig überlassen hatte, weil ihr Neuer angeblich unter einer Katzenallergie litt.

Mein Stubentiger streckte sich träge auf der Fensterbank aus, schien unbeeindruckt von meiner Neuigkeit. Überhaupt ließ er sich nicht von vielen Dingen beeindrucken, abgesehen von dem Schälchen mit Sahne, das die Dame von nebenan ihm jeden Freitag vor die Tür hinausstellte.

Egal, ich jedenfalls war hocherfreut. Schließlich hatte Sophie mir nicht einfach zurückgeschrieben, sondern hatte mich eingeladen, sie zu besuchen. Besonders schmeichelte mir ihr Dank dafür, dass ich Miss Kelly ihre Karte gegeben hatte und auf diese Weise eine Verbindung zwischen den beiden zustande gekommen war. Es fühlte sich an, als hätte ich eine gute Tat vollbracht.

An einem Ort wie Cannes musste eigentlich immer etwas Gutes herauskommen.

Wie bezaubernd und verzaubernd dieser Ort war, führte mir wieder einmal das Motiv auf der Ansichtskarte vor Augen: ein wundervolles Landschaftspanorama mit sonnendurchfluteten Blumenfeldern in leuchtenden Farben – lila Lavendel, goldgelbe Sonnenblumen und irgendetwas Pinkfarbenes –, die den Ort umgaben, und auf einem Hügel eine mittelalterliche Kathedrale, die die Gegend überblickte. Landschaft, Farben, Lebendigkeit, Geschichte. All das, was ich immer fotografieren wollte. Ich wollte diese Cité des Parfüms, wie es auf der Karte hieß, unbedingt einmal kennenlernen.

»Winston! Das ist es!« Ich schlug mit der flachen Hand auf das Sofakissen, was den Kater veranlasste, erschrocken von der Fensterbank zu springen.

Trotz der vielen Ansichtskarten, die ich im Laufe der Jahre für Emily gekauft und verschickt hatte, war es mir nie in den Sinn gekommen, dass irgendwer die Motive ja fotografiert haben musste: Meere und Berge, wogende Felder und schroffe Klippen, historische Fischerdörfer und prunkvolle Paläste.

»Das ist es! Verdammt, das ist es!«

Ich strich meine Haare aus der Stirn, drehte die Postkarte in den Händen und las die winzige Druckschrift am linken Rand. Es war die Adresse eines Fotoateliers in Cannes.

Carte postale »*Les fleurs de Grasse*«
Martin Roux, Réal-Photo, Compagnie des Arts
Rue Meynadier 15, Cannes

Ich ging ins Bad, um mich zu waschen und zu rasieren, war plötzlich versessen darauf, mich auf Vordermann zu bringen und etwas aus meinem Leben zu machen. Misstrauisch beobachtet von Winston, der zu fürchten schien, dass ich zu neuen Ufern aufbrach und er wieder länger auf mich verzichten musste.

Am nächsten Tag gab ich mein Bewerbungsschreiben an Monsieur Roux von Réal-Photo in Cannes bei der Post auf. *Freischaffender Fotograf sucht Arbeit für den Sommer. Verfügbar ab sofort. Arbeitsproben sind beigefügt. Spreche fließend Französisch …,* lauteten die wesentlichen Bestandteile meiner Anfrage.

Die letzte Behauptung war eine dicke Lüge, die ich, kaum hatte ich den Umschlag eingeworfen, bereute. Wie sollte ich mir in kurzer Zeit aus dem Nichts ein perfektes Französisch aneignen? Keine Ahnung. Es musste irgendwie gehen, auf Biegen und Brechen.

Zwei Wochen später traf eine Antwort ein, die Teddy mir bei einem Bier an der Themse übersetzte. Ich erschrak, als ich ihn sah, denn sein Gesundheitszustand schien sich einfach nicht bessern zu wollen. Im Gegenteil. Er hingegen verbat sich meine Sorgen.

»Vielleicht solltest du in die Krankenpflege gehen. Jim Nightingale. Klingt ganz nett, findest du nicht?«, witzelte er.

»Mach dich nicht über mich lustig«, verwahrte ich mich. »Dazu hast du keinen Grund, doch darüber reden wir ein andermal. Jetzt sag mir endlich, was in dem Brief steht.«

»Frei übersetzt heißt es da: *Kommen Sie so bald, wie es Ihnen möglich ist. Ich möchte Sie gerne persönlich kennenlernen und mehr von Ihrer Arbeit sehen.*« Er legte den Brief aus der Hand und griff nach seinem Pint. »Fährst du hin?«

Mein Schweigen war Antwort genug, aber ich fürchtete mich vor der Reaktion meiner Tochter.

Mit Recht. Vorwurfsvoll, mit geschürzten Lippen und den Tränen nahe, erkundigte Emily sich, warum ich wieder nach Frankreich musste. Die Frage nach dem Warum zu stellen, dazu hatte ich sie zum großen Verdruss ihrer Mutter immer ermuntert, jetzt hatte ich den Salat.

»Ich muss einfach, mein Liebling, beruflich. Das ist nun mal bei Erwachsenen so.«

»Warum kannst du nicht in Clapham arbeiten?«

»Weil es hier zu viel regnet, Schätzchen, und weil das Licht nicht gut genug ist, um zu fotografieren. Ich brauche mehr Sonne, damit ich hübsche Bilder für Postkarten machen kann. Mehr Blumen.«

»Gibt es in Frankreich viele Blumen?«

»O ja. Sie wachsen auf riesigen Feldern an einem Ort namens Grasse. Die Gegend ist wahnsinnig schön. Dort macht man zudem aus den Blüten Parfüm.«

Fast erwartungsgemäß war Emily von dieser Vorstellung fasziniert. »Kann ich nicht mitkommen? Das hört sich alles ziemlich aufregend an.«

In ihren haselnussbraunen Augen lag so viel Unschuld, so viel bedingungslose Liebe. Seufzend zog ich sie in meine Arme.

»Du weißt, ich würde dich liebend gern mitnehmen, doch du weißt auch, dass du in die Schule musst. Und ehrlich gesagt, ist es im Grunde ziemlich öde, Landschaften und Objekte zu fotografieren. Außerdem würde dir die französische Küche seltsam vorkommen. Die essen dort Froschschenkel, weißt du.« Sie schauderte. »Und Escargots«, fügte ich hinzu, wohl wissend, was als Nächstes kommen würde.

»Was ist das?«

Ich näherte meine Lippen ihrem Ohr. »Schnecken.«

Entsetzt kreischte sie auf, und sämtliche Ambitionen, mich zu begleiten, waren vergessen. Dass ich vielleicht den ganzen Sommer fort sein würde oder noch länger, wenn alles gut lief mit dem Job – ihr das zu sagen brachte ich nicht übers Herz.

Während sie auf der Parkbank mit ihren Beinen schlenkerte und den Enten trockene Brotkrumen zuwarf, wurde mir bewusst, dass das Leben gleichzeitig wunderbar einfach und unheimlich kompliziert sein konnte.

Ich selbst war ein eher durchschnittliches Kind gewesen und ein unauffälliger Schüler. Eine Ehefrau, zwei Kinder und ein sicherer Arbeitsplatz waren alles, was ich mir für meine Zukunft vorgestellt hatte. Bis der Krieg mich einholte und alles änderte. Die Nazis jagten nicht allein unsere Städte in die Luft und legten unsere Häuser in Schutt und Asche, sie zerstörten ebenfalls unsere Hoffnungen und Zukunftsperspektiven und stellten unser ganzes Leben auf den Kopf.

Noch immer meinte ich das Sperrfeuer der Maschinengewehre an den Stränden der Normandie zu hören, das Salz auf meiner Zunge zu schmecken und den knirschenden Sand zwischen meinen Zähnen zu spüren. Damals, als ich mit dem Gesicht nach unten, durchnässt vom Verlassen der Landungsboote, in den Dünen lag, hatte ich dem Tod wahrhaftig ins Auge geblickt, und dass ich ihm entkommen war, veränderte mich, wenngleich nicht immer zum Positiven. So weit wie Teddy, der das Leben seitdem als Privileg betrachtete, hatte ich nie gehen können. Erst jetzt war das Bedürfnis, etwas daraus zu machen, stärker in mein Bewusstsein getreten.

Und dazu gehörte, Emily zu trösten, soweit das möglich war.

»Ich werde dir schreiben, mein Engel«, versprach ich, als wären ein paar Sätze auf einer Postkarte ein angemessener Ersatz für meine Abwesenheit. »Und ich werde dich anrufen.« Emilys Gesicht hellte sich ein wenig auf. »Ich könnte ja mal mit Mummy und Dingens reden, ob du mich in Frankreich besuchen darfst«, fügte ich hinzu.

»Sein Name ist Humphrey«, verbesserte sie mich kichernd.

»Weiß ich. Trotzdem passt Dingens besser zu ihm, findest du nicht?«

»Kann ich dich wirklich besuchen kommen?«

Versehentlich hatte ich mich mit diesem Versprechen ganz schön in die Bredouille gebracht, diesen Vorschlag hätte ich nie machen dürfen. Allein daran zu denken löste einen logistischen Albtraum aus. Sofern Marjorie es überhaupt zuließ, würde sie mit tausend Bedingungen kommen.

»Vielleicht«, antwortete ich vage. »Wir werden sehen. Und in der Zwischenzeit schicke ich dir jede Menge Postkarten und schreibe dir, wo ich gerade bin und was ich gerade mache.« Ich wuschelte ihr durch die Haare. »Nicht so schlecht, oder?«

Sie gab keine Antwort, fragte stattdessen, ob es Zeit für den Tee sei.

In einem hübschen Tearoom aßen wir klebriges Gebäck zu unserem Tee, falteten aus den Servietten Papierflieger und dachten uns für die anderen Gäste alberne Namen aus, ein beliebtes Spiel zwischen uns. Am besten gefiel mir ihr *Sergeant Rufus Wurstus* für einen aufgeblasenen Wichtigtuer, dessen Krawatte mit Senf bekleckert war. Ich liebte diese Zeremonie mit Emily, und in dem Bewusstsein, dass es für eine Weile die letzte sein würde, kostete ich sie dieses Mal ganz besonders aus.

Wir kehrten in meine Wohnung zurück und spielten ein wenig mit dem Kater, der wie meine Tochter in London zurückbleiben würde, bei der netten Nachbarin, die ihn mit Sahne verwöhnte. Dann warteten wir schweigend darauf, dass Marjories Neuer kam und Emily abholte. Ich hasste diese Zeit vor dem Abschied und war froh, als auf der Straße gehupt wurde.

Mein Mädchen hängte sich den Schulranzen über die Schulter und drehte sich zu mir um. »Ich habe noch was für dich, Daddy«, sagte sie, ihre Hände auf dem Rücken verborgen. »Schließ deine Augen und halt deine Hände auf.«

Sie legte ein Blatt Papier hinein.

»Was mag das wohl sein?«, fragte ich. »Ist es ein Schokoladenkuchen? Ein Teddybär? Ich hab's, es ist eine Haarbürste.«

»Daddy! Du bist albern«, sagte Emily kichernd. »Mach die Augen wieder auf!«

Es war ein selbst gemaltes Bild mit bunten Blumen und einer großen gelben Sonne. Mein Herz füllte sich mit unbändiger Freude – und mit Traurigkeit.

»Es ist wundervoll, mein Engel, danke.«

»Jetzt hast du ganz viele Blumen und Sonnenschein und kannst in Clapham bleiben.«

Ihre Antwort verschlug mir die Sprache. Ich schlang meine Arme um sie und drückte ihr einen Kuss auf die Stirn. Dann brachte ich sie nach draußen, und sie stieg in das wartende Auto.

»Bye-bye, Daddy!«, rief sie mir noch einmal zu, den Kopf aus dem Fenster gestreckt und wie verrückt winkend.

»Bye, mein Schatz«, flüsterte ich und winkte zurück, bis der Wagen um die Ecke verschwand. Erst dann kehrte ich ins Haus zurück, schloss die Tür und verriegelte sie – sperrte damit gleichzeitig Emily in meinem Herzen ein, um sie immer bei mir zu haben.

Später am Abend, als der typische Londoner Nieselregen die Fenster sprenkelte, zog ich meinen alten Überseekoffer unter dem eisernen Bettgestell hervor und fing an zu packen. Ob es nun Schicksal war oder nicht – mir war eine Frage gestellt worden, die mit Frankreich zu tun hatte, und ich würde die Antwort nur finden, indem ich dorthin zurückkehrte.

Kapitel 11

James

Einen Monat nachdem ich Cannes verlassen hatte, kehrte ich gegen Ende Juni 1955 zurück nach Frankreich. Die Reise verlief so, wie Reisen nun einmal waren: anstrengend. Ich betrachtete sie als Niemandsland zwischen Vergangenheit und Zukunft. Als eine Dämmerwelt, in der man schlecht schlief und permanent unter der Angst litt, eine Anschlussverbindung zu verpassen: die Fähre nach Calais, den Zug nach Paris, den Zug nach Cannes. Es war eins der größten Rätsel im Leben, dass jemand wie ich, der das Reisen beschwerlich fand, ständig beruflich unterwegs war. Oder gewesen war. Und hoffentlich bald wieder sein würde.

Während ich mich im meinem Zugabteil durch *Moby Dick* quälte, glitt draußen die französische Landschaft an mir vorüber. Da ich den Roman nicht mochte, beschloss ich, ihn im Zug zurückzulassen, und begab mich in den Speisewagen, wo ich ein herrenloses Exemplar des Romans *Über den Dächern von Nizza* fand, der mir deutlich besser gefiel und in dem keine rachsüchtigen Wale vorkamen. Zudem spielte das Buch an der Côte d'Azur und stellte folglich eine perfekte Einstimmung dar.

Als ich schließlich in Cannes ankam, wirkte die Stadt genauso auf mich, wie ich sie in Erinnerung hatte, obwohl es ohne den Glanz und Trubel der Filmfestspiele deutlich ruhiger zuging. Ähnlich einer müden Gastgeberin am Ende einer Feier, schien die Stadt erleichtert ihre Schuhe abgestreift und sich einen Drink eingegossen zu haben. Mir persönlich gefiel Cannes ohne den ganzen Hollywoodzirkus deutlich besser. Es hatte jetzt eine viel anheimelndere, beschaulichere Atmosphäre, die einen wie ein warmer Umfang umhüllte.

Nachdem ich mich in einer winzigen Altstadtpension, die von der ebenso winzigen und betagten Madame Bisset geführt wurde, eingemietet hatte, machte ich mich durch die schmalen Gassen auf zu Monsieur Roux und seinem Fotoatelier in der Rue Meynadier. Inzwischen stand die Junisonne hoch am Himmel und brannte erbarmungslos auf mich hinunter. Im Mai waren die Temperaturen um einiges moderater gewesen. Vergeblich versuchte ich, mir mit meinem Hut Luft ins Gesicht zu fächeln.

Ich wusste noch nicht genau, was ich sagen würde, wenn ich in dem Atelier ankam, aber ich hatte gelernt, dass in vielen Lebenssituationen Spontaneität die beste Strategie war. Leider rannte ich gegen verschlossene Türen. Unwirsch sah ich auf meine Uhr. Kurz nach eins. Diese verdammten Franzosen mit ihrer ausgedehnten Mittagspause. Es war ein Wunder, dass hier überhaupt jemand etwas kaufte oder verkaufte.

Was nun? Statt gelangweilt in einer Bar zu warten, fand ich es sinnvoller und interessanter, der Boutique Duval einen Antrittsbesuch abzustatten. Eigentlich hatte ich mir vorgenommen, erst morgen dort vorbeizuschauen, um hoffentlich gleich von meinem Job berichten zu können, der heute leider noch nicht spruchreif war. Was soll's, dachte ich, überprüfte rasch mein Spiegelbild im Schaufenster eines Tabakladens, rückte meinen Hut gerade und richtete meinen Hemdkragen.

»Na dann, auf geht's, James«, sagte ich zu dem zerknitterten Kerl, der mir entgegenstarrte. »Bring es hinter dich. Und versuch, dich dieses Mal nicht wie ein ungehobelter Hohlkopf aufzuführen.«

Die Ladenglocke über der Tür läutete, als ich die Boutique betrat. Sofort schlug mir verführerischer Parfümduft entgegen. Von Miss Duval indes war nichts zu sehen.

»Bonjour!«, rief ich in einem Französisch, das so lächerlich wie eh und je klang, und das trotz meiner Bemühungen, es zu verbessern. »Hallo?«

Langsam kam ich mir albern vor und schickte mich gerade zum Gehen an, als die Tür zum Hinterzimmer einen Spalt geöffnet wurde. Mein Herz schlug schneller. Sie war da. Sollte ich mich charmant und selbstbewusst geben oder lieber zerknirscht tun? Welcher James Henderson würde bei ihr am meisten punkten?

Meine Überlegungen waren unnötig wie irgendwas, denn es war nicht Sophie, die in den Verkaufsraum kam, sondern eine elegante, nicht mehr ganz junge Dame. Sie war der Inbegriff jener selbstverständlichen französischen Extravaganz, die mir immer einzigartig und ohne jedes Beispiel zu sein schien.

Ein Schwall französischer Worte brach über mich herein, den ich irgendwann mit ein paar einstudierten Sätzen hölzern unterbrach.

»Je ne parle pas français. Sophie? Miss Duval?«, fügte ich hinzu, mit den Händen gestikulierend. »Je m'appelle James Henderson. London. Londres?«

Zur Unterstützung meiner mangelhaften Sprachkenntnisse zog ich Sophies Postkarte aus meiner Brusttasche und radebrechte: »Elle a envoyé la carte.«.

Mein Bemühen wurde mit einem anerkennenden Lächeln belohnt.

»Ah! Monsieur Henderson! Très bien.« Die Mitarbeiterin streckte eine blasse, sorgfältig manikürte Hand zur Begrüßung aus und wechselte mühelos in ein gutes Englisch. »Ich bin Natalie, die Assistentin. Sophie macht gerade Mittagspause. Sie müssen unbedingt auf sie warten. Bestimmt wird sie sich über Ihren Besuch freuen, Monsieur.«

»Meinen Sie?«

»Bien sûr.« Natalie kicherte leise, ohne dass ich wusste, ob sie es ernst meinte oder nicht. »Kommen Sie, kommen Sie.« Sie nahm mich bei der Hand, als würden wir uns eine Ewigkeit kennen. »Sie können gerne im Büro warten. Sie mögen Pastis? Non?«

Es spielte offenbar keine Rolle, ob ich Pastis mochte oder nicht, weil Natalie mir sogleich ein großes Glas eingoss und darauf bestand, dass ich es mir auf der Chaiselongue im Büro gemütlich machte.

Das Hinterzimmer war klein, jedoch aufgeräumt. Glaskolben mit verschiedenfarbigen Flüssigkeiten reihten sich in einem Glasschrank aneinander. Ein ganzes Sortiment von Geschenkbändern und Seidenpapier auf Rollen füllte zwei offene Regalfächer. Geschäftliche Unterlagen stapelten sich ordentlich in einer Ablage auf dem Schreibtisch neben einem signierten Bild von Grace Kelly in einem Silberrahmen, während das Foto von Grace und Rainier im Palastgarten in einem Regal stand. Mein Porträt von ihr war nirgends zu sehen.

Unentwegt betrachtete ich das signierte Porträt, das bestimmt ihr Vertragsfotograf geschossen hatte und von dem ich meine Augen nicht abzuwenden vermochte. Die Diva in glanzvoller Abendrobe mit langen weißen Opernhandschuhen und Perlenohrringen verströmte darauf das Höchste an Hollywoodeleganz. Ein Bild dieser Art war genau das, was Sanders von mir gewollt hatte, und ich Esel hatte spektakulär versagt.

»Das war, als sie den Oscar gewonnen hat«, erklärte Natalie, der mein Interesse an der Aufnahme nicht entgangen war. »Elle est très, très belle.« Dann griff sie nach dem Foto, das ich geschossen hatte. »Sie interessieren sich nicht so sehr für den Hollywoodglamour, n'est-ce pas?«, erkundigte sie sich.

»Nun, ich ziehe es vor, die Menschen so zu fotografieren, wie sie wirklich sind. Ehrlich. Ungeschminkt. Meine wahre Leidenschaft sind eigentlich Landschaftsaufnahmen.«

»Dann sind Sie hier am richtigen Ort. Wir haben die prachtvollste Naturkulisse, die sich denken lässt.« Sie betrachtete erneut das kleine Bild in ihrer Hand. »Sie mögen sich, denke ich«, bemerkte sie, bevor sie es an seinen Platz zurückstellte.

»Woher wissen Sie das?«

»Oh, ich weiß es einfach so. Weiblicher Instinkt«, sagte sie mit einem komplizenhaften Lächeln, als wollte sie damit noch etwas anderes zum Ausdruck bringen.

Vorsichtig trank ich einen Schluck Pastis. »Wird es lange dauern, bis Sophie kommt?«, fragte ich und zuckte von dem ungewohnt scharfen Anisgeschmack zusammen. »Und stört es Sie, wenn ich rauche?«

Natalie hatte etwas dagegen. »Tabak ist kein Freund von Parfüm, er verdirbt den Duft. Außerdem schadet er der Gesundheit«, fügte sie belehrend hinzu und simulierte zur Verdeutlichung einen heftigen Hustenanfall. »Sie sollten es besser lassen.«

Sie sagte es mit einer solchen Bestimmtheit und drohte mir dabei mit dem Zeigefinger, dass ich mich fast an Ort und Stelle bereit erklärt hätte, das Rauchen für immer aufzugeben. Zumindest steckte ich meine Zigaretten ohne weitere Diskussionen wieder ein, saß wartend da wie ein Schuljunge, dem eine Strafpredigt bevorstand, und war mir absolut nicht mehr sicher, warum ich hergekommen war.

Kapitel 12

Sophie

Der Juni bescherte Cannes ein Traumwetter mit viel Sonnenschein und einem warmen, angenehmen Wind, der aus dem Hinterland den Duft der Blumenfelder herantrug. Rosen und Akazien standen in voller Blüte, der salzige Geruch des Meeres vermischte sich mit dem des angespülten Seetangs und dem des trocken-heißen Sands.

Allerdings nahm ich nichts davon wahr, als ich mit Lucien beim Lunch im Café Madeleine saß und Mühe hatte, meine schlechte Laune im Zaum zu halten.

Zornig starrte ich auf die Unterlagen von Michael Lever, die meine Mutter mir gegeben hatte. Sie bestand darauf, dass ich mir das Angebot des englischen Immobilienhais, der es auf unser Land in Grasse abgesehen hatte, wenigstens einmal anschaute. Und wenngleich ich es ihr gegenüber niemals zugeben würde, hatte ich die ersten Entwürfe gründlich studiert und mich durch die vorläufige Kalkulation gequält. Schließlich durfte ich nicht so ohne Weiteres ignorieren, dass wir durch dieses Geschäft sämtliche Schulden begleichen und darüber hinaus einen zusätzlichen Gewinn einstreichen könnten.

Trotzdem widerstrebte mir der Deal. Zum einen verabscheute ich diesen arroganten, neureichen Emporkömmling, dem es letztlich allein um seinen eigenen Gewinn ging und den ich verdächtigte, nicht auf ehrliche Weise zu seinem Wohlstand gekommen zu sein. Zum anderen widerstrebte es mir zutiefst, unsere Manufaktur und unsere Felder aufzugeben. Lieber hackte ich mir meinen rechten Arm ab, als unseren Familienbesitz, der mittlerweile über hundert Jahre alt war, wegen eines finanziellen Engpasses zu verkaufen, dazu an einen Betrüger.

Ich gab dem Kellner ein Zeichen und bestellte einen Wodka Martini. Meine Nerven lagen blank.

»Du genehmigst dir einen Drink?«, fragte Lucien tadelnd und legte das Besteck auf seinem Teller ab. »Bevor du zu Ende gegessen hast? Deine Hollywoodfreunde haben offenbar auf dich abgefärbt.«

Seinen Kommentar ignorierte ich, weil ich ihn als kränkend empfand. Er wusste genau, dass ich sehr vorsichtig mit alkoholischen Getränken umging und angesichts Mamas Alkoholabhängigkeit ein gebranntes Kind war. Warum also beleidigte er mich gezielt? Mühsam unterdrückte ich meinen Ärger.

»Dieses Angebot werde ich noch genauer prüfen«, sagte ich mit gezwungener Höflichkeit. »Heute Nachmittag steht ohnehin nichts Dringendes an. Geh ruhig. Ich weiß, du hast gleich eine Verabredung.«

Lucien legte seine Hand auf meine. »In Ordnung, bloß vergiss nicht, dass das Angebot wirklich überaus großzügig ist, Sophie«, beschwor er mich. »Du solltest es ernsthaft in Betracht ziehen.«

Meine Miene verdüsterte sich erneut, wurde abweisend. »Ich weiß, du bist für einen Verkauf, aber so einfach ist es nicht.«

Er fuhr mit seinem Daumen über meine Unterlippe. »Du bist hinreißend, wenn du schmollst.«

Zorn stieg in mir hoch. Verdammt, warum behandelte der Mann mich immer wie ein Kind?

»Möchtest du, dass ich dich in die Boutique zurückbegleite?«, bot er höflich an.

»Danke nein, ich will dich nicht aufhalten«, erwiderte ich ziemlich ungnädig.

Offenbar war ihm mein Unmut nicht entgangen, denn er erhob sich und kam um den Tisch herum, um einen flüchtigen Kuss auf meine Stirn zu hauchen.

»Dann lasse ich dich jetzt allein, wir sehen uns morgen wieder.«

Ich blieb sitzen, bis er gegangen war, erst dann machte ich mich ebenfalls auf den Weg, genoss die Sonne in meinem Gesicht, während ich über die Croisette spazierte, und versuchte, Michael Lever vorerst aus meinen Gedanken zu verdrängen.

Natalie erwartete mich aufgeregt in der Ladentür und zog mich über die Schwelle.

»Na endlich. Ich dachte schon, du würdest gar nicht mehr kommen. Du hast nämlich einen Besucher. Er wartet im Büro auf dich.«

»Ach ja?« Ich wunderte mich über ihren Enthusiasmus. »Wer ist es denn? Jemand Wichtiges?«

Lächelnd strich sie mir eine Locke aus dem Gesicht. »Das wirst du gleich sehen.«

»Was soll diese Geheimniskrämerei?«, fragte ich, bewegte mich in Richtung Hinterzimmer und blieb wie angewurzelt in der offenen Tür stehen.

Auf der Chaiselongue saß ein Mann und ließ seine Blicke über die Glasbehälter in dem Glasschrank schweifen. Sein Filzhut verriet ihn ebenso wie seine goldbraunen Augen – beides hatte sich in mein Gedächtnis eingeprägt.

James Henderson.

»Mademoiselle Duval!«, rief er sichtlich erfreut aus, und ein breites Lächeln brachte sein Gesicht zum Strahlen. Dann sprang er auf und kam auf mich zu. »Bonjour!«

Unfähig, mein Erstaunen zu verbergen, starrte ich ihn mit offenem Mund an.

»Monsieur Henderson!«, sagte ich und schüttelte kurz seine Hand. »Welch Überraschung! Was führt Sie nach Cannes?«

»Sie haben mich eingeladen, wissen Sie das etwa nicht mehr?«

Wie bitte? Ich glaubte mich verhört zu haben. D'accord, ich hatte in meinem Brief geschrieben, dass er gerne vorbeischauen könne, sollte er jemals wieder in Cannes sein, doch als Einladung würde ich das nicht bezeichnen.

Er lachte über mein verblüfftes Gesicht. »Wie ich sehe, ist mir die Überraschung gelungen. Sie sind wirklich nicht gut darin, Ihre Gefühle zu verbergen, Miss Duval.«

Dann geschah Seltsames. Bei dem Versuch, aneinander vorbeizugehen, stießen wir zusammen, und ich landete mit meinem Gesicht prompt an seiner Brust. Der vertraute Geruch nach Tabak und Leder umfing mich, aber da war noch ein anderer Geruch, warm und erdig und sehr persönlich.

»Hoppla!« Ein wenig verlegen grinste er mich an, seine Hand lag auf meiner Schulter. »Verzeihung.«

Ich hörte gar nicht hin, weil ich automatisch angefangen hatte, darüber nachzudenken, was zu seinem Geruch passte. Etwas Leichtes, um das Erdige zu unterstreichen, oder vielleicht eine erfrischende Kopfnote, zum Beispiel Gras? Ja, das könnte es sein. Als mir bewusst wurde, dass ich mich noch nicht wieder von ihm entfernt hatte, wich ich erschrocken zurück und eilte rasch hinter meinen Schreibtisch.

»Das Porträt, das Sie mir geschickt haben, ist hochinteressant«, sagte ich, um von dem peinlichen Moment abzulenken. »Sie sind wirklich sehr talentiert, Mr. Henderson.«

»James. Bitte nennen Sie mich James.«

»Also gut. James.«

»Aus Ihrem Mund klingt es richtig exotisch. *Schämes!*«

»Ihr Akzent ist hier derjenige, der exotisch ist«, konterte ich und zog eine Augenbraue hoch.

»Stimmt schätzungsweise.« Grinsend lehnte er sich an die Wand. »Wie auch immer, ich freue mich, dass Grace Kelly auf Sie zugekommen ist. Es macht Ihnen hoffentlich nichts aus, dass ich Ihre Visitenkarte weitergegeben habe. Muss ziemlich aufregend sein, wenn man bei der Crème de la Crème von Hollywood plötzlich ganz hoch im Kurs steht. Und anstrengend, kann ich mir vorstellen.«

Sein leicht spöttischer Charme brachte mich zum Lachen.

»Es war sehr freundlich von Ihnen, meine Boutique weiterzuempfehlen. Falls ich mich revanchieren kann …«

»Können Sie, ich hätte da eine Idee«, unterbrach er mich, und sein Körper straffte sich. »Eigentlich bin ich auf gut Glück nach Frankreich gekommen. Ihre Ansichtskarte hat mich inspiriert.«

»Wieso das?«

»Durch sie kam ich zum ersten Mal auf den Gedanken, dass es irgendjemanden geben muss, der die Motive für Ansichtskarten fotografiert. Lange Rede, kurzer Sinn, ein paar Straßen von hier gibt es ein Fotoatelier, das auf Ansichtskartenmotive spezialisiert ist. Dort habe ich mich schriftlich beworben. Der Besitzer, ein gewisser Monsieur Roux, hat mich daraufhin zu einem Vorstellungsgespräch eingeladen. Ich bin also hier, weil ich hoffe, bei ihm über den Sommer Arbeit zu finden. Leider war er über Mittag, als ich dummerweise dorthin gegangen bin, nicht erreichbar. Es ist wirklich ein Kreuz mit den Franzosen und ihren Ladenöffnungszeiten.«

Geflissentlich überging ich die Stichelei. »Ja, ich kenne das Studio. Es tut mir übrigens leid, dass Sie Ihre Stelle bei der Zeitung verloren haben.«

Er zuckte mit den Achseln. »Die Zeit war wohl irgendwie

reif dafür. Mein Boss hatte für meinen Stil nicht mehr viel übrig.«

»Und nun möchten Sie den Sommer in Frankreich verbringen?«, erkundigte ich mich und sah ihn bewundernd an.

Wie konnte er sein Leben so einfach umkrempeln, dazu mit derart mangelhaften Sprachkenntnissen? Das verstand ich nicht, da ich selbst weder meine Heimat verlassen noch meine Arbeit aufgeben würde. Dazu war ich zu eng mit meinem Land verbunden und hatte mich zu bedingungslos unserem Familienunternehmen verschrieben. Während ich vollkommen geerdet war, wandelte dieser Engländer auf Wolken, ohne den Boden zu berühren, jedenfalls nie für lange.

»Ja, ich plane in der Tat, den Sommer in Frankreich zu verbringen«, erklärte er. »Und ich wollte Sie fragen – bitte sagen Sie Nein, falls ich zu weit gehe –, ob Sie mich vielleicht zu Monsieur Roux begleiten und für mich dolmetschen könnten. Bislang ist mein Französisch einfach hoffnungslos. Von daher wären Sie mir eine große Hilfe. Danach, das verspreche ich Ihnen, lasse ich Sie in Ruhe und werde Sie nie wieder belästigen. Außer natürlich, Sie möchten von mir belästigt werden. In diesem Fall schlage ich vor, dass wir gemeinsam auf der Promenade etwas trinken gehen. So oder so, wie Sie wollen. Und jetzt bin ich besser still.«

Mühsam musste ich mir ein Lächeln verkneifen, der Typ war wirklich zu witzig, wenn er den Treuherzigen spielte.

»Ich habe heute Nachmittag leider diverse Termine, kann höchstens für Sie bei Monsieur Roux anrufen und ihn vorab informieren. Oder, fällt mir gerade ein, Sie lassen sich von Natalie begleiten, die bestimmt eine ebenso gute Dolmetscherin wie ich abgibt.«

»Wirklich? Das würden Sie tun?«

Henderson war sichtlich entzückt von meinem Hilfsangebot

und gab mir die Nummer des Fotoateliers, bevor er wieder auf die Chaiselongue sank, ohne seine Augen für eine Sekunde von mir abzuwenden.

Der Typ hatte etwas an sich, das mich alles andere vergessen ließ. Als ich meinen Kopf zu ihm hob, zwinkerte er mir zu, woraufhin ich zu meinem Ärger prompt errötete. Ich wünschte, man würde mir meine Emotionen nicht so deutlich ansehen – eine Gefahr, die alle im Zeichen des Skorpions Geborenen liefen. In diesem Moment dämmerte mir endgültig, dass ich diesen hartnäckigen englischen Fotografen nicht zum letzten Mal gesehen haben würde.

Kapitel 13

James

Das Glück, so schien es, war wieder auf meiner Seite. Nicht nur, dass Miss Duval eigens für mich mit Monsieur Roux telefonierte, sie stellte mir außerdem Natalie als Dolmetscherin zur Verfügung.

»Was du heute kannst besorgen, das verschiebe nicht auf morgen«, sagte Sophie, nachdem sie aufgelegt hatte. »Monsieur Roux erwartet Sie um drei Uhr.«

Ich war so fasziniert von ihr – von ihrem melodischen Akzent mit seinem Auf und Ab, von ihren ausdrucksstarken Augen, von der Art, wie sie unbewusst eine Haarsträhne hinter ihr Ohr strich –, dass ich vergaß zu antworten. In meiner Fantasie nahm ich sie gerade in den Fokus meiner Kamera, wählte den besten Winkel und das beste Licht und überlegte, welches Objektiv und welche Filter ich verwenden sollte.

»James?«, hakte sie nach.

»Hm? Oh, sorry. Ich war gerade mit meinen Gedanken meilenweit weg. Drei Uhr? Großartig. Très, äh, grand. Merci. Jetzt bin ich Ihnen erst recht einen Drink schuldig, denke ich.«

Sie entspannte sich ein bisschen und gestattete sich ein Lächeln. »Das glaube ich auch!«

Wir vereinbarten, dass ich mich mit Natalie in einer Stunde vor dem Fotoatelier treffen würde, ich bedankte mich zum Abschied erneut und bummelte anschließend gemütlich über die Promenade, genoss die Wärme der Sonne und machte mich kurz vor drei auf den Weg zu Monsieur Roux.

»Vite! Vite!«, drängte Natalie streng, als ich gemächlich über das Kopfsteinpflaster auf sie zuschlenderte. »Sie wollen schließlich nicht zu spät kommen.«

Ich entschuldigte mich, begrüßte sie auf die französische Art mit Wangenküssen und überließ ihr bereitwillig die Führung, als wir das Studio betraten. Nachdem sie ein paar Worte mit der ziemlich desinteressiert wirkenden Frau hinter dem kleinen Empfangstresen gewechselt hatte, erklärte sie mir, dass Monsieur Roux sich verspäten werde.

Der Mann war mir sofort sympathisch.

Wir setzten uns auf ein altes Sofa, das völlig durchgesessen war, und harrten der Dinge, die da kommen würden.

»Darf ich sehen?«, fragte Natalie und deutete auf die braune Mappe in meinem Schoß, die eine Auswahl meiner Arbeiten enthielt.

»Meine Fotos?«

»Oui.«

Natalie sah die Abzüge langsam durch und bewunderte die Straßenszenen, die ich in Cannes eingefangen hatte, die wilden Serpentinen, die sich gefährlich dicht an der steilen Küste entlangschlängelten, die Nahaufnahmen von den Bougainvilleen im Palastgarten von Monaco.

Es war eine seltsame Vorstellung, dass die Bilder erst wenige Wochen alt waren – so viel hatte sich seitdem verändert. Niemals hätte ich damals damit gerechnet, einen Monat später in einem französischen Fotoatelier zu sitzen mit der Aussicht auf einen Job und einen anschließenden Drink mit Miss Duval.

»Ihre Naturaufnahmen sind hervorragend, genial geradezu.

Vor allem die Blumen. Sie sehen ihre Persönlichkeit und fangen sie mit Ihrer Kamera ein.«

»Danke. Sie besitzen ein gutes Auge, Natalie.«

»Ich habe Kunst studiert, bevor ich mich den Parfüms widmete.« Neugierig blätterte sie weiter in der Mappe. »Wie ich sehe, besitzen Sie ebenfalls ein Talent, Kinder abzulichten«, fügte sie hinzu und hielt ein Foto von Emily hoch. »Sie ist bezaubernd.«

»Meine Tochter«, erklärte ich, nahm das Bild an mich und steckte es in meine Jackentasche.

Natalies blaugraue Augen leuchteten auf. »Ist sie bei Ihnen?«, fragte sie. »Mit ihrer Mama?«

»Leider nein. Emily ist in London, sie lebt bei meiner Exfrau. Natürlich wünsche ich mir, sie könnte in meiner Nähe sein, doch das würde ihre Mutter nicht zulassen. Also muss ich mich damit begnügen, dass sie immer hier drin ist«, fügte ich hinzu und legte eine Hand auf mein Herz.

Natalie nickte und tätschelte tröstend mein Knie. »Sie wird auf Sie warten. Kinder sind sehr, wie sagt man …«

Nachdenklich starrte sie zu dem bröckelnden Putz an der Decke hoch, während sie nach dem richtigen englischen Wort suchte.

»Geduldig? Verständnisvoll? Nachsichtig?«, bot ich an.

Sie schüttelte bei jedem Begriff den Kopf, schnippte aber bald darauf triumphierend mit den Fingern.

»Loyal. Das ist der richtige Ausdruck. Kinder sind sehr loyal. Sie entziehen uns nicht einfach so plötzlich ihre Liebe.«

Ich nickte zustimmend in der Hoffnung, dass sie recht hatte.

»Sie hatten Freude daran, Miss Kelly zu fotografieren«, ergriff Natalie erneut das Wort, als sie zu den Bildern kam, die im Palast entstanden waren, und tippte mit einem ihrer perfekt manikürten Fingernägel auf die Abzüge. »Diese Aufnahmen sind einzigartig. Zunächst einmal ist das nicht Grace Kellys üblicher Kleidungsstil.« Grinsend dachte ich daran, in welcher Weise mein ehemaliger Boss sich über das geblümte Kleid mokiert hatte. »Ich glaube, Rainier mag sie«, fuhr Natalie fort. »Sehen Sie? Er schaut sie auf jedem Bild an, sie hingegen schaut hin und wieder mal woandershin. Vermutlich hat er sich in sie auf Anhieb verliebt, während es bei ihr am Anfang ihres Kennenlernens noch nicht wirklich gefunkt hat.«

»Er war sehr beeindruckt von ihr, so viel ist sicher«, warf ich ein.

»Das hier ist Liebe. Ich weiß es.«

Sie gab mir die Bilder zurück, und ein vielsagendes Lächeln umspielte ihre Lippen.

»Glauben Sie immer mit Sicherheit sagen zu können, ob jemand verliebt ist?«

»O ja. Es ist ganz leicht, wenn man die Zeichen kennt, und ich kenne sie.« Sie beugte sich näher zu mir. »Sie haben Sophie gern, n'est-ce pas?«

»Nun ja, ich …«

»Monsieur Henderson?«

Ein stämmiger Mann, der ein Bein nachzog, kam auf uns zu und bewahrte mich davor, Natalie eine Antwort geben zu müssen.

»Ja, oui. Bonjour«, murmelte ich und stemmte mich von dem Sofa hoch, befreite Natalie ebenfalls aus dem Polsterschlund und streckte meine Hand zur Begrüßung vor. »James Henderson. Jim für meine Freunde. Enchanté. Erfreut, Sie kennenzulernen, Monsieur Roux.«

Während wir uns noch die Hände schüttelten, legte Natalie auf Französisch los. Dem bisschen nach zu urteilen, das ich verstand, stellte sie meine Person vor und machte Smalltalk über das Wetter, über das Geschäft und über jemandes Sohn. Über wessen Sohn, kapierte ich nicht.

Monsieur Roux wirkte zufrieden. »Sie sind ein wenig fou, Monsieur? Ein bisschen verrückt? Das gefällt mir.«

Sodann führte er uns in ein Büro mit kanariengelben Wänden und einem wenig stabilen Schreibtisch, auf dem eine Sammlung von Topfpflanzen stand. Die Uhr an der Wand ging falsch, vor einem abgedunkelten Fenster döste ein sehr kleiner Hund in einem sehr großen Sessel.

»Zigarette?«, fragte Monsieur Roux und schob ein Päckchen über den Tisch.

»Wunderbar«, sagte ich und bediente mich erfreut, Natalies tadelnden Blick ignorierend. Wenn ich etwas in den Jahren meiner Tätigkeit für Sanders gelernt hatte, dann das Folgende: Ein Bier im Pub oder eine Diskussion über Cricket bei einer Zigarette waren genauso wichtig wie jede Vorstandssitzung. Monsieur Roux nickte zustimmend, als ich die Filterlose anzündete und sie auf diese spezielle französische Art zwischen Daumen und Zeigefinger hielt.

Das Vorstellungsgespräch, wenn es denn eins war, lief gut. Zwar wurde es fast ausschließlich in einer Sprache geführt, derer ich nicht mächtig war, meine Bilder allerdings fanden großen Anklang. Très belle seien sie, lobte der Meister. Kaum hatte Natalie übersetzt, dass ich für den Sommer in Cannes Arbeit suche, schlug ich schon in die dargebotene Hand von Monsieur Roux ein und erklärte mich bereit, gleich am kommenden Montag anzufangen. Mein erster Auftrag würde sein, die Altstadt von Villefranche-sûr-Mer und die Blumenfelder in Grasse zu fotografieren. Dort würde ich dann auch das Jasminfestival Anfang August begleiten. Ich stimmte allem voller Euphorie zu. Blieb noch ein Problem.

»Natalie, ich habe kein Auto«, flüsterte ich, als Monsieur Roux kurz das Büro verließ, um ein paar Unterlagen zu holen, die ich unterschreiben sollte.

»Sie haben Glück, Monsieur. Ich besitze eine alte Vespa, die in der Garage vor sich hin rostet«, antwortete sie mit einem Augenzwinkern. »Früher bin ich damit oft die Küste entlanggedüst. Rollerfahren ist ein Riesenspaß.«

Teddy würde sich über meinen Dusel totlachen, dachte ich, nachdem alles unter Dach und Fach war und ich Natalie zurück zur Boutique begleitete.

Beim Verabschieden hielt sie meine Hand fest. »Sie haben meine Frage noch nicht beantwortet.«

»Welche Frage?«

Ihre Augen funkelten belustigt, und sie legte ihre Hand auf meinen Arm.

»Ich habe Sie gefragt, ob Sie Sophie gernhaben. Oui ou non?«

Durch das Schaufenster sah ich Sophie, die sich gerade gestenreich und voller Leidenschaft mit einer Kundin unterhielt. Wenn sie über ihre Düfte sprach, erwachte sie zum Leben, glitzerte wie die Sonne auf dem Wasser in der Bucht.

»Oui, Natalie«, sagte ich leise. »Beaucoup oui.«

Natalie lachte über mein furchtbares Französisch und verschwand im Laden, aus dem der allgegenwärtige Geruch von Sophies Parfüm drang.

Ich stand für einen Moment da und sog den Duft ein, dann wandte ich mich um und ging in Richtung Meer davon. Mit einem Lächeln auf den Lippen, das so breit war wie die Themse. Und zugleich überfiel mich ein Gefühl des Aufbruchs und der Erneuerung, das wie feiner Parfümnebel auf mich herabrieselte.

Kapitel 14

Sophie

Inzwischen hatten wir Juli, und damit war an der Côte d'Azur die heißeste Jahreszeit angebrochen. Die Hochsaison war wie ein Wespenstich, wie eine plötzliche Injektion von Action und Adrenalin, und irgendwie sehnte ich mich bereits nach den ruhigen Herbst- und Wintermonaten, wenn ich mich nach Grasse in mein Labor zurückziehen durfte. Doch erst einmal musste ich gut durch die hektischsten und arbeitsreichsten Monate kommen, denn wir brauchten jeden Kunden, den wir kriegen konnten.

Ich war früh in der Boutique, um noch das eine oder andere zu erledigen, bevor das Geschäft geöffnet wurde, und machte mich daran, die Post durchzusehen. Gewöhnlich bot sie mir wenig Anlass zur Freude, da zu viele Rechnungen und Mahnungen ins Haus flatterten sowie verklausulierte Schreiben von Luciens Notar über Eigentumsübertragungen und Änderungen im Grundbuchamt. Heute hingegen war das anders – ein Luftpostbrief aus Kalifornien war gekommen, der mein Herz höher schlagen ließ. Als Absender war ein gewisser Morgan Hudgins von den MGM-Studios in Los Angeles genannt. Erwartungsvoll schlitzte ich den Umschlag auf und entfaltete das dünne Briefpapier.

Sehr geehrte Miss Duval,
ich schreibe Ihnen im Namen von Miss Kelly, die mich gebeten hat, Ihnen auszurichten, dass ihre Schwester Lizanne das von Ihnen ausgesuchte Parfüm geradezu himmlisch findet. Und zwar so sehr, dass Miss Kelly Sie bittet, ihr möglichst rasch mehr davon zu schicken, weil ihre Mutter gleichfalls davon begeistert ist. Zur Deckung Ihrer Unkosten liegt ein Scheck bei.
Bitte senden Sie das Päckchen mit dem Vermerk Grace Kelly c/o MGM-Studios an die oben genannte Adresse. Miss Kelly lässt Ihnen außerdem die besten Wünsche übermitteln und dazu ihren aufrichtigsten Dank für den Dienst, den Sie ihr in Cannes erwiesen haben.
Mit besten Grüßen
Morgan Hudgins
Pressechef, MGM-Studios

Ich las den Brief ein zweites Mal und strich mit den Fingern über die Adresse des Absenders. MGM-Studios, Los Angeles. Hollywood! Mama würde es niemals glauben, und Natalie würde vor Freude platzen. Ich konnte es selbst nicht fassen. Grace wollte tatsächlich mehr von dem Parfüm. Es war die perfekte Gelegenheit, ihr eine Probe von *Lumière d'Étoile* zu schicken. Allein bei dem Gedanken an diese wundervolle Fügung durchlief mich ein euphorisches Prickeln.

Nachdem ich Sternenlicht, das Eau de Toilette für jeden Tag, rasch und unkompliziert zur Gebrauchsreife gebracht hatte, war ich bereit, den zwischenzeitlich zurückgestellten zweiten Baustein meiner neuen Linie, das Parfüm für besondere Anlässe, energisch in Angriff zu nehmen. Als vorläufigen Namen hatte ich *Maison* angedacht, es sei denn, es kam mir beim Experimentieren, wenn Kopf-, Herz- und Basisnote sich immer deutlicher herauskristallisierten, eine andere, eine bessere Idee, mit der ich mich eins fühlte wie mit dem Rhythmus meines Atems. Schließlich sollte dieser Duft mein Prestigeprojekt werden, das Aushängeschild meiner neuen Linie und der Manufaktur Duval.

Während meiner früheren Versuche, als ich immer wieder die Mengenanteile variiert hatte, um die richtige Formel zu finden, war ich ständig frustriert gewesen. Mangelnde Inspiration hatte mir zu schaffen gemacht und dazu geführt, dass mir lediglich langweilige Ideen gekommen waren. Nichts, was ein Duft brauchte, den man als sensationell und einzigartig auf den Markt bringen wollte.

Sosehr es mir widerstrebte, es zuzugeben, in einem hatte meine Mutter recht. Die Zunahme von synthetischen Duftstoffen griff um sich und stellte eine ernste Gefahr für unsere Branche dar, weil gleichzeitig immer weniger Menschen bereit waren, den höheren Preis für ein auf natürlicher Basis hergestelltes Parfüm zu bezahlen, was wiederum steigende Herstellungskosten und weiter sinkende Verkaufszahlen zur Folge hatte.

Eine verhängnisvolle Spirale. Kein Wunder also, dass ich regelmäßig Anwandlungen von Panik erlebte und mich ständig fragte, wie ich gegensteuern sollte. Auf jeden Fall musste ich mehr Zeit in meinem Labor in Grasse verbringen, viel mehr als hin und wieder einen Tag, und mich verstärkt um die Produktentwicklung kümmern.

Mein Blick fiel auf ein Foto, das James gemacht hatte. Seit er wieder in Cannes war, schaute er regelmäßig vorbei, um meine und Natalies Meinung zu einem Bild einzuholen oder um uns von seinen Problemen zu erzählen, die er als Ausländer nach wie vor hatte und die ihm bisweilen seine Arbeit erschwerten. Nicht selten kam es zu Rivalitäten mit französischen Fotografen, die gereizt auf den hochgewachsenen Engländer reagierten, der mit seiner Kamera die Côte d'Azur abklapperte. Nichtsdestotrotz war es ihm gelungen, Monsieur Roux mit seinen Arbeiten zu beeindrucken und sich schnell unentbehrlich zu machen. Mehrere seiner Bilder waren inzwischen als Ansichtskarten auf dem Markt, und natürlich hatte er nicht widerstehen können, die erste mit einem herzlichen Gruß an mich und Natalie in unseren Briefkasten zu werfen.

Sein Erfolg beeindruckte mich, anfangs eher widerwillig. Aber nachdem wir bei einem gemeinsamen Umtrunk auf seinen neuen Job angestoßen hatten, trafen wir uns hin und wieder auf einen Drink. Ohne besonderen Anlass, einfach aus Freude an der Gesellschaft des anderen. James brachte mich zum Lachen, was ich seit dem Tod meines Vaters beinahe verlernt hatte, und ich lebte in seiner Gegenwart zunehmend auf. Lucien hingegen betrachtete die Veränderung, die mit mir vorgegangen war, eher mit Misstrauen.

»Du bist schon da.« Unbemerkt war Natalie hereingeschneit und legte mir ein noch warmes Pain aux raisins auf den Schreibtisch, schaute mich, die Arme verschränkt, fragend an. »Was ist los? Was ist passiert?«

»Was meinst du?«, erwiderte ich betont unschuldig.

»Dieses Lächeln in deinem Gesicht. Vor mir kannst du nichts verbergen. Das solltest du inzwischen eigentlich wissen.«

»Natalie, du wirst es nicht glauben, schau selbst!«

Ich drückte ihr den Brief aus Übersee in die Hand und hockte mich auf die Schreibtischkante, während sie zu lesen begann.

»Das ist ja wundervoll«, stieß sie ungläubig aus und umarmte mich mit all der Liebe, die ich so gerne von meiner Mutter erfahren hätte.

In diesem Augenblick fühlten wir uns einander so nahe wie selten. Anschließend malten wir uns bei einem Kaffee Szenarien mit Hollywoodstars aus, die auf Duval-Parfüms schworen. Unser Name in aller Munde. Unsere Düfte bekannt in aller Welt.

Das war es, was wir anstrebten. Ein Traum für jeden Parfümhersteller. Zudem erzählte ich Natalie von meinem Wunsch, mehr Zeit in Grasse zu verbringen.

»Da wir gerade beim Thema sind, wirst du auf James' Vorschlag eingehen?«, erkundigte sie sich.

»Du meinst, dass wir uns heute in Grasse treffen?«

Sie nickte. »Du weißt ganz genau, dass ich das meine.«

»Na ja, da ich ohnehin nach Grasse muss, warum nicht?«, erwiderte ich betont beiläufig und wunderte mich ein wenig, wie bereitwillig ich meine Tagesplanung nach diesem verrückten Engländer ausrichtete.

»Wenn du den nächsten Bus noch erwischen willst, solltest du besser gehen, er fährt nämlich in zwanzig Minuten.« Natalie küsste mich auf die Wange. »Wir sehen uns am Montag. Und nochmals herzlichen Glückwunsch. Das sind wunderbare Neuigkeiten. Deine Bereitschaft, Grace Kelly zu verstecken, erweist sich im Nachhinein als Geniestreich, der Früchte zu tragen verspricht. Chapeau, alle Achtung!«

Im Bus nach Grasse drückte ich mir die Nase an der Scheibe platt, sobald wir an dem ersten Blumenfeld vorbeifuhren. Die leuchtend gelben Blüten der Tournesols auf ihren hohen, mit herzförmigen Blättern geschmückten Stängeln reckten ihre Gesichter der Sonne entgegen, so wie es in ihrem Namen zum Ausdruck kam. Hinter dem stolzen Gelb der Sonnenblumen erstreckte sich ein Meer von violettem Lavendel, der Farbe der Demut und Bescheidenheit, gefolgt von Feldern mit weißem Jasmin, der Reinheit symbolisierte. Wilde Erdbeeren wuchsen am Rand von kleinen Baumgruppen, die desgleichen prägend für das Bild der Landschaft waren. Rot, violett, weiß, gelb und grün, die Provence und das Hinterland der Côte d'Azur waren durchdrungen von Farben in allen Schattierungen.

Meine Heimat. Undenkbar, woanders zu leben.

Zu Hause angekommen, registrierte ich erleichtert, dass meine Mutter nicht da war und ich auf niemanden Rücksicht nehmen musste. Also holte ich mein Fahrrad aus der Scheune, füllte den Korb mit frischen Blumen und ein paar anderen Dingen und fuhr gut gelaunt los, ließ gelegentlich die kleine Glocke klingeln, die mit einem rot-weiß karierten Band am Lenker befestigt war.

Bevor ich James in der Manufaktur traf, hatte ich noch Zeit, bei meinen Lieblingsnachbarn vorbeizuschauen. Vor allem bei Madame Clouet, einer kinderlosen Kriegerwitwe von Mitte sechzig, die mich seit meiner Geburt kannte. Sie war es auch, mit der ich mir gerne die großen Hollywoodfilme ansah, mit der ich von berühmten Stars schwärmte und von der ich den neuesten Klatsch aus unserer Stadt erfuhr. Zudem lud ich sie einmal im Monat nach Cannes ins Kino ein. Sie war überglücklich, wenn wir tief in unseren Sitzen versanken und ich ihre Hand in meine nahm. Natürlich hatte ich ihr von meinen Begegnungen mit Grace Kelly erzählt, was sie mir nicht wirklich glauben wollte. Kein Wunder, ich glaubte es ja selbst kaum.

Zunächst jedoch machte ich einen Abstecher zur Boulangerie, die ein köstlicher Duft nach warmem Brot durchwehte. Ein großer rotbackiger Mann mit einer weißen Schürze um seinen prallen Bauch eilte hinter der Theke geschäftig hin und her und füllte Tüten mit seinen beliebten Backwaren für die Schlange stehenden Kunden.

»Bonjour, Monsieur Renault«, sagte ich, als ich an der Reihe war. »Wie ich sehe, haben Sie Ihre Vase wieder vernachlässigt.« Ich steckte den frischen Blumenstrauß, den ich mitgebracht hatte, in das Gefäß neben der Registrierkasse. »Damit Ihr Laden so gut aussieht, wie er riecht.«

Er lächelte mich liebevoll an. »Du hast dich in letzter Zeit rargemacht, Sophie. Der alte Jacques hat erst gestern nach dir gefragt. Er wartet ungeduldig darauf, die angefangene Schachpartie mit dir zu Ende zu spielen.«

Jacques war ein Urgestein von Grasse. Mit ihm verband mich seit langer Zeit eine Art Freundschaft. Ich besuchte ihn gelegentlich, weil er hier keine Angehörigen hatte, seine einzigen Verwandten lebten in Paris. Obwohl er darunter nicht zu leiden schien, freute er sich immer sehr über meine Besuche. Gleichzeitig profierte ich davon, weil ich auf diese Weise trotz meiner häufigen Abwesenheit engen Kontakt zu meiner Heimatstadt hielt und mich besonders mit den Alten in Erinnerungen an die guten alten Zeiten ergehen konnte, als Papa noch lebte. Sie stellten eine Verbindung zu meiner Vergangenheit dar und waren darüber hinaus für mich eine Konstante wie der fruchtbare Boden ringsum, in dem ich fest verwurzelt war.

»Was darf es heute sein, Sophie? Tarte au citron, deinen Lieblingskuchen?«, wollte Monsieur Renault wissen.

»Heute nicht«, lehnte ich dankend ab und wählte für mich eine Spargelquiche zum Mittagessen, für Jacques ein Baguette mit Oliven und für Madame Clouet ein Bauernbrot mit Rosinen und Nüssen, das sie so gerne aß.

Nachdem ich beides abgeliefert und einen kurzen Schwatz gehalten hatte, strampelte ich den Hügel zur Manufaktur am Rande der Stadt hoch. Ich konnte es kaum erwarten, meine Angestellten zu begrüßen und mich später in mein Labor zu verziehen. Was James betraf, würde es ... Nun, ich war mir nicht sicher, wie es sein würde, ihn durch das pulsierende Herz von Duval zu führen. Es fühlte sich ein bisschen so an, als würde ich mein eigenes Herz, meine Geheimnisse und Sehnsüchte offenlegen.

Am Eingang des Firmengebäudes sah ich, dass James bereits da war, unübersehbar lehnte er lässig am Türrahmen, den Hut tief ins Gesicht gezogen, das Hemd bis zu den Ellenbogen aufgekrempelt, um den Hals eine Kamera. Irgendwie erweckte er stets den Eindruck, als wäre er gerade im Begriff, zu einer Safari aufzubrechen. Ob er jemals einen Anzug mit Krawatte trug? Bestimmt würde er in formeller Kleidung sehr gut aussehen. Was nicht hieß, dass er das in seinen üblichen Klamotten nicht tat. O Gott, schoss es mir durch den Kopf, was war mit mir bloß los, dass meine Gedanken unentwegt um diesen Henderson kreisten?

Der Gegenstand meines Grübelns sah demonstrativ auf seine Armbanduhr. »Ich war ausnahmsweise mal pünktlich«, sagte er grinsend. »Du kommst fünf Minuten zu spät.«

»Ich war mir nicht sicher, ob du an unseren Termin denken würdest«, verteidigte ich mich.

»Ich dachte, wir hätten eher eine zwanglose Verabredung als einen Termin, das klingt schrecklich geschäftlich«, zog er mich auf.

Kopfschüttelnd unterdrückte ich ein Lächeln, fischte den Schlüssel aus meinem Korb, um die Tür aufzuschließen, und hielt mit einer Hand meinen Strohhut fest, den ein heißer Windstoß fortzuwehen drohte.

»Bereit für eine Besichtigung, Monsieur?«

»Mais oui, oui«, antwortete er.

Jetzt musste ich endgültig lachen. »Du solltest nicht krampfhaft versuchen, Französisch zu sprechen. Es klingt schaurig.«

»Und du solltest nicht alles so ernst nehmen«, belehrte er mich und wackelte mit den Augenbrauen.

Nach einem letzten dramatischen Seufzer wechselte ich das Thema und deutete auf seine Kamera. »Mir wäre es lieber, wenn du drinnen keine Bilder machst. Später auf den Feldern kannst du tun und lassen, was du willst.«

Er runzelte leicht die Stirn. »Warum diese Vorsicht? Was produziert ihr da drinnen, supergeheime Waffen?«

»Sozusagen«, erwiderte ich und führte ihn ins Gebäude. »Manchmal dauert es Jahre, um eine perfekte Formel zu entwickeln. Und die Formeln sind genau das, was ein Parfüm besonders macht, einzigartig. Sollten sie an die Öffentlichkeit gelangen, würden sie ihren Wert verlieren, und dieser spezielle Duft hätte keine Chancen mehr auf dem Markt.«

»Verstehe. Alles hat seinen Preis. Und wie es aussieht, können lediglich die Reichsten es sich leisten, gut zu riechen.«

»So ähnlich«, gestand ich vage. Wenn er wüsste, was für einen Drahtseilakt ich gerade vollführte, um die Firma vor dem Aus zu bewahren. »Komm mit, das hier ist der Empfangsbereich.«

Interessiert schaute er sich um, ließ seinen Blick über den Kronleuchter, die Seidenvorhänge und den Fliesenboden in einem klassischen Schwarz-Weiß-Muster schweifen. Vasen mit Orchideen und Lilien schmückten das Foyer, an der Rückwand stand eine opulente Couch, von der aus man einen herrlichen Blick auf die Felder und Hügel hatte.

»Wir sind hier nah genug an der Stadt, um für Touristen Besichtigungen anzubieten, die unseren Umsatz steigern. Die Manufaktur hat insgesamt acht Räume, Küche und Toiletten nicht mitgerechnet: Rezeption, Büro, Sekretariat, Geschenkeshop, zwei Labore, Lager und Versandstelle sowie die Produktionshalle, die in mehrere Bereiche aufgeteilt ist. Wir sind ein eher kleiner Betrieb, verglichen mit Häusern wie Fragonard oder Molinard, aber wir haben den Raum, den wir benötigen. Vorerst.«

James zog fragend eine Augenbraue hoch. »Vorerst? Hast du vor zu expandieren?«

»Man kann nie wissen, was die Zukunft bereithält«, tat ich geheimnisvoll und lächelte über seinen verwunderten Gesichtsausdruck, der mir verriet, dass er beeindruckt war. »Und das hier ist Juliette, unsere Empfangsdame und Problemlöserin für alle Fälle.«

»Bonjour, Mademoiselle, Monsieur«, sagte die junge Frau und heftete ihre Augen neugierig auf den großen Fremden neben mir.

»Irgendwelche Nachrichten?«, fragte ich, ohne ihr, was sie offenbar gehofft hatte, meinen Begleiter eigens vorzustellen.

»Ja. Monsieur Lever hat angerufen. Mehrfach. Dann noch ein gewisser Éduard Beaumont von Parfüms Beaumont und zwei Immobilienfirmen aus Paris.«

Ihre dünn gezupften Augenbrauen waren fragend nach oben gewölbt. Ich hatte meinen Angestellten zwar nichts von dem Gerangel um Verkaufen oder Weitermachen erzählt, vermutete jedoch, dass sie etwas ahnten.

Genervt riss ich Juliette die Liste mit den Namen der Anrufer aus der Hand. Mama hatte offensichtlich weitere potenzielle Investoren kontaktiert, ohne mit mir Rücksprache zu halten. Solange die mich alle bedrängten und von meiner Arbeit ablenkten, würde es mit meinem Premiumduft noch lange nichts werden.

»Ist alles in Ordnung?« James war meine Verstimmung nicht entgangen. »Du siehst plötzlich ziemlich geschafft aus.«

»Danke für das Kompliment«, gab ich trocken zurück. »Es ist wegen meiner Mutter und …«

Rasch presste ich meine Lippen zusammen, bevor ich womöglich an diesem unpassenden Ort und in diesem unpassenden Rahmen die Existenzprobleme unseres Familienbetriebs ausbreitete. Dazu vor jemandem, der nicht das Geringste über uns oder das Vermächtnis wusste, das ich so verzweifelt zu schützen versuchte.

»C'est rien. Hier entlang.«

Als Erstes zeigte ich ihm die Produktionshalle mit ihren holzgerahmten Glasplatten, die mit geruchsneutralem Tierfett bestrichen wurden, in das wir frische Blüten einstreuten, um ihre ätherischen Öle zu gewinnen. Im hinteren Bereich wurden die Fette dann in riesigen Kupferbottichen erhitzt. Darüber hinaus erklärte ich James die anderen Verfahren wie Extraktion und Destillation und zeigte ihm die entsprechenden Anlagen.

»Ein Parfüm kann Hunderte von Inhaltsstoffen haben, und deshalb ist es wichtig, ja unerlässlich, die Formeln sorgfältig zu dokumentieren«, fügte ich hinzu und tastete automatisch nach dem Journal in meiner Umhängetasche, eine Angewohnheit von mir.

»Das ist alles sehr faszinierend«, kommentierte James unsere Besichtigung der Halle. »Ich hatte keine Ahnung, dass so viele Vorgänge nötig sind oder dass alles so exakt aufeinander abgestimmt ist.«

»Die Parfümherstellung ist gleichermaßen Wissenschaft, Kunst und Handwerk. Ein bisschen wie deine Fotografie, denke ich.«

Während ich weiter über die verschiedenen Anbauperioden und Ernteverfahren dozierte, ebbten Frustration und Angst in mir allmählich ab, und neue Zuversicht stellte sich ein. Ich würde den perfekten Duft kreieren und damit all das hier retten. Immerhin hatte ich mit *Lumière d'Ètoile* einen wichtigen Grundstein gelegt, davon musste ich die Banken überzeugen.

Bei unserem Rundgang fiel mir auf, dass James eine merkwürdige Ausstrahlung besaß, die ich nicht genau einzuordnen wusste. Einerseits strahlte er eine scheinbar unerschöpfliche Energie aus, ein ungenutztes Potenzial, und ähnelte in gewisser Weise einem brodelnden Vulkan, der kurz vor einem Ausbruch stand, andererseits spürte ich eine versteckte Verletzlichkeit und Unsicherheit, als würde er etwas suchen, um eine tiefe Wunde zu heilen. Diese Kombination aus Stärke und Schwäche faszinierte mich, und in meinem Kopf entstand in diesem Moment eine zu ihm passende Formel: Bergamotte wegen des reinen, frischen Geruchs, Ambra wegen der animalischen Note und Moos wegen seines herben Aromas. Ein Duval-Duft für Männer.

Unverzüglich nahm ich das Journal aus meiner Tasche und schlug eine leere Seite auf. Zuerst notierte ich seine Initialen, JH, listete als Nächstes fünf Komponenten und ein paar Charaktereigenschaften auf, die ihn beschrieben, und klappte am Ende zufrieden das Buch zu und steckte es zurück in meine Tasche.

James musterte mich neugierig und trat dicht an mich heran. »Was hast du da gerade aufgeschrieben?«

Eine Weile zögerte ich, verwirrt durch seine Nähe. »Ich hatte eine plötzliche Eingebung für ein Herrenparfüm.«

Er zwinkerte mir verschwörerisch zu. »Und ich nehme an, du darfst mir nichts Näheres verraten.«

»Nein, pas de chance«, beschied ich ihm lächelnd.

»Okay, schon gut.« Er hob zum Zeichen der Kapitulation die Hände. »Ich schätze, deine Parfüms sind mit einem nicht entwickelten Film vergleichbar. Die Bilder sind alle im Kasten, erwachen allerdings erst im letzten Arbeitsschritt zum Leben. Vorher sieht man nicht, was genau man einzufangen versucht hat. Wir sind Alchemisten, Sophie. Magier!«

Sein Enthusiasmus erinnerte mich an Papa, und versonnen stimmte ich ihm zu. »Ja, da ist etwas dran.«

Wir gingen zur nächsten Abteilung weiter, und ich deutete auf eine Frau hinter der Scheibe, die sich gerade durch einen Berg von Seifenstücken arbeitete.

»An diesen Tischen werden unsere Düfte und Seifen verpackt, bevor sie in die Vitrinen der Boutique wandern oder an unsere Kunden verschickt werden. Bisher sind wir international nicht stark vertreten, regelmäßig exportieren wir lediglich nach London und Amsterdam und vor allem nach Brüssel.«

»Du führst hier ein richtiges Unternehmen.« Er drehte sich

leicht skeptisch zu mir um. »Und du managst das alles ganz allein?«

»Inzwischen ja. An manchen Tagen ist es ganz schön viel. Früher leitete mein Vater den Betrieb.« Meine Stimme wurde leise. »Er ist im Krieg ums Leben gekommen.«

James nickte verständnisvoll. »Das tut mir leid. Zu viele gute Männer sind im Krieg geblieben oder kehrten als Gezeichnete zurück. Ich habe selbst Narben davongetragen.« Als ich zweifelnd seine makellose Haut musterte, fügte er hinzu: »Nicht alle Verletzungen hinterlassen Spuren.«

Da ich nicht wusste, was ich sagen sollte, beendete ich das Thema.

»Wollen wir uns nicht lieber wieder erfreulicheren Dingen zuwenden und unseren Rundgang fortsetzen?« Ich hielt eine Weile inne. »Ach ja, zu dieser Abteilung wäre noch zu erwähnen, dass das Verpacken ebenso wie die Produktion ausschließlich von Hand erfolgt.«

»Auf die altmodische Art also.«

»Auf die einzige Art«, sagte ich nachdrücklich. »Unser Name steht für höchste Qualität und Luxus, und das soll so bleiben.«

Er lachte. »Du weißt genau, was du willst, oder?«

»Natürlich weiß ich das«, bekräftigte ich und setzte kess hinzu, als ich die Wärme in seinen braunen Augen sah: »Die meisten Frauen wissen, was sie wollen, wenngleich das die meisten Männer überrascht.«

»Das ist anscheinend die französische Art«, erhielt ich zur Antwort. »Ich bewundere dich sehr und wünschte, mehr Frauen wären wie du. Du kannst echt stolz auf dich sein.«

Sein Lob stimmte mich verlegen, und ich wusste nicht, was ich antworten sollte. Es war sehr lange her, dass mir jemand Ähnliches gesagt hatte. Schweigend setzte ich mich wieder in Bewegung und winkte ihm, mir zu folgen. Ich spürte, wie sich sein Verhalten änderte. Er wurde ernster, zog mich nicht mehr auf, machte nicht mehr auf witzig oder komisch.

»Würdest du mit mir zum Essen ausgehen, Sophie? Rein geschäftlich«, fügte er schnell hinzu, als er mein Zögern bemerkte.

»Rein geschäftlich?«, erkundigte ich mich ein wenig enttäuscht. »Was für eine Art von Geschäft?«

»Es gibt da etwas, das ich gerne mit dir besprechen würde wegen der Boutique.«

Betont nonchalant warf ich meine Haare nach hinten, tat ganz souverän, ohne es wirklich zu sein. Was würde Lucien sagen, wenn er dahinterkäme, dass ich mit einem anderen Mann ausging? Zum Glück beendete die Erinnerung an die platinblonde Schönheit, seine Begleiterin an jenem denkwürdigen Abend im Carlton, meine Skrupel. Seine Ausreden von wegen Frau eines Freundes, der er Cannes zeigen sollte, hatte ich ihm nie abgenommen.

»Très bien«, willigte ich ein. »Gehen wir aus und sprechen bei einem schönen Essen über das, was zu bereden ist. Ich werde gleich in meinem Terminkalender nachschauen, ob wirklich nichts anliegt.«

Sein Lächeln hätte tausend Kerzen entzünden können. »Und ich in meinem.«

Halten Sie sich gut in Ihren Sitzen fest, es wird rasant!

Grace Kelly besucht New Yorker Premiere von Über den Dächern von Nizza

Angeline West berichtet für den *Herald*

August 1955

Nachdem Alfred Hitchcocks neuester Geniestreich *Über den Dächern von Nizza* in Los Angeles und Philadelphia seine Weltpremiere gefeiert hatte, war New York die nächste Station.

Die beiden Hauptdarsteller Cary Grant, der vom Regisseur persönlich aus dem Vorruhestand geholt worden war, um den Juwelendieb John Robie zu spielen, und Hitchcocks Lieblingsschauspielerin Grace Kelly, die als Millionärstochter Frances Stevens perfekt besetzt ist, ließen es sich trotz des verregneten Sommerabends nicht nehmen, nach Manhattan zu kommen, um die im Paramount Theatre versammelten Gäste persönlich zu begrüßen. Die wiederum waren froh, an einem verregneten Sommerabend für kurze Zeit in die Filmkulisse der sonnendurchfluteten französischen Riviera versetzt zu werden.

In ihrer bodenlangen Robe, entworfen von der Kostümbildnerin Edith Head, sah Miss Kelly wie immer überwältigend aus. Head ist für sämtliche Kostüme verantwortlich, die Miss Kelly in den beiden Filmen *Über den Dächern von Nizza* und *Das Fenster zum Hof* trägt. Das hinreißende mintgrüne Satinkleid, in dem sie bei der siebenundzwanzigsten Oscarverleihung im Frühjahr ihre Auszeichnung als beste Hauptdarstellerin entgegennahm, stammt ebenfalls von Head.

Es heißt, Miss Kelly habe letztes Jahr während der Dreharbeiten an der Côte d'Azur Interesse an den Palastgärten des kleinen Fürstentums Monaco gezeigt, die sie von einer oberhalb verlaufenden Küstenstraße aus gesehen hatte. Und tatsächlich wurde sie durch eine seltsame Wendung der Ereignisse im Mai dieses Jahres, als sie sich anlässlich der Filmfestspiele in Cannes aufhielt, von Seiner Durchlaucht Fürst Rainier III. zu einer Privataudienz eingeladen.

Hitchcocks neuer Film enthält übrigens eine spektakuläre Szene, in der die beiden Hauptdarsteller für ein Picknick in luftiger Höhe auf einer der Küstenstraßen anhalten, die für ihre Haarnadelkurven berühmt sind. Kurven, die meine Wenigkeit offen gesagt in Angst und Schrecken versetzt haben!

Während der Premiere in Philadelphia wurden Kelly und Grant fotografiert, wie sie gemeinsam in eine Ausgabe des *Evening Bulletin* schauten, das der Schauspielerin Weltklasse attestierte. Bob Hope war vielleicht gar nicht so weit von der Wahrheit entfernt, als er bei der diesjährigen Oscarverleihung scherzte, es müsse einen speziellen Tapferkeitspreis für Produzenten geben, die in ihren Filmen auf Grace Kelly verzichteten.

In der Tat ist die Schauspielerin derzeit überaus begehrt, und ihr Stern strahlt heller denn je, sodass man sich fragt, was die Zukunft für dieses stille Mädchen aus Philadelphia, das zu Amerikas Liebling avancierte, noch alles bereithalten mag.

Kapitel 15

Sophie

Das vereinbarte Abendessen mit James fand am ersten Freitag im August statt. Auf meinen Vorschlag hin bei mir in Grasse in zwangloser Atmosphäre. Nicht einmal meine Mutter würde stören, sie fuhr freitagabends immer nach Monte-Carlo ins Casino, weil Stammgästen an diesem Tag kostenloser Alkohol ausgeschenkt wurde. Und da Lucien irgendwo unterwegs war, musste ich mir auch seinetwegen keine Sorgen machen. Vielleicht fanden ein paar Nachbarn es unpassend, dass ich eine neue männliche Bekanntschaft in unser Haus einlud, doch das war mir ziemlich egal. Ich war froh, endlich mal ein Wochenende zu meiner freien Verfügung zu haben.

Der Abend war perfekt – perfekter, als er hätte sein dürfen. Ich betrachtete James über den Rand meines Weinglases hinweg und fragte mich, was Mama wohl von diesem charmanten Engländer halten würde, der in jeder Hinsicht so ganz anders war als Lucien.

Beim Digestif kam James auf die Boutique zu sprechen, um die es ja angeblich ging.

»Ich möchte nicht unhöflich sein, Sophie, aber dein Laden in Cannes erinnert eher an eine Apotheke als an einen Ort, den man mit Blumenfeldern verbindet. Es wirkt alles ein bisschen … steril.« Interessiert zog ich eine Augenbraue hoch und forderte ihn mit einer Handbewegung zum Weiterreden auf. »Ich sehe weiße Wände, wo Bilder von Lavendelfeldern hängen könnten, oder verspiegelte Scheiben, in die eine Collage aus blühenden Rosen und Gardenien viel Farbe bringen würde. Du kannst mir natürlich sagen, dass ich mich um meine eigenen Angelegenheiten kümmern soll – dennoch möchte ich dir raten, die Substanz deiner Parfüms mit Bildern jener Pflanzen zu unterstreichen, aus denen sie gemacht sind. Lass die umwerfende Landschaft sprechen, die du so sehr liebst. Ist das nicht der eigentliche Kern deiner Düfte? Die Essenz von Grasse, in der sich die Kraft und die Schönheit der Natur widerspiegeln?«

Als Nächstes sprach er über die ungenutzte Rückseite meiner Visitenkarten, über Werbebroschüren und Kataloge, die man mit Bildern unserer Rohstoffe illustrieren könnte. Seine Vorschläge kamen mir vor, als stammten sie aus einem Rezeptbuch für Parfüm. Ich lächelte ein wenig überheblich, bis ich zu meinem Erstaunen feststellte, dass ich ihm recht geben musste. Er redete schließlich nicht einfach so daher, sondern hatte sich alles gründlich überlegt. Seine Ratschläge basierten ausnahmslos auf meiner Leidenschaft für die Natur und auf meiner Liebe zu den Traditionen, die mein Vater begründet hatte.

Zum ersten Mal seit seinem Tod fühlte ich mich wieder richtig von jemandem verstanden. Ein Grund, warum ich mich immer mehr zu James hingezogen fühlte.

Ich genoss unser Zusammensein und meinte zu spüren, dass es James genauso ging. Wir saßen unter Platanen im Garten, der umgeben war von endlosen Jasminfeldern, und lauschten dem Summen der Bienen und dem Zirpen der Grillen. Und als die Abenddämmerung sich langsam über das Land senkte, machte James mich auf kleine grüne Lichtpunkte in der Luft aufmerksam.

»Du bist zur richtigen Jahreszeit gekommen«, sagte ich und dehnte träge meine Arme. »Die Glühwürmchen werden bald fort sein. Es ist zu trocken. Ich wundere mich, dass überhaupt noch welche hier sind.«

Er füllte unsere Gläser mit Roséwein auf. »Sie sollten nach England fliegen. Dort wäre es ihnen sicher nicht zu trocken.«

»Regnet es bei dir zu Hause tatsächlich so viel, tage- und wochenlang?«

»Na ja, jedenfalls sehr oft. Du warst noch nie in England?«

Bedauernd schüttelte ich den Kopf. »Leider nein, ich würde gerne mal den Buckingham-Palast besuchen und über die Mall flanieren.«

Er lachte. »Du scheinst ein Faible für die Monarchie zu haben, für Königinnen und Prinzessinnen, oder?«

»Du solltest nicht so viele Vermutungen anstellen. Ich habe ein Faible für Geschichte und Tradition. So wurde ich erzogen«, sagte ich und drohte ihm zum Scherz mit dem Zeigefinger. »Klar, dass ich mir wie alle kleinen Mädchen ausgemalt habe, eine Prinzessin zu sein.«

»À votre santé oder Cheers, wie wir in England sagen.« Er hob mir sein Glas entgegen. »Trinken wir darauf, dass du jetzt die Königin der Düfte bist. Lass uns außerdem darauf anstoßen, dass du bald einen Riesenerfolg landest und zu den ganz Großen deiner Branche aufsteigst.«

Ich stieß mit ihm an, trank einen Schluck und sah hinaus auf die Felder, deren Farben sich im Dämmerlicht von Grün und Weiß in Blau und Silber verwandelten. Der Wein hatte mich in eine angenehm träge Stimmung versetzt und zugleich meine Zunge gelöst.

»Sorgfalt und Aufmerksamkeit für Details sowie aufrichtige Hingabe, selbst wenn etwas schiefgeht, unterscheiden einen wahren Künstler von einem Amateur«, erwiderte ich, und es klang wie ein Dogma, das ich unter Einsatz meines Lebens verteidigen würde.

James schaute mich verwundert bis skeptisch an, hielt vielleicht meine These für arg gewagt. So zumindest deutete ich sein Schweigen. Jedenfalls wirkte er sehr nachdenklich, wie er dasaß und mit dem Finger über den Rand seines Glases strich, um es zum Singen zu bringen.

»Du bist so ungewohnt still, James, was ist los?«

»Manchmal habe ich einfach Grund, still zu sein, so wie jeder andere auch.« Als er meine Irritation über seine kryptische Antwort bemerkte, wechselte er das Thema. »Das Licht hier ist wirklich erstaunlich. Ich schieße gerade die besten und schönsten Bilder meines Lebens. Dabei vermochte ich mir nie vorzustellen, woanders zu leben als in London. Natürlich hat die Provence ihren ganz besonderen Zauber, der einen automatisch in ihren Bann schlägt, ob man will oder nicht.«

»Spielst du etwa mit dem Gedanken, hier sesshaft zu werden? Das wäre dann allerdings wirklich eine stürmische Liebesgeschichte.«

Er schien ernstlich über meine Frage nachzudenken.

»Durchaus möglich«, murmelte er, griff nach meiner Hand und führte sie an seine Lippen.

Ich hätte sie zurückziehen sollen, doch ich tat es nicht. Als er aufstand, um den Tisch herumging und mich sanft von meinem Stuhl hochzog, hätte ich mich wehren müssen, aber auch das tat ich nicht. Und als ich das Begehren in seinen Augen entdeckte, zierte ich mich nicht, sondern lehnte mich an ihn.

Mit beiden Händen umfasste er mein Gesicht und näherte seine Lippen meinem Mund. Ich erlag ihrer Wärme und weichen Beharrlichkeit, erlag diesem charmanten Mann, den ich erst seit wenigen Wochen kannte, obwohl ich das Gefühl hatte, ihn bereits mein Leben lang zu kennen. Für einen perfekten, glückseligen Moment lag ich unter einem grandiosen Sternenhimmel und umhüllt von Jasminduft in seinen Armen und fühlte mich so lebendig wie eine Kerzenflamme, die im Wind tanzte.

Frei und unbekümmert, einfach glücklich.

So glücklich, dass ich nicht hörte, wie Mama zurückkehrte. So glücklich, dass nicht einmal das Klappern ihrer Absätze auf den Terrakottafliesen zu mir durchdrang. So glücklich, dass ich es ignorierte, als sie voller Wut und Entsetzen schrill meinen Namen schrie.

Erst später, als der warme Nachtwind ihr Gezeter und meine harschen Worte, mit denen ich sie in die Schranken wies, über die Felder fortgetragen hatte, war ich fähig, darüber nachzudenken, was geschehen war.

Ich bereute keine einzige Sekunde, was geschehen war. Und wer weiß, vielleicht wäre ja noch viel mehr passiert, wenn meine Mutter nicht unerwartet früh ihren Platz am Spieltisch verlassen hätte und nach Hause gekommen wäre. Vielleicht hatte sie eine Pechsträhne gehabt und viel Geld verloren. Nicht einmal das interessierte mich in diesem Augenblick wirklich.

Wer immer sie war, diese neue Sophie, die mit Hollywoodstars korrespondierte, die mit attraktiven Engländern flirtete und sich dem Augenblick hingab, sie gefiel mir sehr viel besser als die alte Sophie, die ihre Abende meist allein verbrachte, sich den Forderungen ihrer Mutter beugte und im Restaurant stets dasselbe nahm, was ihr Freund bestellte.

Meine neue Persönlichkeit mochte ich viel, viel lieber.

Kapitel 16

James

Beim letzten Mal, als ich von der Mutter eines Mädchens vom Grundstück gejagt wurde, war ich ein pickeliger Siebzehnjähriger gewesen, angetrieben von einem Cocktail aus Hormonen und billigem Whisky. An den Namen meiner damaligen Angebeteten erinnerte ich mich nicht mehr, dafür umso besser an den Schlag in den Rücken, den die Mutter mir mit ihrer Handtasche versetzte, um mich wie eine unliebsame Schmeißfliege zu vertreiben. Und nun war ich nach zwanzig Jahren erneut Opfer einer solchen Handtaschenattacke geworden, mit dem einzigen Unterschied, dass Sophies Mutter besser zielen konnte und mehr Wucht in ihren Schlag gelegt hatte.

Ich hatte mich nach allen Seiten entschuldigt, mir meinen Hut geschnappt und mich rasch durch das Gartentor verkrümelt, um zur Vorderseite des Hauses zu laufen, wo Natalies Vespa geparkt war. Während ich hektisch nach dem Schlüssel suchte, hörte ich, wie die beiden Frauen sich lauthals anschrien und sich offenbar Anschuldigungen an den Kopf warfen. Das einzige Wort, das ich deutlich verstand, war Lucien. Ich hatte keine Ahnung, wer das war. Vielleicht der tote Papa? Egal, ich legte keinen Wert darauf, länger zu bleiben, um es herauszufinden.

Es war eine dieser perfekten Nächte, die so typisch für die Côte d'Azur waren: mondhell und mild, duftend und voller Verheißungen. Ich umklammerte den Lenker der Vespa und hoffte, dass der kräftige Wind mein Verlangen und meinen Frust abkühlen würde, wenn ich die Serpentinenstraße hinunterfuhr. Zwar erreichte der alte Roller keine Renngeschwindigkeit, nahm jedoch bergab ganz schön Fahrt auf, und insofern flößte mir die steile Straße mit ihren Haarnadelkurven, die zudem dicht am Abgrund entlangführte, gewaltigen Respekt ein. Jede Nachlässigkeit, jede Ablenkung konnte tödlich sein, ein Grund mehr, warum ich mich zu zwingen versuchte, nicht an Mademoiselle Duval zu denken. Was höchst unvollständig gelang.

»Verflucht, Sophie.« Verbittert starrte ich in die dunkle Landschaft. »Du bist verdammt verführerisch.«

Nach einer Weile rief ich mich zur Ordnung. Womöglich war es ja gut, dass wir unterbrochen worden waren – vielleicht verliebte ich mich wirklich zu schnell, wie Sophie mir im Spaß unterstellt hatte. Davon abgesehen fragte ich mich, ob es überhaupt einen Sinn hatte, für Sophie Gefühle zu entwickeln. Dagegen sprach allein, dass wir zu verschieden waren.

Während sie ernst und fokussiert mit beiden Beinen fest auf dem Boden stand, verwurzelt in ihrer Heimat, sah es bei mir und in mir ganz anders aus. Auf mich würde die Beschreibung Vagabund nicht schlecht passen. Schließlich wusste ich weder was, noch wohin ich wollte, war orientierungslos und bindungsschwach. Ein einsamer Wolf, der sich niemandem gerne anvertraute. Warum sonst hatte ich Emily und meine gescheiterte Ehe Sophie gegenüber mit keinem Wort erwähnt? Wie konnte ich eine Beziehung mit ihr eingehen, wenn sie praktisch nichts über mich wusste? Und selbst wenn ich so tat, als hätte ich mein Leben in England zumindest für den Sommer hinter mir gelassen, hatte ich das nicht wirklich. Es war immer noch alles da, nur verdeckt wie die Möbel in einem Ferienhaus während der Abwesenheit ihrer Besitzer. Sobald ich an Emilys nachdenkliches Stirnrunzeln in ihrem sommersprossigen Gesicht dachte, fragte ich mich, was ich hier eigentlich verloren hatte.

Desillusioniert arbeitete ich mich Serpentine für Serpentine weiter nach unten, Cannes und meinem kleinen Appartement entgegen. Mehr als die Sterne wiesen mir die Lichter entlang der Küste den Weg. Aber wer würde meinem Leben endlich die Richtung weisen? Plötzlich glaubte ich nicht mehr, dass ich sie in Südfrankreich finden konnte. Ich beschloss, eine kalte Dusche zu nehmen, um Sophie und unseren Kuss abzuwaschen.

Als ob der Abend nicht schon schlimm gewesen war, erwartete mich noch eine weitere Überraschung. Sobald ich vor meiner Pension hielt, sah ich, dass Madame Bisset, die normalerweise früh zu Bett ging, trotz der späten Stunde auf mich zu warten schien. Allerdings dachte ich mir erst mal nichts Böses.

»Bonsoir, Madame«, grüßte ich sie. »Was für ein herrlicher Abend.«

Sie schüttelte den Kopf. »Malheuresement non«, sagte sie und reichte mir einen Umschlag. »Ein Telegramm für Sie, Monsieur. Aus Londres. Ich hoffe, es sind keine Nouvelles mauvaises, keine schlechten Neuigkeiten.«

Ich dankte ihr und ging direkt in mein Zimmer, um die Nachricht ungestört zu lesen.

JIM. ES GIBT LEIDER SCHLECHTE NEUIGKEITEN. HABE DIE NAZIS SCHEINBAR BLOSS UEBERLEBT, DAMIT DER VERFLUCHTE KREBS MICH ZUR STRECKE BRINGT. SIE GEBEN MIR NOCH SECHS WOCHEN. LUMPIGE SECHS WOCHEN. KOENNTE GERADE GUT EINEN ALTEN FREUND BRAUCHEN. VIELLEICHT STOSSEN WIR NOCH EINMAL MIT DEM WHISKY AN, DEN DU FUER BESONDERE GELEGENHEITEN AUFBEWAHRST. BIN IM ST.-THOMAS-HOSPITAL. TEDDY

Meine Entscheidung war sofort gefallen. Ich würde noch heute Nacht abreisen. Sechs Wochen kamen mir vor wie sechs Minuten, und jede einzelne davon, die ich noch länger in Frankreich verbrachte, war Zeit, die Teddy weggenommen würde.

Mit zitternder Hand schrieb ich eine Nachricht an Monsieur Roux vom Fotoatelier, erklärte ihm, dass ich wegen einer dringenden Angelegenheit völlig unerwartet nach England zurückgerufen worden sei, und bat um sein Verständnis.

Was hätte ich sonst tun sollen?

Madame Bisset versprach mir hoch und heilig, dass sie den Brief gleich am nächsten Tag persönlich bei Monsieur Roux abgeben werde.

Ich suchte mir die schnellste Verbindung von Cannes nach Paris heraus, einen Zug, der heute noch abfuhr und so selten wie möglich zwischendrin anhielt, und von dort ging es durch die Nacht weiter nach Calais, wo ich am Morgen die erste Fähre nach Dover erwischte.

Während die französische Küste in einem leichten Nebel, der über dem Ärmelkanal hing, zurückblieb, versuchte ich zu begreifen, dass Teddy im Sterben lag. Dabei dachte ich mehr an mich als an meinen Freund, seine Frau und seine Kinder. Es war mir unbegreiflich, dass er bald nicht mehr da sein würde, um mir mit seinem Rat beizustehen oder mir den Kopf zurechtzurücken – ein Gedanke, bei dem mir Tränen in die Augen stiegen. Selbst Sophie trat in meinem Kopf und in meinem Herzen weit zurück und wurde samt unserem perfekten Nachmittag und Abend in der hintersten Ecke versteckt. Im Moment zählte einzig und allein, dass ich nach Hause zu Teddy kam.

Kapitel 17

Sophie

Trotz der scheußlichen Auseinandersetzung mit meiner Mutter wachte ich am nächsten Morgen mit einem Lächeln im Gesicht auf und blieb liegen, um noch ein bisschen länger in meinem Traum zu schwelgen.

Einem Traum, der sich um James drehte.

Um jenen Kuss.

Wie hätte ich an etwas anderes denken können? Jedes Mal, wenn ich mir James vorstellte, seine Silhouette vor dem Mondlicht, sein Gesicht dicht vor meinem, beschleunigte sich mein Herzschlag, und das Blut strömte schneller durch meine Adern. Leider folgte die Ernüchterung auf dem Fuß. Ich hatte einen anderen Mann als meinen langjährigen Freund geküsst, was mir sicherlich noch Probleme und Ärger bescheren würde. Sollte Lucien dahinterkommen, wofür meine Mutter womöglich sogar sorgte, würde er eine Stinkwut auf mich und James haben. Und wer weiß, was er in seinem heiligen Zorn anstellte.

Nein, darauf durfte ich es nicht ankommen lassen. Sosehr es schmerzte, ich musste James Henderson aus meinem Kopf verbannen.

Um gleich damit anzufangen, beschloss ich, einen Spaziergang an der frischen Luft zu machen, mich gründlich durchpusten und die Welt auf mich wirken zu lassen, bevor ich mich an meinen Arbeitsplatz begab. Leise stand ich auf, schlüpfte in einen Rock aus leichtem Leinen und eine Sommerbluse, setzte meinen Strohhut auf und verließ leise mein Zimmer. Mama lag noch im Bett und schlief ihren Rausch aus, würde mich also nicht hören. Zum Glück, denn mir stand absolut nicht der Sinn nach einer Wiederauflage unseres Streits.

Aus der Scheune holte ich mir einen der dort gestapelten Weidenkörbe, überquerte die Wiese beim Haus sowie ein kleines Felsplateau und steuerte auf die Felder dahinter zu. Die Teerosen waren bereits zu riechen, bevor ich sie sah. Ihr markanter Duft war unverwechselbar, hingegen selbst für mich schwer zu definieren. Ende Juli, Anfang August war die beste Zeit, um hierherzukommen, weil sie dann zu welken begannen und ein besonders intensives, berauschendes Aroma verströmten. Ein letztes Geschenk, ein letzter Atemzug, bevor der Lebenszyklus von vorn begann.

Während ich durch die sonnenbeschienenen Felder streifte, musste ich an gestern Abend denken. Die Unterhaltung mit James war abwechslungsreich gewesen, unser Abendessen eher schlicht: Tomaten mit Basilikum, Roquefort und eine mit Oliven gespickte Fougasse, ein spezielles provenzalisches Brot aus Hefeteig.

Plötzlich kam mir ein Geistesblitz, und ich blieb wie angewurzelt stehen. Natürlich, die Hefe! In Käse, Wein und Brot trug sie zum Wohlgeschmack bei, in meinem neuen Parfüm könnte sie den Duft intensivieren oder variieren. Es war warme Hefe, die seiner Essenz fehlte. Von einem Adrenalinstoß getrieben, eilte ich mit federnden Schritten und schwingendem Korb zurück zum Haus, um mir Notizen zu machen, dabei den ganzen Weg vor mich hin summend.

Nach einem schnellen Frühstück brach ich erneut auf, um mich für den Rest des Tages in mein Labor zurückzuziehen, wo ich Versuche mit Hefe anstellen würde. Mein Glücksgefühl wurde lediglich von der Befürchtung getrübt, meine Mutter könnte sich, sobald sie aufwachte, ans Telefon hängen und Lucien anrufen, um ihm brühwarm zu erzählen, was sie gestern Abend gesehen hatte. Allerdings sprach dagegen, dass sie es sich auf keinen Fall mit Lucien verderben und ihn als Schwiegersohn verlieren wollte. Zumindest war das meine Hoffnung.

Davon mal abgesehen, ging sie mein Privatleben sowieso nichts an. Ich musste diejenige sein, die es ihm sagte, falls es nötig war, und ich war mir keineswegs sicher, dass es das war. Irgendwie zweifelte ich an James' Verlässlichkeit. Bestimmt würde er rasch das Interesse an einer Parfümeurin verlieren, die zu viel arbeitete und die Stille zwischen ihren Blumenfeldern lauten Vergnügungen vorzog. Erst recht, wenn diese Frau im Grunde längst vergeben war.

Und das war sie schließlich, oder nicht?

Die Stunden verstrichen, während ich an der Formel für *Maison* herumexperimentierte. Die Beimischung von Hefeextrakt funktionierte definitiv, nur hatte ich bislang nicht den genauen Anteil heraus. Außerdem schien noch etwas zu fehlen. Etwas, das ich nicht genau zu definieren vermochte. Ich holte mein Journal heraus und schlug die Seite auf, die meine ersten Ideen für die neue Produktlinie enthielt, und glich die aufgelisteten Bestandteile mit meiner Formel ab. Eine Ingredienz, um die Schwere eines Dufts auszugleichen, fand ich nicht. Wie auch, wenn ich keine Ahnung hatte, was sich generell dafür eignen könnte. Also erweiterte ich meine Suche, blätterte zurück zu den Notizen meines Vaters, und mit einem Mal stiegen Erinnerung an einen Tag in mir hoch, als Papa mir erklärt hatte, wie man die Inspiration zu sich einlud.

Es passierte auf dem Wochenmarkt. »Du musst die Eingebung auf dich zukommen lassen«, hatte er gesagt und mich zum nächsten Stand weitergezogen.

»Werde ich so etwas wie eine Erleuchtung haben?«, hatte ich gefragt, während ich die Auswahl an Obst und Gemüse musterte und mir wünschte, endlich an den Stand mit den Süßigkeiten zu gelangen.

»Nicht ganz. Du musst in die Welt hinausgehen, deinen Schreibtisch und dein Haus verlassen, deine Sinne öffnen. Musst riechen, hören, fühlen. Alle möglichen Eindrücke in dich aufnehmen. Du wirst eine Wissenschaftlerin werden, die Daten sammelt und alles in sich aufsaugt, nicht allein mit dem Verstand, sondern genauso mit der Seele.« Er nahm eine Erdbeere und hielt sie mir unter die Nase. »Wenn du dich für alles, was du um dich herum siehst und riechst, öffnest, geschieht etwas Magisches. Du schaffst eine Erinnerung. Von nun an wirst du jedes Mal, wenn du an einer Erdbeere riechst, an diesen Moment denken und daran, was er in dir ausgelöst hat. Das ist die Magie, die du in deinen Düften verarbeiten wirst, Chérie.«

Er hatte mir einen Kuss auf den Kopf gedrückt, um anschließend unsere Körbe mit Porree und Pilzen, frischen Kräutern und einer großen Ladung Oliven zu füllen.

Dieser Tag war noch aus einem anderen Grund denkwürdig gewesen. Als wir unerwartet früh nach Hause kamen, stand in unserer Einfahrt ein grüner Peugeot, der Wagen unseres Nachbarn, in dessen Armen wir dann meine Mutter fanden. Beide waren sternhagelvoll.

Ich weiß noch, dass meine Eltern sich den ganzen Abend stritten und Mama schreckliche Dinge zu Papa sagte. Dass sie nie Kinder wollte, dass sie ihn nie geliebt habe, dass sie sich gefangen fühle zwischen der harten Realität und seinen verrückten Träumen wie dem, eines Tages so berühmt zu werden wie Fragonard. Sie verspottete ihn, verhöhnte ihn auf grausame

Art. Am nächsten Morgen bat sie uns beide um Verzeihung, gab mir einen Kuss auf den Kopf und sagte, dass sie mich sehr liebhabe. Trotzdem griff sie am Abend wieder zur Flasche, und das Drama ging von Neuem los.

Papa hatte recht. An jenem Tag auf dem Markt hatte ich eine Erinnerung geschaffen und seitdem nie wieder eine Erdbeere angerührt.

Als ich seufzend meine Pipette in die Hand nahm für einen neuen Versuch, schwang die Tür auf.

Es war Lucien. Ich fürchtete schon das Schlimmste, doch gleich seine ersten Worte zerstreuten meine Ängste.

»Hallo, mon amour.« Er kam zu mir und drückte mir einen Kuss auf die Stirn. »Deine Mutter hat mich angerufen und gesagt, du bräuchtest heute Unterstützung, würdest dich aber nicht trauen zu fragen. Also bin ich gekommen, um dich zu erlösen.«

Das war also das Spiel, das sie sich ausgedacht hatte: den Verlobten einspannen, um den gefürchteten Engländer auszubooten. Nach kurzem Zögern entschied ich mich, darauf einzugehen, allerdings in spezieller Form.

»Ja, ich benötige Hilfe im Lager, um ein paar Pakete umzuräumen, nachdem ich letzte Woche einen Arbeiter entlassen musste.«

»Nicht dein Ernst, dass ich als Lagerarbeiter einspringen soll, oder?« Luciens Miene drückte Empörung aus. »Bei deiner Mutter klang das viel wichtiger, fast als würde alles abbrennen, wenn ich nicht sofort herbeieile.«

»Ach wirklich? Du weißt ja, wie dramatisch sie sein kann«, erwiderte ich mit leicht zitternder Stimme, was Lucien zum Glück nicht zu bemerken schien.

»Wie lange wirst du heute arbeiten?«, erkundigte er sich übergangslos. »Ich habe Karten für das Ballett in Monte-Carlo, vielleicht gehen wir vorher etwas essen und stöbern ein bisschen in den Boutiquen. Ich möchte mir eine neue Sonnenbrille kaufen.«

Ein Einkaufsbummel und ein Theaterbesuch waren das Letzte, wonach mir der Sinn stand. Ich steckte mitten in einer wichtigen Arbeit, und in einer solchen Phase unterbrochen zu werden warf mich bestimmt mehrere Tage zurück. Bloß würde Lucien das niemals verstehen, erst recht nicht, nachdem er extra gekommen war, um mir angeblich zu helfen.

Ich verbarg meinen Verdruss hinter einem süffisanten Lächeln. »Warum schaust du nicht mal im Lager nach dem Rechten, während ich hier noch aufräume. Dann komme ich nach, und wir können über deine Pläne für heute Abend reden.«

Wie kaum anders zu erwarten, begab er sich nicht ins Lager. Stattdessen hob er mich schwungvoll von meinem Stuhl und legte die Arme um mich.

»Chérie, ich habe dich in letzter Zeit sehr vermisst. Manchmal glaube ich, du hängst mehr an deiner kleinen Parfümerie als an mir.«

Obwohl ich sofort widersprach, wurde mir bewusst, dass er wahrscheinlich einen wunden Punkt getroffen hatte. Dessen ungeachtet ärgerte mich die Tatsache, dass er so tat, als hätte ich eine echte Wahl zwischen meiner Arbeit und ihm. Dies zu unterstellen war absurd und unfair. Um ihn loszuwerden, drückte ich meine Lippen auf seinen Mund.

Ein Fehler, denn statt zu gehen, verstärkte er seine Umarmung. Dabei wurde mir zum ersten Mal bewusst, wie sehr sich sein Geruch und der von James unterschieden: James roch warm und erdig, Lucien scharf und kühl. Luciens Liebkosungen waren hungrig und fordernd, beinahe ein wenig animalisch, James hingegen hatte sich als durchgehend rücksichts- und liebevoll erwiesen und wäre bestimmt ein ebensolcher Liebhaber, dem

Geben über Nehmen ging und Zärtlichkeit über unbeherrschtes Zupacken.

»Meine Güte, du bist ja regelrecht ausgehungert«, sagte ich und stieß Lucien von mir weg.

Gleichzeitig war ich hin- und hergerissen, ob es nicht unsinnig war, meinen langjährigen Partner, den ich nach wie vor irgendwie zu lieben glaubte, mit einem Mann zu vergleichen, den ich erst seit kurzer Zeit kannte und mit dem ich bislang bis auf einen leidenschaftlichen Kuss auf rein freundschaftlicher Basis umgegangen war.

Es war zum Verrücktwerden. Kaum hatte ich das gedacht, warf ich es sogleich wieder über Bord, weil die Reaktion meines selbstgefälligen Freundes mich wieder einmal zur Weißglut brachte.

»Das kannst du laut sagen. Ich bin ausgehungert nach dir«, erklärte er dramatisch seufzend und sah mich mit schweren Lidern an.

Ich musste mich beherrschen, um nicht loszuschreien.

»Um Gottes willen, tu nicht so!« Ich verdrehte die Augen. »Wie oft hattest du mit diesem dämlichen Spruch bereits Erfolg?«

Er ließ ein unangenehm eitles Lachen hören und zeigte damit seine wahre Seite. »Öfter, als du denkst.«

»Weißt du was, ich will es lieber nicht wissen«, konterte ich.

»Wunderbar, dann lass uns aufbrechen. Ich bestehe darauf, dass du dein Spielzeug aus der Hand legst und heute Abend ein bisschen Spaß hast.«

Spielzeug? Ich ging über seine Beleidigung hinweg und verzichtete darauf, ihm zu erklären, dass mir die Arbeit durchaus Spaß machte – er würde es ohnehin nicht verstehen. Trotzdem erhob ich keine Einwände gegen seine Abendplanung, ließ meine Arbeit liegen und begleitete ihn. Warum sollte ich mir im Augenblick zusätzlichen Ärger einhandeln? Denken konnte ich ja, was und an wen ich wollte. Und so wanderten meine Gedanken auf der Fahrt nach Monaco hinunter zu dem Abend mit James zurück, zu dem Jasminduft, der die Luft erfüllte, und zu dem Kuss, der endgültig mein Herz eroberte, als James seine Lippen auf meine gepresst hatte.

Kapitel 18

Sophie

Am Montagmorgen kehrte ich wie geplant nach Cannes zurück, allerdings gedanklich abwesend und unwilliger denn je, Grasse zu verlassen. Die Geschehnisse vom Wochenende hatten mich zutiefst verwirrt und frustriert.

Im Büro blätterte ich beiläufig die Zeitungsausschnitte durch, die Natalie mir hingelegt hatte, damit ich mein Wissen über Berühmtheiten erweitern konnte für den Fall, dass wieder mal einer von den Reichen und Schönen bei uns hereinschneite. Ich freute mich, dass Bilder von Grace Kelly darunter waren, die sie am Set von *Über den Dächern von Nizza* zeigten, ihrem letzten Film, der überwiegend in Cannes gedreht worden war.

Versonnen betrachtete ich ihr lächelndes Gesicht und dachte daran, wie liebenswürdig sie war, wie gelöst wir an jenem Abend im Carlton zusammen gelacht hatten. Ich hatte das Gefühl, als wäre so etwas wie eine Freundschaft zwischen uns entstanden, und schätzte mich wirklich glücklich, dass ich ihr begegnet war. Das nachbestellte Parfüm hatte ich ihr mit einer Probe von *Lumière d'Étoile* geschickt, bis jetzt indes keine Antwort erhalten.

Und es gab noch jemanden, von dem ich nichts mehr gehört hatte. Inzwischen waren fast drei Tage vergangen, seit James bei mir in Grasse gewesen war. Hatte Mama ihn mit ihrem

Geschrei und ihrem rabiaten Gebaren etwa dauerhaft vertrieben?

Kaum war mir diese Frage durch den Kopf gespukt, ermahnte ich mich, dass es eigentlich keine Rolle spielte. Nicht solange ich mit Lucien zusammen war.

»Lunch heute im Maxime?«, fragte Natalie und legte einen Stapel Quittungen auf meinen Schreibtisch.

»Ich habe keinen Hunger. Geh ruhig ohne mich.«

Sie musterte mich, wie ich unbehaglich auf meinem Stuhl herumrutschte.

»Du wirkst bedrückt, meine Liebe. Hat James sich nicht mehr gemeldet?«

Ich schüttelte den Kopf.

Natalie schaute mich neuerdings häufiger auf eine Art an, als könnte sie durch sämtliche Schichten und Barrieren hindurch mitten in mein Herz sehen. Am liebsten würde ich jetzt meinen Kopf in ihren Schoß legen und mir alles von der Seele reden. Meine Verwirrung und innere Unruhe. Meine Schuldgefühle. Aber ich musste es nicht aussprechen. Sie wusste es schon, hatte es gespürt, noch bevor ich es ihr anvertraut hatte.

»Du Ärmste! Geh einfach mal rüber ins Atelier zu Monsieur Roux. Vielleicht weiß er etwas.«

Warum zögerte ich? Warum sollte ich darauf warten, dass er sich meldete? Immerhin war ich eine moderne Frau und James ein lieber Freund, um den ich mir allmählich Sorgen machte.

»Gute Idee«, sagte ich und stand auf. »Das mache ich.«

Es dauerte nicht lange, und das Rätsel um James' Schweigen war gelöst.

Monsieur Roux schnalzte bedauernd mit der Zunge und erklärte mir, dass James überstürzt nach England abgereist sei, nachdem er erfahren habe, dass sein bester Freund im Sterben liege.

»Er ist fort, Madame. Ein Jammer. Seine Bilder sind großartig.«

Mit schwerem Herzen verließ ich das Atelier. James war nicht mehr da. Abgereist nach London, ohne sich zu verabschieden. Ich war enttäuscht und gekränkt, weil er für mich keine Nachricht hinterlassen hatte wie für Monsieur Roux, doch ich verstand, dass er zu seinem sterbenden Freund geeilt war. Schlussendlich hätte ich nichts anderes von ihm erwartet.

Mit brennenden Augen und angeknackstem Stolz kam ich in der Boutique an und stürzte mich gleich in die Arbeit, nahm mir als Erstes die Post vor. Zuoberst lag einer dieser Luftpostumschläge, auf dem als Absender die MGM-Studios genannt wurden. Diesmal aber hatte den Brief nicht der Pressechef geschrieben, sondern sie selbst. Grace Kelly. Mit zitternden Händen entfaltete ich den dünnen Briefbogen, hockte mich auf den Schreibtisch und begann zu lesen.

Liebe Sophie,
ich möchte Ihnen ganz herzlich für das wundervolle Päckchen danken, das mich im Studio erwartete.
Meine Mutter ist überglücklich, ihr eigenes »Nuit Douce« zu haben, doch ich schwöre Ihnen, Sophie, Ihr »Lumière d'Étoile« ist noch göttlicher! Es hat mit keinem Duft Ähnlichkeit, den ich jemals benutzt habe. Sie erwähnten in Ihrem Brief, dass es sich um eine ganz neue Komposition handele, und ich hoffe, Sie werden es bald literweise produzieren. Sie haben eine Gabe, meine Liebe, die Sie hegen und pflegen müssen.
Ich habe nicht vergessen, was Sie mir an jenem Abend im Carlton erklärt haben: dass sich jedes Parfüm aus einer Kopf-, Herz- und Basisnote zusammensetzt, die sich unterschiedlich schnell verflüch-

tigen, in genau dieser Reihenfolge. »Lumière d'Étoile« besteht definitiv allein aus Herz!
Nachdem ich im Frühjahr Ihr wunderschönes Land besucht habe, glaube ich zu wissen, dass Ihre Lektion in Sachen Parfüm sich auch auf die Liebe anwenden lässt: Das, was wir zuerst an einem Menschen wahrnehmen, weicht bald etwas Beständigerem, das mit der Zeit unser Herz vollkommen erobert.
Ich muss Schluss machen, bevor ich zu viel sage. Eine Frau muss ein paar Geheimnisse für sich behalten dürfen!
Ganz liebe und herzliche Grüße
Grace

Wieder einmal war Miss Kelly genau zum richtigen Zeitpunkt in mein Leben getreten. Und es war, als hätte sie mich direkt angesprochen. Zumindest rührten ihre Wort mich zutiefst an, schienen an mich zu appellieren, jetzt keinen Fehler zu machen. Meine Augen wanderten zu dem Porträt, das James an jenem Tag der ersten Begegnung von mir gemacht hatte, mein Herz dagegen wanderte zu dem Kuss, den wir vor wenigen Tagen getauscht hatten.

Meine Entscheidung fiel rasch.

Ich schrieb ihm einen kurzen Brief, in dem ich mein Mitgefühl ausdrückte und seinem Freund Kraft und inneren Frieden wünschte, versiegelte den Umschlag und steckte ihn in meine Handtasche, um ihn selbst einzuwerfen.

Eine Frau musste schließlich ein paar Geheimnisse für sich behalten dürfen.

TEIL ZWEI

DIE HERZNOTE

Der Hauptbestandteil oder das Herzstück eines Parfüms sind die Duftnoten, die sich in der mittleren Phase seines Entstehens entfalten.

Ich verliebte mich in ihn,
ohne an etwas anderes zu denken.

FÜRSTIN GRACIA PATRICIA VON MONACO

Über den Dächern von Monaco

Aus Hollywoods Königin wird eine Landesfürstin

Angeline West berichtet für den *Herald*

Januar 1956

Nach einer folgenreichen ersten Begegnung im Mai vergangenen Jahres hat Fürst Rainier III. von Monaco seine Prinzessin gefunden und Grace Kelly ihren Prinzen.

Die sechsundzwanzigjährige Schauspielerin gab überraschend in ihrem Elternhaus in Philadelphia die Verlobung bekannt. Sie trug ein Kleid des New Yorker Modehauses Branell und zeigte stolz ihren Verlobungsring von Cartier mit einem rechteckigen, mehr als zehn Karat schweren Diamanten im Smaragdschliff, flankiert von zwei kleineren Diamanten im Baguetteschliff.

Es heißt, der monegassische Souverän umwarb seine Angebetete monatelang mit romantischen Briefen. Als er im Dezember nach Amerika flog, wurde spekuliert, dass er dort auf Brautschau gehe, was er entschieden bestritt. Auf die Frage eines Reporters, was für eine Frau ihm gefallen würde, wenn er eine suchte, antwortete er: »Ich weiß es nicht. Die Beste.«

Die hat er mit der umwerfenden Grace Kelly definitiv gefunden.

Das Paar präsentierte sich auf einem Wohltätigkeitsball im New Yorker Waldorf Astoria zum ersten Mal gemeinsam in der Öffentlichkeit. Der Abend stand passenderweise unter dem Motto *Eine Nacht in Monte-Carlo*. Beide wirkten glücklich und gelöst, und trotz der neugierigen Objektive der internationalen Presse und der Anspannung, unter der zweifellos jede junge Frau steht, die im Begriff ist, den Bund der Ehe einzugehen, bewahrte Miss Kelly wie immer eine gelassene Haltung.

In Kürze beginnen übrigens die Dreharbeiten zu ihrem nächsten Film *Die oberen Zehntausend,* eine Adaption des Broadway-Bühnenstücks *The Philadelphia Story,* in der sie neben Frank Sinatra und Bing Crosby die weibliche Hauptrolle verkörpert. Fürst Rainier wird seine Verlobte für kurze Zeit nach Hollywood begleiten, bevor er nach Monaco zurückkehrt.

Es ist noch nicht klar, wo die Hochzeit stattfindet oder wie sich die Rolle der Landesmutter auf Miss Kellys Schauspielkarriere auswirken wird. In der Traumfabrik munkelt man, sie suche eine Möglichkeit, aus ihrem Siebenjahresvertrag mit MGM auszusteigen. In der Zwischenzeit werden nächsten Monat die Golden Globes in Los Angeles verliehen, wo Kelly als Favoritin für den Henrietta Award gilt, mit dem die beliebteste Darstellerin ausgezeichnet wird.

Kellys Vater John, dreifacher Olympiasieger und Baumogul, gab zu Protokoll, dass er sich sehr für seine Tochter freue und der Verbindung seinen Segen gebe.

Kapitel 19

James

Der arme Teddy hatte nicht einmal mehr die sechs Wochen, die ihm versprochen worden waren. Am Ende war es eine Erlösung, dass er früher ging.

Ich weinte wie ein Kind an jenem letzten Abend, sagte ihm, dass er der Bruder sei, den ich nie gehabt habe, und erging mich in Erinnerungen an all das, was er mir beigebracht hatte: wie man ein Gewehr mit Ladehemmung reparierte, wie man eine Filmrolle in die Kamera einlegte und die Negative entwickelte – und wie man seine Ziele im Leben aktiv verfolgte, statt darauf zu warten, dass sich etwas ergab. Lauter Fähigkeiten, die mir sowohl im Krieg als auch in Friedenszeiten zu überleben halfen. Ich weiß nicht mehr, wie lange ich bei ihm saß, bevor die Krankenschwester mich bat hinauszugehen, weil seine Frau eingetroffen sei. Wenngleich ich sie gut kannte, brachte ich es nicht fertig, sie anzusehen.

Nach Teddys Beisetzung verließ ich wochenlang nicht das Haus. Nichts schien mehr von Bedeutung zu sein. Weder die Blumenfelder in Grasse noch der Job in Cannes, an dem ich so viel Freude gefunden hatte. Nicht einmal Sophie Duval, deren Zauber ich für ein paar Wochen unter der südfranzösischen Sonne erlegen war. Selbst Emily war, wie ich beschämt feststellte, zu einer Last geworden, die mir zu viel war und vor der ich mich gerne drückte. In dieser ersten Phase der Trauer hatte ich das Gefühl, das Leben würde von mir abblättern wie alte Farbe von einer Wand. Ich fühlte mich leer und so verloren, wie ein Mensch nur sein konnte, und hatte nicht die leiseste Ahnung, wie ich je wieder zu mir finden konnte und ob ich das überhaupt schaffen würde.

Ein neues Jahr war angebrochen, 1956, und nach dem heißen Sommer war ein besonders kalter Winter ins Land gezogen, der London fest in seinem Griff hielt und das Leben in der Stadt lähmte. Die Starre passte zu meiner Gefühlslage. Ich war froh, wenn Schnee und Eis und der dichte Nebel, der von der Themse herüberzog, mir einen Vorwand gaben, das Haus nicht zu verlassen und der Welt den Rücken zu kehren. In gewisser Weise verfiel ich wie die Natur in eine Art Winterschlaf und wusste nicht, wie ich jemals daraus erwachen sollte. Alles war so sinnlos geworden ohne Teddy.

Das Leben fand ohne mich statt.

Obwohl mein Freund inzwischen seit fast fünf Monaten tot war, rechnete ich noch immer damit, dass er plötzlich mit zwei Karten für ein Fußballspiel bei mir auftauchte oder mich zu einem Drink überredete. Vor allem aber suchte ich ihn unter den Menschen auf der Straße, wenn ich gezwungenermaßen einmal das Haus verließ. Umso quälender war dann die Erkenntnis, dass ich ihn nie mehr sehen würde, dass er für immer aus meinem Leben verschwunden war.

In meiner Wohnung lag ich meist apathisch auf dem Sofa, hing trüben Gedanken nach oder beschwor Erinnerungen an Teddy herauf, was meinen Schmerz noch verstärkte. So auch heute an diesem dunklen, tristen Januartag. Es dauerte lange, bis das penetrante Klingeln zu mir durchdrang und ich mich mühsam aufrappelte, um zur Tür zu gehen.

Der Letzte, den ich erwartet hätte, war Sanders. Ich weiß nicht, wessen Überraschung größer war: meine, weil mein ehemaliger Chef auf der Matte stand, oder seine, weil ich am Nachmittag im Pyjama die Tür öffnete.

»Du siehst beschissen aus«, sagte er, klopfte den Schnee von seinen Schuhen und trat ein, ohne auf eine Einladung zu warten. »Dreißig Minuten gebe ich dir, um dich einigermaßen präsentabel herzurichten.«

Es war typisch für Sanders, dass er sich so benahm, als würden wir tagtäglich in Kontakt stehen, dabei lag unsere letzte Begegnung über sechs Monate zurück.

»Ein frohes Neues«, murmelte ich und bückte mich, um die Milchflasche vor der Tür aufzuheben. Sie war festgefroren, nachdem sie fast den ganzen Tag draußen gestanden hatte. Die Blaumeisen und Rotkehlchen, die sich während des Winters hier niederließen, hatten den Stannioldeckel mit ihren Schnabelspitzen durchlöchert und die Rahmschicht herausgepickt. Ich schloss die Haustür und folgte Sanders, der schon in die Küche vorausgegangen war und den Wasserkessel aufsetzte. Er tat gerade so, als wäre er hier zu Hause.

»Herrgott, Jim«, rief er mir mit dröhnender Stimme, seinem Markenzeichen, entgegen. »Bei dir sieht es aus wie nach einem Einbruch.«

Betreten senkte ich den Kopf, weil ich diesem Vorwurf nichts entgegensetzen konnte. Dabei hatte er sich zur Abwechslung mal moderat ausgedrückt. In Wirklichkeit lebte ich in einem Saustall.

»Wäre es zu viel verlangt, wenn du mir sagen würdest, was dich zu mir führt?«, lenkte ich schnell ab.

Mein ehemaliger Boss warf eine Zeitung auf den Tisch, auf dem sich benutzte Teetassen, Teller und Whiskygläser stapelten.

»Das«, sagte er und deutete auf die Titelseite. »Das da führt mich zu dir.«

Ich nahm die Gazette in die Hand und las die Überschrift, die in großen fetten Buchstaben verkündete, dass Grace Kelly, Hollywoods Leinwandgöttin, sich mit Fürst Rainier III. von Monaco verlobt hatte.

»Na, sieh mal einer an, dein missachteter Prinz Raymond«, sagte ich spöttisch. »Jetzt wird aus der Schauspielerin eine Prinzessin, sorry, eine Fürstin. Gut für sie.«

Ich ließ die Zeitung auf den Tisch fallen und suchte nach einer Zigarette, bis mir einfiel, dass ich das Rauchen aufgegeben hatte.

»Wohl eher gut für ihn.«

»Schätzungsweise hast du damit recht. Immerhin ist sie eine sehr schöne Frau.« Ich setzte mich und sah mir die Bilder von der Verlobung genauer an, die im elterlichen Haus in Philadelphia gemacht worden waren. »Warum haben die kein breiteres Sofa genommen, auf dem alle Platz gehabt hätten? Vater Kelly sieht aus, als wäre er nachträglich dazugequetscht worden«, mäkelte ich, während Sanders zur Abwechslung mal die Klappe hielt. »Sei's drum, was hat das alles mit mir zu tun? Ist es neuerdings jedermanns Pflicht, sich in Schale zu werfen, wenn eine Verlobung im Kreis der High Society bekannt gegeben wird?« Ich schaute zu Sanders hinüber, der Teeblätter aus einer Dose in eine gesprungene Kanne schaufelte, und fügte süffisant hinzu: »Übrigens, bedien dich ruhig.«

Mein Sarkasmus prallte an ihm ab. »Ich hasse es, das sagen zu müssen, Jim – ich brauche dich wegen dieser verdammten Verlobung. Dich ebenso wie deine Bilder. Falls du fit genug bist.«

»Sprichst du etwa von den Bildern, die deiner unmaßgeblichen Meinung nach wie eine Geiselnahme aussehen?«, fragte ich mit einem teils amüsierten, teils schadenfrohen Grinsen.

Sanders besaß nicht einmal den Anstand, wenigstens einen winzigen Hauch von Reue oder Bedauern zu zeigen.

»Ja, die meine ich. Durch diese Verlobung könnte deine Fotoserie von dem ersten Rendezvous ein Hit werden.« Er füllte das heiße Wasser in die Teekanne. »Das zeigt bereits das eine Foto von dir, das ich behalten habe und das von uns veröffentlicht wurde. Insofern könnte ich die anderen Fotos wirklich gut gebrauchen. Und bitte sag mir nicht, dass du sie in die Themse geworfen hast.«

Genüsslich stieß ich einen langen Seufzer aus und ließ ihn eine Weile hängen, bevor ich mich dazu durchrang, ihn zu beruhigen.

»Keine Sorge, ich habe sie noch. Nebenbei: Darf ich deine Anfrage so verstehen, dass ich wieder in der Redaktion eingestellt bin?«

»Hör zu, Jim, ich will ehrlich zu dir sein«, erwiderte er und goss zwei Tassen Tee ein. »Ich weiß, du bist ziemlich durch den Wind, seit Walsh …« Selbst Sanders brachte den Namen nicht über die Lippen. »Nun, die Situation ist echt beschissen, doch ich brauche dringend jemanden für diese Grace-Rainier-Story. Die ganze Welt ist verrückt nach den beiden. Und weil du sie gewissermaßen kennst und ohnehin nichts Besseres zu tun hast, dachte ich, du könntest dich in die Sache reinknien. Ein Termin für die Hochzeit steht noch nicht fest, wobei vieles darauf hindeutet, dass sie im Frühjahr in Monaco stattfindet. Ein bisschen Sonne würde dir bestimmt guttun, so blass wie du bist. Kurz gesagt, du kannst gleich heute wieder anfangen. Dein Schreibtisch wartet schon.«

Ich verschluckte mich fast an meinem Tee.

»Heute? Meinst du das ernst?«

»Was denn sonst? Schließlich will ich nicht das Schlusslicht bilden. Die Boulevardpresse überschlägt sich nämlich förmlich«, erklärte er ungeduldig. »Man spricht von der größten Sensation in Hollywood, seit Marilyn Joe DiMaggio verlassen hat. Selbst die Drehbuchautoren von MGM hätten sich so etwas nicht ausdenken können. Das muss ich ausnutzen, und dafür brauche ich dich.«

Ich meinte Teddy über mein unverhofftes Glück lachen zu hören, und zum ersten Mal seit Monaten regte sich ein Funken Energie in mir. Der Tod meines Freundes, der so unerwartet gekommen war, hatte mich kalt erwischt und alles in mir abgestumpft: meinen Appetit, meine Liebe zur Fotografie. Für eine Weile war sogar Sophie aus meinen Gedanken verschwunden, bis Emily den Schnappschuss von ihr fand und wissen wollte, wer die hübsche Dame sei.

Es war wie eine Befreiung gewesen, denn daraufhin hatte ich ihr von der Manufaktur in Grasse und von allem möglichen anderen erzählt. Etwa davon, wie Blumen zu Parfüm verarbeitet wurden und dass es gar nicht so weit von hier Orte zum Leben gab, an denen beinahe das ganze Jahr die Sonne schien. In diesem Moment entdeckte ich erste Anzeichen von Fernweh in ihren Augen, die mir bestätigten, dass sie in vielem so war wie ich, selbst wenn sie vorerst noch ihren Chemiebaukasten der Fotokamera vorzog.

Letzten Endes redete ich so viel von Sophie, dass Emily darauf bestand, ihr eine Weihnachtskarte zu schicken, der ich ein Blatt mit ein paar entschuldigenden Zeilen hinzufügte und erklärte, warum ich Frankreich Hals über Kopf verlassen hatte, und mich darüber hinaus endlich für Sophies mitfühlenden Brief bedankte, der monatelang unbeantwortet geblieben war.

Trotzdem hatte ich sie nie wirklich vergessen – sie war eine Erinnerung, die ich nicht löschen konnte, ein Negativ, das nicht vollständig entwickelt war.

»Und?«, fragte Sanders und holte mich in die Gegenwart zurück. »Was meinst du?«

Argwöhnisch verzog ich das Gesicht. »Und wo ist der Haken?«

»Es gibt keinen. Um Himmels willen, Jim, du bist zu schade für das hier.« Mit einer ausladenden Geste umfasste er das schmutzige Geschirr in der Spüle, die verschmierten Gläser auf dem Tisch, die herumliegenden Klamotten, die dringend in die Wäsche mussten. »Du warst einer meiner besten Fotografen – dein einziger Fehler war, dass du dich nie um irgendwelche Anweisungen geschert hast, und das kann einen ganz schön rasend machen.«

Für einen Moment schwiegen wir beide. Nichts war zu hören außer dem Rauschen des Verkehrs auf der Straße und Winstons kläglichem Miauen an der Hintertür, weil ihm zu kalt war und er hereingelassen werden wollte.

»Du irrst dich. Ich *bin* einer deiner besten Fotografen«, verbesserte ich ihn, erhob mich und streckte ihm meine Hand entgegen, um unseren Deal zu besiegeln. »Gib mir eine Stunde, dann bin ich vorzeigbar und stehe zu deiner Verfügung.«

Allmählich fühlte sich mein Leben an wie eine Ringlinie der U-Bahn: Das Ende war zugleich der Anfang. Wenn nicht für mich selbst, dann musste ich für Teddy einsteigen und schauen, wohin die Reise mich führte.

Kapitel 20

Sophie

Der Winter hatte einen heftigen, launischen Mistral als Dauergast mit sich gebracht, der insbesondere die Côte d'Azur und das Hinterland, die Provence, heimsuchte. Grimmig und bitterkalt fegte er aus nordwestlicher Richtung über die kargen Felder und abgeernteten Olivenbäume hinweg. Manchmal tobte er ein paar Tage, manchmal über eine Woche. Bei schlechtem Wetter verkroch ich mich tagsüber in meinem Labor und abends im Haus, wo ich mich vor dem Kamin in ein Buch vertiefte und dem Heulen des Windes lauschte, der durch die Ritzen pfiff.

An Weihnachten war eine besondere Überraschung gekommen in Form eines kurzen Briefes von James und einer Karte von seiner Tochter, die er nie erwähnt hatte. Offenbar wollten auch Männer ein paar Geheimnisse für sich behalten.

Bei dieser Gelegenheit war mir ebenfalls der Gedanke gekommen, dass James Ähnlichkeit mit dem Mistral hatte: Er war in mein Leben eingebrochen wie ein Tornado, stellte mit seinem Wüten alles auf den Kopf und raste wieder davon, als hätte es ihn nie gegeben. Was nichts daran änderte, dass ich nach wie vor seine Gesellschaft und sein Lachen vermisste. Allein deshalb war ich froh, dass wir uns seit seinem Gruß vom Dezember gelegentlich schrieben. Zugleich aber spürte ich, dass mehr unausgesprochen blieb, als zu Papier gebracht wurde.

Da mich meine neue Parfümlinie stark beschäftigte, verging die Zeit rasch – viel rascher, als mir lieb war. Während andere das Ende des Winters herbeisehnten, genoss ich die ruhigen Monate, die langen Phasen, die ich nutzen konnte, um innovative Duftkombinationen auszuprobieren, neue Möglichkeiten zu erkunden und Planungen für die Frühjahrs- und Sommersaison zu machen. In diesem Jahr erwartete mich besonders viel Arbeit. Sobald die neue Linie marktreif war, musste ich die großen und kleinen Kaufhäuser abklappern und die Einkäufer davon überzeugen, meine Düfte in ihr Sortiment aufzunehmen, und an alle, die ich kannte, Proben verschicken. Ich hatte sogar kurz überlegt, Lucien darum zu bitten, eine Party anlässlich der Präsentation auszurichten, dann jedoch entschieden, dass ich das lieber allein durchziehen würde.

Vorausgesetzt, ich brachte das nötige Kleingeld auf.

An einem kalten Februartag, der noch weit entfernt schien vom nahen Frühling, saß ich in meinem Büro in Cannes, tippte gerade Zahlen in die Rechenmaschine, um zum hundertsten Mal die Kosten zu kalkulieren und zu überschlagen, ob wir über die Runden kamen, ohne an diesen Lever zu verkaufen, als der Postbote eintrat und mir drei Briefe auf den Schreibtisch legte.

»Bonjour, Mademoiselle Duval. Ich hoffe, Sie haben einen angenehmen Tag.«

»Kommt drauf an, was Sie mir bringen«, erwiderte ich lächelnd. »Noch mehr Rechnungen?«

»Das weiß ich nicht, ich lese keine fremde Post. Allerdings ist, das habe ich gesehen, wieder mal ein Brief aus Kalifornien darunter«, sagte er mit einem bedeutungsvollen Blick.

»Kalifornien!«, rief ich und griff begierig nach dem Umschlag. Luftpost aus Los Angeles war mittlerweile zu einem regelmäßigen Ereignis geworden. Diesmal kam der Brief zur Abwechslung mal wieder vom Pressechef der MGM-Studios. Ungeduldig riss ich den Umschlag auf.

Sehr geehrte Miss Duval,
ich schreibe Ihnen im Namen von Miss Kelly, die gerade mitten in den Dreharbeiten zu ihrem neuen Film steckt. Wie Ihnen sicherlich bekannt ist, wird sie bald Fürst Rainier III. von Monaco heiraten. Die Hochzeit wird im April in ihrem künftigen Wirkungsbereich stattfinden, und die Vorbereitungen laufen bereits auf Hochtouren. Miss Kelly wünscht sich für ihren großen Tag ein eigenes Parfüm. Wir würden gerne die Firma Duval damit beauftragen, diesen ganz persönlichen Duft zu entwerfen.
Wir hoffen sehr, dass Sie unser Anliegen unterstützen. Für den Fall, dass Sie zustimmen, senden Sie uns bitte eine Bestätigung per Telegramm und möglichst rasch eine oder mehrere Proben. Für den Fall, dass Sie ablehnen oder den knappen Zeitplan nicht einhalten können, haben wir vorsorglich weitere Häuser kontaktiert. Sollte Ihr Parfüm den Zuschlag erhalten, bestehen wir auf einer Exklusivnutzung bis zum Abschluss der Hochzeitsfeierlichkeiten. Danach können Sie es gerne in den freien Verkauf nehmen.
Miss Kelly lässt Ihnen sehr herzliche Grüße übermitteln und freut sich darauf, Sie in Monaco wiederzusehen.
Mit besten Grüßen
Morgan Hudgins
Pressechef, MGM-Studios

Ein Auftrag von Grace für ihre Hochzeit! Ich stieß einen Jubelschrei aus, drückte den Brief an meine Brust, und Tränen der Erleichterung stiegen mir in die Augen. Nach so etwas hatte ich gesucht – nach etwas, das unseren Namen auf einen Schlag bekannt machen, unseren Umsatz steigern und Duval retten würde. Die wunderbare Grace. Sie ahnte nicht, wie viel mir das bedeutete und dass sie zu meinem Rettungsanker geworden war. Meine letzte Hoffnung, die mir der Himmel gerade noch rechtzeitig geschickt hatte. Und dass ich zufällig an einem perfekten Duft für sie arbeitete, grenzte an ein Wunder. *Maison,* mein exklusives Luxusparfüm, das bislang noch keinen endgültigen Namen hatte.

Plötzlich war mir sonnenklar, wie es heißen sollte, heißen musste: *Cœur de Princesse.* Herz einer Prinzessin. So nämlich würde ihr offizieller französischer Titel lauten: Princesse.

Tausend Gedanken jagten mir durch den Kopf, und ich begann in meinem Büro auf und ab zu wandern. Die Formel für diesen Duft war in den letzten Monaten gereift wie ein guter Wein, der ruhen musste, bis eine Harmonie zwischen allen Ingredienzen entstanden war. Dennoch war Eile geboten, viel Zeit für den letzten Schliff blieb mir nicht mehr, zumal das Herrenparfüm nach Möglichkeit zur gleichen Zeit fertig sein sollte. Vielleicht war es ja ein passender Duft für den Fürsten. In meinem Kopf überschlugen sich die Ideen.

»Natalie!« Den Brief in der Hand, stürmte ich in den Verkaufsraum und gab ihn meiner Assistentin. »Du wirst es nicht glauben – ich habe den Auftrag, ein Hochzeitsparfüm zu kreieren. Lies selbst!«

In Windeseile überflog sie den Brief, dann schlang sie lachend ihre Arme um mich. »O Sophie! Das ist ja unglaublich!«

»Nicht wahr? Das ist, das ist …« Mir fehlten die Worte, ich war noch immer zu überwältigt. »Ich muss los, melde mich später aus Grasse.«

Schnell holte ich Mantel und Handtasche aus dem Hinterzimmer und trat nach den obligatorischen Wangenküsschen hinaus in den kühlen Nachmittag, um mich zur Bushaltestelle zu begeben.

Nachdem ich ein paar Stunden im Labor verbracht hatte, ging ich am späten Abend nach Hause, schlüpfte in meinen alten Bademantel, zog meine dicken Lieblingssocken an und goss mir einen kleinen Pastis ein. Alles in allem war heute ein erfolgreicher Tag gewesen.

Das Herrenparfüm war auf einem guten Weg, wenngleich noch einiges an Experimenten erforderlich sein würde, bis es reif für den Verkauf war. *Cœur de Princesse* dagegen war so weit abgeschlossen, dass ich der künftigen Fürstin von Monaco nächste Woche eine Probe schicken konnte. Ich betete, dass ihr der Duft gefiel. Wenn sie sich für das Produkt eines anderen Parfümeurs entschied, war alles verloren. Ich umklammerte mein Glas und starrte trotzig in das Kaminfeuer. Das durfte einfach nicht passieren.

Ich angelte Papas Journal aus der Handtasche und schlug es auf, tauchte meine Nase in die Seiten und inhalierte tief, nahm einen Geruch nach staubigem Papier und abgenutztem Leder wahr, der halb verschüttete Erinnerungen heraufbeschwor. Wie in einem alten Film sah ich mit einem Mal meinen Vater vor mir, dessen dunkle Augen vor Begeisterung funkelten, und ich hörte sein Lachen, als er mich an die Hand nahm, mit mir nach Cannes fuhr und mir die Boutique zeigte, die damals gerade eingerichtet wurde.

»Hier werden wir unsere Ware in Vitrinen präsentieren«, erklärte er und deutete auf eine Wand. »Und auf die andere Seite kommen in ein Regal hinter dem Ladentisch die Verpackungsmaterialien: Kartons und Geschenktüten, die unser Logo tragen.«

»Und wo wirst du arbeiten?«

Auf meine Frage hin führte er mich in das Hinterzimmer, wo auf einem Schreibtisch das Journal des Fleurs lag, das ich damals zum ersten Mal sah.

»In der Hochsaison werde ich hier meine Magie entfalten«, sagte er und klopfte auf den Ledereinband. »In diesem Band sind die Formeln festgehalten. Bestimmt werde ich eine Assistentin brauchen. Denkst du, du kannst mich unterstützen, wenn du alt genug bist?«

Genau das hatte ich mir immer gewünscht: Zeit mit Papa zu verbringen und in die Geheimnisse seiner Kunst eingeweiht zu werden.

»Ja! Ich will alles von dir lernen«, versicherte ich euphorisch.

Schmunzelnd fuhr er mir durch die Haare, setzte sich hin und zog mich auf sein Knie, wobei der Duft seines Rasierwassers mich umhüllte wie eine Wolke.

Jetzt, vor dem Kamin unseres Hauses in Grasse sitzend, hatte ich wieder Papas Rasierwasser in der Nase, in dem der Geruch nach Zimt und poliertem Mahagoni mitschwang und sich mit seinem eigenen Geruch nach Tabak und Leder mischte.

Das war es! Sogleich griff ich nach einem Stift, um meine Inspiration festzuhalten, und flüsterte leise: »Danke, Papa.«

Das Herrenparfüm, der dritte und letzte Baustein meiner neuen Linie, würde *Mémoire* heißen, zum Gedenken an meinen Vater und zum Gedenken an einen anderen Mann, der allzu flüchtig durch mein Leben gegangen war und doch für immer seinen Abdruck hinterlassen hatte.

Braut Ahoi!

Erste Details zu Grace Kellys Traumhochzeit

Angeline West berichtet für den *Herald*

April 1956

Während sämtliche Medien weltweit das Hochzeitsfieber gepackt hat, rückt der Tag immer näher, an dem Grace Kelly und Seine Durchlaucht, Fürst Rainier III. von Monaco, in den Hafen der Ehe einlaufen werden. Das Bild ist in diesem Fall überaus zutreffend, denn Miss Kelly wird sich in New York auf einem großen Passagierdampfer einschiffen und im Hafen von Monaco von ihrem Bräutigam mit seiner Yacht abgeholt werden.

Sobald die Dreharbeiten zu ihrem letzten Film *Die oberen Zehntausend* mit Bing Crosby und Frank Sinatra abgeschlossen waren, ist die Schauspielerin nach New York zurückgekehrt, wo sie sich in ihrer Luxussuite an der Fifth Avenue, direkt am Central Park, auf ihre Märchenhochzeit vorbereitet und ihre ohnehin beeindruckende Aussteuer weiter aufstockt. Immer an ihrer Seite ist ihr geliebter Pudel Oliver, der wohl die große Überfahrt mitmachen wird, zusammen mit einer siebzigköpfigen Hochzeitsgesellschaft und Unmengen an Gepäck.

Von engen Hollywoodfreunden liebevoll »Ihre königliche Hoheit« genannt, erhält Miss Kelly den offiziellen Titel »Fürstin Gracia Patricia von Monaco«, wenn sie dem zweiunddreißigjährigen Fürsten und »begehrtesten Junggesellen der Welt« am 19. April in einer katholischen Zeremonie in der Kathedrale Notre-Dame-Immaculée das Jawort gibt.

Zudem wird sie nominell Marquise, Duchesse, Comtesse und Baronesse diverser kleiner Ländereien, die in längst vergangenen Zeiten zum Territorium der Grimaldis gehörten. Nicht schlecht für die Tochter eines ehemaligen Maurers!

Die standesamtliche Trauung findet einen Tag früher im Thronsaal des Fürstenpalasts statt. Gerüchten zufolge werden die Kameras von MGM beide Ereignisse für einen geplanten Dokumentarfilm begleiten, der unter dem Titel *The Wedding in Monaco* in den Kinos laufen wird. Nach der Eheschließung wird Miss Kelly die Landesmutter eines Fürstentums sein, das gerade einmal hundertsechzig Hektar groß ist und das sie von ihrem Palast aus komplett überblicken kann.

Kurz nach Bekanntgabe der Verlobung hatte Fürst Rainier in einem Interview erklärt, dass seine zukünftige Frau in ihrer neuen Rolle mehr als genug zu tun habe und ihre Schauspielkarriere deshalb nicht fortsetzen werde. Dies, fügte er hinzu, entspreche ebenfalls dem Wunsch von Miss Kelly. Der Fürst hat zudem veranlasst, dass mit Beginn der Hochzeitsfeierlichkeiten in den monegassischen Lichtspieltheatern keine Filme von Miss Kelly mehr gezeigt werden dürfen.

Nach wie vor warten alle ebenso gespannt wie vergeblich auf Details zum geplanten Festprogramm und nicht zuletzt zum Brautkleid. Immerhin bestätigte das London Festival Ballet inzwischen, dass es zu den Feierlichkeiten in Monaco für sechs Aufführungen engagiert worden sei. Zudem vermeldete der Palast, dass für den 17. April, einen Tag vor der zivilen Trauung, zwei amerikanische Fußballmannschaften zu einem Freundschaftsturnier im Stadion Louis II. eingeladen worden seien.

Wegen des Großereignisses wird die Eröffnung der neunten Filmfestspiele von Cannes um zwei Wochen verschoben. Miss Kelly und der Fürst lernten sich im letzten Jahr während des Festivals kennen – vielleicht ein Beweis dafür, dass es Liebe auf den ersten Blick tatsächlich gibt. Nichtsdestotrotz halten sich Spekulationen, dass es sich weniger um eine Liebesheirat als um ein arrangiertes Zweckbündnis handelt. Ich schätze, allein die Zeit wird zeigen, ob diese Verbindung rein aus Vernunft geschlossen wurde oder auf dem Fundament von guter altmodischer Liebe beruht.

Meine hoffnungslos romantische Wenigkeit weiß jedenfalls, welche Variante sie vorzieht.

Kapitel 21

Sophie

Im April zog an der Côte d'Azur endgültig der Frühling ein und erwärmte die Luft. Kirsch- und Mandelbäume blühten, junge Salattriebe sprossen aus der Erde, auf den Blumenfeldern tauchten die ersten Knospen auf, und die Stadt begann sich auf die Hochsaison vorzubereiten. Instinktiv spürte auch ich den Frühling, denn zunehmend drängte es mich, die beschauliche Ruhe hinter mir zu lassen. Es war, als würden in meinem Bauch und meinem Kopf Schmetterlinge flattern.

Ich hatte auf unseren Feldern Mohnblumen, Rosen und Jasmin aussäen lassen, um die sich verlässliche Bauern kümmern würden. Ich selbst hatte derzeit zu viel zu tun, um selbst nach den Rechten zu sehen. Vor allem das Problem der Geldbeschaffung hielt mich auf Trab. Nachdem ich sämtliche großen Banken von Nizza bis Marseille abgeklappert hatte, ohne auf offene Ohren zu stoßen, sah es übel aus. Überall bekam ich zu hören, Duval habe zu viele Schulden angehäuft und sich in der Vergangenheit nicht gerade durch eine gute Zahlungsmoral hervorgetan. Je mehr ich mich in die älteren Geschäftsbücher vertiefte, desto stärker wurde mir das wahre Ausmaß der Schwierigkeiten bewusst. Mamas langjährige eigenwillige Buchführung und ihre Vorliebe für teuren Cognac hatten uns an den Rand des finanziellen Ruins gebracht.

Frustriert und ratlos ging ich durch die Manufaktur, Papas Lebenswerk, in dem mein ganzes Herzblut steckte. Die Kupferkessel, die Seifenmühle, die Flakons in den Vitrinen, jede Einzelheit nahm ich in mich auf, als müsste ich alles für die Zeit speichern, wenn Duval Vergangenheit geworden war. Was würde aus alldem werden, fragte ich mich. Und aus mir, die schließlich nichts anderes konnte, als Düfte zu entwickeln.

Um mich auf andere Gedanken zu bringen, blätterte ich in den Zeitungen und Zeitschriften, die in der Sitzecke im Foyer auslagen. Sie waren voll von Berichten über die bevorstehende »Märchenhochzeit des Jahrhunderts«, wie es überschwänglich hieß. Bestimmt schossen bei den Verlagen die Umsätze in gigantische Höhen. Jeder interessierte sich für die Filmprinzessin, die zur richtigen Prinzessin aufstieg. Ganze Titelseiten und fast alle Kolumnen widmeten sich ihren letzten Tagen in New York, und überall wurde lustvoll spekuliert, ob sie den Fürsten nun aus Liebe oder wegen des Aufstiegs in den Hochadel heiratete.

Natürlich glaubte ich an die Liebesheirat, was sonst. Mir kam alles, was mit Grace Kelly zusammenhing, wie ein Märchen vor. Die Begegnungen mit ihr, die freundlichen Briefe, das Interesse an meinen Parfüms. Und abends, in ruhigen Momenten, erlaubte ich mir, davon zu träumen, dass Grace mein Parfüm für ihren großen Tag auswählen und mein Schicksal wenden würde.

Als ich die Durchsicht der Zeitungen beendet hatte und gerade gehen wollte, klingelte am Empfang das Telefon. Juliette nahm ab und meldete sich in ihrem routiniert-freundlichen Ton.

»Parfümerie Duval, bonjour … Ja, ich spreche Englisch. Mademoiselle Duval ist zufällig gerade hier. Einen Augenblick, bitte.«

»C'est qui?«, formte ich mit den Lippen.

Eigentlich war ich ganz und gar nicht in der Stimmung für

eine höfliche Konversation, was sich jedoch binnen einer Sekunde ändern sollte.

»Ein Mr. Morgan Hudgins von MGM«, flüsterte Juliette mir verschwörerisch zu, während sie die Sprechmuschel zuhielt. »Aus Los Angeles.«

Unsere Empfangsdame hatte den Satz noch nicht beendet, da war ich schon elektrisiert aufgesprungen und riss ihr den Hörer aus der Hand.

»Hallo, hier spricht Sophie Duval.« Ich hörte zwar jemanden in der Leitung, aber es knackte und rauschte so laut, dass ich nichts verstehen konnte. »Hallo? Können Sie mich hören? Hier ist Sophie Duval.«

Plötzlich war die Verbindung klar, und ich vernahm deutlich eine männliche Stimme.

»Miss Duval, hier spricht Morgan Hudgins von MGM. Ich vertrete Miss Kelly in Presseangelegenheiten, wie Sie ja wissen. Ich hielt es für besser, Sie diesmal anzurufen, um Zeit zu sparen. Wir haben Ihre Probe für das Hochzeitsparfüm erhalten, und Miss Kelly ist restlos begeistert. Es sei absolut göttlich, waren ihre Worte. Ich freue mich daher sehr, Ihnen mitteilen zu können, dass Ihr Parfüm den Zuschlag erhalten hat.«

Eine Welle der Erleichterung und Freude überschwemmte mich. Am liebsten hätte ich einen Luftsprung gemacht und laut geschrien. Stattdessen zwang ich mich, einigermaßen ruhig und sachlich zu bleiben, wie man es von einer Geschäftsfrau erwartete.

»Wie wundervoll! Das sind wirklich großartige Neuigkeiten. Haben Sie vielen Dank!«

Mr. Hudgins nannte mir anschließend noch Details hinsichtlich der Lieferung und der Menge, die benötigt wurde. Und das war nicht gerade wenig. Wie der Pressemann mir erklärte, wollte man kleine Säckchen aus Satin mit dem Parfüm tränken und in Miss Kellys Brautkleid einnähen. Sogar das Seidenpapier, in dem das Kleid die lange Reise von New York nach Monaco machte, sollte reichlich mit dem Duft besprüht werden. Mir schwirrte der Kopf, mein Herz klopfte zum Zerspringen, mein Puls raste, und meine Hand zitterte, als ich mir Notizen machte.

»Miss Kelly möchte außerdem Sie und eine Begleitperson zu der großen Operngala in Monte-Carlo am Vorabend der kirchlichen Trauung einladen sowie zu der Zeremonie in der Kathedrale und dem anschließenden Empfang. Die Karten werden Ihnen mit der Post zugehen. Würden Sie mir bitte den Namen Ihrer Begleitperson nennen, Miss Duval?«

Ich zögerte. Gerne hätte ich Natalie die Freude gemacht, bloß würde Lucien ausrasten, wenn ich ihn gemeinerweise der Möglichkeit beraubte, an der prestigeträchtigsten Hochzeit der Welt teilzunehmen.

»Lucien Marceau. Er wird mich begleiten.«

Kaum hatte ich aufgelegt, fing ich an zu kreischen und fiel Juliette um den Hals. Das Wunder, das ich mir erhofft hatte, war wirklich und wahrhaftig eingetreten. Ich vermochte mein Glück kaum zu fassen.

Juliette, erstaunt über meinen untypischen Gefühlsausbruch, musste lachen.

»So wie ich das sehe, gibt es vermutlich gute Neuigkeiten.«

»O ja, fantastische Neuigkeiten sogar!«

Auf die Schnelle setzte ich sie ins Bild, eilte dann in mein Büro, um Natalie anzurufen und mich mit ihr zur Feier des Tages zu einem guten Essen und ein paar schönen Drinks in der Stadt zu verabreden.

Allerdings gab es noch jemanden, dem ich diese schicksalhafte Neuigkeit unbedingt mitteilen musste: James. Besser als jeder andere würde er verstehen, wie viel mir dieser Auftrag bedeutete. Schlussendlich war er derjenige, der Miss Kelly in meine Boutique getrieben, der ihr meine Visitenkarte gegeben und diese ganze Kette von Ereignissen in Gang gesetzt hatte. Hastig begann ich zu schreiben.

Lieber James,
danke für deinen letzten Brief und das Foto vom Buckingham-Palast. Ich bin fest entschlossen, eines Tages nach London zu fahren und ihn mir persönlich anzusehen!
Soeben habe ich wundervolle Neuigkeiten erhalten, und da du einen maßgeblichen Anteil daran hattest, möchte ich sie mit dir teilen: Grace Kelly hat mein neuestes Parfüm als exklusiven Duft für ihre Hochzeit ausgewählt! Ich bin überglücklich! Wer hätte geahnt, dass der Tag, an dem du sie bis in meinen Laden verfolgt hast, eine Schicksalsstunde war. Für Duval könnte diese Entscheidung ein echter Glücksfall sein. Ein Geschenk des Himmels.
Verfolgst du die Berichte über die Hochzeit des Jahrhunderts? Ganz Monaco steht Kopf. Ich frage mich nur, wo sie die vielen Journalisten, Kameraleute und Fotografen unterbringen wollen.
Herzliche Grüße
Sophie

PS Die beigefügte Duftprobe stammt von meinem neuen Herrenduft, an dem ich gerade arbeite. Er heißt »Mémoire« und befindet sich noch in der Entwicklungsphase – neben anderen, »streng geheimen« Bestandteilen basiert er auf Tabak und Tee. Ich hoffe, ich konnte darin auch etwas von deinem englischen Charme einfangen.

Bevor ich ihn in den Umschlag steckte, bespritzte ich den Brief mit dem Herrenduft, adressierte ihn an James in London und legte ihn in die Ausgangspost. Erst später am Abend, nach dem

Restaurantbesuch mit Natalie und einem ausgelassenen Spaziergang im Mondschein wurde mir bewusst, dass ich ihr und James die große Neuigkeit sofort mitgeteilt hatte, Lucien hingegen nicht. Das war mit Sicherheit kein Zufall, zumal ich in den vergangenen Wochen ohnehin kaum einen Gedanken an ihn verschwendet hatte. Irgendwie drifteten wir zunehmend auseinander, wie die Wolken am Himmel es häufig taten, bis nichts mehr von ihnen übrig war. Ich war mir nicht ganz sicher, was ich davon halten sollte.

Kapitel 22

James

Nach einem langen Londoner Winter kam ich Anfang April im frühlingshaften Manhattan an. Es war mein erster Besuch im Big Apple. Das Chaos auf dem Times Square mit seinen bunten Neonlichtern, die schwindelerregend hohen Wolkenkratzer und die blühenden Bäume im Central Park, all das faszinierte mich und riss mich aus meiner Lethargie, in der ich nach Teddys Tod versunken war. New York gab mir den Kick, den ich gebraucht hatte, und vermittelte mir eine Ahnung vom guten, alten amerikanischen Traum.

Kaum war die Nachricht durchgesickert, dass Grace Kelly mit der *SS Constitution* von New York nach Monaco reisen werde, war ich nach Amerika in Gang gesetzt worden.

»Sie wird eine Pressekonferenz geben, bevor der Kahn ablegt«, hatte Sanders erklärt und mir ein Flugticket vor die Nase gehalten. »Und du wirst dabei sein und für uns die Aufbruchsstimmung einfangen. Dein Flug geht übermorgen.«

Seit meiner Rückkehr in die Redaktion behandelte mein Boss mich mit deutlich mehr Rücksicht als früher, ließ es langsam angehen, schickte mich nicht, außer diesem Mal, auf Auslandseinsätze und gewährte mir auf diese Weise Zeit, langsam in die Spur zurückzufinden. Natürlich würde er mich nicht bis in alle Ewigkeit in Watte packen.

»Eine Frage«, sagte ich, als ich das Ticket in meine Jackentasche steckte. »Wenn ich dir ein paar anständige Bilder liefere, darf ich dann aufhören, Prinzessinnen und andere Zelebritäten um die Welt zu verfolgen, und stattdessen etwas tun, das ein bisschen … nun ja, sinnvoller und anspruchsvoller ist?«

Er lachte. »Wenn du mir anständige Bilder lieferst, gebe ich dir freie Hand. Und wenn wir mit deinen Bildern genug Auflage machen, ist für uns alle vielleicht eine Weltreise drin.«

Ich hatte die Berichterstattung über Grace Kelly und Fürst Rainier seit der Bekanntgabe ihrer Verlobung aufmerksam verfolgt. Ihre Bilder schmückten schließlich sämtliche Titelseiten. Sie zeigten das strahlende Paar auf einem Wohltätigkeitsball im New Yorker Waldorf Astoria und verliebt am Set von *Die oberen Zehntausend,* ferner eine gelöste, private Grace Kelly in den Tagen nach der überraschenden Verlobung, dazu Mitglieder der Familie und das beeindruckende dreistöckige Haus im Kolonialstil an der Henry Avenue in Philadelphia.

Anders als ein zufälliger Beobachter fühlte ich mich mit dem Traumpaar auf gewisse Weise verbunden. Ich hatte die Anfänge ihrer Beziehung miterlebt, ihren ersten Handschlag und ihre zaghafte Annäherung. Offenbar hatte ihre Liebesgeschichte erst durch den Austausch von Briefen in den Monaten danach Fahrt aufgenommen. Trotzdem schien der berühmte Funke gleich zu Beginn übergesprungen sein. Davon verstand ich etwas, das las ich aus meinen Schnappschüssen heraus.

Und ich selbst hatte es mit Sophie erlebt.

Ohne Grace Kelly wären wir uns vermutlich nie begegnet, und ohne mich hätte die unbekannte Parfümeurin die berühmteste Frau der Welt nie kennengelernt und kein Parfüm für sie kreiert. Seltsam, wie etwas Peinliches zu einem derart glücklichen Ende führen konnte. Jetzt waren wir alle drei miteinander verflochten wie ein Garnknäuel, und ich fragte mich automatisch, wohin es mich führen würde, wenn ich dem losen Faden folgte.

Wie immer an diesem Punkt rief ich mich zur Ordnung, nahm mich zurück und machte mir klar, dass ich Sophie nichts zu bieten hatte. Ich war lediglich ein für seine Unpünktlichkeit bekannter Sensationsfotograf. Nicht gerade die besten Eigenschaften, um eine Frau im Sturm zu erobern. Und doch war mein Herz immer bei Sophie.

Auf dem Weg zu Miss Kellys Wohnung schlenderte ich den Broadway entlang, kaufte mir an einem Straßenstand einen Hotdog mit Sauerkraut sowie einen Becher dünnen Kaffee und wandte mich schließlich in Richtung Fifth Avenue. Man hatte mich informiert, dass die Diva so kurz vor ihrer Abreise ständig kam und ging, manchmal sogar ohne Begleitung. Normalerweise wurde sie nämlich sorgsam abgeschottet von ihrem Vater und einem nervigen Pressefritzen von MGM, die beide dafür sorgten, dass kein Fotograf ihr außer ihrem offiziell bestellten zu nahe kam.

Selbst für offizielle Anlässe galt das. Eilig wurde sie vom Wagen zum Eingang geleitet, ohne ihr die Möglichkeit zu geben, stehen zu bleiben und in die Kameras zu winken. Breitkrempige Hüte, große Sonnenbrillen und unzählige Kopftücher rundeten das Versteckspiel ab und trugen zum Verdruss der Presseleute bei. Es ließ sich nämlich unmöglich sagen, ob unter all den Accessoires wirklich Grace Kelly steckte.

In dieser Situation versprach ich mir einen Vorteil davon, dass sie mein Gesicht zumindest flüchtig kannte, und darüber hinaus baute ich fest darauf, dass meine Glückssträhne anhielt. Das war das Schicksal mir schuldig, fand ich, nachdem es mir jahrelang übel mitgespielt hatte. Und in Amerika glaubte man sowieso, dass alles möglich sei. Leider war das so einfach nicht, und ich wurde auf eine harte Geduldsprobe gestellt.

Es war ein trüber grauer Tag mit leichtem Nieselregen. Höchstens ein Dutzend Fotografen lungerte vor der Hausnummer 988 in der Fifth Avenue herum, als ich dort ankam. Ein paar packten bereits wenige Minuten später zusammen, weil der Regen ihre Ausrüstung zu beschädigen drohte. Ausnahmslos alle waren mieser Stimmung.

Ich spürte, wie ich mehr und mehr davon mitgezogen wurde, dann aber tauchte Grace Kelly plötzlich wie aus dem Nichts auf, einen Strauß langstielige rote Rosen im Arm. Ohne Hut, ohne Kopftuch und ohne Handschuhe stand sie direkt vor mir in ihrer ganzen natürlichen Schönheit. Als ein kräftiger Wind vom East River ihr blondes Haar hochwehte, strich sie es lachend hinter ihre Ohren und sah mich dabei direkt an. Der große Diamantring, den Rainier für sie bei Cartier hatte anfertigen lassen, prangte fast aufdringlich an ihrem Finger.

»Alles Gute für Ihren großen Tag, Miss Kelly«, sagte ich forsch, während ich sie durch die Linse fokussierte und den Auslöser mehrfach hintereinanderklicken ließ. Ich stand so dicht vor ihr, dass ich nicht einmal wie sonst zu rufen brauchte, um ihre Aufmerksamkeit zu erlangen. »Sie werden eine wunderschöne Braut sein – und Sie werden besonders gut riechen.«

»Danke«, sagte sie, war sichtlich überrascht von meiner Bemerkung. Für einen Moment sah es aus, als wollte sie etwas hinzufügen, doch die Zurufe meiner Kollegen und die von neugierigen Passanten hielten sie davon ab. Sie entrang sich noch den kurzen Satz: »Sie sind alle sehr liebenswürdig«, dann suchte sie das Weite und verschwand in dem luxuriösen, typisch amerikanischen Apartmenthaus.

So wie den Fotografen allmählich die Geduld ausging, weil ihnen der Zugang zu Miss Kelly extrem erschwert wurde, so gingen den Journalisten allmählich die Superlative aus, um ihre Schönheit zu beschreiben. Filmpremieren. Bälle und Empfänge.

Einkaufsausflüge. Gassigehen mit ihrem Hund. Wohin sie ging, die Medien folgten ihr. Jedes Detail ihrer Kleidung wurde beschrieben, jeder Couturier namentlich erwähnt, und manch einer von ihnen griff selbst zur Feder, wenn er sich falsch verstanden oder ungerecht bewertet fühlte.

Es war der reinste Wahnsinn. Noch nie hatte ich Vergleichbares erlebt. Nach gerade mal drei Tagen in New York fühlte ich mich wie ein Stück Treibholz, das von hier nach dort geschwemmt wurde, immer in Grace Kellys Kielwasser. Meine Verstimmung wuchs unaufhörlich, und als der Tag näher rückte, an dem die *SS Constitution* ablegte, konnte ich es kaum erwarten, die keusche Braut auf ihre Reise zu schicken und anschließend zurück nach Hause zu fliegen – zurück zu Emily, meinem Kater und zu meinem Gehaltsscheck.

Seit ich mich aus den Nebeln der Trauer befreit hatte, war ich ein viel besserer Vater geworden und hatte wieder echte Freude am Umgang mit meiner Tochter. Obwohl ein Teil von mir damit liebäugelte, zu Monsieur Roux und den warmen Sommerwinden der Côte d'Azur zurückzukehren, ganz zu schweigen von der Aussicht auf weitere traumhafte Abende mit Sophie, brachte ich es noch nicht über mich, Emily erneut für unbestimmte Zeit zu verlassen.

Ohnehin freute ich mich erst einmal auf das Wiedersehen mit ihr.

Nach einem weiteren Tag, den ich sinnlos vor Miss Kellys Wohnhaus herumgelungert hatte, ohne sie ein einziges Mal zu Gesicht zu bekommen, kehrte ich frustriert in mein Hotel zurück und war froh darüber, dass mein Part in dieser Märchengeschichte beendet war. Wenigstens hatte ich ein paar gute Nahaufnahmen der designierten Fürstin, um Sanders zu besänftigen, sodass sie getrost in Richtung Südfrankreich abdampfen konnte.

Das Schicksal wollte es anders.

»Guten Abend, Sir. Sie wünschen Ihren Zimmerschlüssel?«

Der junge Mann mit dem Aknegesicht, der hinter dem Empfang stand, nervte mich regelmäßig mit seiner ebenso übertriebenen wie überflüssigen Höflichkeit. Ob ich meinen Schlüssel wünsche? Ob ich einen angenehmen Tag verbracht hätte? Ob er noch etwas für mich tun könne?

Ich verzog mein Gesicht zu einem grimassenhaften Lächeln. »Ja bitte.«

»Ach ja, es ist ein Telegramm für Sie gekommen«, sagte er und reichte mir einen cremefarbenen Umschlag. »Kann ich sonst noch etwas für Sie tun, Sir?«

Ein Nein murmelnd, dem ich ein verspätetes Danke hinzufügte, steuerte ich den Fahrstuhl an, in dem ein beflissener Page mit Epauletten und Schirmmütze Knöpfe für mich drückte, die ich sehr gut selbst hätte betätigen können. Ich öffnete das Telegramm, es kam von meinem Chef.

DU FAEHRST AN BORD DER SS CONSTITUTION MIT VON NEW YORK NACH MONACO. ABFAHRT MORGEN, 4. APRIL, 12 UHR. SANDERS

Erst fluchte ich leise, dann pfiff ich anerkennend durch die Zähne. Wie zum Teufel hatte Sanders es bewerkstelligt, für mich einen Platz auf diesem Luxusdampfer zu bekommen, der zudem ziemlich fest in den Händen der Familie Kelly zu sein schien?

»Alles in Ordnung, Sir?«, erkundigte sich der Page.

»Wissen Sie was, junger Mann? Ich werde mit Grace Kelly auf einem Luxusdampfer nach Monaco reisen, darum denke ich, dass alles in bester Ordnung ist.«

In meinem Zimmer angekommen, warf ich Hut und Jacke aufs Bett und goss mir einen ordentlichen Whisky ein. Ich bekam nicht allein die Gelegenheit, mit der Braut zur sogenannten Hochzeit des Jahrhunderts zu schippern, ich würde zugleich zu Sophie zurückkehren. Wenn das kein Schicksal war!

Und dann noch auf diesem Ozeanriesen! Die Zeitungen hatten wochenlang in allen Details über das Schiff berichtet, das Miss Kelly und ihre Hochzeitsgäste nach Monaco bringen würde. Ich selbst hatte es in Manhattan fotografiert, seine beeindruckende Silhouette vor dem Horizont eingefangen. Nie wäre ich jedoch auf die Idee gekommen, bald an Bord der *Constitution* zu gehen. Wieder einmal war mein Leben unversehens in eine andere Richtung als erwartet gelenkt worden. Ich fuhr derzeit ganz schön Zickzack, dachte ich amüsiert und schickte Sophie ein vom Whisky befeuertes Telegramm, in dem ich ihr meine Ankunft mitteilte.

LIEBE SOPHIE, GLUECKWUNSCH ZU DEINEM AUFTRAG! TOLLE NEUIGKEIT! KANN ES KAUM ERWARTEN, MIT DIR PERSOENLICH DARAUF ANZUSTOSSEN. HAST DU LUST? ICH BEGLEITE GRACE KELLY AUF IHRER ATLANTIKUEBERFAHRT. ANKUNFT AM 12.4. IN MONACO. SEHEN WIR UNS? WERDE UM 19 UHR IM RAMPOLDI IN MONTE-CARLO SEIN. DA WOLLTEST DU DOCH IMMER HIN. JIM. X

Ich fügte den Kuss nachträglich hinzu und verweilte lange damit, mir vorzustellen, er sei real, und ihre sinnlichen Lippen würden sich verlangend auf meine pressen. Nie hatte ich eine Frau weniger gekannt und mehr an sie gedacht. Wie sehr ich es auch zu leugnen versuchte – Sophie hatte sich auf meiner Haut festgesetzt wie einer ihrer verführerischen Düfte, und kein Schrubben und keine räumliche Entfernung konnten sie von mir lösen. Ich überlegte, was Teddy, mein kluger Freund, mir jetzt wohl raten würde.

Hör auf, darüber nachzudenken, ob du dich verliebt hast, und zieh es einfach durch, Jim. Das Leben ist zu kurz für wäre, hätte und vielleicht.

Ja, das oder Ähnliches würde er sagen, und ich würde ihm wie immer recht geben.

Wenngleich ich mir nicht sicher war, ob Sophie meiner Einladung folgte, schickte ich das Telegramm auf die Reise. Entweder sie kam oder eben nicht. Ich würde es erleben und musste mich in Geduld fassen. Während ich meinen Koffer packte, fragte ich mich, wie Miss Kelly sich am Abend vor ihrer Abreise wohl fühlen mochte. Sicherlich war ihr bewusst, dass sie nicht nur ihrer Heimat Lebewohl sagte, sondern wahrscheinlich ebenfalls ihrer glamourösen Hollywoodkarriere. Nicht wenige hatten aus diesem Grund die Verlobung für überstürzt gehalten und bezweifelten, dass die Ehe lange halten würde.

Wer durfte sich überhaupt anmaßen zu behaupten, dass es Liebe auf den ersten Blick nicht gebe oder eine auf Vernunft basierende Beziehung nicht zu etwas Dauerhaftem erblühen könne? Und wer vermochte überdies zu sagen, was wahre Liebe im Wesentlichen ausmachte?

Kapitel 23

Sophie

Zwar hatte die Wahl meines Dufts als Hochzeitsparfüm mich in eine euphorische Stimmung versetzt, aber unverändert belastete mich meine finanzielle Realität, mal mehr, mal weniger. Es war ein ständiges Auf und Ab. Nach einem hastigen Frühstück, bestehend aus einem Schinkencroissant und einem Espresso, machte ich mich auf den Weg in die Boutique.

Ich musste eine Entscheidung treffen, wobei mir, nüchtern betrachtet, gerade mal zwei Möglichkeiten blieben: unser Land, auf dem wir Blumen züchteten, zu verkaufen, was das Aus für die Firma bedeuten würde, oder Lucien noch einmal um einen Kredit zu bitten. Er konnte es sich leisten, so viel war sicher, doch jedes Mal, wenn ich daran dachte, wie viel Geld er mir mittlerweile geliehen hatte, verursachte mir die Vorstellung, ihn erneut anzugehen, Magenschmerzen. Erschwerend kam hinzu, dass wir uns zunehmend seltener sahen, was – davon war ich überzeugt – nicht vorrangig einem Zuviel an Arbeit geschuldet war. Bei keinem von uns beiden.

Darüber hinaus hatte ich das Gefühl, dass er kaum noch Interesse an Duval zeigte. Natürlich hatte er Freude über meinen Erfolg mit dem Parfüm geäußert, um sich im selben Atemzug verwundert zu zeigen, dass Grace Kelly sich nicht für eine berühmte Marke entschieden hatte. Eindeutig war es seine

Absicht gewesen, meinem Hochgefühl einen Dämpfer zu versetzen. Das und die Tatsache, dass ich Lucien nicht in dem Maße vermisste, wie ich es tun sollte, waren vermutlich der Hauptgrund, warum es mir widerstrebte, von ihm ein weiteres Mal Hilfe zu erbitten.

»Du hast ein Telegramm bekommen«, begrüßte mich Natalie lächelnd, als ich die Ladentür hinter mir schloss. »Wieder dein James.«

»Er ist nicht *mein* James«, beschied ich sie in leicht gereiztem Ton – dabei hätte ich vor Freude in die Luft springen mögen.

Als ich sah, dass die Nachricht in New York aufgegeben worden war, stutzte ich. Was tat James, der sich in einer Formkrise befand, ausgerechnet im Land der angeblich unbegrenzten Möglichkeiten?

»Und?«, drängte Natalie.

»Seine Zeitung hat ihn auf Grace Kelly angesetzt, stell dir das vor. Und es kommt noch besser: Sein Chef hat ihm eine Passage auf dem Schiff gebucht, auf dem die neue Fürstin die Reise über den Ozean antritt. Er möchte sich mit mir treffen, sobald sie angekommen sind.«

Natalie, die Bescheid wusste, seit ich ihr mein Herz ausgeschüttet hatte, beobachtete mich aufmerksam.

»Natürlich wirst du dich mit ihm treffen, oder?«, sagte sie, und es klang fast wie ein Befehl.

In diesem Moment klingelte das Telefon. »Bonjour, Parfümerie Duval«, meldete ich mich.

Die Stimme am anderen Ende der Leitung zerstörte schlagartig meine gute Laune – es war einer unserer Gläubiger, ein Konkursverwalter von der Banque Nationale de Paris in Marseille. Als er mir unsere prekäre finanzielle Lage erklärte, verflog die Leichtigkeit, die James' Telegramm in meinen Morgen gebracht hatte, und wich nackter Verzweiflung. Der Banker teilte mir mit, dass unsere Firma liquidiert würde, unsere wunderschöne Manufaktur, das Vermächtnis meines Vaters, es sei denn, wir würden bis zu einem gewissen Termin, den er mir nannte, unsere Schulden begleichen. Übelkeit übermannte mich, und den Tränen nahe warf ich den Hörer auf die Gabel.

»Was ist los?«, fragte Natalie verstört mit weit aufgerissenen Augen.

»Die Bank will den Kredit nicht verlängern«, schluchzte ich und schlug die Hände vors Gesicht. »Mir läuft die Zeit davon, Natalie. Ich werde das Land wohl oder übel verkaufen müssen.«

Mein Blick fiel auf das Foto von Grace, die Fürst Rainier anlächelte, und ich dachte an ihr Hochzeitskleid, das mit *Cœur de Princesse* besprüht werden sollte. In zwei Wochen würde eine Fürstin *mein* Parfüm tragen. War es wirklich zu spät für die Manufaktur Duval?

Ich fuhr nach Grasse zurück, an den Ort, der mich erdete und an dem ich mich sicher und geborgen fühlte.

Vor dem Haus stehend, in dem ich aufgewachsen war, betrachtete ich es kritisch. Die Fassade hatte ein paar Risse, das rote Ziegeldach hingegen war in einem tadellosen Zustand. Seine Lage war hinreißend, ein wenig romantisch sogar. Ringsum erstreckten sich Felder bis zum Horizont, selbst unser nächster Nachbar war ein paar Kilometer entfernt. Ich hatte diese Abgeschiedenheit immer geliebt, weil sie viel Platz und Ruhe bot sowie das Gefühl, ungestört zu sein.

Das alles sollte ich hergeben müssen, als wäre es nichts weiter als eins von Luciens Spekulationsobjekten? Unvorstellbar und trotzdem vermutlich unausweichlich. Erschöpft setzte ich mich auf die Stufen, die zur Eingangstür hochführten, abwechselnd von Verzweiflung und Wut übermannt. Ich hätte viel früher überlegen müssen, wie sich unsere Kosten reduzieren ließen. Durch Einsparungen bei den aufwendigen Verpackungen etwa oder dadurch, dass ich täglich von Grasse nach Cannes gependelt wäre, statt mir ein teures Appartement zu leisten.

Mir kam eine Idee, die vielleicht die Rettung bringen konnte. Unsere Immobilien in Cannes mussten mittlerweile ein Vermögen wert sein, denn die Stadt hatte sich zu einem beliebten Hotspot entwickelt, seit die Filmfestspiele dort stattfanden. Wenn ich das Appartement und das Ladengeschäft verkaufte, konnte ich vielleicht die Manufaktur, die Felder und mein Zuhause retten. Andererseits würde der Verzicht auf die Boutique an der Croisette unsere Einnahmen schmälern.

Es war ein Teufelskreis, in den ebenfalls Natalie hineingezogen würde. Wie sollte ich ihr das beibringen? Sie arbeitete seit fünfundzwanzig Jahren für uns, besaß einen erlesenen Geschmack, inspirierte mich, wenn mir die Ideen ausgingen, und führte mich umsichtig, wenn ich unsicher war. Sie war eine bessere Mutter für mich, als es meine eigene jemals gewesen war. Und da war noch etwas. Ohne je darüber gesprochen zu haben, wusste ich, dass Natalie und meinen Vater mehr als Freundschaft verbunden hatte. Ich selbst hatte sie einmal in leidenschaftlicher Umarmung im Büro überrascht, es ihnen indes gegönnt und das Geheimnis für mich behalten, weil ich mich freute über sein Glück. Im Gegensatz zu meiner Mutter war Natalie eine Frau, die seine Leidenschaften teilte, die half, seine Träume zum Blühen zu bringen, statt sie zu zertrampeln.

Das Gegenteil erlebte ich, als ich das Haus betrat. Wie erwartet lag Mama weggetreten auf der Chaiselongue, neben sich eine zur Hälfte geleerte Flasche Cognac und ein umgekipptes Glas. Ich nahm beides vom Tisch, wischte ihn ab, räumte ein bisschen auf und schaffte meine Mutter mühsam ins Bett.

Danach gab es nur noch eins zu tun.

Ich holte tief Luft und wählte die Nummer der Bank, um einen Zeitaufschub zu erwirken. Immerhin würde ich bald als die Erfinderin des Prinzessinnenparfüms bekannt sein. Meine ganze Zukunft verband ich in diesem Moment mit der jungen Braut, die gerade den Atlantik überquerte.

Kapitel 24

James

Ein hartnäckiger Nebel und trübes graues Nieselwetter lagen über Pier 84 in Manhattan, als mehrere Hundert Medienvertreter sich im Poolcafé auf dem Sonnendeck der *Constitution* versammelten. Endlich war eine offizielle Pressekonferenz mit der zukünftigen Braut anberaumt, bevor das Schiff mittags ablegte.

Es herrschte nicht gerade die romantische Stimmung, die ich mir vorgestellt hatte, sondern eher eine Faustkampfatmosphäre, in der Fernsehteams, Fotografen und Reporter sich um die besten Plätze balgten und in einem miefigen Dunst aus Tabak und Pomade nach Luft schnappten. Mir war noch übel von einer langen Nacht an der Hotelbar, und die Aussicht, die nächsten acht Tage auf See zu verbringen, war nicht gerade ermunternd.

Als Miss Kelly erschien, drängte die Menge nach vorn, während New Yorker Polizisten ein Spalier bildeten, um die künftige Fürstin vor zu viel Nähe mit dem Plebs, mit uns also, zu schützen. Eine bizarre Szene, die mich an das biblische Teilen des Meeres durch Moses erinnerte.

Der Tumult war mit nichts vergleichbar, was ich bisher erlebt hatte. Jeder versuchte mit lauten Rufen, die Aufmerksamkeit der Hollywooddiva auf sich zu lenken, und schimpfte los, wenn ihm ein anderer in die Quere kam. Neben mir brach eine Rauferei aus, der aufgestaute Frust entlud sich in Stößen und Fausthieben. Bilder von Grace Kellys letzten Tagen in ihrem alten Leben versprachen lukrative Sümmchen, die minderbemittelte Fotografen und Reporter immer brauchen konnten. Da war Rücksichtnahme fehl am Platz, jeder wollte sich in vorderster Linie postieren, um nichts zu verpassen, was die künftige Fürstin sagte, und um die besten Fotos schießen zu können.

Bei diesem Gerangel erwies sich meine Größe als unschätzbarer Vorteil. Was mich bei den Kollegen nicht gerade beliebt machte, denn mit meinem breiten Kreuz versperrte ich ihnen die Sicht und verteidigte mein Revier wie ein Pionier die Landnahme. Fast eine Stunde lang winkte und lächelte Miss Kelly gelassen und geduldig in die Kameras und beantwortete idiotische Reporterfragen. Wie Pingpongbälle flogen Fragen und Antworten hin und her, sodass der armen Frau langsam der Kopf schwirren musste. Zum Glück erwies sie sich als Medienprofi.

»Wir werden die Flitterwochen auf der Yacht des Fürsten verbringen, und außer meinem Pudel und den beiden Hunden meines künftigen Gatten wird uns niemand begleiten.«

»Ja, natürlich liebe ich ihn! Sehr sogar.«

»Nein, ich hatte noch keine Zeit, um mir über die Zukunft meiner Schauspielkarriere Gedanken zu machen. Ich bin viel zu aufgeregt wegen der Hochzeit.«

»Selbstverständlich habe ich ein Geschenk für den Fürsten – nein, was es ist, verrate ich nicht.«

»Natürlich wünschen wir uns eine große Familie, und ja, ich erhalte durch die Heirat die monegassische Staatsangehörigkeit, bleibe aber weiterhin auch amerikanische Staatsbürgerin.«

»Nein, ich werde keine Krone tragen. Vielleicht eine Tiara, hin und wieder.«

Die Bombardierung mit Fragen nahm kein Ende.

»Miss Kelly!«, rief ich laut, als der Moment günstig war, und winkte mit beiden Armen, damit sie mich sah. »Glauben Sie an Liebe auf den ersten Blick?«

Sie drehte sich überrascht zu mir um, und ein Lächeln breitete sich auf ihrem Gesicht aus.

»Sicher glaube ich daran, ganz fest sogar.«

»Heben Sie sich für Ihre Hochzeit auf, Miss Kelly?«, wollte jemand hinter mir wissen und erntete allgemeines Gelächter.

Für eine Frau, die als zugeknöpft galt, als äußerst zurückhaltend, und der es im Gegensatz zu so vielen ihrer publicityhungrigen Schauspielkolleginnen widerstrebte, sich mit der Presse einzulassen, war sie überraschend gesprächig. Allerdings wirkte sie auf mich irgendwie sehr einsam, obwohl sie von Familienmitgliedern und Freunden umringt war.

Ich machte noch ein paar Aufnahmen, dann verließ ich das Gedränge und begab mich auf das darüberliegende Deck, um das Medienspektakel von oben zu beobachten. Es war kein besonders schöner Anblick.

»Bei dem Trubel fragt man sich automatisch, wie man hier nachts seine Ruhe finden soll, nicht wahr?«

Eine Frau war unbemerkt herangekommen, die sich Notizen in einem großen linierten Notizbuch machte. Angestrengt spähte ich möglichst unauffällig zu ihr hinüber, um zu sehen, was da stand.

Beigefarbenes Tweedkostüm. Faltenrock und taillierte geknöpfte Jacke mit Peter-Pan-Kragen, darunter weißer Seidenschal. Weißer Pillbox-Hut mit Schmetterlingsschleife, weiße, halb lange Handschuhe. Schlichter klassischer Kamelhaarmantel und graue Pelzstola über dem Arm beim Betreten des Schiffes. Zeitlose Eleganz. Miss Kellys Markenzeichen. Presse wird unruhig.

»Wetten, dass Sie für eine Modezeitschrift schreiben«, wandte ich mich an die Dame. »Ich nämlich achte selten darauf, was sie anhat. Für mich sind einzig das richtige Licht und der richtige Winkel von Bedeutung. Ferner der Ausdruck in ihren Augen sowie das Lächeln auf diesen dezent geschminkten Lippen.«

Sie streckte ihre Hand zur Begrüßung vor. »Angeline West. Moderedakteurin beim *Herald* und bekennender Grace-Kelly-Fan.« Ihr Händedruck war erstaunlich kraftvoll, fast maskulin. »Wahrscheinlich haben Sie noch nie von unserer Zeitung gehört. Wir sind ein kleines Blatt mit Sitz in Philadelphia. Folglich dürfte Ihnen mein Name völlig unbekannt sein.« Sie lachte. »Das wird sich hoffentlich bald ändern.«

»James Henderson«, erwiderte ich. »Fotograf. Ich arbeite für jeden, der anständig bezahlt. Und Sie werden in nicht allzu langer Zeit berühmt sein?«

»Ich baue darauf, dass die Welle der Begeisterung für die fürstliche Hochzeit mich nach oben trägt, in Verbindung mit einer Serie über den Grace-Kelly-Stil.« Sie seufzte, und ihre Stimme wurde leiser. »Dabei ist er nicht wirklich neu, entspricht im Grunde dem klassischen amerikanischen Collegegirllook. Etwas hausbacken und vorhersehbar, wenn Sie mich fragen, doch wer bin ich, den Modegeschmack einer zukünftigen Fürstin infrage zu stellen? Ich schätze, es gab bis jetzt niemanden, der ihn so charmant zur Geltung gebracht hat.« Sie unterbrach sich und schaute kurz auf ihre Notizen. »Tut mir leid. Ich neige dazu, mich ein wenig zum Überschwang hinreißen zu lassen, wenn es um Grace Kelly geht.«

Ich lachte über ihren Enthusiasmus. »Wer nicht?«

»Und wir sind mittendrin, Mr. Henderson. Am Puls des Geschehens. In greifbarer Nähe von ihr. Wir erleben gerade Geschichte, Jim. Ist es Ihnen recht, wenn ich Sie Jim nenne?«

»Sie haben es soeben getan.« Ich lehnte höflich ab, als sie mir eine Zigarette anbot. »Seit ein paar Monaten rühr ich die Dinger nicht mehr an.«

»Gut für Sie«, murmelte sie, während ich ihr Feuer gab. »Dennoch haben Sie Streichhölzer parat, einfach so für alle Fälle?«

»Reine Gewohnheit. Zudem kommt man auf diese Weise leicht mit anderen ins Gespräch oder lernt jemanden kennen. Genug von mir. Erzählen Sie mir lieber, was eine Moderedakteurin auf diesem Schiff sucht. Abgesehen vom Brautkleid gibt es schließlich nicht viel zu berichten.«

»Leben Sie hinter dem Mond? Grace Kelly ist der Traum jeder Moderedaktion! Ihr Stil ist inzwischen Kult geworden. Erstaunlicherweise wie gesagt.« Sie steckte ihr Notizbuch weg. »Ich verrate Ihnen mal ein pikantes Detail: Die Brautschuhe, eine Anfertigung des New Yorker Designers David Evins, wurden angeblich ausdrücklich mit niedrigem Absatz bestellt, damit Seine Durchlaucht vor dem Altar nicht wie ein Zwerg neben seiner Frau aussieht. Leider erfährt man über das Brautkleid so gut wie gar nichts. Egal, denn ich bin mir ziemlich sicher, dass Helen Rose einen Traum in Weiß geschaffen hat.«

»Helen Rose?«

»Das fragen Sie ernsthaft? Wo leben Sie? Helen Rose ist Miss Kellys Kostümbildnerin bei MGM. Sie hat das Brautkleid entworfen. Sehen Sie, dort unten steht sie. Die Frau in dem gelben Mantel. Oder vielleicht sollte ich besser sagen: in dem cantaloupegelben Mantel.«

»Wie die Melone?«

»Ja. Die Kleider der Brautjungfern haben dieselbe Farbe. Und die jüngere Dame neben ihr ist Virginia Darcy, die für Miss Kellys Haare zuständig ist. Sie arbeitet ebenfalls für MGM. Hoffentlich macht sie nichts zu Ausgefallenes. Eine elegante Hochsteckfrisur wäre dem Ereignis angemessen, denken Sie nicht?«

»Ich habe Mitleid mit dem Pudel«, erwiderte ich, um endlich von dem Modethema wegzukommen, das mich nicht im Geringsten interessierte.

»Oliver war ein Geschenk von Cary Grant, als *Über den Dächern von Nizza* abgedreht war. Es würde mich nicht wundern, wenn er abends Kaviar und morgens Champagner serviert bekommt. Grace liebt ihn abgöttisch, wahrscheinlich mehr als ihren zukünftigen Gemahl.«

»Armer Rainier. Das klingt ziemlich gemein.«

Angeline versetzte mir einen scherzhaften Klaps auf den Arm. »Konzentrieren Sie sich, Jim. Ich bete gerade das ganze *Who's who* herunter. Sehen Sie den übereifrigen Kerl links von Miss Kelly? Den sollten Sie definitiv kennen. Das ist Morgan Hudgins, der Pressechef von MGM. Er hat die Aufgabe, die Braut in Presseangelegenheiten zu unterstützen und zu entscheiden, wer vorgelassen wird und wer nicht. Und er bewacht das Brautkleid. Meinen Quellen zufolge hat er es letzte Nacht mit auf sein Zimmer im Plaza genommen. Das Seidenpapier, in das es eingeschlagen ist, wurde übrigens mit dem Parfüm besprüht, das Grace an ihrem großen Tag benutzen wird. Wir versuchen alle herauszufinden, was für ein Duft das ist – und vor allem, wer ihn hergestellt und geliefert hat.«

Jetzt hatte sie meine volle Aufmerksamkeit. »Wirklich? Warum?«

»Wer immer dieses Parfüm kreiert hat, wird sich damit weltweit einen Namen machen. Hoffentlich ist es nicht eins dieser winzigen Ateliers, deren Kapazität gerade mal für eine Flasche pro Jahr reicht. Jede Frau wird wie Miss Kelly duften wollen. Sie werden sehen.«

O mein Gott, dachte ich. Sophie würde außer sich sein vor Freude und ihr Glück nicht fassen können.

»Tatsächlich habe ich ein ebenso pikantes Detail für Sie, Miss West.«

»Ach ja? Und bitte, nennen Sie mich Angeline. Also, was ist es?«

»Ich weiß, von wem das Parfüm stammt.«

»Was? Woher?« Erneut zog sie ihr Notizbuch hervor und zückte einen Stift. »Ist es von Krigler? Darauf tippen fast alle.«

Ich schüttelte den Kopf. »Nein, es ist nicht von Krigler, sondern von Duval.«

Verwirrt sah sie mich an. »Nie gehört. Wer ist das?«

»Eine kleine Manufaktur, die in Grasse angesiedelt ist. In der Provence, im Hinterland von Cannes. Sophie Duval, die das Unternehmen führt, hat den Duft entwickelt.«

Angeline schrieb eifrig mit. »Ist mir völlig unbekannt. Sind Sie mit ihr verbandelt oder so?«

»Leider nicht«, gab ich lachend zurück.

»Nun, das ist eine ziemliche Sensation, Jim. Können Sie mir mehr darüber erzählen?«

»Kann ich, nur nicht sofort. Es sieht so aus, als würden wir uns zum Ablegen bereit machen.«

Während auf dem Pier Hektik ausbrach und jeder, der nicht mitfuhr, vom Schiff komplimentiert wurde, begleitete ich Angeline unter Deck.

»Und wie sieht Ihr Plan aus, Jim?«, fragte sie. »Wie wollen Sie an Ihre Sensation herankommen?«

Ich schraubte den Deckel auf mein Objektiv. »Was Hollywoodberühmtheiten betrifft, habe ich gelernt, dass es besser ist, sämtliche Pläne über den Haufen zu werfen. Mein einziger Plan für diese Reise besteht darin, nicht seekrank zu werden. Wenn ich heil in Monaco ankomme und ein paar anständige Bilder von der Hochzeit schießen kann, bin ich ein glücklicher Mann.«

Angeline zuckte mit den Achseln. »Sie überraschen mich. Ich habe gehört, dass ungefähr vierhundert Reporter und Fotografen, die sich für die Überfahrt mit Miss Kelly beworben hatten, abgelehnt wurden. Sie hingegen haben einen der Joker gezogen. Nutzen Sie die Gelegenheit, mischen Sie sich unter die Leute, plaudern Sie mit den Brautjungfern. Machen Sie sich an die Vertreter von MGM heran und seien Sie lästig wie eine Schmeißfliege. Schließlich sind wir hier auf einem Schiff, wo man nicht so schnell ausweichen oder sich verstecken kann.« Ein ironisches Lächeln erschien auf ihrem Gesicht. »Ich selbst bin nicht für eine freundliche Art bekannt«, fuhr sie fort, »aber mit Freundlichkeit hat noch nie jemand einen Pulitzerpreis gewonnen.« Sie puderte sich kurz ihre Nase. »Um fünf zum Martini in der Cocktaillounge, falls Sie interessiert sind. Dann können wir auf die Braut und auf eine gute Reise und das alles anstoßen.«

Ohne eine Antwort abzuwarten, wandte sie sich um und entfernte sich.

Zweifellos war Miss West eine kluge und selbstbewusste Person, die wusste, was sie wollte, und es bekam. Vermutlich setzte sie es auf Biegen und Brechen durch und ging dabei womöglich über Leichen. Insofern war sie trotz ihrer Meriten in gewisser Weise abschreckend, wobei sie schätzungsweise genauso gut eine nützliche Verbündete sein konnte. Eben je nach Bedarf.

Als das Schiff die Leinen losmachte und sich langsam in Bewegung setzte, warfen die Passagiere auf dem Oberdeck bunte Luftschlangen über die Reling zu den vielen Schaulustigen hinunter, die den Pier säumten, Arme und Hüte schwenkten und »Alles Gute, Grace« riefen. Sie antwortete mit einem herzlichen Lächeln und winkte mit einem ihrer weißen Handschuhe, die fast so etwas wie ihr Markenzeichen waren. Der Moment hatte etwas Ergreifendes, da uns allen bewusst war, dass sie von weitaus mehr Abschied nahm als von ihren Bewunderern, und unwillkürlich überkam mich das Gefühl, dass diese mutige junge Frau aus Philadelphia deutlich mehr Glück brauchte als die meisten anderen Bräute.

Umhüllt von so dichtem Nebel, dass die Skyline von Manhattan bald nicht mehr zu sehen war und wir die Freiheitsstatue erst gar nicht zu sehen bekamen, steuerten wir den Hudson River hinunter. Insgesamt schien das Wetter die Stimmung zu trüben. Unter den Passagieren herrschte nämlich nicht gerade Feierlaune, vielmehr war allenthalben ein Gefühl der Unsicherheit zu spüren. Ich fragte mich, ob das desgleichen auf Miss Kelly zutraf, die sich in ihre Luxussuite zurückgezogen hatte. Allein mit ihrem Hund und ihren Gedanken. Keiner wusste, ob sie froh war, endlich ihre Ruhe zu haben, oder ob sie sich langweilte und einsam fühlte. Das Einzige, was wir alle, die wir sie auf dieser Reise begleiteten, im Augenblick tun konnten, war, ihr blind in den atlantischen Nebel zu folgen und zu hoffen, dass uns auf der anderen Seite des Ozeans schöneres Wetter erwartete.

Meine Gedanken wanderten zu Sophie. Ob sie an mich dachte, sich auf unser Wiedersehen freute und meine Einladung zum Essen annahm? Manchmal war Vorfreude eben die schönste Freude, stellte ich fest, da alles möglich zu sein schien.

Hier kommt die Braut!

Grace Kelly bricht von New York nach Monaco auf

Angeline West berichtet für den *Herald*

April 1956

Heute Mittag um kurz nach zwölf sagte Grace Kelly ihrem geliebten Amerika ein majestätisches Lebewohl und begann ihre Reise nach Monaco auf der *SS Constitution*. Mit ihr an Bord waren ihre Familie und ein beeindruckendes Aufgebot an Gästen, darunter Freunde und Kollegen aus der Welt des Showbiz und nicht zu vergessen ihr kostbarer Vierbeiner Oliver.

Eine Stunde vor der Abfahrt beantwortete sie geduldig die Fragen der Weltpresse, die sich auf dem Schiff versammelt hatte, um den Hollywoodstar zu verabschieden.

Das Gedränge von Hunderten Reportern, Fotografen und Kameraleuten nahm schnell aggressive Züge an, sodass Miss Kellys Sprecher drohte, die Pressekonferenz abzubrechen, wenn die Meute nicht zurückweiche und »dieser Lady hier etwas Luft gebe«. Die blonde Schauspielerin begegnete dem wilden Treiben mit ihrer üblichen würdevollen Gelassenheit – nicht umsonst wird sie bisweilen die Eiskönigin genannt –, erklärte sogar, sie fühle sich geschmeichelt von der Aufmerksamkeit, bat jedoch darum, dass die Zeitungsleute mehr Rücksicht aufeinander nehmen sollten.

Gegen Ende bekam die Sechsundzwanzigjährige leicht feuchte Augen und bekannte, dass sie traurig sei, ihre Heimat zu verlassen, wenngleich sie sich wie jede Braut sehr auf ihren großen Tag freue.

Es heißt, Miss Kellys Gepäck umfasse etwa zwanzig Hutschachteln und eine beeindruckende Auswahl an Kleidern und Kostümen für die Galaveranstaltungen und Empfänge vor der Hochzeit, ganz zu schweigen von ihrer Ausstattung für die siebenwöchige Kreuzfahrt im Mittelmeer, die sich direkt an die Feierlichkeiten anschließen wird. Beige- und Naturtöne, Miss Kellys Lieblingsfarben, sollen in ihren Koffern neben glamourösem Pastell für den Abend dominieren. Außerdem hat sie neun Kleider und Roben aus ihrem Film *Die oberen Zehntausend* dabei, die ihr die MGM-Studios geschenkt haben. Das meistdiskutierte Kleidungsstück an Bord aber ist das Hochzeitskleid, von dem wir nicht mehr wissen, als dass es in Seidenpapier eingeschlagen ist, das mit einem exklusiv für Miss Kelly entworfenen Duft parfümiert wurde.

Und wer steckt hinter diesem besonderen Parfüm, werden Sie fragen? Es ist die Manufaktur Duval aus dem südfranzösischen Grasse. Eine bislang unbekannte Marke, wobei ich davon ausgehe, dass Parfümeurin Sophie Duval sich bald einer hohen Nachfrage erfreuen wird.

Beim Ablegen des Schiffes winkte Miss Kelly an der Seite ihrer Eltern von der Reling aus den jubelnden Menschen auf dem Pier zu. Kurz darauf sah man sie für einen seltenen Moment allein dastehen, und fragte sich, welche Gedanken ihr durch den Kopf gingen, als ihre Heimat hinter einer Nebelwand verschwand. Man kann bloß hoffen, dass sie auf der anderen Seite des Atlantiks eine glückliche Zukunft erwartet.

Die *Constitution* mit ihren rund achthundertfünfzig Passagieren an Bord hat inzwischen Kurs auf die Straße von Gibraltar genommen und wird, nachdem sie die fahrplanmäßigen Häfen Algeciras und Cannes angelaufen hat, bei einem außerplanmäßigen Zwischenstopp am 12. April Monaco erreichen, wo das Schiff von der Yacht des Fürsten auf Reede in Empfang genommen wird, bevor es weiterfährt nach Genua und Neapel.

Ein wahr gewordenes Märchen, falls es jemals eins gab.

Kapitel 25

Sophie

Nach dem gefürchteten Anruf bei der Bank ging alles recht schnell. Ich hatte dem zuständigen Sachbearbeiter von meinem Auftrag für Grace Kelly erzählt, woraufhin mir eine Frist bis zum Ende des Monats gewährt wurde. Kein Vergleich mit dem Auftritt vor einem halben Jahr, als er mit einem Gutachter in unsere Immobilien eingefallen und mit ihm über die Felder gestreift war, um den Firmenwert festzustellen. Zwar war die Schätzung von mir in Auftrag gegeben worden, aber die wenig rücksichtsvolle Vorgehensweise hatte ich als Kränkung empfunden.

Später dann, als ich die Auswertung erhielt, überstieg es geradezu mein Vorstellungsvermögen, wie viel unser Besitz wert war. Plötzlich war sonnenklar, warum Michael Lever so auf einen Verkauf drängte: Selbst wenn er viel Geld hinlegen musste, würde er am Ende das Doppelt- und Dreifache als Gewinn einstreichen. Ihm diesen Gefallen zu tun, dazu war ich nicht bereit. Stattdessen würde ich mich zuerst von der Boutique und dem Appartement in Cannes trennen und mich mit dem Erlös über Wasser halten, bis sich der Verkauf des Hochzeitsparfüms auswirkte.

Ich klemmte meine Handtasche unter den Arm und steuerte auf Luciens Yacht im Hafen zu, während mir das Herz bis zum

Hals schlug. Wenngleich es mir widerstrebte, brauchte ich seine Unterstützung beim Verkauf der Immobilien und hatte deshalb nicht gezögert, als er mich zu einem Lunch auf seine Yacht einlud. Vielleicht würden wir sogar ein Stück hinaussegeln, und ich konnte an der frischen Meeresluft meinen Kopf freibekommen. Routine und Vertrautheit waren jetzt, wo mich ständig ein Gefühlswirrwarr aus der Bahn warf, wichtig für mich. Überdies traute ich es mir nicht zu, die zahlreichen Angebote, die bereits reingekommen waren, kompetent zu beurteilen. »Lucien? C'est moi.«

Als ich vom Kai aus nach ihm rief, erschien er an Deck in einem blassvioletten Strickpullover und einer taubengrauen Hose, attraktiv wie eh und je. Bei seinem Anblick brach ich prompt in Tränen aus.

»O Sophie.« Er kam mit ausgebreiteten Armen auf mich zu und drückte mich an sich.

Erleichtert ließ ich mich in seine Arme fallen. In diesem Moment brauchte ich seinen Trost ebenso wie seine Hilfe und vergaß vorübergehend, dass es zwischen uns nicht mehr sonderlich lief. Vielleicht sehnte ich mich sogar danach, dass alles wieder würde wie früher. Ich, von Luciens Armen umschlungen, an einem kühlen Frühlingstag.

Unter Deck setzte ich mich an die Küchentheke, streifte meine Ballerinas ab und brachte ihn auf den neuesten Stand der Dinge, ermutigt von einem starken Martini.

»Übrigens habe ich ein paar Ideen für den Flakon von *Cœur de Princesse* skizziert. Wirf mal einen Blick darauf«, schloss ich meinen Bericht und kramte in meiner Handtasche herum.

Lucien lachte leise, küsste mich auf die Stirn und ging auf die andere Seite des Tresens, ohne meine Skizzen eines Blickes zu würdigen. Stattdessen begann er, jeweils einen Schuss von diesem und jenem in den Cocktailshaker zu kippen, und schüttelte ihn dann so kräftig, dass die Eiswürfel im Innern geräuschvoll klirrten.

»Sobald du einen Teil deiner Schulden abbezahlt hast, wirst du dich besser fühlen«, sagte er. »Du wirst sehen. Und danach können wir uns darüber unterhalten, was der nächste Schritt sein wird.«

»Ich bin so froh, dass Papa das nicht mehr miterlebt. Es würde ihm furchtbar nahegehen.«

Lucien brachte mir meinen Drink. »Er hätte nie gewollt, dass eine derart große Last auf deinen Schultern ruht, sondern würde dir Sicherheit und Stabilität wünschen und bestimmt dasselbe tun – alles verkaufen und sich mit Stil zur Ruhe setzen.«

Empört leerte ich das Glas in einem Zug. »Nein, er würde sich nicht zur Ruhe setzen. Die Parfümherstellung ist nicht wie das Bank- oder Immobiliengeschäft, Lucien. Man hört nicht einfach damit auf und geht stattdessen Tennis spielen. Es ist Teil deiner Seele, es macht dich zu dem, was du bist. Neben der Sprache sind Parfüms und ihr individueller Duft für mich eine Art, um mich auszudrücken. Ohne sie habe ich wenig zu sagen.«

»Das ist nicht wahr«, widersprach er, während er eine Wurst- und Käseplatte sowie Brot auf den Tresen stellte. »Du identifizierst dich zu sehr mit seiner Arbeit und übernimmst zu schnell seine Denkweise, ohne sie auf den Prüfstand zu stellen.«

»Nein«, protestierte ich. »Nicht alles ist allein seine Arbeit, sonst würde ich ja nichts Neues entwickeln«, wandte ich ein. »Also geht es auch nicht vorrangig darum, was mein Vater hinterlassen hat, sondern mehr um das, was ich eingebracht habe, seit er gestorben ist. Es geht um *meine* Ideen, *meine* Inspirationen. Ich weiß nicht, wie ich dir das begreiflich machen soll.«

»Lass uns über etwas anderes reden, einverstanden?« Lucien glitt auf den Barhocker neben mir. »Vielleicht über ein vergnüglicheres Thema?« Er gab mir einen Kuss auf die Nase. »Mein

Vater hat wieder ein dickes Geschäft abgeschlossen und ein Landgut in der Toskana gekauft, für gesellschaftliche Anlässe. Ich finde, das ist einen Toast wert. Vielleicht übernehmen wir die Villa ja eines Tages und leben dort.« Er erhob sein Glas und prostete mir zu. »Natürlich müssten wir unsere Verbindung zuerst legalisieren.«

»Ist das etwa ein Heiratsantrag?«, erkundigte ich mich unsicher.

»Nein, du unterschätzt mich.« Er küsste die Innenseite meiner Hand. »Einen Heiratsantrag von mir würdest du nie vergessen.«

Mir wurde unbehaglich bei der Vorstellung, Lucien zu heiraten, überhaupt zu heiraten, und so kehrte ich rasch zu meinem Hauptanliegen zurück.

»Du könntest es dir leisten, alle meine Schulden zu übernehmen. Meine Bankkredite. Ich kann … Nun, ich kann dir alles zurückzahlen, sobald das Geschäft mit meiner neuen Linie richtig anläuft«, beschwor ich ihn, den letzten Rest meines Stolzes über Bord werfend. »Die Hochzeit von Grace Kelly wird unseren Namen auf einen Schlag berühmt machen und unseren Umsatz in die Höhe treiben.«

Er runzelte die Stirn. »Vielleicht, vielleicht nicht. Im Übrigen geht es mir nicht darum, dass du mir das Geld zurückzahlst. Das hat nie eine Rolle gespielt. Für mich zählt allein, ob eine weitere Investition in die Firma Duval lohnt. Was nur der Fall wäre, wenn du den Veränderungen auf dem Markt standhalten könntest – und das, mon amour, kannst du nicht. Dass die Firma einen guten Ruf hat, ist nicht genug. Ihr fehlt die Größe und Bekanntheit von Chanel, Molinard oder Givenchy, an die du niemals heranreichen wirst. Selbst wenn ich deine Schulden übernehmen oder dir dein Land abkaufen würde, wärst du bald wieder in den roten Zahlen. Das wissen wir beide, Chérie.

Mal ganz davon abgesehen, würde ich die Zustimmung meines Vaters brauchen, dem unser Unternehmen nach wie vor gehört, und der würde es niemals befürworten, eine umsatzschwache kleine Parfümmanufaktur zu retten.«

Seine Worte versetzten mir einen heftigen Stich, verletzten mich.

»Das ist der Grund, warum du es einfach nicht verstehst. Es ist nie *dein* Geld. Du erschaffst nichts Eigenes, nichts, was von hier kommt.« Ich deutete auf mein Herz. »Wo bleibt deine Leidenschaft, Lucien? Was hast du zu bieten außer deinem Charme und deinem topgestylten Äußeren? Nichts, was zählt, und letztlich schmückst du dich mit fremden Federn.«

Lucien sah mich an, als hätte ich ihn geohrfeigt. Es verging ein Moment, bevor er mit leiser, ruhiger Stimme zu sprechen begann.

»Ich werde das überhören, weil du gerade ziemlich aufgebracht bist. Geh lieber nach Hause und ruh dich aus. Morgen schau ich nach dir.«

»Spar dir die Mühe«, giftete ich ihn an. »Ich habe zu tun.«

»Hör mit dem Unsinn auf, Sophie. Du weißt, dass ich mir nichts anderes wünsche, als dass du glücklich bist.«

Und wie genau sah mein Glück seiner Vorstellung nach aus?, dachte ich verbittert und fühlte mich einmal mehr völlig unverstanden. Dass ich eine Familie gründete und auf irgendeinem weitläufigen Anwesen in der Toskana die pflichtbewusste Ehefrau mimte? Dass ich ihn entscheiden ließ, was geschäftlich sinnvoll war und was nicht, selbst wenn es bedeutete, dabei einen Teil meiner Persönlichkeit und meiner Seele zu zerstören? Bevor ich ganz ausrastete, stürmte ich aus dem geräumigen Wohnbereich der Segelyacht und verließ das Schiff.

Am Ufer wehte mir ein frischer Wind entgegen.

Es stimmte, die Herznote verweilte länger als die Kopfnote,

wobei sie ebenfalls nicht ewig hielt, sodass am Ende allein die Basisnote zurückblieb, das Fundament. Und das war für mich meine Manufaktur.

Ich warf Kieselsteine ins Wasser und stellte mir die *SS Constitution* vor, mit Grace Kellys Hochzeitskleid an Bord, das nach meinem Parfüm roch. Und dann dachte ich an James, der mir mit seinen heiter-witzigen Briefen und ermutigenden Worten geholfen hatte, in diesen schwierigen letzten Monaten nicht unterzugehen, während andere mir lieber beim Ertrinken zusehen wollten. Nach einem letzten tiefen Durchatmen wandte ich mich schließlich in Richtung Croisette, um mich wieder meinen Pflichten zu widmen.

Am nächsten Morgen wachte ich mit einem schweren Kopf und verquollenen Augen auf. Kaum war die Erinnerung an gestern zurückgekehrt, stöhnte ich leise auf. Es war ein Fehler gewesen, mich an Lucien zu wenden, eine schlechte Idee. Nicht umsonst hieß es, dass man Berufliches und Privates nicht vermischen sollte. Seine abfälligen Kommentare hätte er sich dennoch sparen sollen, die waren einfach gemein. Und dann diese Anspielung auf eine Heirat! Mir wurde jetzt noch ganz anders, wenn ich daran dachte. Träge glitt ich aus dem Bett, um mich auf einen neuen Tag vorzubereiten.

Heute musste ich mich auf einen Flakon für *Cœur de Princesse* festlegen und neue Visitenkarten bestellen, die ich großzügig unters Volk bringen wollte. Ich freute mich nicht gerade darauf – bis zur Erschöpfung Werbung für Duval zu machen war nicht unbedingt meine Lieblingsbeschäftigung. Lieber hielt ich mich damit auf, mit der Zusammensetzung für neue Düfte zu experimentieren. Wenigstens hatte ich Grund, mich auf etwas anderes zu freuen.

In weniger als einer Woche würde ich in Monaco sein, im

Zentrum der Hochzeitsfeierlichkeiten, und mein Parfüm würde mit der Braut durch das Mittelschiff der Kathedrale zum Altar schweben. Darüber hinaus würde in weniger als einer Woche James in Monaco eintreffen. Ein Gedanke, bei dem mein Herz einen Purzelbaum schlug. Überhaupt James: Immer wieder ermahnte ich mich, nicht so oft an ihn zu denken, doch ich konnte nicht anders. Ich mochte ihn, mochte ihn sehr. Viel zu sehr. So sehr, dass ich beschlossen hatte, zu dem Treffen im Rampoldi zu gehen. Was konnte es schon schaden? Und ich bedauerte, dass nicht er, sondern Lucien mich zu den Hochzeitsfeierlichkeiten begleitete.

»Warum seufzt du, Liebes?«, erkundigte Natalie sich und stellte frische Blumen in die Vase auf meinem Schreibtisch. Als ich keine Antwort gab, hob sie mein Kinn leicht an, um mir in die Augen zu sehen. »Nun?«

In diesem Augenblick brachen die Schutzwälle in meinem Innern.

»Ich kann nicht aufhören, an James zu denken«, flüsterte ich und ließ mich auf meinen Stuhl sinken. »So. Nun weißt du es.«

»Er ist ein toller Mann, Sophie, talentiert und klug, und ich glaube, dass sich unter seiner rauen Schale ein ziemlich weicher Kern versteckt. Wo also ist das Problem?«

Ich senkte den Blick auf meine Hände. »Und was ist mit Lucien? Seinetwegen habe ich ein schrecklich schlechtes Gewissen.«

»Musst du nicht.« Resolut pflanzte Natalie sich vor mir auf. »Zum einen bist du mit Lucien weder verlobt noch verheiratet, zum anderen bist du eine selbstbestimmte Frau. Falls dich trotzdem dein Gewissen plagt, wäre es vielleicht an der Zeit, ein paar Entscheidungen zu treffen und endlich deinem Herzen zu folgen.«

»Was um alles in der Welt soll ich Lucien denn sagen? Er ist mein offizieller Begleiter in Monaco.«

»Nichts«, antwortete sie und verschränkte ihre Arme. »Kein Wort zu ihm, solange du dir über deine Gefühle nicht hundertprozentig im Klaren bist.«

Ich kaute auf meiner Unterlippe. »Mein großes Problem mit Lucien besteht darin, dass er nicht an mich glaubt, mir nichts zutraut und gewissermaßen immer auf mich herabschaut. Erst gestern sind wir wieder im Streit auseinandergegangen.«

Bevor ich ihr erzählen konnte, um was es gegangen war, umfasste sie meine Hände.

»Du musst deinem Herzen folgen. Falls du dir mit Lucien unsicher bist, darfst du dieses Gefühl nicht einfach ignorieren, weil es dir Angst macht. Du würdest es später irgendwann bereuen.«

Womöglich bereute ich es bereits jetzt. Wenn ich an die vergangenen Jahre mit Lucien zurückdachte, fiel mir wenig Harmonisches ein. Unsere Beziehung war seit Anbeginn von Unterschieden geprägt gewesen, die wir uns schöngeredet hatten. Dass Gegensätze sich anziehen, dass sie das Zusammenleben bereichern und dergleichen. Alles Unsinn. Ich hatte ja Lucien nicht einmal zu leidenschaftlicher Hingabe mir gegenüber inspirieren können. Ganz anders James: Genau das spürte ich bei ihm, obwohl zwischen uns so gut wie nichts passiert war.

Ich zupfte einen Fussel von meiner Bluse. »Natalie, kann ich dich etwas fragen … Du und Papa, wart ihr …?«

»Ja, das waren wir. Ich habe deinen Vater sehr geliebt«, antwortete sie schlicht.

»Und er hat dich geliebt?«

Sie nickte, ihr Blick wurde abwesend. »Sophie, ich kenne deine Mutter … Es tut mir leid, dass …«

Energisch schüttelte ich den Kopf. »Um Himmels willen, es muss dir nicht leidtun, dass du ihn so geliebt hast, wie er es verdient hatte. Er und Mama hätten nie heiraten dürfen. Selbst nach seinem Tod hat sie kein gutes Wort für ihn gefunden oder für das, was er ihr alles gegeben hat. Mich inbegriffen.«

»Sie liebt dich auf ihre Art.« Natalie strich mir liebevoll übers Haar. »Sie versucht, ein seelisches Problem mit Alkohol zu kurieren. Das kann nicht funktionieren, und solange sie das nicht erkennt, wird sie bleiben, wie sie ist. Verbittert und einsam.«

»Und betrunken.«

Natalie zog mich in ihre Arme. »Wir müssen das Glück mit beiden Händen greifen und gut festhalten, wenn es uns begegnet.« Sie hauchte mir einen Kuss auf die Stirn. »Denk nicht zu viel nach, folg deinem Instinkt. Er wird dich schon richtig leiten.«

Mein Herz fühlte sich ein wenig leichter an, nachdem ich mich Natalie anvertraut hatte, aber ich kam mir noch immer vor wie eine Trapezkünstlerin, die auf einem schmalen Seil zwischen Erfolg und Misserfolg, zwischen Glück und Unglück balancierte.

Seufzend griff ich nach meiner Handtasche. »Ich schätze, wir sollten uns an die Arbeit machen. Sag mir, was du von meinen Flakonentwürfen hältst.«

Ich suchte in meiner Tasche nach meinem Journal mit den Skizzen, es war nicht da. Stirnrunzelnd durchwühlte ich die ganze Tasche. Wo hatte ich es hingetan? Suchend sah ich mich im Büro um.

»Natalie, hast du zufällig Papas Journal des Fleurs gesehen? Ich bin mir sicher, dass ich es heute Morgen mitgenommen habe.«

Als ich es nirgendwo entdeckte, ging ich in mein Appartement und suchte dort. Das alte Notizbuch blieb verschwunden, selbst in den Küchenschränken und zwischen Kissen und Decken hatte ich nachgeschaut. Unruhe machte sich in mir breit.

Zurück in der Boutique, startete ich eine neue Suchaktion, bei der ich in jeden Winkel und jeder Ecke nachschaute, in allen Schubladen und zwischen allen Geschäftsunterlagen, die noch offen in Ablagekästen lagen. Während die Minuten verstrichen, stieg Panik in mir auf. Unsere kostbaren Formeln! Wo hatte ich das Journal zuletzt gesehen?

Plötzlich dämmerte es mir.

Ich griff nach meinem Schlüsselbund und machte mich auf den Weg zum Yachthafen, wo Luciens Segelboot lag, dabei im Kopf den Ablauf meines gestrigen Besuchs rekapitulierend. Ich hatte das Journal herausgezogen, um ihm meine Entwürfe für neue Flakons zu zeigen. Vielleicht war es vom Tresen gefallen. Trotz meiner unbequemen Stöckelschuhe begann ich schneller zu laufen und ignorierte die Schmerzen in meinen Füßen, in meinen Ohren spürte ich meinen Herzschlag. Als ich das Boot erreichte, war ich völlig außer Atem, und meine Bluse war durchgeschwitzt.

Ich stieg über die Strickleiter an Deck und klopfte energisch an die Kabinentür. Niemand reagierte. Wieder und wieder hämmerte ich dagegen, immer vergeblich. Mon Dieu, wo zum Teufel steckte der Mistkerl? Ausgerechnet jetzt, wo ich ihn dringend brauchte, glänzte er durch Abwesenheit. Am Ende verschaffte ich mir mit dem Zweitschlüssel Zugang, den Lucien mir gegeben hatte und den ich höchst selten benutzte.

Drinnen empfing mich der Geruch nach Leder, kühlem Metall und Luciens Eau de Toilette. Hektisch suchte ich die komplette Kajüte einschließlich sämtlicher Schränke und Schubladen ab, kniete mich auf den Boden, spähte unter das Sofa und die Sessel. Nichts. Ich erinnerte mich genau, dass ich es wegen der Flakons aus meiner Tasche geholt hatte, hingegen wusste ich nicht mehr, ob ich es später wieder eingesteckt oder in meiner Verärgerung hatte liegen lassen. In dem Fall musste Lucien es an sich genommen haben, in der Kajüte jedenfalls befand es sich definitiv nicht.

Mir wurde ganz schlecht vor Sorge, und ich schickte ein inständiges Stoßgebet zum Himmel, dass das Journal bald irgendwo auftauchte, denn die Alternative war zu schrecklich, um sie in Betracht zu ziehen: Ich hätte dann nicht bloß die Formeln von *Cœur de Princesse* und den beiden anderen neuen Düften verloren, sondern zudem einen Teil meiner Familiengeschichte und das letzte Stück, das mir von Papa geblieben war.

Kapitel 26

James

Seit die amerikanische Küste weit hinter uns lag, war alles, was man sehen konnte, der graue Atlantik. Ich war nicht gerade ein großer Freund von Wasser, teilweise bedingt durch eine ziemlich ungesunde Besessenheit vom Schicksal der *Titanic,* und darum war ich froh, als wir zur obligatorischen Rettungsübung gerufen wurden.

Eddie O'Reilly, ein mürrischer Zeitgenosse irisch-amerikanischer Abstammung, einer von dreien, mit denen ich die Kabine teilte, und der aussah, als würde er zu oft in ein Whiskyglas schauen, begleitete mich an Deck. Er amüsierte sich köstlich über meine Versuche, meine langen Gliedmaßen so zu arrangieren, dass sie in das reichlich kurze Etagenbett passten.

»Hundert Pressefotografen auf einem Haufen, und der Ärger ist vorprogrammiert«, unkte er, während wir die endlosen Gänge durchquerten und Treppen hochstiegen. »Quetscht man die alle noch dazu auf ein Schiff, das den Atlantik überquert, dann vermag niemand mehr zu sagen, was passieren wird.«

»Was meinst du damit?«, fragte ich und zog den Kopf ein, um durch eine niedrige Tür zu gehen.

»Ich meine damit, dass hier die Hölle losbricht, wenn der alte Kelly sein Töchterchen nicht endlich mal wieder vor die Presse lässt. Wir sind alle scharf auf neues Material, und die geben uns, vorerst jedenfalls, *nichts.*«

Als wir an unserer Sammelstelle eintrafen, sah ich zu meiner Überraschung, dass sich dort auch der Kelly-Clan eingefunden hatte, von dem ich gedacht hatte, er werde von solchen Dingen verschont bleiben. Es war ungemütlich auf dem Deck, wo uns ein kalter Wind so heftig um die Ohren blies, dass jeder sich danach sehnte, so schnell wie möglich wieder ins Warme zu kommen.

»Wenigstens kriegen wir hier ein paar Bilder von ihr«, murmelte ich und rieb meine Hände, bevor ich meine Kamera einstellte.

Eddie hingegen zeigte sich unbeeindruckt. »Wer will schon die schönste Frau der Welt in einer hässlichen Rettungsweste sehen, eingeschnürt wie ein Weihnachtstruthahn?«

Er hatte nicht unrecht. Selbst die bezaubernde Grace Kelly würde in einem grellen orangefarbenen Nylon nicht glänzen. Egal, ich beschloss, es drauf ankommen zu lassen, um nicht am Ende ein weiteres Mal mit leeren Händen vor Sanders zu stehen.

Als die Rettungsübung beendet war und wir die Erlaubnis erhielten, ein paar Aufnahmen zu schießen, erschrak Miss Kellys Pudel dermaßen vor dem Blitzlichtgewitter, dass er sich freistrampelte, von ihrem Arm sprang und über das Deck davonrannte. Sein Frauchen stieß einen spitzen Schrei aus und lief ihm hinterher. Während alle anderen herumstanden und dem Schauspiel grinsend zusahen, stürmte ich los, um ebenfalls die Verfolgung aufzunehmen, und tatsächlich gelang es mir, den Hund mit einem beeindruckenden Hechtsprung zu erwischen.

»Ich danke Ihnen vielmals«, sagte Miss Kelly atemlos, als ich ihr den Pudel, der auf der Stelle ihr Gesicht abschleckte, in den Arm drückte. »Oliver ist so ein Lieber. Nicht wahr, mein Schatz?

O ja, ganz lieb bist du!« Nach dieser Schmuseeinlage richtete sie ihre Aufmerksamkeit erneut auf mich. »Danke. Ich hätte es nicht ertragen, wenn ihm etwas zugestoßen wäre.«

»Gern geschehen«, erwiderte ich und rückte meinen Hut und meine Jacke zurecht. »Das war mein erster Tackle seit Jahren, denn ich habe seit einer Ewigkeit nicht mehr American Football gespielt und bin, ehrlich gesagt, sehr zufrieden, dass ich es noch kann.«

»Sie waren sehr, sehr schnell, alle Achtung!«

Die Leinwandgöttin lächelte mich an auf eine Art, die mir bewusst machte, was für ein Glück dieser Rainier hatte. Jeden Morgen nach dem Aufwachen von diesem Lächeln begrüßt zu werden ... von diesem Gesicht und von diesen Augen ... Es kostete mich meine ganze Selbstbeherrschung, die Kamera nicht auf sie zu richten und abzudrücken.

»Oh, Ihre Hose ist zerrissen«, kam von ihr eine höchst profane Feststellung. »Hoffentlich haben Sie sich nicht verletzt.«

Ich klopfte mich von oben bis unten ab. »Nichts passiert. Im Übrigen opfere ich lieber eine Hose als Ihr Glück, Miss Kelly«, sagte ich pathetisch und fand das selbst reichlich übertrieben. Das klang ja fast so, als wollte ich mich bei ihr einschleimen.

»Schätzungsweise muss jeder von uns manchmal Opfer bringen«, erwiderte sie, und ihr Lächeln verblasste. Mit einem Mal schien sie in Gedanken ganz woanders als auf dem Deck der *SS Constitution* zu sein. »Wir kennen uns, nicht wahr? Haben wir uns nicht in Monaco getroffen? Im Palast? Ja, das haben wir.«

Angesichts der Unmenge von Reportern und Fotografen, denen sie in letzter Zeit begegnet war, staunte ich, dass sie sich an mich erinnerte – und war zugleich erleichtert, dass sie mich nicht mit Cannes und der Verfolgungsjagd in Verbindung brachte oder dass sie so gnädig war, es nicht zu erwähnen.

Ich streckte ihr meine Hand entgegen. »Das ist richtig. James

Henderson. Jim für meine Freunde. Henderson für meine Feinde.«

Ihr Händedruck war überraschend kräftig. »Von denen es bestimmt nicht viele gibt.«

»Sie würden staunen«, gab ich zurück, woraufhin Miss Kelly ein glockenhelles Lachen hören ließ.

»Dann waren Sie also dabei, als ich Rainier kennenlernte, und nun fahren Sie mit mir zu unserer Vermählung! Erinnern Sie sich noch an das schreckliche Taftkleid, das ich bei diesem ersten Treffen anhatte?« Sie schüttelte den Kopf und setzte eine leicht verlegene Miene auf. »Der Fürst muss sehr verliebt gewesen sein, wenn ihn meine Aufmachung an jenem Tag nicht abgeschreckt hat.«

»Liebe macht blind, Miss Kelly. Außerdem sahen Sie absolut zauberhaft aus. Wie immer.«

Wieder dieses helle, kristallklare Lachen.

»Und Sie haben mir die Visitenkarte gegeben, richtig? Von der Parfümerie Duval.«

»Ja. Sophie ist eine Freundin von mir.«

Als der Name fiel, strahlte sie. »Sie sind mit ihr befreundet? Das ist ja wundervoll! Das Parfüm, das sie für mich entwickelt hat, ist wirklich exquisit, einfach vollkommen. Es heißt *Cœur de Princesse.*«

Prompt stand mir das Bild von Sophie vor Augen, wie sie sich in ihrem Labor in Grasse über ihre Glaskolben und Mixturen gebeugt hatte, und meinte das Aroma von Vanille, Moschus und Orangenblüten sowie den zarten Duft von Teerosen zu riechen, der damals in ihren Haaren gehangen hatte, als würden sie dort blühen.

»Leider haben wir uns länger nicht gesehen«, erklärte ich, da ich mit meiner Freundschaft zu Sophie, die schließlich am seidenen Faden hing, nicht zu dick auftragen wollte. »Komplizierte Umstände. Lange Geschichte. Ich hoffe, dass ich sie in Monaco treffe.«

Sie überlegte kurz. »Nun, das ist wunderbar. Wie lautet Ihre Kabinennummer, Jim?«

»Hundertsechsundfünfzig. Nicht gerade das Zwischendeck, dennoch würde ich meine Chancen eher gering einschätzen, sollten wir wie weiland die unsinkbare *Titanic* mit einem Eisberg kollidieren.«

»Dann wollen wir hoffen, dass es nicht dazu kommt«, schmunzelte Grace Kelly. »Ich werde Ihnen ein Päckchen vorbeischicken, das Sie bitte Sophie geben. Es ist ein kleines Dankeschön, das ich ihr gerne persönlich überreicht hätte, aber ich fürchte, dass ich dafür keine Zeit finden werde. Es dürfte nach meiner Ankunft in Monaco alles ziemlich hektisch werden.«

»Betrachten Sie es als erledigt.«

Gerade wollte sie sich entfernen, blieb jedoch noch einmal stehen und schenkte mir ein Lächeln, das heller strahlte als Sonne und Mond.

»Würden Sie uns vielleicht zum Aperitif Gesellschaft leisten, Jim? Halb acht oben in der ersten Klasse. Oliver und ich möchten uns bedanken.«

Ohne meine Antwort abzuwarten, ging sie lächelnd davon. Prinzessinnen konnten sich das leisten. Und Fürstinnen erst recht.

Kapitel 27

Sophie

Obwohl ich zwei Tage lang überall gesucht und bei Kunden nachgefragt hatte, die uns an dem Tag, als das Journal verschwunden war, in der Boutique besucht hatten, blieb es unauffindbar.

Natürlich hatte ich in erster Linie Lucien darauf angesprochen, aber er verneinte kategorisch, es gesehen zu haben. Es schien sich einfach in Luft aufgelöst zu haben. Trauer übermannte mich, dass Papas kostbare Aufzeichnungen fort waren. Vielleicht für immer verloren. Zum Glück hatte ich die Formeln übertragen und sicher verwahrt, doch das ersetzte nicht seine handschriftlichen Notizen, aus denen er gewissermaßen zu mir sprach.

Total niedergeschlagen und unfähig, mich auf meine Arbeit zu konzentrieren, fuhr ich nach Grasse. Am liebsten hätte ich mich mit Madame Clouet in das kleine Kino dort verzogen, um mich in einer Fantasiewelt zu verlieren, stattdessen ging ich pflichtbewusst nach Hause und sah nach meiner Mutter. Als ich die Haustür öffnete, wehten die letzten Takte von *L'Homme et l'Enfant* vom Plattenspieler herüber.

»Bin wieder da!«, rief ich und legte meine Schlüssel in der Diele ab.

»Wo warst du die ganze Zeit?«, zischte Mama und sah mich

mit zusammengekniffenen Augen böse an. »Ich habe seit Tagen nichts von dir gehört.«

»Du weißt, dass bald die Hauptsaison beginnt«, erwiderte ich. »Ich komme so oft, wie es mir möglich ist.«

Sooft ich dich ertragen kann, fügte ich im Stillen hinzu.

Um weitere Diskussionen zu vermeiden, ging ich hinüber in die angrenzende Küche, öffnete den Kühlschrank und fand darin Käse und kaltes Hühnchen. Dann brach ich ein großes Stück von dem Baguette ab, das auf der Anrichte lag, und trug alles hinüber zum Esstisch.

»Hast du schon gegessen?«, fragte ich, als sie sich zu mir an den Tisch setzte. Ich wusste nie, was ich mit ihr reden sollte. Manchmal kam es mir vor, als würde ich mit einer Fremden unter einem Dach leben, noch dazu mit einer Fremden, die ich nicht besonders mochte.

Sie winkte ab. »Ich habe keinen Hunger.«

Im Grunde hatte sie den nie. Alles, wonach sie hungerte, war der nächste Drink.

»Du bist so still. Was ist los?«, erkundigte sie sich und sah mich von der Seite an.

»Nichts«, murmelte ich mit vollem Mund.

Es widerstrebte mir, ihr von dem verlorenen Journal zu erzählen. Im Geiste hörte ich bereits ihre abgedroschene Moralpredigt über Verantwortung und Gedankenlosigkeit, und das konnte ich mir weiß Gott sparen. Vor allem wenn derartige Vorhaltungen von einer Frau kamen, die ihr Leben lang nicht das geringste Verantwortungsbewusstsein an den Tag gelegt hatte.

»Deine neue Duftlinie wird uns nur noch tiefer in die Schulden treiben«, lamentierte sie und verschüttete in ihrem Groll etwas von ihrem kostbaren Cognac. »Warum ziehst du nicht endlich in Erwägung, das Land zu verkaufen, dann könnten wir ein komfortables Leben führen.«

»Mama, ich versuche gerade, unsere Firma zu retten, die Basis unseres Lebensunterhalts. Papas Vermächtnis. All das interessiert dich nicht, von dir höre ich bloß Destruktives: ›Das wird nicht funktionieren‹, ›Du musst dich umorientieren‹, ›Das ist reine Zeitverschwendung.‹ Immer redest du alles schlecht und lehnst meine Ideen grundsätzlich ab.«

Mich lehnte sie ab, dachte ich. Das hatte sie von Anfang an getan. Das Brot in meinem Mund verwandelte sich in Sägemehl. Warum war alles so schwierig geworden, warum war alles so schrecklich schiefgegangen?

Meine Mutter erhob sich schwankend von ihrem Stuhl.

»Ich lehne deine Ideen ab, behauptest du? In Wahrheit lehnst du mich ab, genau wie früher dein Vater. Beide habt ihr mich immer verachtet«, schrie sie mir, puterrot im Gesicht, entgegen, schüttelte drohend die Faust und feuerte anschließend noch eine Salve ihrer liebsten Kraftausdrücke ab.

»Du bist betrunken. Geh ins Bett, Mama.«

»Ich sage nichts, was ich nicht so meine!«

Genervt schloss ich kurz meine Augen. »Bitte, ich will mich nicht streiten. Geh ins Bett.«

»Ohne deine Unfähigkeit und Sorglosigkeit wäre das Journal mit den Formeln niemals verloren gegangen«, stieß sie lallend hervor.

Alarmiert richtete ich mich auf. »Wie bitte? Woher weißt du, dass es verschwunden ist?«

Für einen Moment wirkte sie verwirrt, hatte sich anscheinend verplappert.

»Nun … Lucien hat mich heute Morgen angerufen und mir davon erzählt. Und dass du dich darüber maßlos aufregen würdest.«

Nicht einmal lügen konnte sie. Verbittert beobachtete ich, wie sie hinüber in die Küche torkelte. »Was genau hat Lucien gesagt?«

»Na ja, er wollte dich sprechen, hat gefragt, ob du da seist, weil er dich im Laden nicht erreicht hat.« Unschlüssig stockte sie kurz, was mir als verräterisches Zeichen vorkam. »Wir haben über eure Zukunft gesprochen, wenn du es unbedingt wissen willst. Julien liebt dich wirklich sehr, Sophie.«

Meine Empörung wuchs. »Ich würde es begrüßen, wenn ihr zwei euch nicht über meine Zukunft unterhaltet«, beschied ich sie mit drohendem Unterton und folgte ihr in die Küche, um meinen Teller ins Spülbecken zu stellen.

»Ich mag Lucien«, erwiderte sie beleidigt. »Er behandelt mich nicht so herablassend wie du.«

»Ihm gibst du ja auch keinen Grund, dich so zu behandeln«, schoss ich zurück.

»Manchmal ist es mir ein Rätsel, was Lucien an dir findet, Sophie«, ging sie zum Angriff über. »Ein Mann wie er könnte etwas Besseres kriegen.«

Ich war wie vor den Kopf gestoßen. Wie konnte eine Mutter so etwas sagen! Ohne ein weiteres Wort zu verlieren, schnappte ich mir meine Handtasche, riss meinen Mantel vom Haken und verließ das Haus, knallte dabei die Haustür zum Zeichen meiner Wut so laut wie möglich zu.

Da ich es endgültig leid war, ständig wie ein dummes Kind behandelt zu werden, bestellte ich Lucien nach Cannes in mein Appartement und bestand sogar darauf, dass er sein Geschäftsessen absagte. Kaum hatte er sich hingesetzt, legte ich los.

»Zunächst einmal würde ich es vorziehen, wenn du meine persönlichen Angelegenheiten nicht mit meiner Mutter besprichst«, begann ich verärgert und stellte einen Kaffee vor ihn hin. »Hätte ich ihr von dem verschwundenen Journal erzählen wollen, hätte ich das getan.«

Er drückte kurz meine Hand, wie immer, wenn er mich besänftigen wollte.

»Tut mir leid. Ich bin davon ausgegangen, dass sie es wusste. Ich habe mir nichts dabei gedacht.«

»Offensichtlich nicht. Außerdem erwarte ich, dass du mit ihr nicht über *unsere* Zukunft sprichst. Mit mir redest du schließlich kaum darüber.« In diesem Moment klingelte das Telefon. »Hoffentlich ist es nicht sie. Ich habe wirklich keine Lust, mit ihr herumzudiskutieren.«

Zu meiner Erleichterung war es nicht meine Mutter, sondern ein Journalist von *Paris Match.* Zum ersten Mal hörte ich, dass die Sache mit dem Hochzeitsparfüm sich wie ein Lauffeuer verbreitet hatte und alle Welt zu wissen schien, dass es von mir stammte. Wenngleich unsicher, ob es sich nicht um einen dieser elenden Sensationsreporter handelte, stimmte ich zögernd einem kurzen Interview zu. Allein aus dem Grund, dass die Manufaktur Duval jede Werbung brauchte, die wir bekommen konnten. Und ich brauchte darüber hinaus einen Hoffnungsschimmer, an den ich mich klammern konnte. Dass *Cœur de Princesse* uns wirklich die Aufmerksamkeit bescheren würde, die wir dringend für die Einführung der neuen Linie benötigten.

Nachdem ich alle Fragen des Reporters beantwortet hatte, legte ich den Hörer auf und kehrte zurück an den Tisch, wo Lucien still dasaß, seine kalten blauen Augen auf mich geheftet. Es war mir nicht entgangen, dass er aufmerksam jedes Wort verfolgt hatte.

»Wer war das?«, erkundigte er sich streng.

Ich wandte meinen Blick von ihm ab, schaute stattdessen durch das Fenster hinaus auf den Hafen.

»Ein Reporter von *Paris Match,* der einen Artikel über die Manufaktur Duval und über unser neues Parfüm schreiben möchte. Sind das nicht tolle Neuigkeiten?«, sagte ich und lächelte ihn provokant an.

Lucien wirkte verdrossen, fühlte sich anscheinend ausgebootet und machte mir die Sache madig.

»Hältst du es etwa für klug, einem Schmierfink zu erzählen, dass du die Boutique schließen wirst? Das kommt ja kontraproduktiver Werbung gleich. Außerdem wirst du, sobald dein Name in allen möglichen Klatschspalten erscheint, potenzielle Kunden bloß vertreiben. Das ergibt nicht den geringsten Sinn, Sophie.«

Ich knallte meine Tasse so heftig auf den Tisch, dass der halbe Inhalt herausschwappte.

»Weißt du, was keinen Sinn ergibt? Der Umstand, dass du nicht begreifst, wie wichtig das alles für mich ist. Der Umstand, dass du nicht verstehen willst, dass ich mit Leib und Seele um all das kämpfe, was ich mir hart erarbeitet habe. Du als Geschäftsmann solltest eigentlich anerkennen, dass ich mich ins Zeug lege, um meinen Lebensunterhalt zu sichern und die Firma eventuell zu vergrößern. Und was tust du? Versuchst mir alles auszureden, und lässt an meinen Plänen und Ideen kein gutes Haar.«

»Weil es nicht dasselbe ist«, erwiderte er in dem belehrenden, überheblichen Ton, den ich so sehr hasste. »Ich bin ein Mann, von mir und nicht von dir wird erwartet, dass ich hart arbeite und unseren Lebensunterhalt sichere. Du brauchst überhaupt nicht zu arbeiten. Deshalb ist es mir, ehrlich gesagt, schleierhaft, warum du Levers Angebot nicht sofort annimmst. Man sieht ja, dass dir die Leitung von Duval über den Kopf wächst.«

Innerlich schäumte ich über die erneute Anspielung auf eine Heirat, enthielt mich aber eines Kommentars, weil ich bezweifelte, dass er es überhaupt ernst meinte. Besser so. Irgendwie kam es mir vor, als würden wir ungebremst aufeinander zurasen wie zwei Züge, deren Weichen falsch gestellt worden waren.

»Wirklich traurig, dass du mich nach all den gemeinsamen Jahren noch immer nicht richtig kennst«, warf ich ihm an den Kopf.

Es reichte mir, ich hatte die Nase voll. Ihm einen letzten eisigen Blick zuwerfend, ließ ich ihn verwirrt zurück und verschwand im Schlafzimmer, wo ich weiter meinen trüben Gedanken nachhing und zunehmend James vermisste. Er war so völlig anders als Lucien – er würde mich in dieser Situation unterstützen und mich nicht zu demotivieren versuchen.

Es gab noch eine letzte Sache, die ich mir zu tun vorgenommen hatte, bevor ich zu den Hochzeitsfeierlichkeiten nach Monaco aufbrach. Ich musste Natalie endlich sagen, dass ich mich von den Immobilien in Cannes trennen würde. Zu lange hatte ich das Gespräch schon aufgeschoben.

Ich betrat die Boutique mit einem Stein im Magen und Angst im Herzen.

Natalie sah wie immer sehr hübsch aus im blassen Morgenlicht und begrüßte mich mit dem für sie typischen heiteren Lächeln, meist das Erste, das ich morgens zu sehen bekam.

Ich verharrte für einen Moment im Eingang und atmete tief den Geruch nach Wacholder, Vanille und Eisenkraut ein. Das alles wollte ich aufgeben? Wieder einmal begannen mein Herz und mein Verstand erbittert miteinander zu ringen, und nostalgische Anwandlungen bedrängten mich, auch diesen Ort zu retten. Mühsam überwand ich mich, das schwierige Thema anzusprechen.

»Natalie, ich muss dir etwas sagen – etwas, das mir sehr schwerfällt. Es tut mir so leid. Das hier ist die unerfreulichste Aufgabe, die mir jemals gestellt wurde.«

Wortlos breitete sie ihre Arme aus, und ich ließ mich hineinfallen, ließ mich für eine ganze Weile von ihr halten. Als wir uns schließlich voneinanderlösten, sah ich, dass sie genau wie ich Tränen in den Augen hatte.

»Seit Langem warte ich darauf, dass du es mir sagst, meine Kleine.«

Jetzt weinte ich unkontrolliert los. »Ich muss die Boutique verkaufen. Und das Appartement.«

»Ich weiß. Es ist nicht deine Schuld«, tröstete sie mich sanft. »Du hast alles getan, was in deiner Macht stand, um es zu verhindern.«

»Was würde Papa dazu sagen? Ich habe sein Journal verloren und bin drauf und dran, sein Vermächtnis zu zerstören. Vielleicht muss die Manufaktur ja als Nächstes dran glauben«, schluchzte ich.

»Mon amour.« Natalie schlang erneut ihre Arme um mich. »Du hast dich immer in den Schatten deines Vaters gestellt. Das brauchtest du gar nicht. Du bist eine sehr begabte Parfümeurin, Sophie, vermutlich bist du sogar noch besser als dein Vater. Und er wusste das.« Sie wischte eine Träne von meiner Wange. »Er hat es mir gesagt, nicht nur einmal, sondern viele Male.«

»Wirklich?«

Sie nickte. »Darum hat er dich so unerbittlich angetrieben, dir alles beigebracht, was er wusste. Du musst nun dein eigenes Vermächtnis aufbauen, Chérie. Betrachte das Ganze von der guten Seite. Schließlich hast du den Lärm und den Rummel in Cannes nie wirklich gemocht, richtig?« Sie lächelte, weil sie wusste, dass sie recht hatte. »Du solltest in fremde Länder reisen, neue Erfahrungen sammeln, die du in deine Düfte einbringen kannst. Ich setze großes Vertrauen in deine Fähigkeiten. Genauso wie deine berühmte Freundin Grace Kelly.« Sie umfasste mit beiden Händen mein Gesicht. »Und du solltest das ebenfalls haben.«

»Danke, Natalie, danke für alles«, stammelte ich gleichermaßen bewegt wie erleichtert.

Wir standen für einen Augenblick schweigend da, bis sie aufs Neue das Wort ergriff.

»Mach dir um mich keine Gedanken. Ich habe genug Geld gespart, um mich zur Ruhe zu setzen – es sei denn, ich suche mir eine Beschäftigung in einer anderen Boutique. Ganz wie ich will. Trotzdem werden wir uns weiterhin sehen, hoffe ich. Zum Mittagessen, auf einen Café oder einen Drink. Und solltest du mich in der Manufaktur brauchen, oder solltest du eine neue Parfümerie eröffnen, kannst du voll auf mich zählen.«

»Je t'aime«, sagte ich, und meine Worte kamen aus vollem Herzen.

»Ich weiß«, erwiderte sie, tupfte mit einem Taschentuch behutsam mein Gesicht trocken und küsste mich auf beide Wangen. »So, und nun genieß die Feierlichkeiten in Monaco. Wenn du zurück bist, räumen wir gemeinsam den Laden und das Appartement aus und bringen deine Sachen nach Grasse. Wie klingt das?«

Stürmisch umarmte ich sie. »Was würde ich ohne dich tun?«

»Ich hoffe, du musst es nie herausfinden.«

Kapitel 28

James

Ich erzählte niemandem, dass Grace Kelly mich zum Aperitif eingeladen hatte, doch meine Mitbewohner wollten natürlich wissen, warum ich mich mit Sakko und Krawatte in Schale warf. Oder es versuchte, was nicht ganz einfach war in Anbetracht der Schlingerbewegungen des Schiffes, die nicht allein meinen Magen in Aufruhr gerieten ließen.

»Du triffst dich wohl wieder mit dieser amerikanischen Journalistin, stimmt's?«, sagte Eddie und stieß mich komplizenhaft in die Rippen. »Sei auf der Hut. Die Dame hat nämlich einen gewissen Ruf und verspeist dich am Ende womöglich zum Frühstück.«

Ich lachte. Sollte er denken, was er wollte. Hauptsache, er kam nicht dahinter, wohin ich tatsächlich ging. Keiner konnte den Streber leiden, der sich heimlich einen Weg in den inneren Kreis bahnte, ohne jemanden zum Mitkommen einzuladen, und ich war nicht scharf darauf, den Rest der Reise als Außenseiter zu verbringen.

Ich ließ meine Kamera in der Kabine, um mir Miss Kellys Vertrauen nicht gleich wieder zu verscherzen, und stieg betont nonchalant hoch in die erste Klasse, wo ich einem befrackten Kellner, der mich an einen Pinguin erinnerte, zwei Martinigläser vom Tablett nahm. Eins davon leerte ich sofort in einem Zug und stellte es zurück, das andere behielt ich in der Hand und mischte mich damit unter die erlesene Gesellschaft.

Unwillkürlich fragte ich mich, was Sophie wohl sagen würde, wenn sie hier wäre, locker bei mir eingehakt und piekfein zurechtgemacht. Vermutlich würde sie ihren Kopf in die Höhe recken und mir etwas Witziges ins Ohr flüstern.

Meine Tagträumerei fand ein abruptes Ende, als Miss Kelly in einem schimmernden pfauenblauen Cocktailkleid auf der Bildfläche erschien. Ich musste an Angeline West denken, die sich jedes Detail ihrer Aufmachung hektisch notieren würde: Satin, Wadenlänge, wie auf den Leib gegossen.

Ich wartete eine Weile, bis die anderen Cocktailgäste die Hauptperson begrüßt hatten, und trat dann hinter der großen Palme hervor, wo ich vorübergehend Deckung gesucht hatte.

»Miss Kelly. Sie sehen hinreißend aus.«

»Jim. Da sind Sie ja.« Sie gab mir die Hand, die wie üblich in einem langen weißen Handschuh steckte, wandte sich dann ihrem Vater zu, der mit einer Gruppe von wichtig aussehenden Männern in der Nähe stand. »Daddy, das ist der Weimaraner-Züchter, von dem ich dir erzählt habe.«

Sie warf mir einen mahnenden Blick zu, woraufhin ich mich bemühte, meine Überraschung und meinen Schreck zu verbergen, und John Kelly gelassen die Hand schüttelte. Ich hatte nicht die geringste Ahnung von Hunden, geschweige denn von der Zucht. Nicht einmal mit Katzen kannte ich mich wirklich aus, obwohl ich eine besaß.

»Gut, dass ich endlich jemandem begegne, der sich mit Jagdhunden auskennt«, dröhnte Kelly los. »Ich kann diesen Schoßhündchen wie Pudeln und dergleichen absolut nichts abgewinnen.«

»Daddy!« Grace schlug ihm scherzhaft auf die Hand. »Wenn Oliver das hört!«

Sie zwinkerte mir zu, entschuldigte sich für einen Moment und ließ mich mit ihrem Vater stehen. Der Selfmademillionär war ein imposanter Mann, allerdings nicht übermäßig leutselig. Also schmeichelte ich seinem Ego, indem ich ihn auf seine olympischen Erfolge ansprach. Immerhin hatte er drei Goldmedaillen im Rudern gewonnen. Zudem stärkten die Martinis mein Selbstbewusstsein, und zu meiner eigenen Überraschung war ich sogar ziemlich überzeugend, als sich das Gespräch von Kelly und seinen Begleitern tatsächlich um Hundezucht zu drehen begann.

Die Zeit verging rasch, denn ich wurde diversen Freunden und Mitgliedern der Hochzeitsgesellschaft vorgestellt. Es war eine bunte Melange aus Hollywoodgesichtern, ehemaligen Schulfreundinnen, einflussreichen Geschäftspartnern von John Kelly, nervösen Tanten und schüchternen Großcousinen. Gerade beschloss ich, dass es besser sei zu gehen, bevor meine Tarnung als Hundekenner aufflog, als Grace Kelly sich mir erneut näherte.

»Ich weiß nicht, wie Sie das sehen, Jim – ich finde diese Soireen anstrengend und werde mich jetzt in meine Suite zurückziehen, um in Ruhe ein gutes Buch lesen.« Sie nahm ein kleines Samtkästchen und einen versiegelten Umschlag aus ihrer Handtasche. »Es scheint mir einfacher, wenn ich Ihnen das hier persönlich gebe, statt es in Ihre Kabine zu schicken. Es ist lediglich eine kleine Aufmerksamkeit, aber ich hoffe, Sophie wird Freude daran haben. Ich wäre Ihnen unendlich dankbar, wenn Sie ihr das bei Gelegenheit geben könnten.«

»Gerne.« Ich nahm beides an mich und steckte es ein. »Sie wird sich bestimmt darüber freuen.«

Das würde sie, da war ich mir sicher. Ihre Augen würden leuchten, und ihre Lippen würde jenes bezaubernde Lächeln umspielen, in das ich mich verliebt hatte. Mit einem Mal packte mich heftige Sehnsucht, und ich wünschte mir nichts so sehr, als dass sie jetzt an meiner Seite wäre. Was würde sie zu einer Cocktailparty mit Grace Kelly tragen? Tiefblau vielleicht, um das Schwarz ihrer Haare zu betonen? Ich kniff ein Auge zu, fokussierte sie in meiner Vorstellung und drückte einen imaginären Auslöser, um ihr Bild einzufangen.

»Jim? James?«

Erschrocken tauchte ich aus meiner Versunkenheit auf und öffnete mein Auge. Miss Kelly lächelte mich an, den Kopf leicht zur Seite geneigt.

»Ich glaube, Sie träumen gerade von Mademoiselle Duval, richtig?«

Verlegen hüstelte ich und gab stotternd irgendwelchen Unsinn von mir, dass Weimaraner wunderbare Hunde seien, doch sie durchschaute mich und musterte mich belustigt.

»Warum wollen Sie es abstreiten? Ich kann es Ihnen nicht verdenken, sie ist eine Schönheit und hat großes Talent. Hoffentlich findet sie ihr wahres Glück so wie ich«, fügte sie hinzu und errötete leicht bei diesem Bekenntnis. »Genug, ich fürchte, dass ich ein bisschen zu viel Champagner hatte. Wenn Sie mich bitte entschuldigen würden.«

Eine Weile sah ich ihr noch nach, dann trank ich meinen Martini aus und schlüpfte unbemerkt hinaus.

Zwar hatte ich kein Foto von Grace Kelly bekommen, dafür jedoch etwas, das ein Lächeln auf Sophies Gesicht zaubern würde. Und das war mehr wert als hundert Fotografien von einer zukünftigen Fürstin.

Wie sich herausstellte, eignete sich ein Ozeanriese wie die *SS Constitution* hervorragend dafür, eine angehende Landesmutter zu verstecken. Oder vielmehr waren der Brautvater und die Aufpasser von MGM verdammt gut darin, sie abzuschotten.

Nach meinen ersten vierundzwanzig Stunden an Bord kam es mir fast so vor, als wäre Miss Kelly verschwunden.

Es gab weder Informationen über ihren Tagesablauf während der Überfahrt, noch wurde uns eine weitere Pressekonferenz in Aussicht gestellt. Die künftige Hoheit und ihr Pudel blieben in ihrer Luxussuite, während wir uns zu viert in einer Kabine drängelten und uns abwechselnd seekrank oder rastlos fühlten. Die meiste Zeit langweilten wir uns eigentlich.

»Ich hätte Lust, diesem Scheißkerl von MGM seine gebräunte arrogante Fresse zu polieren«, brummte ich, in meinem Stockbett liegend, die Hände hinter dem Kopf verschränkt und die Beine ein Stück über das Fußende hinaus in der Luft baumelnd.

»Wenigstens hat man uns nicht auf der Krankenstation einquartiert«, spottete Eddie. »Ich habe gehört, dass Miss Kellys persönlicher Pressetross dort zusammengepfercht wurde.«

Skeptisch verzog ich das Gesicht. »Ich bezweifle zumindest, dass das für Howell Conant gilt, vermute eher, dass er first class logiert.«

Ob das mit der ersten Klasse den Tatsachen entsprach oder nicht – in der Krankenstation hatte sich der Promifotograf, dem generell ein exklusiver Zugang zu seinen Stars gewährt wurde, bestimmt nicht unterbringen lassen. Kein Wunder, dass er bei uns Normalsterblichen nicht sonderlich beliebt war.

»Wir müssen einfach jede Gelegenheit nutzen, die sich uns bietet.« Seufzend kletterte Eddie in das Bett über meinem, dessen Matratze sich mir sogleich beunruhigend entgegenwölbte. »Es ist ein Schiff, Herrgott noch mal. Weit kann sie nicht kommen.«

Offensichtlich konnte sie das sehr wohl.

Die Situation hatte dazu geführt, dass sich bereits ab dem zweiten Tag Unruhe breitmachte. Reporter und Fotografen legten sich wie Scharfschützen auf die Lauer, versteckten sich in allen möglichen und unmöglichen Ecken und spionierten wie Besessene herum, um einen Schnappschuss von Grace Kelly zu landen oder ein bisschen Klatsch für ihre Kolumnen aufzuschnappen. Und weil sie wenig Brauchbares erfuhren, erfanden daheim ungeduldige Chefredakteure reißerische Schlagzeilen über eine unglückliche Braut, die im Innern des Schiffes versteckt werde, während sie ohnmächtig ihrem neuen Leben unter der Fuchtel eines jämmerlichen Prinzen entgegenschipperte.

Und es war geradezu Wasser auf unsere Mühlen, als wir erfuhren, dass normale Passagiere zugunsten des Kelly-Trosses aus ihren Luxuskabinen in die zweite Klasse verbannt worden waren. Besonders ein verärgertes Ehepaar aus Long Island, das auf der Überfahrt glanzvoll seine Rubinhochzeit feiern wollte, lieferte den Reportern ordentlich Stoff, der dann, reißerisch ausgeschmückt, durch die Drähte gejagt wurde. *Hochzeit des Jahrhunderts ruiniert vierzigjähriges Ehejubiläum* lautete eine der Schlagzeilen, die lange vor der Ankunft der *Constitution* in Monaco überall an den Zeitungskiosken zu lesen waren.

Die Auflagen für uns waren verrückt und schwer nachvollziehbar. Warum durfte problemlos berichtet werden, wie viel John Kelly diese ganze bizarre Hochzeitsfahrt kostete, wohingegen Fotos fast als Tabu galten? Aber ein frustrierter Pressefotograf und ein gelangweilter Tischkellner mit einer Vorliebe für halbwegs anständigen Whisky freundeten sich leicht an, und ich wurde über einen geheimen Gang in den Erste-Klasse-Speisesaal zum Kapitänsdinner geschleust, wo ich von einem Versteck aus fotografieren konnte.

Nach dem Essen pflegte Miss Kelly sich, wie mir mein whiskysüchtiger Informant verriet, mit engen Freunden und Verwandten zurückzuziehen und bis spät in die Nacht Scharaden zu spielen, oft in der sogenannten Tattoo Lounge, weit entfernt von unseren neugierigen Objektiven. Oder sie ging allein in ihre Suite, streifte ihre Schuhe ab, setzte ihre Lesebrille auf und vertiefte sich in ein Buch. Wer wollte ihr schon verübeln, dass sie an dem Mädchen von nebenan, in das wir uns alle ein bisschen verliebt hatten, noch ein wenig länger festhalten wollte?

Wie kriegführende Parteien, die feindselig in ihren Schützengräben kauerten, belauerten die Pressemeute und die Kelly-Entourage sich gegenseitig, während das Schiff stramm auf Europa zuhielt und ein Fürst und sein Land unsere Ankunft erwarteten.

Kapitel 29

Sophie

Wenngleich ich mir in mancher Hinsicht wünschte, die Zeit würde langsamer verrinnen, freute ich mich, dass das Hochzeitsspektakel und das Wiedersehen mit Grace – und mit James – rasch näher rückte. Ja, ich sehnte sogar den Tag herbei, an dem ich mich auf den Weg nach Monaco machen würde. Umso mehr, als ich zunehmend das Gefühl hatte, Cannes würde wie eine Schlinge um meinen Hals liegen und mir die Luft zum Atmen nehmen.

Ich packte zwei Koffer für die Woche in Monaco, den ersten mit meiner Abendgarderobe, darunter ein königsblaues Chiffonkleid für die Operngala und ein Cocktailkleid aus weißer Spitze, sowie passende Stöckelschuhe, den zweiten mit Tages- und Freizeitkleidung. Meine kostbaren Proben von *Cœur de Princesse, Lumière d'Étoile* und *Mémoire,* die einzeln in Säckchen aus hauchzarter schwarzer Gaze mit Goldband steckten, verstaute ich zusammen mit drei Seifenstücken der Duftnoten Rosmarin, Orangenblüte und Flieder sorgfältig in einer speziellen Tasche, die wie eine Art Arztkoffer aussah.

Trotz meiner Wut auf Lucien hatte ich beschlossen, unseren Streit vorerst beiseitezuschieben und gute Miene zum bösen Spiel zu machen. Was nichts daran änderte, dass ich unser Verhältnis für unwiderruflich zerstört hielt. Es kam mir vor, als würde ich mich auf unsicherem Boden bewegen, etwa barfuß über einen Kiesstrand laufen, und wusste inzwischen, dass ich daran etwas ändern musste. Nach den Hochzeitsfeierlichkeiten. Zunächst würde ich mich voll und ganz darauf konzentrieren, meine Zeit in Monaco zu genießen und Werbung für Duval zu machen.

Als ich den letzten Koffer zuklappte und verschloss, fiel mir das Treffen mit James ein. Ich schloss meine Augen und rief mir seinen Geruch ins Gedächtnis zurück, sein Lachen, seine Art, mir zuzuhören. Jedes Detail der wenigen Stunden, die wir gemeinsam verbracht hatten, ließ ich Revue passieren. Wie schön wäre es, die Erinnerungen in Flaschen abfüllen zu können wie unsere Düfte, um sie für alle Zeiten zu konservieren. So viele Monate waren mittlerweile vergangen, seit ich James zuletzt gesehen hatte, doch ungeachtet einer gewissen Unsicherheit, wie es jetzt zwischen uns sein würde, wusste ich, dass es die richtige Entscheidung war, zu dem Treffen zu gehen.

Ein Taxi beförderte mich nach Cap d'Ail, einem kleinen Küstenort direkt an der Grenze zu Monaco. Eine Freundin stellte mir dort ihre Ferienwohnung zur Verfügung, damit ich nah am Ort des Geschehens war und dennoch kein teures Hotel bezahlen musste. Ohnehin wäre es so gut wie unmöglich gewesen, angesichts der Heerscharen von geladenen Gästen, Schaulustigen und Medienvertretern aus aller Welt ein freies Zimmer zu ergattern. Laut Zeitungsmeldungen wurden Zehntausende erwartet, und man sagte einen gewaltigen Menschenauflauf bei der Ankunft der Braut voraus. Ich hatte mich bereit erklärt, das Spektakel mit Lucien von seiner Yacht aus zu beobachten. Wie ich mich dann für die Verabredung mit James an Land schleichen sollte, wusste ich noch nicht.

In Cap d'Ail angekommen, brachte ich rasch mein Gepäck

in die Wohnung, band mir ein Seidentuch um den Kopf, setzte meine Sonnenbrille auf und sprang wieder in das Taxi, um mich nach Monaco bringen zu lassen, zu einem Interview mit einem einheimischen Journalisten.

Da ich eine halbe Stunde zu früh dran war, stöberte ich ein bisschen an einem nahe gelegenen Kiosk herum, als meine Augen an der aktuellen Ausgabe von *Paris Match* hängen blieben, die einen Artikel von Marc Milan enthielt, jenem Journalisten, dem ich kürzlich das Telefoninterview gegeben hatte. Seine Reportage umfasste drei Seiten und listete die Veranstaltungen auf, die im Rahmen des Festprogramms in Monaco stattfanden: Empfänge, die Operngala, Festbankette, Bälle, Audienzen. Laut Milan konnte Grace es kaum erwarten, nach Monaco zu kommen, und bereute es nicht, dass sie Hollywood den Rücken gekehrt hatte, während ich in anderen Artikeln gelesen hatte, dass sie es bedauerte, ihre Schauspielkarriere aufzugeben. Diese gegensätzliche Darstellung war erfrischend und für mich eine Bestätigung dafür, dass das Herz am Ende siegte. Ich verschlang seine Details über Helen Rose, die das Brautkleid entworfen hatte, über Zehn-Gänge-Menüs und opulente Blumenarrangements, bis ich plötzlich auf den Namen Duval stieß. Aufgeregt und mit klopfendem Herzen las ich weiter.

Die Parfümmanufaktur Duval in Grasse, Hersteller von exklusiven Düften, kann auf eine lange Tradition verweisen. Gegründet vor über hundert Jahren von Jean Duval, Sohn eines ansässigen Bauern, wurde es in zweiter Generation von Victor Duval weitergeführt, der im Zweiten Weltkrieg als Mitglied der Résistance von den Nazis gefoltert und umgebracht wurde. Das Unternehmen wird inzwischen von seiner Tochter Sophie geleitet, die ihr Handwerk von der Pike auf gelernt hat.

Obwohl Duvals Duftkompositionen einzigartig sind, kämpft der Familienbetrieb nach Aussage von Jeanne Duval, Mutter der Eigentümerin, ums Überleben und wird möglicherweise trotz aller Anstrengungen bald gezwungen sein aufzugeben. Es scheint, als käme die Hochzeit des Jahrhunderts für Duval genau zum richtigen Zeitpunkt. Monacos künftige Fürstin könnte nämlich den kleinen Betrieb am Ende unwissentlich vor der Schließung bewahren.

Entsetzt schlug ich meine Hand vor den Mund. Milan hatte so gut wie nichts von dem geschrieben, was ich ihm erzählt hatte. Nichts von der neuen Duftlinie, kein Wort darüber, woraus ich meine Inspirationen schöpfte oder dass ich Grace Kelly als eine bezaubernde Person kennengelernt hatte. Neugierigen Fragen über Geschäftszahlen und Zukunftsprognosen war ich bewusst ausgewichen, und das drohende Aus hatte ich erst recht nicht erwähnt. Bloß hatte Milan sich, wie es aussah, zusätzlich an meine Mutter gewandt, die weniger zurückhaltend gewesen war. Irgendwie fühlte ich mich dadurch gedemütigt, selbst wenn die Passage über uns neugierig machte und unserer Firma bestimmt nicht abträglich war.

Trotzdem knüllte ich wutentbrannt die Klatschzeitschrift zusammen und warf sie in den Abfalleimer, bevor ich mit verletztem Stolz in die Brasserie stürmte, um dem nächsten Journalisten Rede und Antwort zu stehen – wild entschlossen, die Fakten richtigzustellen.

Kapitel 30

James

Die Beziehungen zwischen Miss Kellys Aufpassern und der Presse wurden im Verlauf unserer Reise nicht besser. Wir verbrachten lange, ermüdende Stunden damit, auf den nächsten Auftritt zu warten, der sich häufig genug als Gerücht und hohles Geschwätz entpuppte. Aus diesem Grund beschloss ich, mich nicht von den übereifrigen Höllenhunden aus Hollywood und Philadelphia kaltstellen zu lassen.

Ein besonders hilfreicher Schiffsjunge namens Ralph, der eine Vorliebe für Camel-Zigaretten hatte, allerdings nicht das Geld besaß, um sich welche zu kaufen, zeigte mir eine Stelle auf dem Erste-Klasse-Deck, von der aus man in Miss Kellys Suite schauen konnte. Er erklärte mir, dass die Lady beim Frühstück gerne Zeitung lese, allerdings müsse ich flink sein, weil ihre Leute die ganze Zeit die Fenster im Auge behielten und zwei andere Fotografen gerade beim Kapitän angezeigt worden seien. Angeblich drohte den Ärmsten eine Beschlagnahme ihrer Kameras.

»Das können die nicht machen, oder?«

»Doch, das darf der Captain. Er hat das Kommando auf dem Schiff und in internationalen Gewässern so eine Art Polizeigewalt.«

Ich warf ihm ein volles Päckchen Camel zu und schickte ihn weg, bevor uns jemand sah.

Dieser Job hier war weit entfernt von dem, was ich mir als großspuriger Fünfundzwanzigjähriger vorgestellt hatte, als ich bei Sanders im Büro vorsprach. Ich besaß damals keine Berufserfahrung, dafür ein umso größeres Selbstbewusstsein, das auf einer Mappe voller Bilder beruhte, die ich im Krieg gemacht hatte.

Dass ich mich irgendwann so weit erniedrigen würde, mich mit meiner Kamera in schmuddeligen Verstecken herumzutreiben und junge Frauen beim Frühstück auszuspionieren, hätte ich weit zurückgewiesen. Wo blieb da das Gefühl, etwas geleistet zu haben, wo der Stolz? Diese Hochzeit des Jahrhunderts machte aus mir einen Paparazzo. Ich fühlte mich so schmutzig wie einer von Miss Wests Dirty Martinis, die sie mir an unserem ersten Tag auf See beim Fünf-Uhr-Cocktail aufgedrängt hatte und von denen sie deutlich mehr vertrug als die meisten Männer.

Und Teddy. Was würde er zu dieser Entwicklung sagen? Würde er mich verurteilen oder verstehen, dass ich trotz aller künstlerischen Ambitionen die zweite Chance, die Sanders mir gegeben hatte, nutzen musste?

»Ich weiß, Teddy«, murmelte ich, »das hier sieht nicht gut aus, aber zum Teufel, selbst du hättest Schwierigkeiten unter diesen Umständen.«

Wie auch immer, ich musste durch diesen Schlamassel hindurch und den Job zu Ende bringen.

Glücklicherweise war das Morgenlicht perfekt. Hinter einem Rettungsboot kauernd, beobachtete ich, wie Miss Kelly mit irgendjemandem in der Kabine sprach. Ich war so nah dran, dass ich durch mein Objektiv fast jedes Haar ihrer zu einem Pferdeschwanz gebundenen Frisur einzeln erkennen konnte, ebenso das Geschmeide an ihrem Handgelenk, nur drehte sie mir beharrlich den Rücken zu.

Endlich, nach einer halben Stunde, als ich allmählich Krämpfe in den Beinen bekam, nahm sie eine Zeitung in die Hand und setzte sich ans Fenster. Leider in einem für die Kamera ungünstigen Winkel, sodass ich meine Position ändern musste, um sie einigermaßen vernünftig ins Bild zu bekommen. Es war das Risiko wert. Ich stand auf, riss meine Kamera hoch und wollte gerade den Auslöser drücken, als ich mit dem Fuß ungeschickterweise einen Löscheimer umstieß und Miss Kellys dämlicher Köter sofort laut anschlug und mich verriet. Prompt versteckte sie ihr Gesicht hinter der Zeitung, und das war's.

Am Nachmittag dieses Tages dann machte unter den Presseleuten das Gerücht die Runde, John Kelly habe sich offiziell beschwert, dass manche Fotografen sich zu viel herausnähmen. Jedenfalls rief Morgan Hudgins, der Pressechef von MGM, alle Betroffenen zu einer Krisensitzung in einem fensterlosen Raum zusammen, wo es bald laut und hitzig zuging.

»Miss Kellys Privatsphäre muss respektiert werden«, ermahnte Hudgins uns in eindringlichem Ton. »Tag und Nacht ausspioniert zu werden, ist für eine Lady, die bald einem regierenden Haus angehören wird, unzumutbar und offen gesagt nicht hinnehmbar.«

»Das ist eine Folge davon, dass Sie sie vollständig abschirmen«, konterte jemand. »Sie steht kurz davor, endgültig die berühmteste Frau der Welt zu werden, und Sie gewähren uns nicht das kleinste bisschen Zutritt zu ihr. Arbeiten Sie mit uns zusammen, Herrgott noch mal!«

»Ein paar Minuten am Tag für die Fotografen wäre besser als nichts«, rief jemand von hinten.

Eine Stimme an meiner Schulter raunte mir zu: »Das waren Sie, James, nicht wahr?«

Als ich meinen Kopf umwandte, blickte ich in Angeline Wests Augen und hob kapitulierend die Hände.

Erst schnalzte sie missbilligend mit der Zunge, dann lächelte sie. »Gut so. Endlich kommt mal Bewegung in die Sache.«

Hudgins quasselte uns noch eine Ewigkeit voll und beendete die Versammlung schließlich mit einer unerwarteten, völlig überraschenden Ankündigung.

»Für den Rest der Reise werden Sie täglich zu einer festgesetzten Stunde Gelegenheit haben, Miss Kelly zu fotografieren. In der übrigen Zeit bitten wir mit allem Nachdruck darum, sie in Ruhe zu lassen. Kann ich mich auf Sie verlassen?«

Murmelnd gaben wir unsere Zustimmung in dem Bewusstsein, dass nicht einer von uns sich daran halten würde, wenn sich die Gelegenheit zu einem spektakulären Schnappschuss bot, mit dem man groß herauskommen konnte.

»Ganz einfach«, fügte Hudgins hinzu. »Sofern Sie nicht kooperieren, werde ich dafür sorgen, dass Sie das Schiff verlassen müssen.«

»Wie denn? Schwimmend?«, witzelte jemand.

Ein Bild, das alle zum Lachen brachte bis auf Hudgins, der sich mit seiner Wichtigtuerei gründlich blamiert hatte.

Zwischen den sporadisch anberaumten Fototerminen mit Miss Kelly, zum Beispiel beim Shuffleboard auf dem Deck mit ihren Nichten, vertrieb ich mir die Zeit, indem ich mich mit Angeline in der Bar traf. Bei einer dieser Begegnungen fiel wie aus heiterem Himmel Sophies Name im Zusammenhang mit meiner Frage, ob es ihr gelungen sei, Details über das Hochzeitskleid in Erfahrung zu bringen.

»Nicht wirklich. Alle geben sich enttäuschend loyal und äußerst zugeknöpft. Ich habe lediglich ein paar Fetzen aufgeschnappt, was Kelly zu den Kapitänsdinnern trug und welche

Roben als Teil ihrer Aussteuer an Bord mitreisen. Alles scheint wie ihr gesamter Modestil – wenn man es so nennen kann – ziemlich eintönig zu sein, einfach beige eben.«

»Beige?«

»Ja. Total farblos. Ich darf gar nicht daran denken, was sie alles der Welt präsentieren könnte. Die ganze amerikanische Designermode.« Frustriert schüttelte sie den Kopf und nahm einen langen Zug von ihrer Zigarette. »Irgendwann gehen einem die Möglichkeiten aus, beigefarbene Kombinationen zu beschreiben. Handschuhe: weiß. Strümpfe: nahtlos. Tasche: Hermès. Gähn. Wir stehen alle unter dem Druck, spannende Details zu liefern, und sie lässt uns diesbezüglich praktisch verhungern. Ich bin sogar bereits dazu übergegangen, den Kleidungsstil ihrer Brautjungfern und den ihrer Mutter zu beschreiben, die beide nicht gerade der letzte Schrei sind.« Sie stieß einen dramatischen Seufzer aus. »Wenigstens ist es mir gelungen, eine Probe des Hochzeitsparfüms in die Finger zu bekommen, das von dieser Französin stammt, mit der Sie ja angeblich *nicht* verbandelt sind.« Sie ließ ein seltenes Grinsen aufblitzen. »Wie finden Sie es?«

Sie beugte sich zu mir herüber und neigte ihren Kopf zur Seite, damit ich den Duft an ihrem Hals einatmen konnte. Ich schloss die Augen, konzentrierte mich auf das Aroma, auf seine Schöpferin und fühlte mich an eine Terrasse unter dem Sternenhimmel erinnert, an einen innigen Kuss und an leidenschaftliche Augen unter wütend hochgezogenen Brauen.

»Riecht ziemlich angenehm«, sagte ich und lehnte mich wieder zurück.

»Angenehm? Es ist exquisit. Unvergleichlich. Mit keinem mir bekannten Parfüm hat es Ähnlichkeit, schon sein Name signalisiert seine Ausnahmestellung: *Cœur de Princesse,* Herz einer Prinzessin. Niemand weiß etwas über seine Erfinderin«, flüsterte Angeline verschwörerisch. »Ich werde von allen Seiten bedrängt, meine Quelle zu offenbaren. Denken Sie, Sie könnten für mich ein Interview mit Miss Duval arrangieren, wenn wir in Monaco sind?«

Sie kritzelte den Namen ihres Hotels auf ein Blatt ihres Notizblocks und gab es mir. Schnell schluckte ich meinen Waldorfsalat hinunter und spülte mit einem großen Schluck Martini nach.

»Ich sehe keinen Grund, der dagegenspricht. Außer ich treffe Miss Duval nicht dort an, wo ich sie zu finden hoffe. Dann könnte es schwierig werden.«

Angeline hob mir ihr Glas entgegen, um sich zu bedanken und mir Glück zu wünschen.

»Bonne chance, Monsieur. Ich hoffe, sie ist es wert.«

Es war seltsam mit Miss West. Anschließend brachte sie mich nämlich dazu, meine gesamte Lebensgeschichte vor ihr auszubreiten, was mir noch nie passiert war. Ihr hingegen öffnete ich mich wie eine geknackte Auster. Am Ende unseres Umtrunks wusste sie so gut wie alles über mein Leben: von Marjorie und Dingens sowie Emily angefangen, weiter über Sanders und Teddy bis hin zu Sophie.

»Ihre Geschichte fasziniert mich«, konstatierte sie, nachdem wir die Rechnung beglichen hatten und uns auf den Weg zur letzten Pressekonferenz machten. »Ich stelle fest, dass ich mit Ihnen und dieser Sophie Duval ganz schön mitfiebere. Sie erinnern mich an ein klassisches tragisches Liebespaar.«

»Das ist ein bisschen hoch gegriffen. Wir haben uns ein einziges Mal geküsst, was mir prompt einen Schlag mit der Handtasche ihrer Mutter einbrachte. Danach hatten wir lediglich über Briefe Kontakt.«

»Genau auf diese Art hat sich Grace in ihren Prinzen verliebt.« Sie musterte mich mit schmalen Augen. »Mein Rat an Sie, Mr. Henderson, lautet, dass Sie dieser Frau offen gestehen, was Sie für sie empfinden. Gut, Sie sind kein Unschuldsknabe mehr und können nicht mit einem Palast aufwarten, dafür sind Sie wahnsinnig charmant und sehen nicht schlecht aus. Es wäre dumm von ihr, Sie zurückzuweisen.«

Sie hatte recht. Schließlich hatte ich nichts zu verlieren, rein gar nichts. Und während die *Constitution* durch den Atlantik pflügte und Monaco immer näher kam, wurde mir plötzlich bewusst, dass es schrecklich viele Dinge gab, die ich loswerden wollte. Nicht allein bei meiner Reisegefährtin, sondern vor allem bei Sophie.

Als die Pressekonferenz begann, studierte ich Miss Kelly durch meine Kamera. Diese Frau ging das Risiko ein, einen Mann zu heiraten, den sie kaum kannte, alles aufzugeben für eine Liebe, die noch nie auf die Probe gestellt worden war. Dafür bewunderte ich sie sehr. Als ihre Augen mein Objektiv fanden, war es, als würde sie durch den Apparat direkt in meine Seele schauen, als wäre ihr Schicksal mit meinem verbunden.

Ich drückte den Auslöser. Sie blinzelte im Blitzlicht, dann bedankte sie sich lächelnd bei allen Anwesenden und verschwand, umgeben von ihrer Entourage. Später, allein auf dem Deck stehend und Einsamkeit und Wind genießend, begriff ich, warum ich auf diesem Schiff war und diese Reise machte.

Grace Patricia Kelly hatte mich einst zu Sophie geführt und führte mich nun ein zweites Mal zu ihr.

Kapitel 31

Sophie

Der Tag von Grace Kellys Ankunft in Monaco begann ziemlich kühl, aber das windig-trübe Wetter tat meiner Stimmung keinen Abbruch. Ich konnte es kaum erwarten, mich den Zehntausenden anzuschließen, die in wenigen Stunden die zukünftige Fürstin begrüßen würden. Auch ihr Märchenprinz würde ihr einen würdigen, hoheitsvollen Empfang bereiten. Den halben Erdball zu umrunden, um mit dem Mann zusammen zu sein, den man liebte, war schrecklich romantisch, und ich war dankbar, dass ich an einem so besonderen Moment teilhaben durfte.

Ich warf einen Blick auf die Uhr und steckte rasch ein paar Sachen in meine Handtasche. Um halb neun wollte Lucien mich in Cap d'Ail mit seiner Yacht abholen und von dort aus nach Monaco segeln, wo die *Constitution* gegen zehn Uhr erwartet wurde. Eigentlich also Zeit genug, doch wir wollten uns einen guten Platz im Hafen sichern, um die Ankunft in allen Einzelheiten verfolgen zu können. Mir graute davor, mit Lucien für die nächsten paar Stunden das glückliche Paar zu spielen, obwohl wir alles andere als glücklich waren, und mich womöglich unter seine grässlichen Geschäftsfreunde mischen zu müssen.

Lieber dachte ich an das, was anschließend kam. Meine Nerven kribbelten bei der Vorstellung, zusammen mit dem Hochadel Europas und den Showgrößen Hollywoods auf der

Gästeliste von Grace Kellys Hochzeit zu stehen. Am meisten allerdings freute ich mich auf James. Ständig kreisten meine Gedanken um ihn und ließen alles andere in den Hintergrund treten, sodass es beinahe wirkte wie eine Vorspeise vor dem Hauptgericht.

Bevor ich die Wohnung verließ, schaute ich vom Balkon aus auf den Hafen und das weite Mittelmeer dahinter. Unwillkürlich fragte ich mich, ob Grace wohl gerade von der Reling aus in Richtung Küste blickte, ob sie nervös war und Herzklopfen hatte, weil sie vor den Augen der ganzen Welt ihren künftigen Ehemann wiedersehen würde statt in einem intimen Rahmen. Ich selbst hatte es mit dem Heiraten nie eilig gehab. Entgegen den gesellschaftlichen Gepflogenheiten hatte Papa mich gelehrt, eigenständig zu denken und zu handeln, und das Leben lehrte mich später, mich auf mich selbst und meinen Verstand zu verlassen.

Fröstelnd lehnte ich mich gegen die Balkonbrüstung. Nebelschleier hingen über dem Wasser, und eine steife Brise fegte landeinwärts, die mir meine langen Locken ins Gesicht wehte. Ich zog es vor, nach drinnen zu gehen, meine dicke weiße Strickjacke, die ich vorsichtshalber eingepackt hatte, überzuziehen und mich auf den kurzen Weg zum Hafen zu machen.

Noch bevor ich die *Mathilde* sah, drang mir Musik von Bord entgegen. Lucien hatte die Yacht nach seiner Mutter genannt, ein gezielter Seitenhieb gegen seinen Vater, dessen eigenes Segelboot den Namen seiner Geliebten trug. Ich vermochte das Verhalten der Familie Marceau nicht nachzuvollziehen, wobei außereheliche Verhältnisse ja nicht gerade unüblich waren. Und es war nicht immer verwerflich. Ein Beispiel dafür war Natalie, die meinen Vater sehr glücklich gemacht hatte. Manchmal lagen Beziehungen eben jenseits unserer normalen Erwartungen, denn das Herz war unberechenbar und folgte seinen eigenen Leidenschaften und Bedürfnissen.

»Passagier in Sicht«, rief Lucien, als er mich sah, und eilte mit wehenden Haaren zur Gangway. »Komm schnell, wir legen sofort ab. Drüben in der Bucht ist bereits richtig was los.«

Kaum war ich an Bord, hielt ich innerhalb von Sekunden ein Glas Champagner in der Hand und mischte mich unter die in Kaschmir und Seide gehüllten Gäste, von denen ich ein paar flüchtig kannte. Vom Plattenspieler ertönte angesagte Jazzmusik.

Zum Glück fand ich einen ruhigen Platz an der Reling und konzentrierte mich auf die zerklüftete Küstenlandschaft und den Fürstenpalast auf dem Felsplateau am Ende der vorgelagerten Halbinsel. Seit dem dreizehnten Jahrhundert regierte die Familie Grimaldi in der berühmten pfirsichfarbenen Festung. Teile der Anlage erinnerten noch an das ursprüngliche mittelalterliche Kastell, andere Trakte waren im Laufe der Jahrhunderte hinzugefügt worden, sodass der Palast inzwischen aus einem Gemisch unterschiedlicher architektonischer Stile bestand. So viel Geschichte an einem Ort, in den jetzt die Tochter eines ehemaligen Maurers als Hausherrin einziehen würde!

Ich schirmte meine Augen gegen die Sonne ab und schaute nach vorn auf das Wasser, wo sich eine große Anzahl von Booten vor Port Hercule, dem größeren der beiden Yachthäfen des Fürstentums, versammelt hatte. Über uns kreisten Kleinflugzeuge und Helikopter am Himmel, und Massen von Schaulustigen, aus der Entfernung nicht mehr als winzige Punkte, säumten den Kai. Die Luft knisterte vor Energie. Ganz Monaco schien auf den Beinen zu sein und auf die Ankunft seiner künftigen Landesmutter zu warten.

Ich hingegen beobachtete das Treiben eher gelassen, da ich anderes im Kopf hatte. Wie sollte ich Lucien beibringen, dass es mit uns vorbei war, und was um alles in der Welt sollte ich tun, wenn James – vorausgesetzt, wir kamen zusammen – erneut abreisen musste?

Auf das weite Meer hinausblickend, suchte ich nach Antworten, und erst das Auftauchen der *SS Constitution* am Horizont unterbrach meine Überlegungen. Fasziniert verfolgte ich von nun an, wie der gewaltige Ozeanriese auf die Bucht zusteuerte und schließlich auf der Reede Anker warf. Kurz darauf glitt die elegante Yacht des Fürsten, die *Deo Juvante II.*, aus dem Hafen, um die künftige Fürstin in Empfang zu nehmen. Überall brach Jubel aus, und hier und da wurde die monegassische Nationalhymne angestimmt, die den großen Stolz des kleinen Landes zum Ausdruck brachte. Gleichzeitig spielte eine Blaskapelle ohne Pause amerikanische Lieder, die eine fröhliche Begleitmusik zu dem Spektakel bildeten, das die Passagiere der *Constitution* vom Vorderdeck aus verfolgten.

Als die fürstliche Yacht längsseits an dem Schiff andockte, senkte sich gespanntes Schweigen über die Menge. Eine Tür öffnete sich, und heraus trat Grace Kelly, umwerfend elegant in einem blauen Mantel, kombiniert mit weißen Handschuhen und einem wagenradgroßen weißen Hut. Lächelnd winkte sie ihrem Publikum zu.

Auf dem Wasser und an Land brandete lauter Applaus auf, in den ich einstimmte und »Bienvenue, Grace« rief. Dabei winkte ich so heftig, als würde sie mich sehen können.

Als sie kurz darauf, ihren kleinen schwarzen Hund an die Brust gedrückt, über eine Gangway hinüber zur Fürstenyacht ging, wo Rainier wartend stand und ihr die Hand entgegenstreckte, herrschte eine Weile gebanntes Schweigen, das erst endete, als das Paar auf dem Oberdeck erschien, um seinem Volk zuzuwinken. Dort blieben sie, bis die *Deo Juvante II.*, benannt nach dem lateinischen Wahlspruch der Grimaldis, mit Gottes Hilfe, den Hafen erreichte, die ganze Zeit überschüttet mit roten und weißen Nelken, die wie Konfetti vom Himmel regneten.

Bald würden die anderen Mitglieder der Reisegruppe gleichfalls ausgeschifft und an Land gebracht werden, darunter James.

Ich stürzte meinen Champagner hinunter, als wäre ich am Verdursten, und ging hinüber zu Lucien. Ich musste von dieser verdammten Yacht runter.

»Wann legen wir an?«, fragte ich.

Lucien griff sich ein Häppchen vom Tablett eines Kellners, der gerade vorbeikam.

»Oh, irgendwann nach dem Essen, vorausgesetzt, wir schaffen es durch das Gedränge an Land. So oder so, die Party geht den ganzen Tag weiter. Warum fragst du?«

»Weil ich mich in Monaco um ein paar Dinge kümmern muss. Beispielsweise treffe ich mich mit einem Reporter.«

»Mal wieder? Ich wünschte, du würdest nicht hingehen, Sophie. Diese Leute haben nicht dein Bestes im Sinn, das sollte dir eigentlich langsam klar sein.«

Ich musste an den Artikel in *Paris Match* denken, der mir nicht wirklich gefallen hatte. Möglicherweise hatte Lucien ja recht, und die Reporter bogen die Storys nach ihrem Gutdünken zurecht. Egal, ich brauchte sie. Außerdem hatte ich noch einen anderen, viel wichtigeren Grund, warum ich das Schiff verlassen wollte, den ich aber lieber für mich behielt.

»Es ist das letzte Mal«, beruhigte ich Lucien. »Von jetzt an wird sowieso über nichts anderes mehr als Grace Kelly geschrieben.«

Gezwungenermaßen lenkte er ein und lachte gekünstelt.

»Ich kann dich wohl schlecht in Geiselhaft nehmen, oder? Und noch etwas: Begrüß auf jeden Fall noch Michael Lever, der schon nach dir gefragt hat. Er steht dort drüben an der Bar.«

Das Gesicht vom Champagner gerötet, unterhielt sich der Immobilienhai gerade mit lauter Leuten, die ich nicht kannte und auch nicht kennen wollte. Leider steuerte er sofort auf mich zu.

»Miss Duval, was für eine Freude, Sie wiederzusehen.« Ich

bekam eine Gänsehaut, als er mir auf beide Wangen einen feuchten Kuss drückte. »Und das ausgerechnet an diesem besonderen Tag. Das war ein Mordsspektakel, nicht wahr?«

»In der Tat«, sagte ich schmallippig. »Ich vermag mir nicht einmal ansatzweise die Emotionen vorzustellen, die Miss Kelly gerade überfluten. Ein neues Zuhause. Ein neuer Mann. Ein neues Kapitel in ihrem Leben.«

Noch während ich sprach, dachte ich, wie wundervoll das alles klang.

»Etwas Altes, etwas Neues«, erwiderte Lever. »Man kann nicht ewig an der Vergangenheit festhalten. Irgendwann muss man loslassen und sich neu orientieren.« Es klang wie eine Drohung und war vermutlich eine. »Ich habe gehört, dass Sie beschlossen haben, Ihre Immobilien in Cannes zu verkaufen. Sehr klug von Ihnen, Sophie. Mein großzügiges Angebot für Ihre Ländereien in Grasse gilt weiterhin. Ich bin mir sicher, ein gescheites Mädchen wie Sie wird letztlich das Richtige tun.«

Als er mit mir anstoßen wollte, stellte ich mein Glas demonstrativ ab.

»Wenn Sie mich bitte entschuldigen würden, ich muss gehen. Weiterhin viel Spaß«, rang ich mir ab und machte, innerlich kochend vor Wut, auf dem Absatz kehrt.

Keine Minute länger war ich bereit, ihn und seinesgleichen zu ertragen.

Unterdessen hatte die *Mathilde* den Hafen erreicht und angelegt, sodass ich hätte von Bord gehen können, wenn Lucien mich nicht grob am Arm gepackt und zurückgehalten hätte.

»Was ist eigentlich los mit dir?«, blaffte er mich an. »Du warst gerade furchtbar unhöflich zu Michael.«

»Warum ist er überhaupt hier, Lucien? Ausgerechnet heute?«, erwiderte ich in scharfem Ton. »Du weißt, dass ich keinen Wert auf seine Gesellschaft lege.«

»Er hat dir ein unglaublich großzügiges Angebot gemacht. Und sein Verhalten dir gegenüber ist absolut professionell und korrekt.«

»Sein Verhalten ist absolut penetrant, und Nein ist für diesen Mann offenbar ein Fremdwort.«

Lucien seufzte sichtlich genervt. »Geht es hier immer noch um deinen Vater und dieses verschollene Rezeptbuch? Du ärgerst dich maßlos darüber, nicht wahr? Um Himmels willen, Sophie, es ist Zeit, dass du die Vergangenheit endlich hinter dir lässt und nach vorn schaust.« Er gab sich keinerlei Mühe, seinen Unmut zu verbergen, ließ mich jedoch wenigstens ziehen. »Dann verschwinde. Geh zu deinem unsinnigen Interview. Wir sehen uns bei der Gala. Und dann bitte in einer angenehmeren Stimmung.«

Wütend über seinen herablassenden Ton, bahnte ich mir einen Weg durch die Leute auf dem Deck und eilte die Gangway hinunter, froh, das alles hier für ein paar Stunden hinter mir lassen zu können. Bloß weg von diesem Boot, weg von diesen Leuten und vor allem weg von Lucien.

Würdiger Empfang für eine Hollywoodprinzessin

Monaco feiert die Ankunft von Grace Kelly

Angeline West berichtet für den *Herald*

---

12. April 1956

Nach einer achttägigen Überfahrt erreichte die *SS Constitution* heute das Fürstentum Monaco, um ihre kostbare Fracht abzuliefern: die zukünftige Landesmutter, die von der herzlichen Begrüßung ihrer monegassischen Untertanen im Übrigen sehr gerührt war.

Punkt zehn Uhr zehn wurde eine Gangway zwischen dem Ozeanriesen und der Fürstenyacht *Deo Juvante II.* ausgeklappt. Dicht gefolgt von ihren Brautjungfern, ihren geliebten Pudel an die Brust gedrückt, schritt Miss Kelly – in einem marineblauen Mantelkleid aus Failléseide, akzentuiert durch weiße Accessoires wie Handschuhe, einer großen Blumenbrosche, Seidenschal und einem überdimensionierten Hut aus Organdy und Schweizer Spitze – beherzt von einem Schiff auf das andere und von einem Leben in das nächste.

Als Fürst Rainier mit seiner Braut in den Hafen zurückkehrte, ließ ein Privatflugzeug des Reedereimilliardärs Aristoteles Onassis eine Kaskade von roten und weißen Nelken vom Himmel regnen. Dazu ertönte das mächtige Schiffshorn der *Constitution,* begleitet von den Sirenen der vielen Yachten und Boote, die sich in der Bucht drängten.

Der Lärm wurde noch verstärkt durch das Echo, das von den Klippen an der Küste widerhallte, und dem entfesselten Kreischen der Zuschauer, die sogar bis auf die Mauern der Hafeneinfahrt geklettert waren. Ein vergleichbares Spektakel hat meine Wenigkeit noch nie zuvor gesehen, geschweige denn gehört.

Miss Kelly und ihr Anhang werden bis zum Abschluss der Feierlichkeiten im Palast wohnen. Es heißt, am Mittag sei für die Kellys ein gemeinsames Begrüßungsmahl mit den Grimaldis geplant, das sich als ein bisschen heikel erweisen könnte, denn zwischen Rainiers Eltern, Prinz Pierre de Polignac und Prinzessin Charlotte, die seit Langem geschieden sind, soll angeblich böses Blut herrschen. Ach, könnte man eine Fliege sein in diesen altehrwürdigen Palastmauern!

Wider Erwarten willigte Fürst Rainier unlängst ein, bei der kirchlichen Trauungszeremonie in der Kathedrale ein amerikanisches Kamerateam und Pressefotografen zuzulassen. Zuvor hatte er die Anwesenheit der Medien strikt abgelehnt, weil er eine Vulgarisierung des Ereignisses durch die falsche Art von Werbung befürchtete.

In den nächsten Tagen, während der Countdown für die Hochzeit des Jahrhunderts läuft, wird das Paar eine schwindelerregend hohe Anzahl von Veranstaltungen und Empfängen absolvieren. Ladys und Gentlemen, halten Sie Ihre Hüte gut fest, denn ich glaube, uns erwartet ein turbulenter Ritt!

Kapitel 32

James

Monaco sah anders aus, als ich es von meinem letzten Besuch in Erinnerung hatte. Natürlich hatte ich es damals nicht vom Meer aus gesehen. An der Reling stehend, betrachtete ich die Wand aus gelblichen Gebäuden mit Terrakottadächern, ganz vereinzelt unterbrochen von etwas Grün, die hufeisenförmig am Fuß der Berghänge emporragte, dahinter eine Reihe beeindruckender Belle-Époque-Villen. Ich richtete mein Objektiv auf die stufenartig angelegten Häuser und die imposanten Grandhotels, die sich alle dicht an dicht drängten und aussahen, als könnten sie jeden Moment von ihrer felsigen Anhöhe in das Hafenbecken fallen.

Insgesamt kam es mir vor, als wäre die Pracht der Vorkriegszeit, die Monaco berühmt gemacht hatte, definitiv verblasst wie die Schönheit einer Frau, die in die Jahre gekommen war. Was dadurch noch verstärkt wurde, dass die Sonne sich hinter den Wolken verbarg und alles ein wenig grau wirkte, also weit entfernt war von der sonnendurchfluteten kobaltblauen Rivieraatmosphäre, wie ich sie vor einem Jahr hier erlebt hatte.

»Das ist es also?« Angeline West stand neben mir an der Reling, und in ihrer Frage schwang Enttäuschung mit. »Ich habe eher Beverly Hills erwartet als Compton, dieses heruntergekommene Viertel von Los Angeles. Scherz beiseite, die ganze

Stadt sieht tatsächlich aus, als könnte sie einen neuen Anstrich brauchen.«

»Ich wette, Sie sind froh, dass nicht Sie den Fürsten heiraten müssen«, erwiderte ich lachend. »Wäre in der Tat interessant zu erfahren, was die luxusgewöhnte Miss Kelly wohl über ihre neue Heimat denkt. Na ja, sie sitzt ja im Palast und muss nicht dauernd hinschauen. Außerdem kannte sie Monaco von Dreharbeiten her und wusste, dass es nicht Beverly Hills ist.«

»Die arme Frau, sie wird sich wundern«, meinte Angeline. »Ist der Palast ebenso heruntergekommen?«

»Nein, ist er nicht. Zumindest fallen die Mängel nicht so auf. Zwar sieht er nicht aus wie Château Marmont, doch das ist ja Disneyland pur, einem Schloss an der Loire nachgebaut und als Edelhotel vermarktet. Typisch amerikanisch.«

Unser Gespräch über den Unterschied von Alter und Neuer Welt wurde unterbrochen, als eine Flotte von Motorbooten, auf denen Fotografen mit gezückten Kameras saßen, sich unserem Schiff gefährlich näherte. Das alles blieb mir erspart, dachte ich und schätzte mich auf einmal sehr glücklich, dass ich Miss Kelly auf dieser Schiffsreise hatte begleiten und mich sogar mit ihr unterhalten dürfen. Diese acht Tage mit ihr konnte mir keiner nehmen, und bestimmt würde ich noch meinen Enkelkindern davon erzählen.

»Wissen Sie, Angeline, wir können uns nicht wirklich beklagen«, gab ich meine Überlegungen weiter. »Immerhin kommen wir mit einer zukünftigen Fürstin nach Monaco.«

Sie lachte. »Stimmt, ich habe schlechtere Tage erlebt, schätze ich.«

Unter den vielen Schaulustigen auf dem Wasser brach großer Jubel aus, als die Braut an Deck erschien, mit einer Art umgestülptem Sombrero auf dem Kopf und einer Sonnenbrille, die zusammen das meiste von ihrem Gesicht verbargen.

»Nun, wer immer für diese Aufmachung verantwortlich ist, wollte unbedingt verhindern, dass ihr Gesicht morgen sämtliche Titelseiten ziert«, spottete ich. »Es wird unmöglich sein, ein anständiges Bild von ihr zu bekommen mit diesem riesigen Lampenschirm auf dem Kopf.«

»Dafür sorgt er für einen ebenmäßigen Teint auf den offiziellen Porträts.«

Angeline hatte recht. Der enorme Schattenspender würde Miss Kellys Gesicht für Nahaufnahmen perfekt mattieren und sie vor unvorteilhaftem Licht schützen.

»Das ist nützlich für Howell Conant, weniger für den Rest von uns.«

Trotzdem gelang mir ein guter Schnappschuss, als die Braut über die Gangway zur Fürstenyacht hinüberging, ihren Pudel fest im Arm.

»Und da geht sie dahin. Aus einem Leben in ein anderes, aber immer als Star«, seufzte Angeline und machte sich Notizen zu Grace Kellys Kleidung. »Sie ist entweder unglaublich mutig oder unglaublich töricht – erst die Zukunft wird zeigen, was davon sich bewahrheitet.«

Ihre Worte trafen ebenfalls auf mich zu. War es mutig von mir gewesen, Sophie um das Treffen zu bitten, oder töricht? Auch das würde sich erweisen müssen. Vorerst beobachtete ich, wie das Brautpaar mit einem bemerkenswert unromantischen Handschlag seine Wiedervereinigung zelebrierte. Die leidenschaftliche Umarmung, auf die die Objektive der Fotografen und die Stifte der Reporter gewartet hatten, blieb aus. Stattdessen nichts als ein lausiger Händedruck, der zudem durch Miss Kellys beharrliches Festhalten an diesem verdammten Pudel erschwert wurde. Vom Schlossfelsen ertönten einundzwanzig Salutschüsse.

»Das war's«, murmelte ich. »Die Show ist vorbei.«

Angeline stupste mich leicht in die Seite, während ich ein paar Fotos von Monte-Carlo mit Spielbank und Oper machte, und streckte ihre Hand vor.

»Hat mich gefreut, Sie kennenzulernen, Jim. Dank Ihnen haben sich die acht Tage wie acht Stunden angefühlt.« Sie lächelte. »Hey, versprechen Sie mir, dass Sie nicht vergessen werden, Miss Duval wegen des Interviews zu fragen.«

Vorsorglich tastete ich in meiner Jackentasche nach dem Zettel, auf dem sie den Namen ihres Hotels notiert hatte.

»Ich werde daran denken. Großes Pfadfinderehrenwort.«

»Schnappen Sie sich die Frau, Jim. Sie wird da sein und auf Sie warten. Wenn nicht, können Sie sich jederzeit bei mir melden!«

Wir lachten beide, dann verschwand meine inspirierende Begleiterin unter Deck, um sich darauf vorzubereiten, das Schiff mit Sack und Pack zu verlassen. Ich blieb noch ein bisschen länger an der Reling stehen und stieß ein stummes Gebet aus, dass Miss West recht behielt mit ihrer Prognose, was Sophie betraf.

Obwohl ich nicht wirklich verstand, warum ich für jemanden, den ich so wenig kannte, so viel empfand, wünschte ich mir mehr als alles andere, dass Sophie wirklich zu unserem Treffen kam. Ich stellte sie mir vor, an einem Tisch auf der Terrasse sitzend, ihre schlanken Beine übereinandergeschlagen, dabei ungeduldig mit ihren Schuhspitzen auf und ab wippend, bis sie mich sah und sich unsere Blicke trafen. Dann würde ich einfach stehen bleiben und lächeln, weil sie gekommen war, weil sie so wunderschön war. Und weil sie so absolut … Sophie war.

Kapitel 33

Sophie

Das Blut rauschte in meinen Ohren, als ich mir einen Weg durch die vielen Menschen bahnte, die die schmalen Straßen rund um den Hafen verstopften und noch immer feierten, wenngleich das Brautpaar in seiner Limousine, eskortiert von Motorrädern, längst Richtung Schloss gerollt war. Das kleine Monaco hatte seiner zukünftigen Fürstin einen großen Empfang bereitet.

Ich hingegen schaffte es nicht, mich von dieser Feierlaune anstecken zu lassen. Zu sehr nagte Michael Levers aggressives Geschäftsgebaren an mir, zu sehr fühlte ich mich von Luciens Dominanz und Beeinflussungsversuchen erdrückt. Das alles machte mich unsicher, und ich begann zu zweifeln. An mir selbst, an meiner Entscheidung, zu dem Treffen mit James zu gehen, am Erfolg meiner neuen Duftlinie, an der Zukunft von Duval. Hinzu kam das Verschwinden des Journals, bei dem es meiner Einschätzung nach nicht mit rechten Dingen zugegangen war.

In letzter Zeit war so viel geschehen, dass ich kaum noch wusste, wer ich war oder was ich wollte.

Um zum Rampoldi zu gelangen, folgte ich der Straße nach Monte Carlo, jenem Stadtteil, in dem das Casino lag und der seinen Namen nach dessen Begründer, Charles III., erhalten hatte. Dass die italienische Namensvariante sich einbürgerte, lag vermutlich daran, dass der Bezirk im monegassischen Dialekt Munte Carlu hieß.

Als ich in dem hübschen Restaurant eintraf, senkte sich langsam die Abenddämmerung herab, und die Sonne stand bereits ziemlich tief am Horizont. Fliederduft erfüllte die Luft. Das Lärmen in den Straßen war abgeebbt, und man hörte wieder das Rauschen des Meeres. Der Übergang vom Tag zur Nacht hatte auf diesem kleinen Flecken Erde etwas Bezauberndes, und tief atmete ich die vielen Gerüche ein, verdrängte dabei sämtliche Gedanken an Lucien und seine schrecklichen Freunde sowie an das fehlende Journal. Schließlich schlenderte ich hinüber zum Restaurant und nahm auf der Terrasse Platz. Ein Kellner ging von Tisch zu Tisch, um die Kerzen anzuzünden und Wasser in die Schalen zu füllen, in denen für den besonderen Anlass rote und weiße Rosen schwammen.

Ich bestellte mir einen Aperitif und wippte ungeduldig mit dem Fuß, als die Minuten verstrichen und James nicht auftauchte. Seit zehn Minuten war er überfällig, dann wurden es zwanzig, dann fast dreißig Minuten. Vielleicht steckte er irgendwo mit dem Taxi in einem Stau, hatte sich in der Uhrzeit geirrt oder beschlossen, dass er mich doch nicht sehen wollte. Die ganze Verabredung erschien mir mit einem Mal unglaublich albern. Ich war hergekommen, um einen Mann zu treffen, den ich kaum kannte – war hier, weil ich meinem Herzen gefolgt war. Bevor ich James kennenlernte, hatte ich mich, was Beziehungen betraf, zu oft von meinem Verstand leiten lassen, von der Vernunft. Inzwischen sah ich das völlig anders. Es war das Herz, auf das es ankam.

Es wäre unerträglich, wenn ich mich getäuscht hätte.

Um mich abzulenken, begann ich zu überlegen, ob ich James von Lucien erzählen sollte. Einiges sprach dafür, bloß war das ein guter Start für eine neue Beziehung? Derzeit eher pessimistisch gestimmt, fürchtete ich, es könnte jede Chance ruinieren, dass sich zwischen uns beiden etwas entwickelte. Ich nippte an meinem Martini und holte einen Schreibblock heraus, um meine Gedanken und Empfindungen zu Papier zu bringen, so wie es mir mein Vater beigebracht hatte.

Parfümeur zu sein bedeutet, ein Bewahrer von Erinnerungen zu sein, Sophie. Jeder Geruch wird dich an etwas oder an jemanden erinnern. Ein guter Parfümeur fängt jedes Gefühl ein, nicht allein Liebe, sondern desgleichen Verlust, Reue und Leid. Jedes Gefühl hat einen eigenen Geruch, jede Erfahrung kann uns etwas lehren.

Welcher Geruch würde wohl Ernüchterung und Bedauern darstellen, gebrochene Versprechen? Ich begann zu schreiben und zu zeichnen: Herbstregen und Stein, Chrysanthemenblüten, die an ihren Stauden welkten, eine frisch ausgeblasene Kerze, die verlöschende Glut eines Feuers. Falls James tatsächlich nicht kam, hatte ich wenigstens meine Emotionen eingefangen, die sich für die Zusammenstellung eines neuen Dufts nutzen ließen.

Gerade als ich die Rechnung verlangen und gehen wollte, hörte ich einen schwachen Pfiff und entdeckte auf der Straße einen vertrauten Filzhut, der über den Köpfen anderer Passanten zu tanzen schien, während sein Träger sich langsam näherte. Als Nächstes kam eine breite Schulter in Sicht, über der ein Kamerariemen hing, und schlussendlich fanden meine Augen die vertrauten zerzausten sandfarbenen Haare, die schiefe Nase. Er war attraktiver, als ich ihn in Erinnerung hatte, größer. Mein Herz schlug wie wild, als er sich auf mich zubewegte und sein Lächeln immer breiter wurde. Dann trafen sich unsere Blicke, und es fühlte sich an, als würde mein Leben in diesem Moment noch einmal ganz von vorn beginnen.

Mit wenigen Schritten war er bei mir und beugte sich herunter, nahm behutsam meine Hand in seine und führte sie an seine Lippen.

»Sophie, Mademoiselle Duval, enchanté. Was für ein bezaubernder Anblick!«

»Hallo, James.« Atemlos streifte ich seine Wangen mit meinen Lippen, nahm seinen Duft wahr, und mein Blick wanderte hoch zu diesen freundlichen goldbraunen Augen. »Du riechst nach meinem neuen Herrenparfüm.«

Er grinste. »Natürlich. Ich habe noch nie in meinem Leben Parfüm benutzt, aber mit *Mémoire* ist dir ein Duftwässerchen gelungen, dem selbst ich nicht widerstehen konnte. Ich bekomme mehr Komplimente dafür, als du dir vorstellen kannst.«

»Ich vermag mir viele Dinge vorzustellen«, erwiderte ich geheimnisvoll und errötete leicht.

Seine Pupillen verdunkelten sich. »Ist das so?«

Um meinen rasenden Pulsschlag herunterzubringen, wechselte ich das Thema.

»Möchtest du dich nicht setzen? Wir sollten etwas essen. Du bist sicher hungrig.«

»Essen klingt wunderbar – nachdem ich etwas anderes erledigt habe«, erwiderte er, griff erneut nach meiner Hand, zog mich von meinem Stuhl hoch und küsste mich.

Mir schwanden die Sinne, als seine Lippen meine fanden. Ich verschmolz mit ihm, mit seinem beharrlichen Kuss, während die Welt um uns herum sich auflöste und ich alles vergaß. Nichts war mehr von Bedeutung, außer seine Lippen auf meinen zu spüren. Erst jetzt gestand ich mir ein, wie sehr ich diesen Moment herbeigesehnt hatte.

Schließlich löste er sich von mir, lehnte seine Stirn gegen meine, und sein Atem strich über mein Gesicht. »Bitte entschuldige. Ich dachte, wir sollten zu Ende bringen, was wir in Grasse begonnen haben.«

Ich lachte leise. »Du brauchst dich nicht zu entschuldigen.«

»Umso besser, mein Liebling. Setzen wir uns und bestellen was. Wie wäre es mit Fromage avec Schnecken? Moules à la Marina? Bonbons avec frites?«

Ich lachte erneut und versetzte ihm einen leichten Rippenstoß. »Wie ich sehe, ist dein Französisch nicht besser geworden.«

»Leider nicht.« Er legte die Speisekarte weg und sah mich an. »Warst du schon immer so unglaublich schön?«

Zwei Stunden später wusste ich genauestens über die Schiffsreise von New York nach Monaco Bescheid sowie über die Pressekonferenzen und öffentlichen Termine während der Überfahrt. Wir hatten uns Meeresfrüchte, Seebarsch mit Fenchel und zum Abschluss einen Teller mit Käse und Obst schmecken lassen, dazu tranken wir einen lieblichen Bordeaux. Ich fühlte mich zwar leicht beschwipst, doch das hinderte mich nicht daran, vor Glück zu strahlen. Es war so einfach, in James Gegenwart ich selbst zu sein. Ich brauchte mich nicht zu verstellen, wünschte mir nicht, woanders zu sein, fühlte mich nicht gefangen oder unverstanden.

Die echte Sophie Duval kam zum Vorschein, und ich hatte keine Angst, sie mit diesem wundervollen Mann zu teilen.

»Ach übrigens, ich habe etwas für dich.« James griff in die Innentasche seiner Jacke und nahm ein kleines schwarzes Samtkästchen und einen Umschlag heraus. »Grace hat mich gebeten, dir das hier zu geben.«

»Grace?«

Er nickte. »Ich glaube, sie ist ein großer Fan von dir.«

Begeistert, dass Grace mir ein Geschenk und eine persönliche

Nachricht zukommen ließ, öffnete ich den Umschlag mit meinem Messer und nahm eine schlichte cremeweiße Karte heraus, auf deren Vorderseite in goldener Schrift DANKE stand. Ich klappte sie auf und las.

Liebe Sophie,
ich hoffe, Sie nehmen dieses kleine Geschenk von mir an. Es soll Sie daran erinnern, wie wir uns kennengelernt haben, und es soll ein Dankeschön sein für das exquisite Parfüm, das Sie für meine Hochzeit entworfen haben.
Sie sind ein wahres Genie, Sophie, und ich wünsche Ihnen und Ihrem Unternehmen viel Erfolg. Ich hoffe sehr, dass wir uns in Monaco sehen werden, und sei es für ein paar Minuten, denn ein Termin wird den nächsten jagen. Zumindest habe ich dafür gesorgt, dass Ihnen früh genug die Einladung zur Operngala und zur kirchlichen Trauung nebst anschließendem Empfang zugeht.
»Cœur de Princesse« nehme ich als abergläubische Person wegen des Namens als Glücksbringer – ein bisschen Glück kann schließlich jede Braut brauchen, finden Sie nicht?
Ganz herzliche Grüße
Grace

Nachdem ich den Brief gelesen hatte, öffnete ich gespannt das Kästchen und fand eine Brosche, die geformt war wie ein Sträußchen Vergissmeinnicht. Mir stockte der Atem, und überwältigt zeigte ich James das ausgefallene Schmuckstück, bevor ich es an mein Kleid steckte. Ich konnte es kaum erwarten, Grace wiederzusehen, selbst wenn es lediglich aus der Ferne war. Und wer weiß, vielleicht ergab sich ja irgendwann eine Gelegenheit, um ihr persönlich zu danken für alles, was sie für mich getan hatte.

»Du, Mademoiselle Hofparfümeurin, stehst sicher auf einigen Gästelisten und darfst wahrscheinlich eine Begleitperson mitbringen, richtig? Ich könnte es einrichten und mich dir zur Verfügung stellen.«

Mein Lächeln gefror. Wie sollte ich ihm erklären, dass Lucien mein offizieller Begleiter war?

»Musst du dich nicht als Fotograf auf sämtlichen wichtigen Galas und Empfängen herumtreiben?«, tat ich verwundert und hoffte, dass meine Ausrede funktionierte. »Ist das nicht der Grund, warum du hier bist?«

Er hob seine Hände. »Damit hast du nicht unrecht. Andererseits kennst du bestimmt das Sprichwort, dass Arbeit allein nicht glücklich macht.« Er zwinkerte mir zu und schenkte uns Wein nach, bevor er sich nach meiner Firma erkundigte. »Ich nehme an, dein Geschäft geht mittlerweile durch die Decke, weil jede Frau so duften will wie eine Fürstin.«

Seine Worte versetzten meiner Stimmung einen kleinen Dämpfer. »Nicht ganz. In letzter Zeit sind ein paar Schwierigkeiten aufgetreten. Und ich habe etwas verloren, das mir sehr wichtig ist. Erinnerst du dich an mein Journal?«

Er überlegte kurz und sagte ironisch: »Du meinst dieses zerfledderte alte Notizbuch, in das du die Formeln für all deine Düfte einträgst?«

Wie gelang es ihm nur, so zu reden und mich dennoch zum Lachen zu bringen – bei Lucien stünde ich kurz vor dem Explodieren.

»Ja, genau das meine ich.«

»Tut mir leid. Ich weiß, dass es für dich eine ganz besondere Bedeutung hat.«

»Eigentlich möchte ich jetzt nicht darüber sprechen, sonst verderbe ich uns am Ende den Abend.«

»Dann ein anderes Mal – ich gehe davon aus, dass es ein anderes Mal geben wird. Morgen zum Beispiel?«

Ich wusste nicht, was ich sagen sollte.

Er bemerkte mein Unbehagen. »Habe ich dich irgendwie in Verlegenheit gebracht?«

»Nein. Es ist einfach …«

»Du brauchst mir nichts zu erklären«, unterbrach er mich. »Komm, lass uns spazieren gehen. Der Abend ist so zauberhaft, und ich bin froh, endlich wieder festen Boden unter den Füßen zu haben.«

Obwohl ich zweifelte, ob das in unserer derzeitigen Situation klug war, stimmte ich zu.

»Oui, ein Spaziergang klingt perfekt.«

Wir schlüpften in unsere Jacken, schlenderten in Richtung Casino und von dort durch den üppigen Palmengarten in Richtung Meer, bis wir eine Stelle erreichten, von der aus man die Bucht überblicken konnte. Im Hafen wimmelte es von Booten, deren Lichter sich im Wasser spiegelten. Rot-weiße Flaggen und Wimpel flatterten überall im Wind.

Als es zu nieseln begann, legte James den Arm um mich, und ohne ein Wort fanden wir uns. Ich wehrte mich nicht, konnte es nicht, wollte es nicht. Und während unser Kuss hitziger wurde, schwebte die Welt davon und nahm all meine Sorgen mit sich.

Schlechtwetter läutet neue Ära in Monaco ein

Regen stört Hochzeitsfeierlichkeiten

Angeline West berichtet für den *Herald*

April 1956

Wettergott Petrus hat offenbar nicht mitbekommen, dass in dieser Woche ein bedeutendes Ereignis in Monaco stattfindet, denn seit Miss Kellys Ankunft regnet es im Fürstentum fast ununterbrochen. Nichtsdestotrotz: The show must go on, und selbst das enttäuschende Wetter kann nicht die Stimmung jener trüben, die sich auf die Hochzeit des Jahrhunderts freuen.

Wenngleich die stürmisch-nasse Witterung Blumendekorationen ruiniert und gleichermaßen die Einheimischen wie die rund dreißigtausend Besucher von den Straßen vertreibt, liegt eine feierliche Atmosphäre über der Stadt. Während alle der Trauungszeremonie entgegenfiebern, muss das Brautpaar täglich von früh bis spät ein volles Programm mit Terminen aller Art absolvieren, allen voran mit offiziellen Empfängen und Galaveranstaltungen.

An prominenten Stätten wie dem Casino oder dem Sporting Club in Monte-Carlo harren Scharen von Fotografen stundenlang im Regen aus, um Miss Kelly und ihre berühmten Freunde aus der Bühnen- und Filmwelt vor die Linse zu bekommen, bleiben aber gewöhnlich enttäuscht zurück, weil die Gäste rasch in ihre wartenden Limousinen eilen, verdeckt von großen Regenschirmen.

Miss Kelly begeisterte zuletzt in einer auffälligen hellgrünen Abendrobe mit weit ausgestelltem Rock, die sie mit einer eleganten braunen Nerzstola kombinierte. Was Stilfragen betrifft, kann selbst der erbarmungslose Regen das natürliche Modegespür dieser Hollywoodprinzessin nicht verwässern.

Kapitel 34

James

Nach meinem Wiedersehen mit Sophie wachte ich am nächsten Tag munter und beschwingt auf. Alles hatte sich richtig angefühlt. Diese Frau faszinierte mich einfach, und ich brannte darauf, mehr über sie zu erfahren. Selbst unter der Dusche ließ ich den Abend wieder und wieder Revue passieren, dachte an den Duft ihres Parfüms, der mir verführerisch in die Nase gestiegen war, als ich ihren Hals küsste. An ihre Art, mit ihren Lippen mein Ohr zu streifen, jedoch auch daran, dass sie meinen Fragen ausgewichen war und lieber über mein Leben in England reden wollte als über sich selbst.

Irgendetwas machte ihr eindeutig zu schaffen, viel mehr als ein verschollenes Journal. Ich musste mich in Geduld fassen, bis sie von allein darauf zurückkam.

Hingegen hatte ich ihr ausführlich von Emily erzählt, ihr die Fotos gezeigt, die ich in meiner Brieftasche immer bei mir trug, und sogar Marjorie und Dingens nicht ausgespart. Wobei sich bestimmt alles lockerer und leichter angehört hatte, als es war, denn im Grunde hätte ich gerne selbst ein ausgefülltes Familienleben und beneidete Marjorie um ihren Familienurlaub mit Emily in Schottland und um die gemeinsamen Erinnerungen, die sie mit unserer Tochter schaffen würde. Ich hatte mir oft ausgemalt, mit ihr ein paar Wochen in einem abgelegenen

Cottage an einem See in den Highlands zu verbringen, wo die Landschaft in mancher Hinsicht ähnlich spektakulär war wie im Hinterland der Côte d'Azur. Fast wie aufs Stichwort meldete sich die Rezeption und stellte ein Gespräch von Emily durch.

»Daddy, Daddy, ich bin es!« Ihre Stimme überschlug sich vor Aufregung fast. »Ich rufe aus Schottland an.«

»Hallo, mein Schatz! Wie schön, dass du dich meldest. Hast du Spaß in Schottland? Und hast du Nessie bereits entdeckt?«

Das Herz ging mir über, als sie losplapperte und mir von den Seen und Burgen berichtete, die sie besichtigt hatte. Für ein paar Augenblicke zählte nichts anderes. Meine Welt schrumpfte auf das Gespräch mit meinem kleinen Mädchen zusammen. Lächelnd streckte ich mich auf dem Bett aus und ließ sie schnattern.

»Morgen unternehmen wir einen Ausflug in die Berge. Mummy sagt, dass wir unterwegs ein Picknick machen, wenn das Wetter mitspielt.«

Ich kannte die schottischen Bergstraßen mit ihren vielen engen Kurven, von denen einem schlecht werden konnte. Dafür war die Aussicht grandios, sofern nicht gerade dichter Nebel die Landschaft ringsum einhüllte, was leider nicht selten geschah.

»Mach viele Fotos und hab noch viel Spaß«, kam ich zum Schluss. »In ein paar Tagen werde ich wieder nach Hause fliegen, mein Engel. Du weißt schon, sobald die Hochzeit vorbei ist.«

Als ich schließlich den Hörer auflegte, wünschte ich mir, das Leben könnte für alle so einfach sein wie für eine Zehnjährige, und ich schwor mir, dafür zu sorgen, dass Emilys Leben immer reich an mythischen Seeungeheuern, Picknickausflügen und Bergtouren sein würde.

Nachdem ich mich angezogen und meine Kamera überprüft hatte, machte ich mich auf den Weg in das Schulgebäude, in dem ein provisorisches Pressezentrum eingerichtet worden war. Leider wurde ziemlich schnell klar, dass die Verwaltung des Zwergstaats und der Palast über keinerlei Erfahrung mit internationalen Medien verfügten. Es gab zwar reihenweise ladenneue Schreibmaschinen und ein Dutzend Telefonkabinen, aber überall war es eng und stickig, und es stank es nach altem Schweiß und kaltem Zigarettenrauch. Außerdem hatte sich niemand die Mühe gemacht, irgendwelche Termine für uns zu organisieren, sei es mit dem fürstlichen Paar oder mit hochkarätigen Gästen.

Wir schimpften ebenso auf die für das Pressezentrum Verantwortlichen wie auf die Leute von MGM und machten allenthalben Druck: Wann würden wir die Möglichkeit erhalten, das Paar zu sehen? Würde es offizielle Fototermine geben? Oder würde Miss Kelly bis zur standesamtlichen Trauung weiter versteckt? Traf es zu, dass sie an Erschöpfung litt?

Es hagelte Beschwerden und Proteste vonseiten der versammelten Weltpresse, und das Murren, das Miss Kelly seit der chaotischen Abschiedskonferenz in New York begleitet hatte, wuchs sich unter Monacos launischem Himmel zu lautstarker Kritik aus. Bis zur Eheschließung vor dem Gesetz, die im Thronsaal des Palastes vollzogen würde, waren es noch fünf Tage, sechs bis zum eigentlichen Höhepunkt, der kirchlichen Trauung in der Kathedrale – viel Zeit für die Meute der Reporter und Fotografen, um nach Informationsschnipseln zu jagen oder nach irgendeinem Skandal, der für die Medien in aller Welt ein gefundenes Fressen wäre und in letzter Minute eine Ikone von ihrem Sockel stürzen könnte. Gemein, jedoch wahr. Auch wenn sich derart Spektakuläres nicht anbot, legten sich die Klatschkolumnisten mächtig ins Zeug, um das öffentliche Interesse an Miss Kelly und ihrem Fürsten wachzuhalten. Entsprach es der Wahrheit, dass Marilyn Monroe ursprünglich Rainiers erste Wahl bei seiner

Brautschau in Amerika gewesen war? Hatte Pater Tucker, sein Hofkaplan, sich tatsächlich für die engelsgleiche Miss Kelly stark gemacht? Mutmaßungen und Zuspitzungen waren die einzigen Werkzeuge, die den Redakteuren zur Verfügung standen.

Selbst das pralle Programm aus Empfängen und Ehrungen, Galas, Banketten und Ballettaufführungen war uns nicht von Nutzen, da die meisten Veranstaltungen privater Natur waren, den engsten Verwandten und Freunden des Paares vorbehalten. Während sich drinnen die handverlesene Gesellschaft an Hummer und Kaviar gütlich tat, lauerten draußen hinter jeder Ecke hungrige Fotografen. Die Nachricht, dass aus dem Hotelzimmer einer Brautjungfer Schmuck im Wert von mehreren tausend Dollar gestohlen worden sei, lieferte uns vorübergehend wenigstens ein bisschen Stoff.

Ansonsten war die Arbeit schmutzig und zermürbend, und ich ertappte mich wieder einmal dabei, dass ich mich nach Landschaften zurücksehnte, nach dem Meer und der Küste, nach Blumenfeldern, rustikalen Dorfkirchen und verwinkelten Gassen mit Kopfsteinpflaster. Meine Sehnsucht ging so weit, dass ich überlegte, wie ich mir ein Leben in Frankreich aufbauen und Marjorie davon überzeugen könnte, Emily daran teilhaben zu lassen.

In den langen Stunden zwischen den offiziellen Terminen zog es uns in die Bars und Spielsäle, wo bei teurem französischem Bier Zigaretten und Tipps ausgetauscht wurden. Wir waren genauso aufgewühlt wie das Meer und der monegassische Himmel mit seinen bedrohlich wirkenden Wolkenformationen.

»Hast du irgendwas Anständiges aufgetan?«, erkundigte sich Eddie O'Reilly und setzte sich zu mir auf die überdachte Terrasse eines Straßencafés.

»Nicht das Geringste. Je früher diese Hochzeit stattfindet, desto besser.« Ich streckte meine Arme über den Kopf. »Langsam habe ich die Nase voll von Grace Kelly.«

Er lachte. »Zu Hause wartet eine besondere Person auf dich, nicht wahr?«

»Ja, allerdings. Meine Tochter.«

Als der Kellner uns das Bier servierte, kam es neben uns zu einem Handgemenge. Jemand taumelte rückwärts und riss alles mit, inklusive O'Reilly, der mit seiner Kamera unsanft auf dem Boden landete.

»Du verdammter Idiot! Die ist hinüber!«, schrie er, rappelte sich wütend hoch und ging vor dem Kerl, der ihn umgestoßen hatte und immer noch auf dem Boden lag, in Kampfstellung.

Ich warf einen Zehnfrancschein auf den Tisch und zog ihn weg. »Lass uns von hier verschwinden. Hierher dürfte Miss Kelly sowieso nicht kommen.«

Es war desolat. Im Grunde blieb uns nichts anderes, als die Limousinen zu belagern, in denen das Brautpaar von Termin zu Termin chauffiert wurde, und auf Teufel komm raus wild durch die Scheiben zu fotografieren, während die Fahrer wütend hupten und Sicherheitsleute uns zurückzudrängen versuchten. Brauchbare Bilder kamen nicht dabei raus, die Spiegelungen des Blitzlichtgewitters verhinderten das. Schön langsam fingen wir an, das ganze Brimborium zu verwünschen, einschließlich der Hollywoodprinzessin und ihres Operettenprinzen. Zudem kam mir das Ganze mittlerweile arg künstlich vor, als würde Walt Disney Regie führen.

Je mehr meine Begeisterung für das Jahrhundertereignis schwand, desto mehr dachte ich über mein Privatleben nach. Unter anderem darüber, wer für mich wichtiger war: Emily oder Sophie. Die eine war schon fester Bestandteil meines Lebens, die andere sollte es werden, wenn es nach mir ging. Zu meiner Erleichterung wirkte sie nicht abgeneigt.

Das hatte ich gleich gestern an unserem ersten Abend im

Restaurant bemerkt, wo wir um einen etwas abgelegenen Tisch gebeten hatten und uns beim Reden an den Händen gehalten und uns zwischen den einzelnen Gängen geküsst hatten. Später hatten wir einen Spaziergang gemacht und waren spätabends noch zum Tanzen in eine Bar gegangen, verloren im verführerischen Rhythmus der Musik und dem Reiz unseres Beisammenseins. An einem bestimmten Punkt dann war Schluss mit der Nähe gewesen, weil Sophie abbremste. Weshalb, war mir nicht klar, aber ich bedrängte sie nicht, wollte nicht unbedacht Schaden anrichten.

Ob es heute ähnlich laufen würde, fragte ich mich.

»Du tanzt sehr gut, James«, flüsterte sie mir gerade ins Ohr, und ihr warmer Atem streifte meinen Hals. »Für einen Engländer.«

»Und du riechst wundervoll«, erwiderte ich und ließ meine Hände über ihren Rücken gleiten. »Für eine Französin.«

Zwar lachte sie, doch in ihren Augen lag eine rätselhafte Traurigkeit.

»Ich wünschte, du würdest mir sagen, was dich beschäftigt«, unternahm ich einen Vorstoß. »Ich sehe schließlich, dass dich etwas bedrückt.«

»Du bist viel zu neugierig«, wich sie aus. »Eine echte Reporterkrankheit. Immer auf der Jagd nach einer Story, wo keine ist.«

»Vorsicht, ich habe ein feines Gespür, was vielleicht nicht gerade typisch für Reporter ist«, sagte ich und nahm ihre Hände. »Ich bin wie gesagt wirklich gut darin zuzuhören. Geteiltes Leid und so.«

Sie stellte sich auf die Zehenspitzen und küsste mich. »Nicht nötig, ich kann allein auf mich aufpassen. Trotzdem vielen Dank.«

Ihre Worte beruhigten mich nicht, verstärkten eher meine

Sorgen. Immerhin war mir seit langer Zeit nicht mehr etwas so Gutes wie Sophie passiert, und ich wollte nicht riskieren, dass sie mir entglitt. Eins war sicher: Sie würde sich niemals von ihren geliebten Blumenfeldern und ihrer Manufaktur trennen oder von ihren Freunden und Nachbarn in Grasse – und ich würde das auch nicht von ihr verlangen.

Vielleicht war es das ja, was sie beunruhigte, und sie zählte die Tage bis zur Hochzeit deshalb, weil genau dieses Ereignis unsere Trennung bedeutete. Ich würde nach England zurückkehren, und was dann?

Kameraverbot bei ziviler Trauung

Fürst Rainier spricht ein Machtwort gegen die Presse

Angeline West berichtet für den *Herald*

April 1956

Infolge der angespannten Beziehungen zwischen dem Fürstenpalast und der internationalen Presse werden bei der standesamtlichen Trauung am 18. April keine Kameras zugelassen. Lediglich drei Fotografen haben die offizielle Erlaubnis, die Zeremonie im Thronsaal des Palastes zu begleiten und festzuhalten.

Man nimmt an, dass die ständige Belagerung der Brautleute durch die Presse Rainier zu dem Verbot veranlasst hat. Gerade erst kam es zu einem neuen Zwischenfall, als das Paar auf dem Rückweg von Èze war, wo die Schwester des Fürsten zum Mittagessen in ihre Villa eingeladen hatte. Da der Presse strikt jeder Zugang verwehrt worden war, errichteten einige Paparazzi Straßensperren, um die Fürstenlimousine aufzuhalten, ein Fotograf soll sich sogar vor den Wagen geworfen haben. Es ist Miss Kelly hoch anzurechnen, dass sie trotz des Dauerregens und der angespannten Atmosphäre ihr Lächeln vor den Kameras bewahrt, sofern sie einmal in ihre Nähe kommen. Es heißt, das Paar mache einen glücklichen Eindruck, während der Countdown zur Traumhochzeit läuft.

Sehr interessant und sehr amerikanisch ist übrigens ein Kommentar John Kellys zu dem Verhältnis seines Schwiegersohns in spe zu den Medien: »Ich schätze, der Fürst wird lernen müssen, sich den Gegebenheiten anzupassen.« Meine Wenigkeit wagt zu bezweifeln, ob Seine Hoheit das genauso sieht.

Auch eine schlechte Neuigkeit macht die Runde: Im Trubel der Feierlichkeiten haben Gelegenheitsdiebe bei drei Einbrüchen Beute im Wert von geschätzt 150 000 Dollar gemacht. Allein beim jüngsten Einbruch wurden aus der Wohnung eines russischen Arztes Gemälde im Wert von 95 000 Dollar entwendet. Zuvor hatte es Hochzeitsgäste, darunter eine von Miss Kellys Brautjungfern, getroffen, die im Hôtel de Paris um wertvollen Schmuck erleichtert wurden.

Wie es scheint, läuft selbst auf einem Jahrhundertereignis nicht alles rund. Hoffen wir darauf, dass es gelingt, sämtliche Knitterfalten bis zu dem großen Tag auszubügeln, und dass das Einzige, was dann noch gestohlen wird, die Küsse eines glücklichen Brautpaars sein werden.

Kapitel 35

Sophie

Ich schwebte durch die folgenden Tage, pendelte zwischen der einsamen Stille der Wohnung im idyllischen Cap d'Ail und dem umtriebigen Lärmen in Monacos Bars und Restaurants hin und her. Das Hochzeitsfieber hatte mich gepackt mit seiner ganzen Romantik und seinen Verheißungen, die vermutlich jeder ebenfalls für sich selbst wünschte. Und bestimmt spielte für mich James dabei eine Rolle. In seiner Gegenwart fühlte ich mich endlich wahrgenommen, verstanden, und selbst an völlig überfüllten Orten kam ich mir vor wie die einzige Person im Raum, mit der er zusammen sein wollte.

Mein neues Glück nahm mich völlig in Beschlag, ohne mich allerdings meine nach wie vor bestehenden Probleme vergessen zu lassen, bei denen momentan Lucien an vorderster Stelle stand, mein designierter Begleiter in Monaco, den ich liebend gern loswürde. Bloß wie?

Auf dem Balkon in Cap d'Ail sitzend, dachte ich über mögliche Optionen nach und genoss zugleich den zaghaften Sonnenschein, der mir als Segen nach der Schlechtwetterperiode vorkam. Als ich das Knattern eines Motorrollers vernahm, stand ich auf, beugte mich über das Eisengeländer und beobachtete, wie der Fahrer abstieg. Mein Herz schlug einen Purzelbaum, denn gleich darauf trat James aus dem Schatten hervor und winkte zu mir hoch.

»Ich dachte, wir könnten eine kleine Spritztour machen. Was meinst du?«, rief er.

Warum nicht? Mir gefiel die Idee. Rasch suchte ich ein Kopftuch und meine Sonnenbrille heraus und eilte nach unten, wo ich James mit den üblichen Wangenküssen begrüßte. Ihm aber reichte das nicht, er packte mich und küsste mich nach allen Regeln der Kunst. Ich schmolz dahin, vermochte ihm nicht zu widerstehen. Am liebsten hätte ich sein Gesicht in beide Hände genommen, es Zentimeter für Zentimeter mit Küssen bedeckt und ihm gesagt, was er mir bedeutete.

»Alles in Ordnung?«, fragte er und legte seinen Arm um meine Schulter.

Ich holte tief Luft. »Jetzt schon. Wo fahren wir hin?«

»Keine Ahnung, lass uns einfach der Straße folgen.«

Wir düsten los und fuhren die Küste entlang, hielten nach einer Weile bei einem kleinen Bistro an und ließen uns ein köstliches Mittagessen aus cremiger Gemüsesuppe und Rinderschmorbraten schmecken, das uns nach der Fahrt durch die kühle Frühlingsluft innerlich wärmte. Anschließend spazierten wir händchenhaltend über einen einsamen, wilden Strand und waren glücklich über das, was so selbstverständlich zwischen uns erblüht war.

»Ich weiß nicht, wie du es angestellt hast, dass ich zum ersten Mal in meinem Leben das Bedürfnis verspüre, sesshaft zu werden, Wurzeln zu schlagen.«

»Wie ein Unkraut?«, spottete ich liebevoll und brachte ihn damit zum Lachen.

Die Stunden vergingen, ohne dass wir uns voneinander trennen mochten.

»Hast du Lust, noch ein Stück weiterzufahren?«, fragte er und rieb meine Hände zwischen seinen. »Wir könnten uns den Sonnenuntergang von oben ansehen.«

»Du bist ein echter Romantiker«, seufzte ich. »Das ist eine wunderbare Idee.«

Wir kurvten die Küstenserpentinen hoch, bis der rötliche Schein der Abendsonne die schroffen Klippen zum Leuchten brachte. An einem Felsvorsprung hielten wir an, setzten uns auf einen großen Stein und beobachteten, wie das Licht sich von einem glänzenden Gold in ein zartes Violett verwandelte.

»Warte hier.« James sprang auf, kramte kurz in der Gepäcktasche des Rollers und kehrte mit einem verlegenen Grinsen zu mir zurück. »Ich habe hier etwas für dich«, sagte er, als er sich wieder neben mich setzte. »Als ich es gesehen habe, musste ich sofort an dich denken, und, nun ja …« Er hüstelte verlegen. »Ich hoffe, es gefällt dir.«

Bei seinem Geschenk handelte es sich um ein wunderschönes, in hellgraues Leder gebundenes Notizbuch, in dessen weiche Oberfläche Blumen geprägt waren und am unteren Rand die verschnörkelten Initialen SD. Ich strich über den Einband, ertastete die Rillen und Vertiefungen der Prägung, schlug die nach Veilchen duftenden Seiten auf und entdeckte auf dem ersten Blatt eine Widmung.

Auf die Zukunft von Duval. Und auf uns. James

»Das ist ein neues Journal für deine Formeln«, erklärte er. »Ich weiß, es kann das Original deines Vaters nicht ersetzen, doch ich hoffe, dass es zumindest …«

Ich versiegelte seine Lippen mit einem leidenschaftlichen Kuss, während mein Herz sich in den frühen Abendhimmel erhob, und gab ihn nur frei, um Luft zu holen. Ein Kloß hatte sich in meiner Kehle gebildet, und Tränen der Dankbarkeit und des Glücks traten mir in die Augen, so gerührt war ich.

»Es ist perfekt. Das alles hier.« Ich beschrieb eine ausladende

Geste. »Diese Kulisse ist der perfekte Hintergrund für die Begegnung mit einem perfekten Mann.«

Er sah mir in die Augen. »Ich glaube daran, dass du die Marke Duval fest etablieren und mit der Zeit sogar vergrößern kannst. Du hast das Zeug dazu. Nimm dieses Buch als kleine Starthilfe von mir.«

»Danke, ich nehme es als Ermunterung für einen neuen Anfang, für einen Anfang in jeder Hinsicht.«

Wir verstummten für eine Weile, und ich lehnte meinen Kopf an seine Schulter.

»Stell dir vor, du hättest Grace Kelly nicht verfolgt an jenem Tag«, sagte ich schließlich. »Oder ich hätte sie nicht vor dir versteckt, du elender Paparazzo.« Ich sah in seine Augen und verlor mich in ihren goldenen Tiefen. »Dann hätte ich dich nie kennengelernt.«

»Du willst also sagen, es war gar nicht so verkehrt, dass ich mich wie ein aufdringlicher Mistkerl benommen habe?«

Statt zu antworten, versetzte ich ihm einen scherzhaften Klaps auf den Arm. Daraufhin umfasste er meinen Nacken und legte seine Stirn an meine.

»Komm mit mir, Sophie, in mein Hotel«, flüsterte er mit heiserer Stimme.

Natürlich war mir bewusst, dass ich damit einen entscheidenden Schritt tun würde, ohne meine Beziehung zu Lucien geklärt zu haben, dennoch stand meine Antwort fest. Ja, ich wollte mit diesem Mann zusammen sein.

Innerhalb einer Stunde waren wir in seinem Hotel in Monaco. James schenkte uns Drinks ein, die wir nicht anrührten. Zu stark loderte heißes Verlangen zwischen uns, das nach Erfüllung strebte. Atemlos verloren wir uns in einem leidenschaftlichen Kuss, bis wir beide nach Luft schnappten. Seine Hände glitten zärtlich über meine Schultern und meinen Rücken, und ich erkundete die Konturen seines Oberkörpers. Durch sein Hemd ertasteten meine Fingerspitzen eine kleine Wulst auf seiner Haut.

»Eine Narbe«, sagte er mit rauer Stimme. »Vom Krieg.«

Als er sein Hemd über den Kopf streifte und mir den verwachsenen rötlichen Strich zwischen seinen Rippen zeigte, senkte ich meine Lippen darauf und folgte der Linie mit zärtlichen Küssen, setzte den Weg fort hinauf zu seiner Schulter, zu seinem Hals, pflanzte Kuss um Kuss auf seine Haut, angestachelt von seinem lustvollen Stöhnen. Hungrig erwiderte er schließlich meinen Kuss und tastete nach dem Reißverschluss an meinem Kleid.

»Darf ich?«, fragte er.

Ich nickte voller Begehren, und behutsam machte er sich daraufhin ans Werk. Als mein Kleid und meine Unterwäsche zu Boden geglitten waren, hielt er erneut inne.

»Du bist so wahnsinnig schön, Sophie. Hat dir das bereits jemand gesagt?«

Seine Finger glitten jetzt über meinen Bauch und meine Hüften, brachten mich dazu, wohlig zu seufzen und mich fest an ihn zu pressen. Dann hob er mich auf seine Arme, trug mich zum Bett und bedeckte meinen Körper mit Küssen, die eine glühende Spur hinterließen. Als er sich auf mich legte, barg er sein Gesicht an meinem Hals.

»Sophie«, flüsterte er mir ins Ohr. »Es ist absoluter Wahnsinn, wie sehr ich dich liebe.«

Alle Dämme in mir brachen, seine Worte waren wie kostbare Juwelen, die mir neuen Mut machten. Obwohl ich genauso empfand, brachte ich es nicht über mich, ihm gleichermaßen meine Liebe zu gestehen. Nicht solange ich nicht für klare Verhältnisse gesorgt hatte.

Ich antwortete mit Küssen, die ihm alles sagten, und als wir uns in der Dunkelheit fanden, waren Worte nicht länger nötig.

Kapitel 36

James

Sophie Lauren Duval war vollkommen. Ich hatte gespürt und gehofft, dass hinter diesem ersten, zaghaften Kuss auf ihrer Terrasse mehr steckte, ohne mir wirklich vorstellen zu können, wie viel mehr.

Wir liebten uns vor dem Frühstück und danach gleich wieder, zu hungrig aufeinander, um uns lange von frischen Croissants und starkem Kaffee ablenken zu lassen. In unserem Begehren lagen eine Unbekümmertheit und eine Hingabe, die noch befeuert wurde von der ausgelassen-romantischen Atmosphäre, die über der Stadt lag und die Luft zum Knistern brachte wie ein Frühlingsgewitter.

Doch zwischen uns bestand mehr als eine starke gegenseitige Anziehungskraft und körperliche Bedürfnisse. Wir unterhielten uns den ganzen Morgen, erzählten uns private Dinge über unsere Familien und Freunde. Wir kosteten es aus, einander auf eine sanfte Art zu entdecken, Stück für Stück wie Archäologen, die vorsichtig Sand- und Steinschichten abtrugen. Uns war beiden klar, dass unsere Beziehung seit dieser ersten zufälligen Begegnung in der Boutique weit über das Sexuelle hinausging. Sonst wäre nicht ungeachtet der komplizierten Umstände und der langen Trennung so etwas Besonderes zwischen uns entstanden, unerwartet wie eine Rose im Winter.

Natürlich hatten unsere Briefe ihren Teil dazu beigetragen und erste Wurzeln gebildet. Der besonnene Prozess des Schreibens, die Zeit, die es in Anspruch nahm, bis die Zeilen des anderen einen erreichten, hatten unsere Gefühle füreinander verstärkt, statt sie abzuschwächen. Unsere Beziehung beruhte nicht auf gestohlenen Küssen und abgeworfenen Kleidern, sondern auf Geduld und einem seltsamen Gefühl der Bestimmung. Wir hatten uns an die kleinsten Bruchstücke geklammert, zum Beispiel an den nachklingenden Duft eines Parfüms oder an ein Bild, das in der Dunkelkammer langsam zum Vorschein kam. Das alles ergab nicht den geringsten und gleichzeitig den größtmöglichen Sinn.

»Sind Sie immer so ungestüm, Miss Duval?«, fragte ich, als wir eng umschlungen dalagen.

Sophie stützte sich auf ihrem Ellenbogen auf. »Ganz ehrlich?«

»Ganz ehrlich.«

»Nein, zumindest bin ich es bisher nie gewesen. Daran hat mich immer mein Selbstverständnis, ein vernünftiges Mädchen zu sein, gehindert. Es liegt mir nicht, sinnlos vorzupreschen.«

»Sinnlos oder sinnlich?« Ich zwinkerte ihr zu und genoss die Röte, die in ihre Wangen stieg, den Anblick ihrer vollen Lippen. »Du, Mademoiselle Duval, bist eine ganz schlimme Person, die mich auf Abwege führt. Mich, einen armen verirrten Fremden, der sich kaum in der Landessprache verständigen kann. Du sollest dich schämen.«

Sie lachte auf diese leicht heisere, unglaublich verführerische Art, die ihr zu eigen war.

»James, bitte hör auf.«

»Niemals!« Ich zog sie in meine Arme und hielt sie fest, wie ich noch nie jemanden festgehalten hatte. So fühlte es sich also an, wenn man bis über beide Ohren verliebt war, schoss es mir durch den Kopf. Wenn man jemanden nicht einfach gernhatte, sondern ihm mit Haut und Haaren verfallen war. Was ich einmal für Marjorie empfunden hatte, konnte man nicht mal als schwachen Abglanz davon bezeichnen. Das eine war Pflicht, das andere Kür. Und um das zu bestätigen, liebten wir uns ein drittes Mal an diesem Morgen, langsam und lasziv, kosteten einander aus, bis wir beide restlos glücklich und restlos erschöpft waren.

»Sehen wir uns heute Abend?«, fragte ich, als ich ihren Reißverschluss hochzog, dabei ihren Nacken liebkosend. »Oder speist du mit der High Society?«, fügte ich mit leichter Ironie hinzu.

Seltsamerweise wirkte sie mit einem Mal unsicher, schien sich kurz zu verschließen wie eine Auster, bevor sie sich wieder fing und mich zärtlich auf die Nase küsste.

»Ja, Essen gehen wäre schön. Sofern du mir versprichst, diesmal von den Schnecken zu kosten.«

»Für dich, Mademoiselle, würde ich einen ganzen Garten voller Schnecken verspeisen.«

Sie lachte, aber mir entging nicht, dass sich ihr Blick leicht verdüsterte.

»Bist du sicher, dass du es wirklich willst?«, fragte ich. »Mir ist bewusst, dass das alles sehr schnell geht.« Ich schob eine Locke hinter ihr Ohr. »Du wirkst so unruhig.«

Sie sah mir in die Augen. »Ja, James, ich bin mir sicher. Da sind lediglich ein paar Dinge, die mich beschäftigen und die ich klären muss.« Sie griff nach ihrer Tasche und legte zum Abschied ihre Hand sanft an meine Wange. »Wir sehen uns später.«

»Vergiss bitte nicht, dich bei Angeline West zu melden«, rief ich ihr nach. »Sie möchte dich unbedingt interviewen, und ich habe ihr mein großes Pfadfinderehrenwort gegeben, dass du das bestimmt tun wirst.«

Lächelnd drehte sie sich um und warf mir eine Kusshand zu,

den Duft ihres Parfüms und einen liebestollen Narren zurücklassend.

Ich legte mich auf das zerwühlte Bett, um über die Geschehnisse der letzten Nacht nachzudenken. Es war fast zu schön, um wahr zu sein – *sie* war fast zu schön, um wahr zu sein. Unvermittelt fragte ich mich allerdings, ob es einen Haken gab, denn selbst wenn das Glück mir in letzter Zeit hold zu sein schien, fiel es mir nach wie vor schwer zu glauben, dass das Schicksal mir eine so wundervolle Frau zugeführt hatte. Und wie immer in solchen Situationen vermisste ich Teddys Kommentare, die trotz ihres süffisant-spöttischen Tons den Kern getroffen hatten.

Du? Jim Henderson und hoffnungslos verliebt? Ich hätte nie gedacht, dass ich diesen Tag erlebe, würde er jetzt vermutlich spotten.

Er war damals mein Trauzeuge und ich seiner. Und als Einziger hatte er mich gefragt, ob ich mir wirklich sicher sei, dass ich Marjorie heiraten wolle. Letztlich hatte ich es gegen seine Empfehlung getan, und das einzig Gute, was dabei herauskommen sollte, war Emily.

Meine bezaubernde Tochter, die tausendmal mehr wert war als ein zögerliches Ja in einer kalten englischen Kirche.

Einer Prinzessin würdig: Neue Details über Kleider und Parfüm der Braut

Grace Kellys großer Tag rückt näher

Angeline West berichtet für den *Herald*

April 1956

Heute wurden Skizzen von den Kleidern veröffentlicht, die MGM-Kostümbildnerin Helen Rose für Miss Kellys Trauungen entworfen hat. Für die zivile Zeremonie im Thronsaal des Palastes wird die Schauspielerin ein umwerfendes Ensemble aus handgewebter cremefarbener Alençon-Spitze, auch Königin der Spitzen genannt, über zartrosa Seidentaft tragen. Die eng taillierte Kostümjacke zum wadenlangen Rock wird geknöpft und an ihrem schmalen Volantkragen mit einem Seidenbändchen geschlossen.

Das bereits mit Spannung erwartete Brautkleid für die kirchliche Zeremonie in der Kathedrale ist absolut traumhaft und wird als königliche Robe im Renaissancestil beschrieben. Fünfundzwanzig Meter matt glänzende Peau de soie, sogenannte Seidenhaut, fünfundzwanzig Meter Taft, neunzig Meter Seidentüll und zweihundertneunzig Meter Valencienne-Spitze wurden dafür verarbeitet. Die Schleppe zieren Hunderte von Perlen, der ausgestellte bodenlange Rock ist dreifach mit Krepp und Taft unterfüttert. Kein Wunder, dass ein ganzer Ozeandampfer nötig war, um diesen Traum in Weiß nach Monaco zu transportieren!

Die französischen Couturiers reagierten verschnupft.

Viele hatten gehofft, Miss Kelly werde einen der Ihren für ihr Brautkleid beauftragen, doch wer kann es ihr verübeln, dass sie ihr Vertrauen in die Frau setzte, die ihr in all den Jahren Filmkostüme auf den Leib geschneidert hat. Wie es heißt, soll das Kleid nach der Hochzeit im Philadelphia Museum of Art ausgestellt werden.

Vor Kurzem wurde bekannt, dass es sich bei der geheimnisvollen Schöpferin des eigens für die Hochzeit entworfenen Parfüms um die aus der Nähe von Monaco stammende Sophie Duval handelt, die mit ihrer Duftkreation *Cœur de Princesse* ein feines Näschen bewiesen hat. Im Interview erklärte Miss Duval, sie und Miss Kelly hätten sich im letzten Jahr, als der Star die Filmfestspiele in Cannes besuchte, kennengelernt. »Ein englischer Fotograf verfolgte sie bis in meine Boutique«, erzählte sie und lachte bei der Erinnerung. »Das war der Beginn unserer Freundschaft.«

Da Miss Kelly normalerweise Düfte des deutschen Parfümhauses Krigler bevorzugt und zudem von der renommierten französischen Firma Lancôme umworben wird, überraschte sie alle mit ihrer Entscheidung für die relativ unbekannte Marke.

»Unser Familienbetrieb reicht inzwischen drei Generationen zurück«, erklärte Miss Duval. »Ich bin sehr stolz darauf, dass unser Name Duval künftig mit einer Fürstin assoziiert wird, und ich bin Grace äußerst dankbar, dass sie mir ihr Vertrauen geschenkt hat.«

Cœur de Princesse basiert auf Jasmin, neben Tuberose, Lavendel und Veilchen eine typische Parfümsorte, die in Grasse, wo die Manufaktur Duval ihren Sitz hat, angebaut wird. Die genaue Zusammensetzung des Dufts bleibt ein spezielles und gut gehütetes Geheimnis. Dessenungeachtet werden die sechshundert Gäste, die in Monacos Kathedrale geladen sind, ihn bestimmt auf viele Jahre hinaus nicht mehr vergessen. Selbst das Brautkleid wird von parfümgetränkten Seidenkissen beduftet, die im Unterfutter eingenäht sind.

Miss Duval erwähnte zudem, dass sie sich sehr geehrt fühle, zu der kirchlichen Trauung eingeladen zu sein, ohne indes den Namen ihrer Begleitperson preisgeben zu wollen.

Die nicht einmal zwei Quadratkilometer, die das kleine Fürstentum umfasst, platzen inzwischen aus allen Nähten, und vermutlich ist Monaco derzeit das Land mit der weltweit höchsten Bevölkerungsdichte.

Nach den anhaltenden Spannungen zwischen den internationalen Medien und dem Fürsten bessert sich die Stimmung im Stadtstaat allmählich wieder, und passend dazu zeigt die Sonne endlich öfter ihr Gesicht. Gestern Abend brachte ein Feuerwerk die gesamte Altstadt auf dem Palastfelsen zum Leuchten, während britische und amerikanische Schiffe in der Herkulesbucht Salutschüsse abgaben.

Ladys und Gentlemen, bitte nehmen Sie Ihre Plätze ein. Die Vorstellung wird in Kürze beginnen!

Kapitel 37

James

Nach tagelanger feindseliger Stimmung zwischen Palast und Presse unternahmen Hudgins und seine Getreuen von MGM einen allerletzten Versuch, eine Art Burgfrieden herzustellen, indem sie bekannt gaben, dass von den fast zweitausend Fotografen und Journalisten, die sich derzeit in Monaco aufhielten, fünfzig die Erlaubnis bekämen, der Generalprobe für die kirchliche Trauung beizuwohnen, und weitere zwei Dutzend zu der echten Zeremonie in der Kathedrale zugelassen würden.

Ich staunte nicht schlecht, als mir früh am Morgen im Hotel eine Nachricht überbracht wurde, die mich darüber informierte, dass ich zu den wenigen Privilegierten gehörte.

James Henderson, London Daily
Anbei erhalten Sie einen Presseausweis für die Generalprobe der Hochzeit heute um zehn Uhr dreißig in der Kathedrale von Monaco. Bitte erscheinen Sie pünktlich. Ein zweiter Presseausweis für das Hauptereignis übermorgen liegt ebenso bei. Sie können sich dafür bei Miss Kelly bedanken. Als sie Ihren Namen auf der Liste entdeckte, bestand sie darauf, dass Sie doppelt berücksichtigt werden.
Hudgins

Also machte ich mich für die Generalprobe zurecht und dachte daran, dass ich das alles in ein paar Tagen hinter mir lassen würde. Einerseits freute ich mich auf England und Emily, andererseits wollte ich mich im Grunde meines Herzens nicht von Sophie trennen. Das Leben war außerordentlich kompliziert geworden. Ich fragte mich, wie ich dieses Problem jemals lösen sollte.

Mein Weg zur Kathedrale führte vorbei an teuren Yachten, die im Hafen ankerten, und an schnittigen Sportlimousinen, die vor imposanten Hotelgebäuden parkten. Ich folgte der gewundenen Straße nach oben auf den berühmten Felsen, auf dem sich neben Palast und Kathedrale auch die Altstadt befand, und durchquerte dort schmale Gassen, die von pastellfarbenen Stuckfassaden, Palmen und anderen exotischen Pflanzen flankiert wurden. Das alte Monaco besaß großen Charme, besonders im Sonnenschein, aber es waren die blühenden Felder um Grasse und die mittelalterlichen Bergdörfer, die mich wirklich fesselten.

Die beeindruckende Kathedrale aus weißem Stein stand leicht erhöht am Rand des Felsens, von wo aus man auf den Port de Fontvieille hinabschauen konnte. Fasziniert von der Architektur des Sakralbaus mit seinen vielen Türmchen und Bogen suchte ich nach interessanten Winkeln, hielt mit meiner Kamera Details der Fassade fest.

Als ich durch das Hauptportal ins Innere der Kirche trat, schwanden das Licht und die Wärme der Morgensonne, und das stille Halbdunkel erzeugte sogleich eine feierliche Atmosphäre. Selbst Miss Kellys Nichten und Neffen verzichteten auf ihr übliches Gekreische und Gezappel, folgten brav den Anweisungen, was genau sie bei der Zeremonie zu tun hatten.

»Erinnert mich eher an eine Trauerfeier als an eine Trauung«, murmelte eine Stimme von links, die unverkennbar Angeline

West gehörte, die mit gezücktem Stift und Notizblock neben mir stand. »Die arme Frau sieht richtig erschöpft aus«, flüsterte sie weiter. »Kein Wunder, dass sie ständig eine Sonnenbrille trägt. Ich wette, sie hat Augenringe groß wie Untertassen.«

Miss Kelly, die zu ihrem eleganten Kostüm ihre obligatorischen weißen Handschuhe und einen schrecklichen Topfhut trug, übernahm die Führung während der Probe und dirigierte alle mit dem Selbstbewusstsein und der Erfahrung einer Schauspielerin, die viele Jahre am Filmset verbracht hatte. Der Fürst hielt sich derweil im Hintergrund und plauderte mit irgendwelchen Organisatoren.

»Es ist übrigens das erste Mal seit ihrer Ankunft, dass ich sie einigermaßen entspannt erlebe«, fügte Angeline hinzu. »Als ob ihr der Stress gar nicht so viel ausmachen würde.«

»Ja, irgendwie scheint sie so richtig in ihrem Element zu sein. Eigentlich kein Wunder, schließlich kennt sie sich mit dem ganzen Mist aus«, sagte ich. »Wieder und wieder Szenen proben, Regie führen, alles hundertmal von vorn bis hinten durchgehen.«

Angeline hörte den Überdruss in meiner Stimme und tätschelte aufmunternd meinen Arm.

»Noch zwei Tage, Jim, dann können wir alle in die reale Welt zurückkehren. Bevor ich es vergesse«, Angeline rückte etwas näher, »danke, dass Sie mir geholfen haben, das Interview mit Miss Duval zu arrangieren. Ihre Freundin ist entzückend. Klug und zugleich bescheiden, was ihr Talent betrifft. Sie besitzt wirklich ein feines Näschen, im doppelten Sinne. Und, oh, là, là, was für eine Schönheit! Ich hoffe, Sie machen Fortschritte bei ihr«, schloss sie augenzwinkernd.

Als die Generalprobe zu Ende war, forderten die Fotografen Miss Kelly auf, ihre Sonnenbrille abzunehmen. »Schenken Sie uns Ihr berühmtes Lächeln, Grace! Ein letztes Lächeln als unverheiratete Frau!«

Sie sah zu Rainier hin, um seine Zustimmung einzuholen, und dann zu Hudgins, bevor sie ihre Sonnenbrille abnahm und in die Kameras lächelte. Dieses Mal war ich vorbereitet.

»Vielen Dank für Ihre Geduld, Ladys and Gentlemen«, sagte sie schließlich. »Ich weiß, es war ein bisschen schwierig. Wenn Sie mich nun entschuldigen würden, ich muss mich auf einen ziemlich großen Tag vorbereiten.«

Sprach sie und entschwand. Kurz darauf folgte im Gänsemarsch die Hochzeitsgesellschaft, während Reporter und Fotografen weniger zivilisiert aus dem Gotteshaus drängten. Wer weiß, vielleicht bot sich draußen noch ein unerwartetes Motiv für einen Schnappschuss.

»Werden Sie morgen bei der standesamtlichen Trauung dabei sein?«, fragte Angeline, als wir die Eingangsstufen der Kirche hinuntergingen.

»Nein, stattdessen habe ich tatsächlich einen Presseausweis für die kirchliche Zeremonie erhalten, und morgen Abend, wenn die große Gala stattfindet, werde ich ebenfalls vor Ort sein und mich um einen Platz vor dem Opernhaus drängeln. Und Sie?«

»Alle Achtung, Sie sind wirklich ein Glückspilz. Ich hoffe, ich kann mich wenigstens nach der Trauung auf den Hochzeitsempfang im Palastgarten schmuggeln. Diese Monegassen sollten mir langsam etwas Anständiges bieten, über das ich schreiben kann. In Sachen Stil haben sie mich bisher schwer enttäuscht.« Als wir das Ende der Treppe erreichten, gab sie mir die Hand. »Okay, ich muss los. Viel Glück, Jim, mit allem. Vergessen Sie nicht, Sie haben nicht mehr als einen Versuch!«

Ich wusste, was sie meinte: dass ich es nicht vermasseln durfte. Mir war klar, dass das mit Sophie eine ernste Sache war, an der ich unbedingt festhalten wollte, doch um mir ihrer wirklich sicher sein zu können, musste ich ihrer seltsamen Unruhe auf den Grund gehen und herausfinden, was sich dahinter verbarg. Sophie war zweifelsohne ein kostbares Geschenk, wenngleich eines, bei dem es für mich mehrere Schichten zum Auswickeln gab, bevor ich zum Kern vordrang.

Aus Miss Kelly wird Madame Grimaldi

Grace Kelly heiratet standesamtlich

Angeline West berichtet für den *Herald*

---

18. April 1956

Über dem Grimaldi-Palast lag Romantik in der Luft, als Seine Durchlaucht Fürst Rainier III. und Grace Patricia Kelly sich heute Morgen im altehrwürdigen Thronsaal aus dem sechzehnten Jahrhundert das Jawort vor rund hundert Gästen gaben, zu denen neben engen Familienmitgliedern und Freunden auch Würdenträger und Repräsentanten aus allen möglichen Ländern gehörten.

Die Zeremonie dauerte gut vierzig Minuten, inklusive einer endlosen Aufzählung von Rainiers hundertzweiundvierzig Titeln. Das Paar wirkte nervös und angespannt und blieb die ganze Zeit über sehr ernst. Sofort im Anschluss wurde das Ganze für die Kameras von MGM wiederholt, denn dort plant man eine Dokumentation über die Jahrhunderthochzeit.

Unterdessen strömten draußen Tausende Monegassen in den Ehrenhof des Palastes, vorbei an der Garde in ihren weißen Uniformen und ihren federgeschmückten Helmen, um ihren Monarchen und ihre neue Monarchin zu beglückwünschen. Die Menge, die sich in ihren feinsten Sonntagsstaat gehüllt hatte, stieß mit Champagner an, und es herrschte eine ausgelassene Stimmung. Rote Rosen und weiße Lilien, die Monacos Landesfarben repräsentieren, zierten das Revers eines jeden Besuchers. Als das frisch getraute Paar auf dem Palastbalkon erschien, um den Jubel seiner Untertanen entgegenzunehmen, flammten Hunderte von Blitzlichtern auf.

Morgen folgt dann vor sechshundert Gästen die kirchliche Hochzeit in der Kathedrale Notre-Dame-Immaculée. Ein weiterer Höhepunkt der Feierlichkeiten wird die glamouröse Operngala heute Abend sein, die amerikanische Eingeweihte bereits als das größte Ereignis seit Menschengedenken oder seit der Eroberung des Westens bezeichnen.

Kapitel 38

Sophie

Am Tag der standesamtlichen Trauung jagte eine Flut von Meldungen durch den Äther, was mir wenig bei meinem Versuch half, mich abzulenken. Nachdem bisher alles glatt verlaufen war, hoffte ich, dass es bei der Operngala, die ich heute Abend in Luciens Begleitung besuchen würde, nicht zu einem unliebsamen Zwischenfall kam. Mit anderen Worten: Ich hatte Angst davor, dass James uns zusammen sah.

Ein Blick auf die Uhr verriet mir, dass ich in zwei Stunden startklar sein musste. Mein königsblaues Ballkleid hatte ich schon aus der Hülle genommen, und als ich sorgfältig frisiert und geschminkt war, schlüpfte ich vorsichtig in die Robe und legte zum Schluss meinen Schmuck an. Ob Grace gerade dasselbe Ritual vollzog, fragte ich mich. Nach gut einer Woche voller Veranstaltungen und Termine war sie bestimmt erschöpft. Und das würde ich desgleichen sein, sobald ich den Abend mit Lucien einigermaßen unbeschadet überstanden hatte.

Als er um halb sieben in seinem silbernen Mercedes vorfuhr, krampfte sich mein Magen zusammen. Ich war Luciens Anrufen ausgewichen und hatte ihn seit James' Ankunft in Monaco nicht mehr gesprochen oder gesehen. Es fühlte sich so falsch an, zwischen zwei Männern zu stehen.

Lucien begrüßte mich mit einem Handkuss. Als er den Motor

startete, zog ich meine Puderdose hervor und betrachtete mich kritisch im Spiegel, stellte dabei fest, dass meine Augen leicht gerötet waren, Zeugnis einer langen Liebesnacht und eines Defizits an Schlaf. Und womöglich ein Indiz für die Schuldgefühle, die mich quälten, James wie Lucien gegenüber. Ich wusste sehr gut, dass das alles falsch war, was ich tat. Daran änderten selbst die Erinnerungen an die letzte Nacht nichts, als James mir versichert hatte, ich sei die schönste Frau, der er jemals begegnet sei.

Verstohlen musterte ich Luciens makelloses Profil von der Seite. Er sah großartig aus. Mittlerweile hatte ich erkannt, dass ich in die Vorstellung verliebt gewesen war, einen Mann wie Lucien zu lieben, und eingesehen, dass ich damit aufhören musste, mir länger etwas vorzumachen. Nach der Gala, nahm ich mir fest vor, würde ich ihm sagen, dass es vorbei war mit uns. Seufzend klappte ich die Puderdose zu und steckte sie in meine Tasche zurück.

»Warum seufzt du? Freust du dich nicht auf den Abend?«, erkundigte Lucien sich. »Du siehst hübsch aus, obwohl ich gehofft habe, du würdest das rote Kleid anziehen. Es steht dir besser.«

Sprachlos starrte ich ihn an wegen seiner Taktlosigkeit und wunderte mich darüber, dass mir nicht früher mal aufgefallen war, wie oft er in dieser Weise an mir herumkritisiert hatte.

»Soll ich mich etwa umziehen?«, fragte ich provokant.

Seine Kiefermuskeln zuckten. »Natürlich nicht. Vergiss, was ich gesagt habe. Wir wollen uns nicht die Stimmung verderben, Chérie.« Besitzergreifend legte er seine Hand auf mein Knie. »Ich möchte, dass das heute ein besonderer Abend wird.«

Lucien blies eine Kusshand zu mir herüber, und ein Hauch von Alkohol traf mich.

»Könntest du bitte langsamer fahren?«, sagte ich ungehalten. »Du hast getrunken.«

»Keine Sorge. Es war lediglich ein Scotch.«

Zum Glück zwang ihn der zunehmende Verkehr kurz darauf, das Tempo zu drosseln, sodass ich mir weitere Ermahnungen sparen konnte. Dafür braute sich am Himmel Unerfreuliches zusammen, denn dunkle Wolken kündeten von einem nahen Gewitter – nicht gerade das optimale Wetter für lange Kleider und hohe Absätze. Während wir uns im Schritttempo unserem Ziel näherten, schaute ich zu dem runden Platz, an dem das prunkvolle Casino und das angegliederte Opernhaus standen. Das ganze Ensemble war verschwenderisch illuminiert von Außenstrahlern und Laternen sowie von unzähligen Blitzlichtern.

Vor dem Eingang drängelten sich Scharen von Fotografen. James hatte erwähnt, dass er heute Abend hier sein werde, um seinen Chef mit vielen Bildern glücklich zu machen. Ich betete, dass er zu beschäftigt sein würde, um mich am Arm eines anderen Mannes wahrzunehmen. Eines Mannes, den ich verzweifelt loswerden wollte. Deshalb wünschte ich mir inständig, der Himmel möge endlich seine Schleusen öffnen und mir einen Vorwand bieten, rasch im Gebäude zu verschwinden.

Rund um den Platz hatten sich Massen von Schaulustigen versammelt, die gebannt die Ankunft der Schönen und Reichen verfolgten, und nicht grundlos schlug ich vor, das Gedränge zu meiden und den Seiteneingang zu nehmen. Leider wollte Lucien davon nichts wissen. Dies war sein Moment, eine Gelegenheit, um sich einmal im erlauchten Kreis der Aristokratie zu präsentieren.

»Sei nicht albern, Sophie. Das ganze Drum und Dran ist Teil des Nervenkitzels.«

Ich hätte es wissen müssen, dass er so reagieren würde. Mit einem Mal verfluchte ich mich, nicht vor der Gala die Reißleine gezogen zu haben. Jetzt musste ich durch, egal wie.

»Da sind wir, mon amour«, sagte Lucien und hielt an, um den Wagen einem Pagen zu übergeben.

Mit bangem Herzen stieg ich aus. Kühle Abendluft umfing mich, und ich zog meine Stola enger um meine nackten Schultern, als wir auf die Treppe zugingen, an der die fürstliche Garde und livrierte Bedienstete mit gepuderten Perücken Spalier standen.

Den Kopf gesenkt, hoffte ich bereits, bald in Sicherheit zu sein, als Lucien zu meinem Entsetzen in dem mit Seilen abgesperrten Bereich am Fuß der Treppe, um den sich Hunderte Presseleute scharten, stehen blieb.

»Monsieur Marceau!«, rief ein Reporter. »Wer ist die schöne Dame, die Sie heute Abend am Arm haben?«

Ein anderer stieß einen lauten Pfiff aus, um Luciens Aufmerksamkeit zu gewinnen.

»Wir haben gehört, dass Ihre Party anlässlich der Ankunft von Miss Kelly ein Riesenerfolg war. Werden Sie morgen an der kirchlichen Hochzeit teilnehmen?«

Lucien ignorierte die Fragen und winkte in die Kameras, sichtlich erfreut, dass Dutzende von Blitzlichtern aufflammten. Mich hingegen ärgerte, wie er sich in den Mittelpunkt zu stellen versuchte. Klar, er war ein wohlhabender, attraktiver Salonlöwe, doch die Gäste, die hier aufmarschierten, spielten in der Mehrzahl in einer ganz anderen Liga.

»Was ist?«, fragte ich, als er mich enger an sich zog, und bemühte mich zugleich, mein Gesicht nicht der Phalanx von Fotografen zuzuwenden. »Lass uns bitte reingehen, es fängt an zu regnen. Die ersten Tropfen habe ich schon abgekriegt.«

Lucien focht das nicht an, er hatte noch etwas ganz Besonderes vor.

»Sophie, ich muss dir etwas sagen, genau hier und jetzt, an diesem überaus romantischen Tag der Liebes- und Treueschwüre«, sagte er und zog ein Samtkästchen aus der Innentasche seiner Smokingjacke. »Ich möchte unsere Liebe endlich auf eine höhere Ebene heben. Willst du meine Frau werden?«

O Gott, ich glaubte ohnmächtig zu werden, zumal um uns herum ein Blitzlichtgewitter losbrach und die Dunkelheit vertrieb.

»Lucien«, zischte ich und bemühte mich, ihn in Richtung Treppe zu drängen. »Nicht jetzt, nicht hier.«

Vergeblich. Er widersetzte sich hartnäckig und öffnete das Samtkästchen.

»Ich weiß, er ist ein bisschen protzig geraten, aber meine Verlobte verdient immer das Beste«, sagte er und präsentierte den Inhalt mit stolzgeschwellter Brust den Kameras.

Noch mehr Blitzlichter flammten auf, als er einen Ring mit einem großen Diamanten im Prinzessschliff herumzeigte, mehr zur Freude der Fotografen als zu meiner.

Irgendwo im Hintergrund hörte ich eine Stimme rufen: »Schau, schau, in Monaco scheint überall Liebe in der Luft zu liegen. Ein Heiratsantrag! Wie romantisch!«

»Wo bleibt der Kuss? Wir wollen einen Kuss sehen, Monsieur!«

»Hat sie Ja gesagt?«

Innerhalb von Sekunden richteten sich immer mehr Kameras auf uns. Lucien schenkte ihnen sein bestes Lächeln, legte seinen Arm um meine Taille und verpasste mir einen langen feurigen Kuss.

Eine Welle der Übelkeit übermannte mich angesichts des Spektakels, das er veranstaltete. Er hatte das alles geplant, hier vor den Augen der Presse. Ihm war jedes Mittel recht, um allen anderen die Schau zu stehlen.

Energisch befreite ich mich von ihm und richtete mich kerzengerade auf, sein falsches Lächeln geflissentlich ignorierend.

»Was tust du?«

Er lachte, nahm meine Hand und schob den Diamantring auf meinen Finger. Zu verblüfft, um zu protestieren, stand ich da, steif wie eine Statue, und fand nicht die richtigen Worte. Das hier war falsch, absolut falsch!

In diesem Moment brach das Gewitter los, und ein heftiger Platzregen setzte ein. Lucien schnappte sich meine Hand und zog mich rasch die Treppe hoch. Vor dem Eingang warf ich einen letzten Blick zurück und sah, dass die Presseleute als Einzige noch ausharrten. Und dann passierte es. Plötzlich blieben meine Augen an einer einzigen Person hängen, als würden sie wie von einem Magneten angezogen, und als James aufschaute, bemerkte ich den gequälten Ausdruck in seinem Gesicht.

»Liebling, komm endlich«, drängte Lucien. »Wir haben uns den Fotografen mehr als genug präsentiert.«

Mir war speiübel, und völlig fassungslos über diese Wendung der Ereignisse, folgte ich Julien widerwillig in das Gebäude.

Kapitel 39

Sophie

Während die Gäste in den Saal strömten, um ihre Plätze einzunehmen, kämpfte ich immer noch mit Übelkeit und legte meine Hand vor den Mund. An meinem Finger blitzte der protzige Diamantring auf, eine unbarmherzige Erinnerung daran, was Lucien von mir erwartete. Ich rückte ein Stück von ihm ab, weil ich Luft brauchte.

»Was ist denn nun wieder?«, fragte er in gereiztem Ton. »Gefällt dir der Ring nicht? Ich kann den Stein austauschen lassen, wenn dir das lieber …«

»Mir ist furchtbar schlecht«, unterbrach ich ihn, schloss kurz meine Augen und versuchte, James' entgeisterte Miene aus meinem Kopf zu verbannen und meine aufsteigende Panik unter Kontrolle zu bekommen.

Luciens Lippen verzogen sich zu einem schmalen Strich. »Ich muss sagen, Sophie, ich hatte auf mehr Begeisterung gehofft und erwartet, dass du dich über den Ring freuen wirst. Und über die Werbung für Duval.«

Verzweifelt schüttelte ich den Kopf. Wie konnte er mich derart falsch einschätzen? Ich schluckte meine Antwort hinunter, wir hatten für genug Aufsehen gesorgt.

»Lass uns später darüber reden.«

»Du bist in letzter Zeit nicht du selbst«, sagte er. »Vielleicht sollten wir verreisen. Nach Rom oder Griechenland.« Er gab mir einen Kuss auf die Stirn und führte mich in den pompösen Saal zu unseren Plätzen. Ich richtete meine Augen auf die goldumrahmte Bühne mit ihrem roten Vorhang, der noch geschlossen war. Die Klänge des Orchesters, das seine Instrumente stimmte, mischten sich mit dem Stimmengewirr im Publikum. Spontan sprang ich auf, bevor die Lichter im Saal ausgingen. Nicht eine Minute konnte ich länger hier sitzen und mich verstellen.

Lucien sah mich überrascht an. »Wo willst du hin?«

»Auf die Toilette.«

»Na schön. Aber beeil dich gefälligst, sonst verpasst du den Anfang«, gab er schroff zurück.

Was für ein Gentleman, dachte ich zynisch.

Eilig verzog ich mich auf die Damentoilette und schloss mich in einer Kabine ein, wo ich den Tränen, die mir vor Wut und Frustration in die Augen schossen, freien Lauf ließ. Mühsam ein lautes Schluchzen unterdrückend, lehnte ich meine Stirn gegen die Tür. Was sollte ich tun, wie James erklären, dass Luciens Heiratsantrag für mich keine Bedeutung, dass er mich überrumpelt hatte? Dennoch fühlte ich mich schuldig an der Entwicklung: Ich hätte es ihm früher sagen und früher mit ihm Schluss machen müssen. Dann wäre jetzt nicht alles ruiniert.

Plötzlich hörte ich ein Geräusch. Jemand betrat den Vorraum, und sogleich erfüllte ein betörender Duft die Luft – ein Duft, den ich so gut kannte, dass ich seine Bestandteile im Schlaf herunterbeten konnte: Beeren, Moschus, Jasmin. *Cœur de Princesse,* das Parfüm für Grace.

Mit angehaltenem Atem lauschte ich dem schulmädchenhaften Kichern und Schwätzen im Waschraum, öffnete die Kabinentür einen schmalen Spalt und erspähte Grace und ihre Brautjungfern.

»O Gracie, das war alles so bewegend«, sagte eine von ihnen. »Und anstrengend. Wie fühlst du dich?«

»Ein wenig müde und erschöpft«, räumte die Braut ein und zog ihre Lippen nach. »Kein Wunder, wenn man so viele Hände schütteln und sich bei so vielen Leuten bedanken muss. Doch Schluss mit dem Jammern. Nach wie vor fällt es mir schwer zu glauben, dass das alles hier für meine Wenigkeit angestellt wird«, fügte sie leicht ironisch hinzu.

Eine andere Brautjungfer versetzte ihr einen Schubs mit der Hüfte.

»Deine Wenigkeit, dass ich nicht lache! Hollywoods Prinzessin. Monacos Fürstin. Es ist ein Traum, Gracie, ein absoluter Traum. Wie dem auch sei, morgen brichst du in deine Flitterwochen auf, und dann hast du Ruhe vor uns allen.«

»Du hast recht. Ich kann es tatsächlich kaum erwarten, an Bord zu gehen. Rainier und ich werden endlich Zeit für uns haben. Morgen will er in aller Frühe mit mir in die Berge hochfahren, um den Sonnenaufgang zu beobachten und mir zu zeigen, wie schön Monaco im ersten Tageslicht aussieht. Er werde mir mein Fürstentum zeigen, so hat er es ausgedrückt. Erzählt bitte niemandem davon! Es muss ein Geheimnis bleiben. Wenn es sich herumspricht, wird die rücksichtslose Presse uns verfolgen.«

Die Braut und ihre Freundinnen plauderten noch über Blumen und Hochzeitsgäste und Gott weiß was, während ich weiterhin mit einem unbehaglichen Gefühl im Bauch in der Kabine hockte.

»Ich komme gleich nach«, hörte ich Grace sagen, als die anderen sich anschickten, den Wasch- und Ruheraum zu verlassen. »Ich brauche noch einen Moment.«

Gebannt beobachtete ich, wie die Fürstin, das war sie ja inzwischen offiziell, ihre Augen schloss und tief durchatmete, als müsste sie zur Ruhe kommen, ihre Mitte finden. Der Rock ihrer eleganten weißen Abendrobe schwang bei jeder Bewegung hin und her, wobei Hunderte von aufgestickten Swarovski-Kristallen und Perlen im Licht funkelten. Mit der rot-weißen Schärpe samt Staatsorden, die sie quer über dem Leib trug, dem Diamantcollier um ihren Hals und dem Diadem in ihrem blonden Haar sah sie wahrhaftig aus wie eine Prinzessin aus dem Märchen.

Langsam öffnete ich die Kabinentür. »Hallo, Grace … Verzeihung, Eure Hoheit.«

Überrascht drehte sie sich um. »Sophie! Meine Güte, haben Sie mich erschreckt!« Sie kam auf mich zu und nahm meine Hand. »Waren Sie etwa die ganze Zeit da drin?«

Verlegen sah ich zu Boden und nickte. »Ich brauchte einen Moment für mich, und als Sie alle hereinkamen und anfingen, sich zu unterhalten, wollte ich Sie nicht unterbrechen. Es tut mir furchtbar leid. Ich hatte nicht die Absicht, Sie zu stören.«

Sie lächelte. »Machen Sie sich keine Gedanken. Wir Frauen brauchen hin und wieder ein kleines Schwätzchen auf der Damentoilette, nicht wahr, besonders an einem Tag wie heute.« Sie seufzte leise, und unter ihrer Schminke wurden bei genauem Hinsehen dunkle Augenringe erkennbar. »Ich freue mich wirklich sehr, Sie zu sehen, selbst wenn es zwischen Tür und Angel ist. Die ganze Woche hatte ich so gut wie keine Möglichkeit, privat mit meinen Leuten Zeit zu verbringen. Darum war das Geplänkel mit meinen Brautjungfern eine Art Erholung für mich.« Sie legte ihren Kopf schräg. »Ist alles in Ordnung bei Ihnen, Sophie? Sie wirken ein wenig mitgenommen.« In diesem Moment berührten ihre Fingerspitzen den Diamantring, und spontan hob sie meine Hand ins Licht. »Meine Güte, was für ein Prachtexemplar! Offenbar bin ich nicht die Einzige, die etwas zum Feiern hat.«

Ich fand keine Worte, starrte wie betäubt auf den Ring. »Das ist nicht … Ich habe nicht …«

Als Grace meine Verwirrung und meine unglückliche Miene bemerkte, drückte sie sanft meine Hand.

»Ohne aufdringlich zu sein, möchte ich Ihnen gerne eines sagen: Wir bekommen im Leben bloß eine einzige Chance auf die wahre Liebe, für die wirklich gilt, bis dass der Tod uns scheidet. Und das dauert in der Regel zu lange, um mit der falschen Person zusammen zu sein. Männer denken oft, dass sie diejenigen sind, die alle Entscheidungen treffen, doch das ist falsch, wir Frauen sollten selbst entscheiden, was wir wollen und was nicht. Hören Sie immer auf Ihr Herz, Sophie.«

Unmerklich stahl sich ein Lächeln auf meine Lippen. »Danke, vielen Dank. Ich bin gerade dabei, das zu tun.«

Sie beugte sich zu mir vor. »Riechen Sie es?«

»*Cœur de Princesse.* Natürlich. Ich würde es überall wiedererkennen. Ich kann Ihnen gar nicht sagen, wie sehr es mich freut, dass Ihnen der Duft gefällt.«

»Ich bin begeistert!« Sie schenkte mir ein strahlendes Lächeln. »Jeder ist davon begeistert.«

Ein Gefühl großer Dankbarkeit überflutete mich, linderte meine Angst und meinen Kummer ein wenig.

»Danke, Grace. Danke, dass Sie sich für meinen Duft entschieden haben. Und danke für Ihre freundliche Einladung. Sie sind so großzügig und liebenswürdig. Wenn Sie wüssten, wie wichtig Ihre Wahl für unsere …«

»Alles für meine Freundin.« Ihre Augen funkelten mit den Kristallen auf ihrem Kleid um die Wette. »Ich hoffe, es ist in Ordnung, wenn ich Sie meine Freundin nenne? Ich werde hier an der Côte d'Azur neue Freunde brauchen. Abgesehen von Rainier kenne ich niemanden in Monaco, und ich fühle mich ein bisschen wie ein Fisch auf dem Trockenen. Es würde mir viel bedeuten, wenn wir in Kontakt blieben. Vielleicht können wir uns ja hin und wieder auf einen Plausch im Waschraum treffen«, fügte sie im Scherz hinzu.

Überrascht, weil sie mir ihre Unsicherheiten offenbarte, starrte ich sie an.

Sie schien eine geborene Prinzessin zu sein, mutig, schön, begabt. Trotzdem musste ich unwillkürlich an ihr starkes Vanilleparfüm bei unserer ersten Begegnung denken. Ein Duft, der Unsicherheiten verbarg, der auf ein Streben nach Anerkennung hindeutete. Mit der Entwicklung von *Cœur de Princesse* hingegen hatte ich einen Duft kreiert, der Grace vollendete, sie erhob, der ihre Bestimmung widerspiegelte. Und darauf war ich stolz.

»Gerne, natürlich würde ich mich freuen, Sie gelegentlich zu sehen, jetzt sollten Sie allerdings zurück in den Saal, nicht dass die Vorstellung ohne Sie beginnt.«

»Vermutlich haben Sie recht.« Sie küsste mich auf beide Wangen. »Hoffentlich genießen Sie den Abend. Und vergessen Sie nicht, was ich Ihnen gesagt habe.«

Während ich dieser beeindruckenden Frau nachschaute, die so mutig alles Vertraute hinter sich gelassen hatte, um ihrem Herzen zu folgen, fragte ich mich, ob ich ebenfalls fähig wäre, alles aufzugeben für einen Mann, den ich liebte. Noch kannte ich die Antwort nicht. Hingegen wusste ich mit absoluter Sicherheit, dass ich Luciens Ring keine Sekunde länger am Finger haben wollte. Entschlossen zog ich ihn ab und kehrte nicht weniger entschlossen, den Ring in meiner Faust, zurück in den Saal, blieb vor Lucien stehen.

Er starrte mich zornig an. »Was stehst du hier herum? Setz dich endlich, gleich geht's los.«

»Hier.« Ich ließ den Ring in seinen Schoß fallen. »Da du gerne im Rampenlicht stehst, lehne ich deinen Heiratsantrag genauso öffentlich ab, wie du ihn gemacht hast. Ich kann protzige Dinge genauso wenig leiden wie deine arroganten Freunde, die auf alle herabsehen. Im Grunde kann ich deine ganze Welt nicht leiden, Lucien. Ich gehöre nicht dorthin. Deshalb lautet meine Antwort Nein. Nein, ich will nicht deine Frau werden. Vielleicht trösten dich ja neue Schlagzeilen in der Presse darüber hinweg.«

Zu perplex, um etwas zu sagen, saß er mit offenem Mund da, während ich hoch erhobenen Hauptes davonstolzierte und meine Tränen gewaltsam unterdrückte.

Im Foyer angekommen, raffte ich meinen Rock und stürmte hinaus in den Regen. Ich musste dringend James finden, wollte ihm alles erklären, bevor es zu spät war. Hoffentlich war es das nicht bereits. Ohne darauf zu achten, dass meine Abendrobe im Nu komplett durchweicht war und auf meiner Haute klebte, drängte ich mich in den Pulk der Presseleute. James war nicht zu sehen. In meiner Panik sprach ich andere Fotografen an.

»James Henderson? Ein Engländer, ziemlich groß? Er stand vor Kurzem noch hier.«

Alles, was ich zur Antwort bekam, war ein gleichgültiges Achselzucken.

»Wahrscheinlich hat er das einzig Vernünftige getan und ist nach Hause gegangen, Miss. Sollten Sie auch tun.«

Unmöglich, ich konnte nicht so einfach aufgeben. Also machte ich mich auf den Weg zu seinem Hotel. Wenn er nicht dort war, würde ich ihm eine Nachricht hinterlassen, ihm alles erklären. Schließlich hatten wir uns durch die Worte in unseren Briefen überhaupt erst ineinander verliebt.

Ich konnte nur hoffen, dass ich die richtigen finden würde, um ihn zu überzeugen.

In Monaco liegt Liebe in der Luft

Filmreifer Heiratsantrag vor Hunderten Zuschauern

Angeline West berichtet für den *Herald*

---

18. April 1956

Die unverheirateten Damen an der Côte d'Azur sind ähnlich trübe gestimmt wie der Himmel über Monaco, seit der bekannte Immobilienunternehmer Lucien Marceau seiner Freundin Sophie Duval vor Hunderten Fotografen, die sich anlässlich der exklusiven Operngala vor dem Casino versammelt hatten, einen Heiratsantrag machte. Miss Duval, die das Hochzeitsparfüm für Grace Kelly entworfen hat, wirkte ziemlich erschrocken. Als ein plötzlicher Wolkenbruch niederging, verzog sich das Paar rasch ins Gebäude und stand nach der Vorstellung für einen Kommentar nicht mehr zur Verfügung.

Viele Gäste trafen, in prächtige Roben gehüllt und mit Juwelen behängt, bei strömendem Regen ein, um die beiden frisch Vermählten zu feiern. Umwerfende Kreationen von Balmain und Dior ließen das Publikum bewundernd seufzen, aber wen es wirklich sehen wollte, war seine neue First Lady, die sich für eine Robe des Pariser Modehauses Lanvin entschieden hatte: einen Traum in Weiß, bestehend aus Seide und Organdy, verziert mit Unmengen von Kristallen und Perlen, gestaltet vom Modeschöpfer Antonio Castillo. Dazu trug sie eine elegante Hochsteckfrisur mit einem hinreißenden Diadem und Diamantgeschmeide an Hals und Handgelenk.

Das bedeutendste Accessoire war allerdings die rot-weiße Schärpe des Ordre de Saint Charles, die ihr der Fürst zuvor überreicht hatte und die der ehemaligen Filmdiva ein wahrhaft königliches Aussehen verlieh.

Kapitel 40

James

»Monsieur? Noch einmal dasselbe?«

Mit glasigen Augen starrte ich, auf meinem Hocker leicht schwankend, den Barmann an. Einen dieser typischen französischen Männer mit diesem verführerischen Akzent und dieser erotischen Ausstrahlung. Wie ich sie samt und sonders verabscheute!

Ich knallte meine Brieftasche auf die Theke. »Klar. Immer her damit«, lallte ich und winkte mit meinem leeren Glas. »Ist das nicht ein klassischer Filmspruch?«, setzte ich hinzu, denn ich fühlte mich gerade tatsächlich wie in einem Film.

»Sie sind Fotograf, n'est-ce pas?«, fragte der Barkeeper und deutete auf meine Kamera. »Auf der Jagd nach der Fürstin?«

Ich nickte, dabei wusste ich kaum noch, was oder wen ich jagte. Im Hintergrund klimperte der Pianist eine irritierend fröhliche Melodie. Alles am Hôtel de Paris war dezent und gepflegt, ganz comme il faut, wie die Franzosen das nannten. Mir wäre jedoch in meiner Situation und in meinem Zustand eine heruntergekommene Kaschemme lieber gewesen, wo ich ungehindert meinen Kummer hätte ertränken können, aber so etwas gab es in Monte-Carlo vermutlich nicht. Also blieb mir nichts anderes übrig, als im elegantesten Hotel der Stadt, das direkt neben dem Casino lag, den unzivilisierten Engländer herauszulassen.

An die letzten Stunden erinnerte ich mich, wenn überhaupt, bestenfalls verschwommen. Grace und Rainier waren kurz nach Sophies kleinem Auftritt eingetroffen und von ihrer Limousine aus direkt in das Opernhaus geeilt, ohne der Presse einen Blick zu schenken. Kein Wunder bei dem heftigen Regen, dennoch hatte es Buhrufe und Unmutsbekundungen gehagelt. Nicht von mir, ich stand wie betäubt da und dachte nicht mal mehr daran, meine Kamera bereitzuhalten. Das ganze Theater interessierte mich nicht mehr, wenn die einzige Person, mit der ich zusammen sein wollte, am Arm eines anderen Mannes an mir vorbeispaziert war.

Wenigstens hatte sie so viel Anstand besessen, schuldbewusst zu wirken, als sich unsere Blicke kreuzten.

Als Ventil für meine Wut und meinen Frust musste Morgan Hudgins herhalten, dem ich unflätige Schmähungen über diese Talmihochzeit und seine Öffentlichkeitsarbeit an den Kopf warf.

Daraufhin lachte der oberste Pressesprecher von MGM auf diese überhebliche Art, die in Hollywood wahrscheinlich üblich war.

»Welche Laus ist Ihnen denn über die Leber gelaufen, Henderson? Okay, Sie haben ja immer etwas zu meckern. Ist Ihnen Monte-Carlo zu feucht, oder ist Ihnen das Bier zu kalt? Hier werden Sie sicher keine warme englische Brühe finden«, verspottete er mich.

»Wenn das hier kein Grund zum Meckern ist, weiß ich es nicht«, giftete ich zurück und deutete auf den Mob um mich herum. »Angeblich übersteigt die Anzahl der anwesenden Presseleute die der monegassischen Streitkräfte um ein Achtfaches. Da ist es schließlich kein Wunder, wenn wir uns darüber beschweren, dass man uns zusammenpfercht wie eine Herde Schafe oder wie Rinder beim Rodeo. Und daran sind Sie schuld und Ihre lausige Organisation. Und dann sorgen Sie nicht einmal dafür, dass sich die feinen Herrschaften zumindest eine Minute Zeit für die Kameras nehmen, damit wir am Ende des Tages nicht mit leeren Händen dastehen.«

Hudgins klopfte mir gönnerhaft auf die Schulter. »Sie sind ein Sensationsfotograf, James. Sie verdienen nicht das Lächeln eines Fürsten und seiner Fürstin.«

Als das hohe Paar nach der Vorstellung herauskam, brandeten erneut laute Buhrufe auf. Die Stimmung war genauso mies wie das Wetter. Plötzlich lief alles aus dem Ruder. Die Gemüter kochten über, die Fäuste flogen, und als ein Polizist eine Kamera auf den Boden schleuderte, verschärfte sich die Situation noch, weil der betroffene Fotograf den Frevler angriff und kräftig in den Arm biss.

»Tiere! Elendes Pack!«, brüllte der Bulle daraufhin, während seine Kollegen den Übeltäter wegzerrten und ihn grob in einen vorsorglich bereitgestellten Gefangenentransporter stießen.

Passiv verfolgte ich das Schauspiel. Die Kamera baumelte nutzlos an meiner Seite, von meiner Hutkrempe rann der Regen. Ich war vollkommen durchnässt und fühlte mich zum Kotzen. Für mich hatte sich die Hochzeit des Jahrhunderts als größter Reinfall aller Zeiten entpuppt. Eigentlich hatte ich vorgehabt, auf Sophie zu warten, sie zur Rede zu stellen, doch welchen Sinn hatte das? Sie war eindeutig mit diesem angeberischen Schönling liiert und würde ihn heiraten. Lucien, wie ihn ein französischer Kollege mir gegenüber genannt hatte.

Lucien war das, was Sophie die ganze Zeit vor mir verborgen hatte.

»Ein schlechter Abend, n'est-ce pas?« Die Worte des Barmanns, der gerade ein Glas polierte und es immer wieder prüfend ins Licht hielt, rissen mich aus meinen Gedanken.

»Oui«, seufzte ich. »Richtig schlecht. Très, très terrible. Grande merde.«

Ich starrte in mein Whiskyglas und ließ die Eiswürfel rollen wie ein Spieler am Roulettetisch seine letzte Kugel, die das Blatt wenden und ihm Glück bringen sollte. Wo würde mein Glück liegen? Sicher nicht bei Sophie. Egal wie oft ich mir die Szene vor dem Opernhaus vergegenwärtigte, ich konnte es nicht wirklich begreifen. Es ergab keinen Sinn. Wir hatten uns schließlich leidenschaftlich in diesem Hotel geliebt, nachdem wir hoch oben in La Turbie eng umschlungen den Sonnenuntergang beobachtet hatten. Der Duft ihres Parfüms hing noch immer in meinem Kissen. Und nun war sie mit einem anderen Mann verlobt. Monsieur Marceau. Offensichtlich war er hier jemand, immerhin hatten ihn die einheimischen Fotografen gekannt. Und ich? Ich war praktisch ein Niemand. Wie sollte ich es jemals mit ihm aufnehmen?

»Kennen Sie einen gewissen Lucien Marceau?«, fragte ich den Mann hinter der Bar, der neben dem Whisky so langsam zu meinem Seelentröster zu werden begann, und schwenkte auffordernd mein leeres Glas. »Das ist so ein braun gebrannter Lackaffe, der aussieht, als würde er zum Frühstück Goldbarren verspeisen.«

Louis, wie ich seinem Namensschild entnahm, lächelte süffisant.

»Aha, Monsieur Marceau ist Ihr Problem.« Er beugte sich zu mir über die Theke und dämpfte seine Stimme. »Dieser Mann hat viele Feinde, aber er hat Geld und angeblich Freunde im Palast. Was soll man da machen?« Er hob seine Hände auf diese resigniert-gallische Art, die hier alle so gut beherrschten. »Was hat er Ihnen getan? Hat er Sie über den Tisch gezogen?«

»Er hat mir mein Mädchen gestohlen, das hat er getan.«

Mein Mädchen. Es war das erste Mal, dass ich Sophie so bezeichnete, wobei das kein Besitzanspruch war, sondern zum Ausdruck brachte, dass sie mir alles war: meine Freundin, meine Geliebte, eben mein Ein und Alles. Deshalb war mir der Gedanke unerträglich, sie könnte mir die ganze Zeit über etwas vorgemacht haben und ihre Liebe nichts als Show gewesen sein. War Miss Kelly womöglich nicht die einzige talentierte Schauspielerin in der Stadt? Romantik, Drama, Herzschmerz. Sophie hatte das alles geliefert.

Louis servierte mir den nächsten Drink. »Santé, Monsieur. Wahrscheinlich ist sie Ihren Kummer nicht wert. Die meisten sind es nicht.«

»Santé«, erwiderte ich und prostete ihm mit meinem Glas zu. »Ich dachte, sie sei das alles wert.«

In einem Zug stürzte ich den Whisky hinunter und kostete das leichte Brennen in meiner Kehle aus. Alles andere war taub. Ich hinterließ zu viel Geld auf der Theke und torkelte zum Ausgang, stieß auf dem Weg eine dämliche Pflanze um und entschuldigte mich aufrichtig bei ihr, während ich sie auf ihrem griechischen Sockel mühsam wieder aufrichtete.

Draußen hatte es endlich aufgehört zu regnen, doch ein kühler Wind fegte durch die Straßen. Schwankend und hicksend wandte ich mich in Richtung Hafen. Gebäude und Straßen waren fast alle in den Landesfarben rot und weiß geschmückt, jeder Laternenmast trug eine vergoldete Krone, und überall waren Wimpelketten gespannt, die bestickt waren mit den ineinander verschlungenen Initialen R und G, die infolge des Regens ziemlich traurig herabhingen. Überall wurde gefeiert. Gelächter und Gesang, untermalt von Klavierklängen, wehten aus Cafés, Weinlokalen und Bars. Alles klang hohl, als würde die ganze Stadt sich über mich lustig machen.

Ich entdeckte eine leere Bank und setzte mich für eine Weile hin, war zufrieden, in meinem Rausch allein zu sein. Bei Nacht sah der Hafen besonders hübsch aus, die vielen Lichter verbreiteten eine magische Atmosphäre. Auf der Spitze des Felsens präsentierte sich der angestrahlte Palast in voller Schönheit. Ich war vielleicht ein Sensationsfotograf, trotzdem erkannte ich immer noch Schönheit, die andere nicht wahrnahmen.

Fast gewohnheitsmäßig hob ich meine Kamera vors Gesicht und fand eine Art Trost darin, die schemenhaften Umrisse der Gebäude und die wabernden Lichter in den Fokus zu rücken und ohne Rücksicht auf meine zittrigen Hände zu fotografieren. Anschließend richtete ich mein Objektiv auf die Bucht, wo ein einsamer Fischer sein Netz in der Dunkelheit ausgeworfen hatte und geduldig auf einen Fang wartete. Ich zoomte sein müdes, wettergegerbtes Gesicht heran und erkannte mich selbst darin: allein dahintreibend und mit ausgeworfenem Netz darauf wartend, was zum Vorschein kommen würde, wenn ich es wieder einholte.

»Fahr zur Hölle, Sophie«, murmelte ich, wurde dann lauter, schrie meinen Kummer zu den Sternen hoch. »Ich habe dich verdammt noch mal geliebt!«

Ausgelaugt und deprimiert blieb ich noch sitzen und quälte mich mit Überlegungen, was hätte sein können und was niemals sein würde. Die morgige Hochzeit war mir gleichgültig. Alles war mir gleichgültig. Außer Emily natürlich, die sicher bereits ungeduldig auf mich wartete.

Wie idiotisch, mir auszumalen, dass ich hier unten an der Côte d'Azur, diesem Eldorado der Millionäre, des Hochadels und der Hollywoodstars jemals heimisch werden könnte. Ich gehörte nicht hierher. Mein Platz war im grauen alten London mit seinen schäbigen, schummrigen Kneipen und dem unvorhersehbaren Wetter und einer Katze, die mir die Verachtung entgegenbrachte, die ich verdiente. Vor allem war mein Platz bei Emily. Ich sollte dort sein, wo sie war.

Was zum Teufel spielte es für eine Rolle, wessen Bild es auf die Titelseiten schaffte? Ich hatte zu lange das Leben anderer Leute durch meine Linse betrachtet. Es war Zeit, mein eigenes Leben zu betrachten – Zeit, nach Hause zu gehen. Das Märchen war vorüber.

Kapitel 41

Sophie

Der Tag der kirchlichen Trauung war der erste, der seit einer Woche mal wieder mit Sonnenschein begann. Dennoch kam in meinem Herzen keine Freude auf. Nach dem vergangenen Abend hätte ein trüber Himmel mit drohenden Wolken besser zu meiner Stimmung gepasst.

Wenn ich mir die Szenen vor und in der Oper noch einmal vergegenwärtigte, fiel es mir schwer zu glauben, dass ich tatsächlich den Mut aufgebracht hatte, Lucien den Ring in aller Öffentlichkeit zurückzugeben. Vermutlich hatte Grace mir mit ihren Worten: *Wir Frauen sollten selbst entscheiden, was wir wollen und was nicht. Hören Sie auf Ihr Herz,* erst den Impuls für diesen bühnenreifen Auftritt gegeben, der mir eigentlich gar nicht ähnlich sah. Doch ich bereute es nicht einen Moment. Niemals würde ich die Bestürzung und die Wut in Luciens Augen vergessen – einen Ausdruck, den ich, wie mir inzwischen klar geworden war, bereits viele Male zuvor bei ihm gesehen hatte, immer dann, wenn etwas nicht lief, wie er wollte. Umso bedauerlicher war es, dass ich so lange gebraucht hatte, das zu erkennen, und nicht früher in der Lage gewesen war, die Konsequenzen zu ziehen.

Dann nämlich hätte ich James nicht die ganze Zeit täuschen müssen.

Über eine Stunde war ich auf der Suche nach ihm im Regen herumgeirrt und hatte alle Orte abgeklappert, wo ich ihn vermutete, aber die Dunkelheit schien ihn verschluckt zu haben. Er war nirgends zu finden, auch nicht in seinem Hotel, wo ich schließlich resigniert eine Nachricht für ihn hinterließ.

»Bitte sorgen Sie dafür, dass er den Brief erhält«, bat ich den Concierge eindringlich. »Es ist sehr wichtig. Bitte.«

Er versicherte mir, dass er den Brief persönlich übergeben werde, und rief mir anschließend ein Taxi.

»Fahren Sie nach Hause, Madame. Sie werden sich erkälten, wenn Sie sich nicht bald trocknen und aufwärmen.«

In diesem Moment war mir das ziemlich egal.

Erst als ich wieder in der Wohnung in Cap d'Ail war und mich aus meinem nassen Kleid schälte, erlaubte ich mir, meinen Emotionen freien Lauf zu lassen. Hemmungslos weinte ich um Papas verlorenes Journal, um die Immobilien, die ich verkaufen musste, um die lange Zeit, die ich mit dem falschen Mann vergeudet hatte, und vor allem weinte ich wegen James, wegen des Leids, das ich ihm und mir selbst zugefügt hatte.

Mein Blick fiel auf das Journal, sein Geschenk, auf den wunderschönen hellgrauen Ledereinband mit seiner Blumenprägung. Ich schlug die Seite mit der Widmung auf. *Auf die Zukunft von Duval. Und auf uns. James*

Möglicherweise blieb mir ja noch eine Chance, um die Dinge in Ordnung zu bringen und unsere Zukunft zu retten.

James würde bei der Hochzeit anwesend sein – er musste kommen, wenn er seinen Job nicht verlieren wollte. Es war mir egal, wenn Lucien, was er hoffentlich nicht tat, ebenfalls erschien und nach dem gestrigen Auftritt für noch mehr Geflüster und Getuschel sorgte. Mir ging es einzig und allein darum, eine Möglichkeit zu finden, um James alles zu erklären und mich für die Fehler zu entschuldigen, die ich gemacht hatte.

Ich zog mein Kostüm aus altrosa Seidenkrepp an, legte ein Cape um meine Schultern und setzte meinen Pillbox-Hut und, als Reverenz an den Stil der Fürstin, eine Sonnenbrille auf. Außerdem war ich froh, durch dieses modische Attribut meine geschwollenen Augen verbergen zu können.

Um Lucien zu entgehen, falls er wider Erwarten auftauchte, um mich abzuholen, nahm ich einen frühen Bus nach Monaco. So war ich auf der sicheren Seite und ging kein Risiko ein. Eine weitere Auseinandersetzung war das Letzte, was ich brauchte. Dafür nahm ich gerne die laute Vorfreude der anderen Fahrgäste in Kauf, die fröhlich miteinander zwitscherten wie eine Vogelschar, während ich still in der hintersten Reihe saß, die Augen auf das blaue Mittelmeer gerichtet, das in der Sonne glitzerte, und mich beklommen fragte, was der Tag wohl bringen würde.

An der Place de la Visitation stieg ich aus und ging das kurze Stück durch die Altstadt zu Fuß, vorbei an Häusern in zarten Regenbogenfarben, die die schmale Gasse zur Kathedrale säumten. An jedem Fenster hingen monegassische und amerikanische Fahnen, und dekorative Töpfe mit roten und weißen Blumen schmückten die Eingänge.

Freudige Erwartung lag in der Luft, und die ganze Szenerie war so schön, dass meine Stimmung sich ein wenig hob, zumal die weiße Fassade der Kathedrale zur Feier des Tages im Licht der Morgensonne geradezu strahlte. Vor dem Hauptportal war ein roter Teppich ausgerollt, überdacht von einem weißen Baldachin. Eine Ehrengarde der fürstlichen Leibwache sowie amerikanische Matrosen standen Spalier. Ein sehr förmlicher, dabei zugleich würdevoller Empfang. Und ich als kleine Parfümeurin mittendrin.

Unfassbar, dass ich zu einem solch glanzvollen Ereignis eingeladen war, an dem die Crème de la Crème aus Politik und

Wirtschaft, aus Adel und aus dem Showgeschäft sich ein Stelldichein gab.

Neugierig verfolgte ich, wie immer mehr elegant und teuer gekleidete Gäste eintrafen und über den roten Teppich in das Gotteshaus schritten, obwohl meine Aufmerksamkeit hauptsächlich der versammelten Presse hinter der Absperrung galt. Mein Blick schweifte über die Gesichter, ich musterte jeden, der eine Kamera hielt – James war nicht darunter. Wo war er nur? Hatte er etwa verschlafen? Nein, nicht an einem Tag wie diesem. Mir schlug das Herz bis zum Hals, und ich zwang mich, positiv zu denken. Er musste hier sein oder noch kommen, sagte ich mir und versuchte mich in Geduld zu üben. Das war ich ja gewohnt, immerhin wartete ich oft lange vor meinen Reagenzgläsern mit neuen Mischungen darauf, dass der Duft sich entfaltete.

Irgendwann jedoch wurde es Zeit, sich in die Schlange vor dem Portal einzureihen und darauf zu warten, dass ich zu meinem Platz geführt wurde. Ich bekam einen Stuhl im hinteren Bereich zugewiesen, direkt neben einer mächtigen Steinsäule. Noch war der Platz neben mir leer, und ich betete, dass das so blieb.

In beiden Seitenschiffen waren Fernsehkameras aufgebaut, deren Objektive auf die beiden leeren Stühle vor dem Altar gerichtet waren. Für Grace Kelly, überlegte ich, musste es geradezu paradox sein, dass ihre Hochzeit, die sie ihre Schauspielkarriere kostete, der letzte Film sein würde, den sie drehte.

Die Glocken schlugen die volle Stunde, der Countdown lief. Während die anderen Gäste auf die Braut und den Bräutigam warteten, saß ich im Schatten und wartete auf meine Zukunft.

Kapitel 42

James

Bei strahlendem Sonnenschein wurde ich wach, weil es nicht allein in meinem Kopf pochte, sondern desgleichen an meiner Zimmertür.

»Schon gut, ich komme!«, rief ich mit heiserer Stimme von zu vielen Zigaretten, nachdem all meine guten Vorsätze dem Whisky zum Opfer gefallen waren. Ich raffte mich voll bekleidet aus dem Bett hoch und blinzelte in das helle Licht, das durch die offenen Vorhänge hereinströmte. »Ist jemand gestorben?«, fragte ich, als ich die Tür öffnete. »Brennt es irgendwo?«

Mein früher Besucher reagierte leicht irritiert auf meine Erscheinung und schaute mich deutlich verwundert an.

»Guten Morgen, Monsieur. Das hier wurde gestern Abend für Sie abgegeben.« Er überreichte mir einen Umschlag, dessen Duft mir sofort die Absenderin verriet. »Die junge Dame, von der die Nachricht stammt, wirkte sehr verzweifelt, ganz zu schweigen davon, dass sie vollkommen durchnässt war.«

Ich schob den Umschlag in meine Gesäßtasche und stieß einen schadenfrohen Laut aus. »Gut. Geschieht ihr ganz recht. Danke.«

Der Concierge – inzwischen hatte ich ihn erkannt – wich nicht von der Stelle.

»Sie hat darauf bestanden, dass ich Ihnen die Nachricht persönlich überbringe. Selbstverständlich geht es mich nichts an, ob Sie den Inhalt lesen oder nicht, aber die Frau wirkte furchtbar mitgenommen.«

Es kam mir vor, als würde mein Vater vor mir stehen und mich maßregeln.

»Ja, in Ordnung. Ich habe verstanden. Gibt es sonst noch etwas?«

»Nein, Sir. Das wäre alles.« Er wandte sich zum Gehen. »Wird Monsieur heute an der Hochzeit teilnehmen?«

»Ja, Monsieur wird an der Hochzeit teilnehmen.« Ich massierte meine Stirn und richtete meine Willenskraft darauf, dass das Zimmer aufhörte, sich zu drehen. »Vorausgesetzt, Monsieur kann sich vom schlimmsten Kater seines Lebens erholen.«

»Heute ist ein großer Tag für Monaco. Ein Tag für die Liebe, n'est-ce pas? Kein Tag für Zwistigkeiten.«

»Verstanden«, erwiderte ich seufzend, »ich werde die Nachricht lesen.«

»Bien, sehr gut. Genießen Sie die Feierlichkeiten, Monsieur.«

Ich gab ihm ein paar Francs für seine Mühe und seinen ungebetenen Rat und schloss die Tür.

Es war halb acht. Spätestens in einer Stunde musste ich vor der Kathedrale sein, wenn ich die Ankunft der ersten Gäste nicht verpassen wollte.

Der Brief. Sollte ich ihn wirklich lesen? Ich zog den Umschlag aus meiner Hosentasche und legte ihn auf den Tisch. Einerseits war ich neugierig, was Sophie zu ihrer Verteidigung zu sagen hatte, andererseits war ich stur und entschlossen, sie zu ignorieren, diese Hochzeit hinter mich zu bringen und nach Hause zu fahren.

An den letzten Abend hatte ich größtenteils unklare Erinnerungen, doch es gab ein paar Bilder, die ich nicht aus meinem

Kopf zu verdrängen vermochte: allen voran wie dieser selbstgefällige französische Wichtigtuer Sophie demonstrativ einen langen Kuss verpasst hatte, später ihr verlegener Blick über die Schulter, als sie mich entdeckte, bevor sie endgültig im Opernhaus verschwand.

»Meine Glückssträhne ist wohl gerissen, was, Teddy«, murmelte ich verbittert, während ich mir Wasser ins Gesicht spritzte und kritisch mein Spiegelbild betrachtete. Ich sah genauso schrecklich aus, wie ich mich fühlte.

Nach einer kleinen Kanne starkem Kaffee, die mir ein Page aufs Zimmer gebracht hatte, wurde mein Kopf zum Glück allmählich etwas klarer. Ich setzte mich aufs Bett und öffnete den Brief. Ich musste wissen, wie sich das, was geschehen war, erklären ließ.

Lieber James,
es tut mir unendlich leid, und ich weiß gar nicht, wo ich anfangen soll, doch eins vorab: Glaub mir, dass ich Luciens Heiratsantrag weder erwartet noch erhofft habe. Ich war vielmehr wütend darüber und habe den Ring noch in der Oper zurückgegeben. Von mir aus kann Lucien ihn ins Hafenbecken werfen. Er bedeutet mir nichts. Hingegen würde es mir alles bedeuten, wenn du einen Weg fändest, um mir zu verzeihen. Ich habe überall nach dir gesucht. Wo um Himmels willen hast du dich verkrochen?
Meine Beziehung mit Lucien ist – war – sehr kompliziert und war genau genommen für mich schon lange vorbei, lange vor deiner Ankunft in Monaco. Leider akzeptiert Lucien kein Nein, und um in der gegenwärtigen Situation nicht einen Riesenkrach zu provozieren, habe ich ihm zuliebe den Schein gewahrt und ihn als meinen Begleiter genannt. Ich hatte das Gefühl, ihm das schuldig zu sein, bevor sich unsere Wege endgültig trennen. Das Problem wurde zudem verschärft durch die Tatsache, dass Lucien in Duval

investiert hat und ich erst dann richtig frei von ihm sein werde, wenn ich ihm das Geld zurückgezahlt habe. Und das werde ich schaffen, irgendwie. Zu lange habe ich mir eingeredet, dass ich auf ihn angewiesen bin, damit ist jetzt Schluss. Dir gegenüber komme ich mir ganz mies vor und frage mich, warum ich dir das alles nicht viel früher erzählt habe. Du hast mehr Fairness verdient – nun muss ich mir zum Vorwurf machen, dass ich ein totales Chaos angerichtet habe.

Ich hoffe sehr, wir sehen uns morgen bei der Hochzeit, falls wir uns verpassen sollten, werde ich abends um sieben vor dem Casino auf dich warten. Wirst du kommen? Selbst wenn du mir nicht verzeihen kannst, würde ich dir gerne persönlich sagen, was ich für dich empfinde.

Mein Vater hat mich gelehrt, Parfümeur zu sein bedeute, sich als ein Bewahrer von Erinnerungen zu verstehen. Du bist ein fester Teil meiner Erinnerungen der letzten zwölf Monate geworden, James, ein Teil meiner Geschichte, die Duftnote, die am längsten verweilt. Ich werde dich nie vergessen.

Sophie

Ich legte den Brief zur Seite, ließ mich rückwärts auf das Bett sinken und starrte an die Decke. Dachte an das Journal, das ich Sophie geschenkt hatte, an den rot glühenden Sonnenuntergang, als ich es ihr gegeben hatte, an den Veilchenduft, der den Seiten entströmte. Diesen Tag werde sie immer mit Veilchen verbinden, hatte sie gesagt und ihre Nase tief in das Papier getaucht.

Erneut nahm ich den Brief in die Hand und schnupperte an dem Papier.

»Und welcher Geruch wird für heute stehen, Sophie? Was wird zusätzlich in unsere Erinnerung eingehen?«, murmelte ich.

Vor ein paar Tagen hatte ich fest geglaubt, Sophie gehöre zu meiner Zukunft. Nun hatte sich alles geändert. Ich musste mich entscheiden, ob ich zu dem vorgeschlagenen Treffen gehen würde oder nicht – davon hing ab, ob ich Sophie weiterhin in meine Zukunft einbeziehen wollte. Noch war ich unsicher und beschloss, erst mal meinen Job bei der fürstlichen Hochzeit zu machen.

Ich war gerade dabei, mich zu rasieren, als ich von einem neuerlichen Klopfen an meiner Tür unterbrochen wurde.

»Zum Teufel, was soll das?«, fluchte ich leise. »Kann man hier nicht für eine Minute seine Ruhe haben?«

Ein Handtuch über die Schultern gehängt, einen Rest von Rasierschaum auf der Oberlippe, öffnete ich unwirsch die Tür. Vor mir stand der Hotelmanager mit aschfahlem Gesicht. Eine bange Ahnung überkam mich.

»Monsieur, es tut mir schrecklich leid.« Er reichte mir einen Zettel, bei dem es sich um ein Telegramm handelte. »Das hier ist von einem Krankenhaus in Schottland an unser Hotel gegangen. Offenbar gab es einen Unfall.«

Erstarrt und stumm vor Schrecken nahm ich das Blatt entgegen und las.

ST. ANDREW'S HOSPITAL, INVERNESS. DREI OPFER BEI SCHWEREM VERKEHRSUNFALL. NAECHSTER ANGEHOERIGER JAMES HENDERSON. BITTE SOFORT VERSTAENDIGEN, AEUSSERST DRINGEND.

Ein Schrei entrang sich mir. »Emily.«

Kapitel 43

Sophie

Als das Gemurmel in der Kathedrale nach und nach verstummte, nutzte ich diesen letzten Moment vor dem Beginn der Zeremonie, um die Gerüche zu erfassen und zu analysieren, die mich umgaben. Bei den weißen Blumenarrangements, die am Boden standen oder in großen Goldkörben zu beiden Seiten des Gangs zwischen den Säulen hingen, handelte es sich um eine dekadente Mischung aus Lilien, Löwenmäulchen und Flieder. Ihr Duft vermengte sich mit dem Geruch von Dutzenden Kerzen, deren Flammen in dem leichten Wind, der durch das geöffnete Portal in das Kirchenschiff drang, zu tänzeln schienen.

Ich hob mein Handgelenk an die Nase, um mir jenen Duft in Erinnerung zu rufen, der mich hierhergeführt hatte, zu dieser glanzvollen Hochzeit, und von dem ich mir einen winzigen Spritzer gegönnt hatte, wenngleich er bis zum Ende der Feierlichkeiten allein Grace vorbehalten war. Nicht mehr lange, und sie würde vor den Augen der Welt durch diesen Gang schreiten und die Kathedrale mit dem Aroma *meines* Parfüms erfüllen. Mit *Cœur de Princesse.* Wie so oft in Ausnahmesituationen wünschte ich einmal mehr, Papa hätte das erleben können. Lächelnd stellte ich ihn mir auf dem leeren Platz neben mir vor.

Als feierliche Orgelklänge ertönten, erhoben sich alle von ihren Plätzen und wandten ihre Köpfe dem Mittelgang zu, um die kleine Prozession zu beobachten, die gerade Einzug hielt. Angeführt wurde sie von der Braut und ihrem Vater, denen in kurzem Abstand zwei kleine Ringträger, vier Blumenmädchen und sechs Brautjungfern folgten.

Alles war sehr beeindruckend und wunderschön anzusehen, wurde jedoch in den Schatten gestellt von dem Brautkleid, das geradezu atemberaubend war. Unter dem eng geschnittenen Oberteil aus edler Spitze mit langen Ärmeln und Stehkragen schimmerte eine seidige Korsage durch. Ein Band betonte die schmale Taille. Darunter floss ein glockenförmiger Rock bis zum Boden, öffnete sich hinten und entließ Kaskaden von Spitze, die eine fließende Schleppe bildeten. Auf dem Kopf trug die Braut eine aufwendig mit Perlen und Blüten bestickte, kappenähnliche Juliet, von der ein zarter, bis zur Taille reichender Spitzenschleier abging.

Neben der Eleganz, die man von Grace kannte, strahlte sie noch etwas anderes aus. Etwas Majestätisches. Heute war der Tag, an dem sie ihr Leben als Hollywoodprinzessin endgültig hinter sich lassen würde, um als amerikanische Prinzessin in die Geschichte einzugehen. Für einen Moment vergaß ich meinen Kummer und freute mich einfach für meine Freundin, die fast überirdisch wirkte.

John Kelly führte seine Tochter bis zum Altar und trat dann zur Seite. Gleich darauf verkündeten Fanfarenstöße die Ankunft des Fürsten. Rainier erschien in einer eindrucksvollen Paradeuniform, deren schwarzes Jackett goldbestickte Manschetten und Epauletten schmückten sowie zahlreiche Ehrenabzeichen. Als er vor Gott, seinem Land, dem Erzbischof und Millionen Zuschauern weltweit seinen Platz vor dem Altar einnahm, warf er seiner Braut ein nervöses Lächeln zu. Unwillkürlich fragte ich mich, was den beiden wohl gerade durch den Kopf ging auf dem Höhepunkt einer Liebesbeziehung, die vor einem Jahr ihren Anfang genommen hatte.

Ob James in diesem Moment ebenfalls an mich dachte?

Nachdem die nach altem traditionellem Ritus gestaltete Trauung vorüber war, schritt Ihre Durchlaucht Fürstin Gracia Patricia von Monaco am Arm ihres Gemahls aus der Kirche nach draußen, wo am Ende des roten Teppichs ein schwarzer Rolls-Royce mit cremefarbener Seitenlackierung und offenem Verdeck wartete. Ich erhaschte noch einen kurzen Blick auf die Luxuslimousine, bevor sie hinter einer Kurve verschwand und ihre Rundfahrt durch Monaco begann, damit die frisch Vermählten ihrem Volk zuwinken konnten.

»Viel Glück, Grace«, flüsterte ich und hoffte, dass sich eine lange und glückliche Zukunft vor ihr erstreckte, scheinbar unendlich wie das weite Mittelmeer, das sie nun jeden Morgen begrüßen würde.

Während die Hochzeitsgesellschaft sich zerstreute, bahnte ich mir einen Weg durch die Menge und suchte nach dem einzigen Gesicht, das ich herbeisehnte. Unverändert war von James weit und breit nichts zu sehen. Zweifel mischten sich mit Angst, und es fiel mir immer schwerer, ruhig zu bleiben. Meine einzige Hoffnung war, ihn später vor dem Casino zu treffen. Er musste einfach kommen.

Ich strich meinen Rock glatt und ging das kurze Stück zum Palast, wo mich ein Champagnerempfang erwartete, zu Fuß. Für mich konnte es nicht schnell genug sieben Uhr sein.

Kapitel 44

James

Alles um mich herum verschwamm, als ich das Krankenhaus in Schottland anrief und die ganze schreckliche Wahrheit erfuhr. Marjorie und Humphrey waren bei dem Unfall sofort getötet worden, Emily befand sich in einem sehr kritischen Zustand und schwebte in Lebensgefahr. Die Informationen waren lückenhaft, die Schwester wusste lediglich, dass der Wagen in einem abgelegenen Teil der Highlands von einer steilen Straße abgekommen war. Trotz ihres Versuchs, mich ein wenig zu beruhigen, drängte sie zur Eile.

Hastig packte ich meinen Koffer und traf Reisevorbereitungen, um so schnell wie möglich bei meinem Kind zu sein. Beim Concierge hinterließ ich eine Nachricht für Sophie. Was immer sie mir heute Abend sagen wollte, was immer für eine Zukunft es für uns hätte geben können, wurde mit jeder von Panik erfüllten Zeile, die ich zu Papier brachte, ausgelöscht.

Innerhalb einer Stunde verließ ich Monaco mit all seinem rot-weißen Blumenschmuck, seinen Wimpeln mit dem rot-weißen Wappenschild der Grimaldis und seinen rot-weißen Fahnen, die zum Abschied im Wind flatterten. Dieses Mal würde es kein Au revoir geben, dieses Mal war es ein Lebewohl. Da der nächste freie Flug ab Nizza erst morgen ging, nahm ich den Zug nach Paris, um von dort nach Edinburgh zu fliegen.

Während die französische Landschaft an mir vorüberglitt, musste ich an meine letzte Zugfahrt durch Frankreich in Richtung England denken, als ich alles hatte stehen und liegen lassen, um bei Teddy zu sein. Jene Hilflosigkeit und Verzweiflung, die ich damals gespürt hatte, überfiel mich auch jetzt, nur zehnmal so stark. Mit geschlossenen Augen lehnte ich meine Wange ans Fenster, betete stumm und schwor, Emily nie wieder allein zu lassen, wenn Gott sie am Leben ließ.

In meinen kurzen Schlafphasen hatte ich albtraumhafte Visionen von einem zerschmetterten Körper, der auf einem mit Heidekraut bewachsenen Abhang lag. Mein kleines Mädchen. Sie war alles, was ich auf der Welt hatte. Und nun, da ihre Mutter tot war, war ich genauso für sie alles, was sie auf der Welt hatte.

Drei Hochzeiten, eine Prinzessin

Monaco feiert Ihre Durchlaucht Fürstin Gracia Patricia

Angeline West berichtet für den *Herald*

---

19. April 1956

Heute Morgen gab Grace Kelly, ein amerikanisches Girl aus Philadelphia, dem Mann ihrer Träume, Louis Henri Maxence Bertrand Rainier Grimaldi, in der Kathedrale von Monaco das heilige Jawort. Das weiße Gebäude im neoromanischen Stil befindet sich in unmittelbarer Nähe zum Fürstenpalast auf dem Felsen, den die Einheimischen liebevoll »Le Rocher« nennen. Die nach altkatholischem Ritus zelebrierte und von höfischen Traditionen geprägte Trauung war ein Highlight für Nostalgiker.

Während die standesamtliche Trauung, die gleich zweimal vollzogen wurde, eine eher nüchterne Angelegenheit war, fand mit dem Hochamt das große Ereignis statt, auf das alle gewartet haben und das von geschätzt dreißig Millionen Fernsehzuschauern auf der ganzen Welt verfolgt wurde. Selbstredend waren die Kameras von MGM dabei – als Gegenleistung für die Filmrechte hatte das Filmstudio Miss Kelly vorzeitig aus ihrem Siebenjahresvertrag entlassen. Die junge Braut absolvierte alle drei Hochzeiten mit Haltung und Ausdauervermögen, wenngleich sie am Ende sicher froh war, dass sie es überstanden hatte.

Der Hollywoodstar bezauberte das Publikum in einer

Meisterkreation von Helen Rose aus Seidentaft und Rosalinenspitze, an der drei Dutzend Näherinnen sechs Wochen lang gearbeitet hatten. Der Fürst erschien in einer mit zahlreichen Orden geschmückten Uniform. An der Zeremonie nahmen sechshundert Gäste teil, darunter Leinwandstars wie Ava Gardner und Cary Grant oder bekannte Persönlichkeiten wie der Tankerkönig Aristoteles Onassis.

Nach der Messe, die genau siebenundzwanzig Minuten dauerte und auf Latein und Französisch gelesen wurde, fuhr das Paar in einem offenen Rolls-Royce durch Monaco, um sein Volk zu grüßen. Zum Gedenken an die Hochzeit wird in Kürze eine Sonderbriefmarke ausgegeben – die Ausgabestellen rechnen mit hohem Andrang.

Nach der Rundfahrt durch Monaco kehrte das Fürstenpaar in den Palast zurück zu einem Champagnerempfang mit Freunden und Verwandten im Innenhof, dem sich ein Festmahl anschloss, das sich über den ganzen Nachmittag erstreckte. Als der Zeitpunkt gekommen war, um die Hochzeitstorte anzuschneiden, zog Rainier zum Vergnügen der Gäste seinen Degen aus der Scheide. Das sechsstöckige Kunstwerk aus Zuckerguss bildete den Fürstenpalast und historische Momente von Monaco ab. Ich kann freudig berichten, dass der Kuchen genauso köstlich schmeckte, wie er aussah.

Noch am Abend wird das Paar seine siebenwöchige Hochzeitsreise im Mittelmeer antreten. Es heißt, dass Oliver, der geliebte Pudel der Fürstin, mit an Bord der Yacht gehen wird.

Wir vom *Herald* gratulieren dem frisch vermählten Paar sehr herzlich. Möge den beiden ein langes und glückliches Leben beschieden sein.

Kapitel 45

Sophie

Einerseits fühlte es sich seltsam an, zum Hochzeitsempfang allein zu gehen, und andererseits völlig richtig. Schließlich brauchte ich niemanden, der redete, handelte und entschied. Das bewies ich auf der Stelle dadurch, dass ich mich im Innenhof souverän unter die Gäste mischte und bald in Unterhaltungen verwickelt wurde.

Die Stimmung war nach dem strengen Zeremoniell in der Kathedrale erfreulich locker. Die Tische waren mit weißem Leinen gedeckt und mit üppigen Blumengestecken geschmückt. Kellner eilten hin und her und füllten Champagnergläser auf. Als Grace und Rainier eintrafen, begannen die Gäste zu applaudieren und in Hochrufe auszubrechen, die allein von der Musikkapelle übertönt wurden. Das Fürstenpaar strahlte gelöst in die Runde, und nach der Hektik der vergangenen Tage wirkten die beiden wahnsinnig verliebt. Ich empfand nichts als Freude für sie.

Zum Champagner wurden Canapés mit geräuchertem Lachs, kaltem Hummer und Kaviar gereicht, allerdings stocherte ich eher lustlos in den Luxushappen herum, denn meine innere Unruhe verdarb mir den Appetit. Innerhalb weniger Stunden schlug meine Nervosität dann in Angst um, meine Hoffnung in Verzweiflung. Vielleicht war James ja trotz meines ausführlichen, reumütigen Briefes der Meinung, dass der Bruch zwischen uns nicht mehr zu kitten sei. Seine Abwesenheit bei der Hochzeit sprach Bände.

Irgendwann hielt ich es nicht mehr aus. Ich stellte meinen Teller ab und beschloss gerade, die Feier zu verlassen und noch einmal in James' Hotel vorbeizuschauen, als mir eine Frau in einem kornblumenblauen Satinkleid auf die Schulter tippte.

»Verzeihung, sind Sie nicht Sophie Duval?«

»Ja, die bin ich«, sagte ich und streckte der Unbekannten die Hand entgegen.

»Janice Carmichael von der gleichnamigen amerikanischen Warenhauskette«, stellte die Fremde sich vor und gab mir ihre Visitenkarte. »Eine Reporterin, Angeline West, hat mich auf Sie aufmerksam gemacht. Ihre Parfüms sind hinreißend. Grace duftet sogar göttlich. Ich wollte Sie fragen, ob wir miteinander ins Geschäft kommen können. Wir von Carmichael würden nämlich gerne einen Probelauf mit Duval starten und ein paar Ihrer Düfte in unser Sortiment aufnehmen, am besten eine ganze Linie, in deren Mittelpunkt eine einzigartige Komposition steht.«

Sofort wurde ich hellhörig. »Vielen Dank für Ihr Lob, das ist sehr freundlich. Es war mir eine Ehre, das Parfüm für Grace zu kreieren. Zufällig habe ich soeben eine neue Duftlinie entwickelt, zu der unter anderem *Cœur de Princesse* sowie eine etwas leichtere Variante gehören. Gerne kann ich Ihnen davon Proben zukommen lassen.«

Miss Carmichael nickte erfreut. »Das wäre wunderbar. Ich habe vor Kurzem die Kosmetiksparte in unserem Konzern übernommen, und wir haben für unsere Häuser eine neue Ausrichtung beschlossen. Mehr Luxusmarken, wenn Sie so wollen, und ich bin absolut begeistert von der Idee, eine französische Parfümmanufaktur der Spitzenklasse ins Boot zu holen.«

Wir verabredeten uns in ein paar Tagen in Cannes, bevor Miss Carmichael nach New York zurückfliegen würde.

Das Angebot ließ mich fast platzen vor Stolz, nachdem ich so lange und hart für die Anerkennung von Duval gearbeitet hatte. Endlich, endlich schien es, als würde sich das Blatt grundlegend wenden. Noch ein Punkt, in dem Lucien und Mama sich geirrt hatten. Und das alles hatte ich letztlich Grace und meiner Bekanntschaft mit ihr zu verdanken. Langsam begann ich zu glauben, dass dabei schon ein bisschen Magie im Spiel war. In Anbetracht meiner neu erwachten Euphorie gelang es mir sogar, meine Sorgen wegen James vorübergehend zu verdrängen, und so blieb ich bis zum Schluss auf dem Empfang.

Als dieser sich dem Ende zuneigte, zog sich das Brautpaar zurück, um sich reisefertig zu machen. Ein letztes Mal zeigten sie sich winkend vom Palastbalkon, bevor sie zu der Limousine gingen, die sie zum Hafen bringen würde, wo die fürstliche Yacht auf sie wartete. Als sie in einem Konfettiregen durch das Spalier der Gäste eilten, sah Grace mich für einen Moment an, legte ihre Hand aufs Herz und formte mit den Lippen ein: »Danke und viel Glück«.

Es war der perfekte Abschied.

Die Sonne war bereits im Sinken, als ich mich auf den Weg zum Casino machte und verzweifelt hoffte, dass James kommen werde. Ich wagte mir kaum vorzustellen, dass er mich versetzte.

Nach einer Stunde des Wartens ging ich hinüber zu seinem Hotel, um dort nachzufragen. Es war ein letzter Versuch. Der Gedanke, Monaco ohne ihn zu verlassen, war unerträglich. Ich geriet an denselben Concierge wie am gestrigen Abend.

»Excusez-moi, Monsieur. Erinnern Sie sich an mich? Ich bin noch immer auf der Suche nach James Henderson, der in Ihrem Hotel logiert.«

Die Miene des Mannes nahm einen mitleidigen Ausdruck an, und er kam hinter dem Empfangstisch hervor, um mich auf die Seite zu nehmen.

»Ja, Madame, ich erinnere mich an Sie.« Er stieß ein Räuspern aus. »Leider muss ich Ihnen sagen, dass Monsieur Henderson heute Morgen überstürzt abgereist ist. Ich glaube, er wollte zum Flughafen nach Paris.«

Mein Herz setzte einen Schlag aus. Es war also vorbei, dachte ich und schickte mich zum Gehen an, doch der Concierge hielt mich zurück.

»Mademoiselle! Warten Sie! Sind Sie Sophie Duval?«, fragte er und holte einen Umschlag aus einem Fach hinter dem Empfangstresen und reichte ihn mir. »Das hier hat er für Sie hinterlassen.«

Benommen taumelte ich aus dem Hotel, riss draußen den Umschlag mit zitternden Händen auf.

Emily, ihre Mutter und deren Lebensgefährte hatten einen Autounfall in Schottland. Meine Tochter hat als Einzige schwer verletzt überlebt. Es tut mir leid, Sophie, ich muss sofort abreisen.
James

Ich konnte nicht glauben, was ich da las. Mein Verstand arbeitete fieberhaft, meine Emotionen schwankten zwischen Entsetzen und einem seltsamen Gefühl der Erleichterung, weil James nicht meinetwegen die Koffer gepackt hatte. Glück und Leid lagen manchmal sehr nah beieinander. Ich sprach ein stilles Gebet für James' Tochter und stellte mir vor, wie er gerade hoch in den schottischen Norden fuhr, krank vor Sorge und mit bangem Herzen.

Als die Dunkelheit sich über Monacos Hügel legte und einen Tag voller Freude und Glück ausklingen ließ, kehrte ich nach

Cap d'Ail zurück. Trotz allem, was passiert war und was mich belastete, erfüllte mich ein gewisses Maß an Zuversicht und Trost, verbunden mit der Gewissheit, dass ich alles, was die Zukunft für mich und Duval bereithielt, auf eigene Faust regeln würde.

Vielleicht war es Bestimmung, dass James lediglich für kurze Zeit in mein Leben getreten war, vielleicht sollte er mir den nötigen Ruck geben, der mich endlich aus meiner Beziehung mit Lucien katapultierte. Ich würde immer dankbar dafür sein, meine Zeit mit James als ein Geschenk betrachten und die Erinnerungen an ihn hegen und pflegen: an sein Lächeln, an seinen Humor, an seinen Glauben an mich. Selbst wenn er nicht dazu bestimmt war, ein Teil meiner Zukunft zu sein, hatte er mir den Weg dorthin gezeigt, und das würde ich ihm nie vergessen.

Nach dem Ende der Feierlichkeiten und James Rückkehr in seine Heimat unter solch furchtbaren Umständen suchte ich Trost an dem Ort, wo ich immer am glücklichsten war: Ich fuhr zurück nach Grasse. Der vertraute Anblick meiner geliebten Manufaktur, die grün gesprenkelten Felshänge und der blaue Frühlingshimmel linderten meinen Schmerz ein wenig. Zwischen den Blumenfeldern fand ich zudem Abwechslung und entwickelte neue Formeln, arbeitete bis spät in die Nacht und schlief oft über meinem Schreibtisch ein.

Und dann kam der Tag, an dem ich wusste, dass bald alles wieder in Ordnung sein würde. Während ich an meinem Kaffee nippte, strich ich mit der Hand über das weiche Leder meines neuen Journals, schlug die erste Seite auf und notierte oben das Datum. Nachdem ich lange vor allem Papas Erwartungen gerecht zu werden versucht hatte, war es Zeit, meinem eigenen Talent zu vertrauen und mich neu zu erfinden. Grace hatte mir so viel gegeben, und ich setzte große Hoffnungen auf das Interesse der Firma Carmichael aus New York.

Eine Flut von Erinnerungen stieg in mir hoch: James' Fingerspitzen auf meinem Gesicht, ein blasser Abendhimmel, an dem kurz darauf ein Farbenspektakel ausbrach, der Geruch von Tau auf der Wiese und der schwache Hauch von Mineralien, den die Felsen um uns herum ausströmten, Aprikosenmarmelade und Weißbrot bei einem gemeinsamen Frühstück im Bett.

Hektisch machte ich mir Stichworte, hielt die ersten Ideen für Kopf-, Herz- und Basisnote fest.

Lever du soleil. Sonnenaufgang. Ein Neuanfang.

TEIL DREI

BASISNOTE

Das Fundament eines Parfüms sind
die Duftnoten, die zur Geltung kommen,
wenn die anderen sich verflüchtigt haben,
und die am längsten verweilen.

Ich vermeide es, zurückzublicken,
und ziehe gute Erinnerungen dem Bedauern vor.
FÜRSTIN GRACIA PATRICIA VON MONACO

Kapitel 46

Sophie

September 1982

Mein Vater sagte oft, dass traurige Nachrichten glückliche Erinnerungen hervorrufen würden. Heute erreichte uns eine ganz besonders traurige Nachricht, und während ich auf der Terrasse unseres alten Hauses in Grasse sitze und dem Sonnenuntergang zuschaue, lasse ich mein Leben Revue passieren. In erster Linie denke ich an die Menschen zurück, die ich gekannt habe, an die glücklichen Momente, die wir miteinander teilten. An die Erinnerungen, die wir gemeinsam schufen.

Früher lehnte an der Wand nicht weit von mir immer mein Fahrrad. Ich kann noch das Ruckeln in meinen Armen spüren, wenn ich über Kopfsteinpflaster und Schotterwege sauste, höre noch den hellen Klang der Klingel, wenn ich jemanden im Vorbeifahren grüßte oder eine träge Katze aus dem Weg scheuchte. Ich verstehe die Vergangenheit inzwischen besser, sehe die Dinge klarer. Da ich so gut wie keine Angehörigen habe, schuf ich mir meine eigene Familie mit Madame Clouet, dem alten Jacques, Monsieur Renault und Natalie, meiner mütterlichen Freundin, sowie allen, die unermüdlich mit mir in der Manufaktur zusammengearbeitet haben.

Viele von ihnen leben nicht mehr. Die Boulangerie ist inzwischen ein Schuhgeschäft. Das alte Filmtheater, in dem ich früher ehrfürchtig die funkelnden Stars auf der Leinwand bewunderte, beherbergt heute ein Restaurant. Das einzige Funkeln, das ich jetzt noch betrachte, ist das am Nachthimmel, wenn die Sterne nach und nach wie durch Zauberei erscheinen, einer nach dem anderen, bis sie nicht mehr auseinanderzuhalten sind.

In der Luft liegt ein Hauch von Mitternachtsjasmin und kühlem Kalkstein, und ich atme tief ein, genieße das Aroma des Abends, die Düfte meiner geliebten Provence. In Momenten wie diesem sehne ich mich danach, jemanden an meiner Seite zu haben, mit dem ich solch stille Freuden teilen kann. Momente, in denen ich mich frage, was für eine Ehefrau und Mutter ich geworden wäre, hätte mein Leben eine andere Richtung genommen. Und ich frage mich, ob ich eine gute Tochter war. Definitiv hatte ich mich bemüht, hatte mein Bestes getan und mich um eine Mutter gekümmert, die rettungslos selbstzerstörerisch war, die mich und alles, was ich liebte, beinahe ruiniert hätte. Würde ich sie besser verstanden haben, wenn ich selbst eine Tochter bekommen hätte? Hätte, wäre, wenn. Erinnerungen und Bedauern. Das alles liegt in den Sternen.

Ich nehme das Journal des Fleurs, das neben mir liegt, in die Hand und schnuppere an dem alten Papier. Mein lieber Papa – auf jeder Seite hat er Spuren hinterlassen. Ich blättere weiter und lächele, als ich auf meine ersten Ideen für die Formel von *Cœur de Princesse* stoße. Zu guter Letzt habe ich das verloren gegangene Journal kurz nach der Hochzeit von Grace und Rainier in unserem Haus in Grasse gefunden, verborgen hinter einem Kissen, oder besser gesagt, versehentlich zurückgelassen von Mama. Aus alter Gewohnheit habe ich die Notiz aufbewahrt, die ich damals zwischen den Seiten entdeckte.

Verehrte Madame Duval,
hier ist es! Es war ganz leicht, das Buch in die Hände zu bekommen, und zwar mithilfe eines starken Martini. Allerdings wird Sophie alles auf den Kopf stellen, sobald sie sein Verschwinden bemerkt. Am besten beseitigen Sie es umgehend oder verstecken es an einem sicheren Ort. Der Verlust wird schwer sein für Ihre Tochter, aber wir wissen beide, dass sie die Vergangenheit endlich loslassen muss. Danach können wir uns darauf konzentrieren, die Duval-Ländereien in eine neue Zukunft zu führen.
Ich freue mich darauf, Sie bald zu besuchen.
Lucien

In der Stille des Abends erscheint es mir fast unmöglich, wie viel Wut und Hass dieses beschauliche alte Haus damals erschütterten. Böse Worte und Anschuldigungen flogen hin und her wie Kieselsteine, die von den Wellen des Meeres hochgeschleudert wurden. Mein ehemaliger Lebensgefährte und meine Mutter hatten geglaubt, sie könnten mich davon abhalten, neue Düfte zu entwickeln, indem sie mir Papas Aufzeichnungen wegnahmen. Sie taten es, weil sie ganz andere Pläne verfolgten – solche, von denen sie sich einen großen Profit versprachen. Sie wollten unser Land an einen Immobilienhai verkaufen und damit die Schließung der Manufaktur erzwingen, doch sie hatten mich unterschätzt.

Meine Verbitterung darüber hat sich längst gelegt. Die Vergangenheit ist versiegelt wie ein Parfüm in einem Glasflakon, und meine Erinnerung an sie ist nicht mehr so präsent wie früher. Der Schmerz über den Verrat ist verblasst wie eine alte Narbe. Trotz allem vermisse ich meine Mutter in gewisser Weise. Ich wünschte, sie hätte meinen Erfolg noch erlebt.

Meine Gedanken wandern zu James. Die Erinnerung an ihn habe ich nie versiegelt. Allein sein Name zaubert stets ein

Lächeln auf meine Lippen. Es gibt so viele Dinge, die ungesagt blieben. So viele Fragen, die nach wie vor im Raum stehen: Was wäre passiert, wenn er es geschafft hätte, zum Casino zu kommen? Erhielt er jemals meinen Brief, den ich ihm kurz nach seiner Abreise hinterherschickte? Hatte seine Tochter sich von dem Unfall erholt? War er glücklich? Dachte er manchmal an mich und stellte sich ähnliche Fragen?

Wie auch immer, es ist nicht mehr die Zeit, nach Antworten zu suchen, sondern die Zeit, um zurückzudenken.

Ich nehme einen Schluck von meinem Wein und koste das reiche Bouquet, erspüre es mit meiner Zunge. Mein Geschmacks- und mein berühmter Geruchssinn sind nach wie vor so scharf wie früher, wofür ich sehr dankbar bin, denn nicht zuletzt deshalb trage ich maßgeblich zum Erfolg der Manufaktur bei. Duval hat sich prächtig entwickelt, und meine einzige Sorge ist, was aus der Firma wird, wenn ich nicht mehr da bin. Eine passende Frage an einem Tag, der mich und ganz Monaco in tiefe Trauer gestürzt hat.

Tränen brennen in meinen Augen, als ich die Briefe in meinem Schoß zu einem ordentlichen Stapel zusammenlege, ein kleines Museum der Korrespondenz, entstanden im Laufe der Jahre, intime Äußerungen einer Frau, deren Freundschaft nur wenige Privilegierte genießen durften. Ihre Worte lösen großen Schmerz aus.

Liebe Sophie beginnt jeder Brief von ihr. Sie behandelte mich von Anfang an wie eine liebe Freundin. Ihr Diadem und ihre Schärpe hatten sie zur Fürstin gemacht, aber in ihrem Herzen war sie immer Grace Kelly geblieben, ein amerikanisches Mädchen aus Philadelphia, das seine Familie liebte und das großen Wert darauf legte, Freunde zu haben. Ich hoffe, ihr war bewusst, was sie mir bedeutete, welch entscheidender Anteil ihr am Erfolg der Marke Duval zukam. Gesagt habe ich es ihr oft genug, in meinen Briefen und bei den vielen Anlässen, wenn wir uns trafen und unsere Hoffnungen und Sorgen teilten oder uns über dieses Kleid und jenes Parfüm austauschten.

Ich nehme ein paar alte Zeitungsausschnitte und lese die Berichte aus glücklichen Zeiten, bevor ich erneut nach der Zeitung von heute greife und auf die Schlagzeile starre. Noch immer kann ich nicht glauben, was da steht: dass unsere geliebte Gracia Patricia für immer von uns gegangen ist.

Fürstin Gracia Patricia gestorben

Fürst Rainier und ganz Monaco sind in Trauer

Angeline West berichtet für den *Figaro*

---

15. September 1982

Ihre Durchlaucht Fürstin Gracia Patricia von Monaco starb gestern Abend im Hôpital Princesse Grace, sechsunddreißig Stunden nach ihrem schrecklichen Unfall auf einer der steilen Küstenstraßen nahe ihrer Wahlheimat. Ihre Tochter, die siebzehnjährige Prinzessin Stéphanie, die mit ihr im Wagen saß, erlitt schwere Wirbelverletzungen und eine Gehirnerschütterung.

Der Rover war in einer Haarnadelkurve ungebremst geradeaus gefahren und vierzig Meter in die Tiefe gestürzt. Die schöne ehemalige Filmschauspielerin erlag ihren schweren Hirnblutungen, sie wurde gerade mal zweiundfünfzig Jahre alt.

»Es ist leider wahr«, bestätigte ein Palastsprecher. »Die Fürstin ist tot.«

Aus der ganzen Welt trafen Beileidsbekundungen in dem kleinen Fürstentum ein.

In London sagte ein Sprecher des Buckingham-Palastes: »Die Königin und ihre Familie sind schockiert und betrübt über diese Nachricht.« In Washington sprachen Präsident Ronald Reagan und seine Frau Nancy dem Fürsten ihre Anteilnahme aus. Das Weiße Haus vermeldete: »Als Amerikanerin brachte die Fürstin Persönlichkeit und Eleganz in die darstellende Kunst und leistete einen wichtigen Beitrag zur Kultur ihres Landes.«

Auch viele ehemalige Schauspielkollegen zeigten sich tief erschüttert von ihrem Tod. In New York ließ Frank Sinatra, mit dem sie *Die oberen Zehntausend* gedreht hatte, durch einen Sprecher ausrichten: »Meine Frau Barbara und ich sind wie der Rest der Welt bestürzt, entsetzt und absolut untröstlich angesichts dieser furchtbaren Nachricht. Grace war eine liebenswürdige und wundervolle Frau, eine wahre Prinzessin von dem Moment an, in dem sie geboren wurde. Wir können es einfach nicht fassen. Unser tiefstes Mitgefühl gilt ihrem Mann, ihren Kindern und ihren Angehörigen hier in den Vereinigten Staaten.«

Diesen Beileidswünschen schließen wir uns alle an.

Der Leichnam der Fürstin wird drei Tage in der Schlosskapelle des Palastes aufgebahrt, bevor die Trauerfeier am 18. September in der Kathedrale Notre-Dame-Immaculée folgt, wo die Schauspielerin vor sechsundzwanzig Jahren heiratete und wo sie nun in der Grablege der Grimaldis ihre letzte Ruhestätte unter einer Marmorplatte finden wird.

Rita Gam, Brautjungfer und enge Freundin von Grace, äußerte sich über die bemerkenswerte Verwandlung des früheren Hollywoodstars in die monegassische Landesmutter folgendermaßen: »Im Grunde habe ich Grace das letzte Mal gesehen, als sie auf ihrer Hochzeitsyacht davonfuhr und mir bewusst wurde, dass es keine Grace Kelly mehr gab. Grace Kelly war eine Erinnerung, war Geschichte. Seitdem gab es allein Fürstin Gracia von Monaco.«

Sie selbst sagte noch vor Kurzem in einem Interview: »Ich wünsche mir, dass man mich als eine Frau im Gedächtnis behält, die stets bemüht war, ihre Aufgabe getreulich zu erfüllen, und die verständnisvoll war und gütig.«

Ein Anspruch, den sie definitiv erfüllt hat.

Als letzte Geste für die Frau, die er von ganzem Herzen geliebt hat, bat Fürst Rainier darum, neben ihr bestattet zu werden, wenn seine Zeit gekommen sei. Er soll am Boden zerstört sein über den Verlust seiner Prinzessin.

Kapitel 47

James

September 1982

An Bord des TGV von Paris nach Monaco sitzend, lehne ich meinen Kopf an das Fenster und betrachte die Fotografie in meiner Hand. Meine Augen saugen sich an dem vertrauten Bild fest: Grace Kelly im Garten des Fürstenpalasts, hinter dessen historischen Mauern eine Zukunft als Fürstin auf sie wartete, während ihr Leben als Hollywoodstar bereits mehr und mehr in die Ferne rückte. Ich drehe den Abzug um. Die Rückseite ist beschriftet. *Erste Begegnung Grace und Rainier, Mai 1955, Grimaldi-Palast Monaco, JH.* Für einen Moment muss ich schmunzeln, als ich an Sanders' Miene zurückdenke, mit der er diese Fotoserie musterte, bis mir wieder einfällt, warum ich in Frankreich bin, und mein Lächeln verblasst.

Mein Blick schweift über die Landschaft hinter dem Fenster. Das grüne Loiretal mit seinen Weinbergen ist den sanften Hügeln der Auvergne gewichen. Als schließlich Olivenhaine und felsiger Boden in Sicht kommen, weiß ich, dass die Provence nahe ist, und mein Herz schlägt schneller. Schon immer wollte ich mal um diese Jahreszeit hierherkommen, wenn die drückende Sommerhitze und mit ihr die Touristen verschwunden waren, wenn die Dörfer und Städte zu ihrem beschaulichen Leben zurückkehrten und wenn die Strände des türkis und kobaltblau schimmernden

Meeres nicht mehr heimgesucht wurden von Horden sonnenhungriger Urlauber. Die Anziehungskraft der Côte d'Azur, die ich damals spürte, packt mich auch jetzt wieder. Ich wünschte jedoch, mein Besuch würde unter erfreulicheren Umständen stattfinden.

Während der Hochgeschwindigkeitszug weiter in Richtung Küste rast, schließe ich meine Augen und vergegenwärtige mir, welche Opfer ich gebracht habe, um in London zu bleiben. All die Jahre versuchte ich mein Bestes, um die Lücke zu füllen, die Marjories Tod gerissen hatte, und Emily Vater und Mutter in einem zu sein. Ich buk zu jedem Geburtstag einen Kuchen, verarztete aufgeschürfte Knie und kühlte eine fiebrige Stirn. Es war nicht immer leicht, aber ich beklagte mich nie. Schließlich hatte ich mir geschworen, Emily nie wieder allein zu lassen, wenn sie den Unfall überlebte. Und ich hielt mich daran, obwohl sie mittlerweile erwachsen ist und eine eigene Familie hat. Selbst zu dieser Reise musste ich überredet werden, und zwar von ihr.

»Fahr nach Monaco, Dad. Die Fürstin hatte immer eine besondere Bedeutung für dich. Du hast früher ständig von ihr geredet, weißt du noch?«

Emily hatte recht. Gracia Patricia oder Miss Kelly, die sie für mich irgendwie geblieben ist, war Gegenstand vieler Geschichten, die ich meiner Tochter erzählte, doch eine andere Frau war es, die meine Gedanken beherrschte und der mein Herz gehörte.

Es war eine denkwürdige Woche, die ich damals in Monaco verbrachte, verrückt und magisch zugleich. Verrückt wegen des Chaos während der fürstlichen Hochzeit, magisch wegen der Frau, die meine große Liebe wurde. Sophie Duval.

Wir dachten, alle Zeit der Welt zu haben, und die Zukunft gehöre uns. Wie töricht wir waren.

Monaco hat sich in den vielen Jahren seit meinem letzten Besuch drastisch verändert, ist zum Treffpunkt des internationalen Jetsets geworden. Umso auffälliger ist die Stille, die wie eine dicke Decke über der Stadt liegt und das Leben zum Erliegen gebracht hat. Für mich ein besonderer Kontrast, da ich ein Monaco mit jubelnden Menschenmengen, flatternden rot-weißen Fahnen und Salutschüssen in meinem Gedächtnis gespeichert hatte. Alles eine ferne Erinnerung. Die ganze Stadt trauert und beweint den Verlust. Meine Tränen allerdings gelten nicht allein der Märchenprinzessin, sondern mindestens genauso dem, was ich damals zurückgelassen habe.

Ich durchquere die schmalen Gassen, bis ich einen Platz erreiche, wo der Duft von spät blühenden Rosen, Orangenblüten und Mimosen die Luft erfüllt. Ich stelle mir vor, wie Sophie aus ihnen ein leichtes Parfüm gewinnen würde. Ihr Geruchssinn war untrüglich, und nicht umsonst sah sie sich, wie vor ihr der Vater, in der Tradition von Alchemisten und Magiern.

Außerdem denke ich an die Briefe, die ich ihr in den Monaten während Emilys Genesung schrieb und die ich nie abschickte. Wozu? Sophie war in Frankreich, ich war in England. Das launische Schicksal hatte uns in Cannes unter fragwürdigen Umständen zusammengeführt, uns vorübergehend eine friedliche Zeit gewährt und uns in Monaco endgültig auseinandergerissen wie ein Winterorkan. Dennoch: Das Leben ging weiter, und wir mussten weitergehen.

Ein fast mit Händen greifbares Gefühl von Verlust liegt in der warmen Septemberluft. Ich schlucke, als ich die Palasttore erreiche und mich in die lange Schlange von Kondolenzbesuchern einreihe, die darauf warten, Abschied zu nehmen. Von der Kathedrale dringt Trauergeläut herüber.

Eine Mahnung, wie schnell das Leben vorbei sein kann, und zugleich eine Mahnung, dass wir das Leben ergreifen müssen, solange wir können.

Kapitel 48

Sophie

Die Luft ist frisch, als ich aus dem Wagen steige. Der Wind, der durch die Palmen fegt und an ihren Blättern zerrt, lässt mich an den Tag der Hochzeit zurückdenken, als er meinen Rocksaum hochwehte. Salutschüsse, Champagner, Kaviar und Lachs, *Cœur de Princesse.* Es ist alles noch da, als würden die Mauern dieses pfirsichfarbenen Palastes besseren, glücklicheren Zeiten gedenken. Ich streiche meine Handschuhe glatt, rücke meinen Hut zurecht und beuge mich zum Außenspiegel herunter, um mein Make-up zu überprüfen, ziehe rasch meine Lippen nach.

Für Grace möchte ich so gut aussehen wie möglich.

Die Jacke eng um meine Schultern gezogen, stelle ich mich ans Ende der langen Schlange, die sich weit in den Palasthof hineinzieht. Niemand spricht. Alle stehen wir in respektvollem Schweigen da, allein mit unserer Trauer und unseren Gedanken.

Es ist ein Augenblick für Erinnerungen, und meine Gedanken wandern zurück zu einem anderen Tag, als ich ebenfalls in einer Schlange stand und mich fragte, wo James blieb. Die Kirchenglocken hatten damals ein helles, fröhliches Geläut angestimmt zu Ehren einer Hollywoodprinzessin, die als Fürstin von Monaco den kirchlichen Segen erhalten sollte. Glückselige, längst vergangene, jedoch nie vergessene Tage. Ich stoße ein langes Seufzen aus. Es ist schwer, hier zu sein.

Eine Stunde vergeht, während derer wir uns im Schneckentempo vorwärtsbewegen. Immer mehr Erinnerungen werden wach. Unwillkürlich taste ich nach der Brosche am Aufschlag meiner Jacke. Eine wunderschöne Handarbeit in Form von Vergissmeinnicht. Ein Geschenk von Grace, ein Dankeschön. Es solle mich daran erinnern, wie wir uns kennengelernt haben, stand auf der beigelegten Karte. All ihre Worte berühren mich jetzt, da sie tot ist, in besonderer Weise. All die Sätze, die durch ihre Filme unsterblich wurden. All die Weisheiten, die sie im Laufe der Jahre in zahllosen Interviews von sich gegeben hat.

Am meisten allerdings hat sich jener Satz in meinem Gedächtnis eingeprägt, den sie mir am Abend vor ihrer Hochzeit in der Damentoilette des Opernhauses ans Herz legte. *Wir Frauen sollten selbst entscheiden können, was wir tun wollen und was nicht.* Worte, die ich in den vergangenen Jahrzehnten als Richtschnur für meinen eigenen Weg genommen habe. Es war nicht immer leicht, und oft fühlte ich mich sehr einsam, aber immer blickte ich nach vorn und nie zurück.

Zum Trauergeläut der Glocken von Notre-Dame-Immaculée rückt die Schlange weiter, und schließlich betrete ich die Palastkapelle, in der meine Freundin aufgebahrt worden ist.

Je näher ich dem offenen Sarg komme, desto mehr zögere ich. Einerseits will ich sie sehen, andererseits nicht. Nicht so.

Auf den ersten Blick sieht es aus, als würde sie schlafen. Ihr Gesicht weist keine sichtbaren Verletzungen auf, nichts, was auf den schlimmen Autounfall hindeutet, und ihre Züge wirken entspannt und friedlich. Monacos Fürstin. Hollywoods Liebling. Eine Ehefrau. Eine Mutter. Und ich gehörte zu ihren engsten Freunden und Ratgebern.

Egal wie eindringlich ich in den ebenholzfarbenen Sarg starre – ich kann es nicht fassen. Niemand kann es fassen. Es ergibt alles keinen Sinn. Mit gesenktem Kopf murmele ich ein Gebet, bin unfähig, das Bild meiner stummen, reglosen Freundin mit der lebhaften Frau, die ich gekannt habe, in Einklang zu bringen. Trotzdem umgibt sie selbst im Tod dieselbe Aura wie im Leben, sie ist unverändert schön, anmutig, erhaben.

Die Rosen, die an einer Seite des Sarges drapiert sind, verbreiten ihren klassisch-aparten Duft, riechen verdeckt zudem ein bisschen nach Zitrus und Champagner. Ich schließe die Augen und atme tief ein, sehe die Seite in meinem Journal bildlich vor mir: *Rosen für Liebe, Schönheit und Stärke. Ölanteil frühmorgens am höchsten, aufwendige Destillation.*

Liebe. Schönheit. Stärke. Alles, was Fürstin Gracia Patricia verkörperte.

Ich unterdrücke ein Schluchzen und werfe einen letzten Blick auf sie, bevor sie für immer meinen Augen entzogen wird. Ihr hochgeschlossenes weißes Gewand beschwört Bilder von ihrem Brautkleid herauf. Nie hat es eine schönere Braut gegeben, und ich war dabei, durfte alles persönlich miterleben. Bei der Erinnerung stiehlt sich ein Lächeln auf meine Lippen, ungeachtet der Tränen, die über meine Wangen rinnen. Was für ein großartiges Geschenk hatte das Schicksal mir gemacht, indem es Grace Kelly in meine Boutique in Cannes führte. Wie hätte eine von uns ahnen können, welche Bedeutung diese turbulente Woche für unsere Zukunft haben würde. Nichts von dem, was später geschah, kündigte sich an jenem Tag an und sollte dennoch unser weiteres Leben bestimmen. Wir kamen aus so unterschiedlichen Welten und waren dabei, wenn man alles andere fortdachte, gar nicht so verschieden.

Ich bekreuzige mich, flüstere: »Ruhe in Frieden«, wende mich endgültig vom Sarg ab und reihe mich wieder in die Schlange ein, um mich im Kondolenzbuch einzutragen. Fieberhaft überlege ich, was ich hineinschreiben soll, wie ich das, was ich wirklich sagen möchte, angemessen ausdrücken kann: dass ich sie kannte, dass ich sie bewunderte und in mein Herz geschlossen hatte, dass ich sie auf eine gewisse Weise verstand wie wenige andere. Unschlüssig lese ich die letzten Einträge, um zu sehen, was andere geschrieben haben. Einer davon lässt mich erstarren.

Au revoir, süße Prinzessin. James Henderson

Eine Gänsehaut überläuft mich, meine Gedanken überschlagen sich. Er ist hier? Zwar habe ich insgeheim an diese Möglichkeit gedacht, mir jedoch nicht erlaubt, daran zu glauben. Zu viel Zeit ist schließlich inzwischen vergangen …

Hastig schaue ich nach links und rechts, suche ihn in dem Gesichtermeer. Und dann sehe ich ihn. Dort steht er, lässig an eine Marmorsäule gelehnt, seinen Hut unter den Arm geklemmt. Zögernd lächelt er mich an und legt seinen Kopf leicht schief, als würde er mich für ein Foto ins Visier nehmen.

Mit klopfendem Herzen gehe ich auf ihn zu. Nach so langer Zeit, nach den vielen Stunden, in denen ich mir unser Wiedersehen ausmalte, steht er tatsächlich vor mir.

»James?«

»Sophie.«

»Du bist gekommen, bist wirklich hier«, stammele ich, nachdem ich zunächst nichts als seinen Namen herausgebracht habe.

»Ich musste von ihr persönlich Abschied nehmen«, erwiderte er. »Ich kann noch immer nicht glauben, dass sie tot ist.«

»Keiner von uns kann das glauben. Und hast du von ihr Abschied genommen?«

»Ja, ich habe ihr ein Au revoir zugeflüstert, das klingt nicht so endgültig. Du weißt am besten, wie sehr ich Abschiede hasse.«

Eine ganze Weile blicken wir uns stumm an. James sieht im Grunde noch genauso aus, wie ich ihn in Erinnerung hatte. Älter geworden und mit ein paar Fältchen mehr zwar, seine störrischen Haare und sein Lächeln hingegen sind unverändert, und seine cognacfarbenen Augen schauen noch genauso warm und freundlich wie damals. Sogar sein Geruch ist mir nach wie vor vertraut: Tabak und Leder. *Mémoire.*

»Du siehst gut aus«, stellte er fest. »Sehr gut.«

»Ich gebe das Kompliment zurück, James. Du bist nicht viel gealtert.«

Wir lachen beide, bis er mich auf diese ihm eigene, unvergleichliche Art ansieht.

»Hast du es eilig?«

»Nein. Du?«

Er schüttelt den Kopf. »Ich weiß nicht, wie es dir geht – was mich betrifft, wäre ich jetzt lieber nicht allein und könnte ein wenig Gesellschaft zur Aufmunterung gut brauchen.«

Da wir uns einig geworden sind, trage ich mich schnell noch ins Kondolenzbuch ein, bevor wir gemeinsam die Kapelle verlassen. Draußen, im Innenhof des Palastes, hellt strahlender Sonnenschein unsere trübe Stimmung auf, und ich bin einfach glücklich, dass dieser charmante, umwerfende Mann, den ich mein halbes Leben lang geliebt habe, wieder bei mir ist. Und ich freue mich wie ein junges Mädchen, als er nach meinem Ringfinger schielt und zufrieden lächelt. Natürlich habe ich mich ebenfalls vergewissert, dass er keinen Ring trägt.

»Und wohin gehen wir jetzt?«, fragt er.

»Keine Ahnung, folgen wir einfach unserer Nase.«

Er bietet mir seinen Arm. »Voulez-vous, Madame? Enchanté.«

Ich lache. Sein Französisch ist noch immer so schlecht wie eh und je. Dann hake mich bei ihm ein, vergesse die Jahrzehnte, die uns getrennt haben, und fühle mich wieder wie die junge Frau von einst, während wir durch die verwinkelten Gassen der Altstadt schlendern – in der gespannten Erwartung, wohin wir wohl diesmal geführt werden.

Spätes Eheglück für lange getrenntes Liebespaar

Endgültig wiedervereint durch eine Prinzessin

Angeline West berichtet für den *Figaro*

Oktober 1982

Heute gaben sich die bekannte französische Parfümeurin Sophie Duval und der preisgekrönte englische Fotograf James Henderson im Rahmen eines kleinen, sehr privaten Gottesdienstes in Grasse das Jawort. Lediglich enge Freunde und Mitarbeiter der Manufaktur sowie Mr. Hendersons Tochter mit ihrem Mann und ihren vier Kindern waren anwesend.

Das Paar widmete den Gottesdienst der verstorbenen Fürstin Gracia Patricia von Monaco, die, so sagen beide, sie überhaupt erst zusammenführte durch eine zufällige Kette von Ereignissen, die sich mit der Liebesgeschichte zwischen der jungen Grace Kelly und Fürst Rainier III. überschnitt und schließlich, im April 1956, in der Hochzeit des Jahrhunderts gipfelte. Die Braut beauftragte die damals relativ unbekannte Parfümeurin damit, einen exklusiven Duft für sie zu entwickeln, was Sophie Duval und ihren Familienbetrieb eigenen Aussagen zufolge maßgeblich vor dem finanziellen Ruin bewahrt hat.

Das lange verhinderte Paar wird künftig auf dem Familiensitz in Grasse leben, wo es plant, gemeinsam alt zu werden, wozu meine Wenigkeit nur viel Glück wünschen kann.

Danksagung

Wir sind unendlich froh über unsere wundervolle, kluge Agentin Michelle Brower, ohne die wir uns nie begegnet wären. Ihr kreativer Input und ihr Mentoring bedeuten uns alles.

Unser Dank geht ferner an unsere Lektorin Lucia Macro, die uns unterstützt und an uns glaubt und uns dazu inspiriert, spannende und herausfordernde Buchprojekte in Angriff zu nehmen – die Arbeit mit ihr ist einfach wunderbar. Ein weiterer Dank an das Team von William Morrow, das seine Magie einstreut und unsere Sätze in ein Buch verwandelt, das unsere Leser in den Händen halten können. Ein besonderer Dank an Mumtaz Mustafa und Diahann Sturge für die umwerfende Buchgestaltung innen wie außen.

Kein Text wäre vollendet ohne eine gründliche Überarbeitung, in die auch das Feedback unserer begnadeten Angehörigen und Kollegen einfließt. Wir senden ein besonderes Dankeschön, eine stürmische Umarmung und einen Aperol Spritz an Kris Waldherr und an Hazels Schwester Helen. Außerdem sind wir wahnsinnig dankbar für all die Blogger, Leser, Diskussionsgruppen, Bibliothekare, Buchhändler und Literaten, die uns ständig anfeuern und selbstlos ihre Passion für Bücher mit uns teilen. Ein besonderer Dank geht an die Tall-Poppy-Autorinnen und die Leser der Facebook-Gruppe Bloom, an Andrea Katz von Great Thoughts, an Amy Bruno von Passages to the Past, an Barbara Khan von Baer Books, an Sharlene Moore und Bobbi Dumas von The Romance of Reading, an Susan Peterson von

Sue's Booking Agency, an Kristy Barrett und Tonni Callan von A Novel Bee, an Cathy Lamb, Laura Drake und Barbara Claypool White von Reader's Coffehouse, an Mairéad Hearne von Swirl and Thread, an Margaret Madden von Bleach House Library, an Barbara Bos von Books by Women, an die Women's Fiction Writers Association of America, an Jenny Collins Belk, Nita Haddad, Davida Chazan und an viele, viele mehr. Unser Glück ist vollkommen!

Ein Dank an unsere Familien und Freunde, die uns in stürmischen Zeiten einen unerschütterlichen Halt bieten, die das Essen kochen und den Kindern bei den Hausaufgaben helfen und uns notfalls zu einem Wein oder Gin ausführen. Wir lieben euch und können auf keinen von euch verzichten.

Zuletzt ein Dank an Sie, liebe Leser. Sie sind der Grund, warum wir tun, was wir tun. Wir sind Ihnen aus tiefstem Herzen verbunden. Lassen Sie es uns bald wieder tun.

H & H

Ein Roman wie ein romantisches Musical – für die Fans von *La La Land* und *Der Winterpalast*.

512 Seiten. ISBN 978-3-7341-0508-1

England 1923. Dorothy Lane ist eine Träumerin, deren größtes Ziel es ist, eines Tages auf den Bühnen Londons zu tanzen. Ihr altes Leben ist während des ersten Weltkriegs zerbrochen; ihr neues beginnt als Zimmermädchen im glamourösesten Hotel der Stadt, dem Savoy. Perry, ein Komponist auf der Suche nach einer Muse, und seine Schwester Loretta May, eine gefeierte Schauspielerin, scheinen alles zu haben, wovon Dorothy träumt. Als sich ihre Wege kreuzen, hat dies für alle drei ungeahnte Konsequenzen.

Lesen Sie mehr unter: **www.blanvalet.de**